HEYNE <

Das Buch

Die ferne Zukunft: Die Menschen treten die Reise zu den Sternen an und besiedeln fremde Planeten. Die von Katastrophen und Kriegen zerstörte Erde gehört nun den Zurückgelassenen, den Außenseitern und Gesetzlosen. Auf diese Welt fällt dreihundert Jahre später eine junge Frau in ihrer Rettungskapsel vom Himmel. Ihr Mutterschiff und die Frau, die sie liebt, sind Hunderte von Kilometern von ihr entfernt. Auf ihrer Reise quer durchs ganze Land muss die Fremde mehr als ein gefährliches Abenteuer überstehen, denn die Menschen auf der Erde sind skrupellos und gierig – und sie hassen die Sternengeborenen …

Die Autorin

Wenn sie nicht gerade schreibt, arbeitet Grace Curtis in der Game-Industrie. Sie veröffentlichte Artikel in Magazinen wie *Eurogamer* und *Edge* und arbeitet bei einer Indie-Game-Firma namens »Future Friends«. *Das Raumschiff, das vom Himmel fiel* ist ihr Debütroman. In ihrer Freizeit findet man Grace Curtis in den Bergen, beim Klettern und Wandern oder beim Faulenzen im Gras. Die Autorin lebt im englischen Bristol.

GRACE CURTIS

DAS RAUMSCHIFF DAS VOM HIMMEL FIEL

Roman

WILHELM HEYNE VERLAG
MÜNCHEN

Titel der englischen Originalausgabe

FRONTIER

Deutsche Übersetzung von Maike Hallmann

Sollte diese Publikation Links auf Webseiten Dritter enthalten,
so übernehmen wir für deren Inhalte keine Haftung,
da wir uns diese nicht zu eigen machen, sondern lediglich auf
deren Stand zum Zeitpunkt der Erstveröffentlichung verweisen.

MIX
Papier | Fördert gute Waldnutzung
FSC® C104608
FSC www.fsc.org

Penguin Random House Verlagsgruppe FSC® N001967

Deutsche Erstausgabe 09/2023
Redaktion: Ralf Dürr
Copyright © 2023 by Grace Curtis
Copyright © 2023 der deutschsprachigen Ausgabe
und der Übersetzung by Wilhelm Heyne Verlag, München,
in der Penguin Random House Verlagsgruppe GmbH,
Neumarkter Straße 28, 81673 München
Printed in Denmark
Umschlaggestaltung: DAS ILLUSTRAT, München,
unter Verwendung mehrerer Motive von Shutterstock
Satz: Schaber Datentechnik, Austria
Druck und Bindung: Nørhaven, Viborg

ISBN 978-3-453-32257-8

www.diezukunft.de

Für Katie

Die Jagd nach dem gefallenen Stern

ES WAR EINE GEWÖHNLICHE NACHT AUF DEM PLANETEN ERDE. Stille lag über dem Land, und still war auch der Himmel, in dem Sterne glitzerten wie eingesunkene Juwelen. Von unten beäugten menschliche Augen diese Sterne mit einem Blick, als wäre einer von ihnen womöglich ein gutartiger Tumor.

Ein Zittern. Aus dem riesigen schwarzen Baldachin löste sich ein silbriger, glühend heißer Splitter und raste Rauch speiend in weitem Bogen abwärts. Er landete in einem Fleck aus Sand und Schutt, der in einer Fontäne aufstieg und dann seufzend wieder zu Boden sank.

Viele Kilometer entfernt kauerte Bolton Strid in einem wackligen Nest ganz oben auf einer Säule aus gekreuzten Metallträgern. Er schob sein Fernrohr wieder zusammen. »Crawley«, zischte er, ging aber nicht das Wagnis ein, den Blick abzuwenden. »Crawley, wach auf!«

Das Lumpenbündel hinter ihm ächzte und sackte auf die Seite. »Bin noch nich dran.«

»Wach schon auf, alter Mistkerl.« Mit der Ferse versetzte er ihm einen Tritt gegen die Schulter, und der ältere Mann setzte sich blinzelnd auf. »Bei den Titten der Göttin, was is' denn los?«

»Pack dein Zeug zusammen«, antwortete Bolton und stopfte das Fernrohr unter seine Jacke. »Wir sind reich.«

Marie Marakova, Fahrerin, Allround-Reparateurin und Gelegenheitsmechanikerin, lehnte mit verschränkten Armen und zusammengekniffenen Augen an den Verandastützen und beobachtete, wie dieser Aasfresser Bolton ihren Van begutachtete. Gerade stand er vor einer der Hintertüren, beide Hände tief in den Taschen vergraben, und zog die Nase hoch.

»Bisschen klein.«

Marakova zog eine Braue hoch. »Haben Sie was Besseres im Angebot?«

»Miss Marakova, bitte hören Sie gar nicht hin, was mein guter Freund Mr. Bolton da redet«, sagte Crawley und legte die Hände zusammen. »Ich versichere Ihnen, der Wagen wird seinem Zweck Genüge tun. Was allerdings den Umstand betrifft, dass *Sie* ihn fahren wollen ...«

»Den Wagen gibt es nicht ohne mich.« Sie verlagerte das Gewicht, und ihr Schatten fiel auf Crawley. »Sonst kommen wir nicht ins Geschäft.«

»Selbstverständlich.« Crawley nickte eilfertig. »Das ist fair. Das ist wirklich fair.«

»Wissen Sie, wo es gelandet ist?«, fragte sie Bolton.

Er zuckte mit den Schultern. »So in etwa.«

»Und Sie glauben wirklich ...« Marakova hielt inne und musterte Bolton. Seine Körperhaltung war schlaff, aber in den stumpfen Augen glomm Erregung. Seit die beiden bei ihr aufgetaucht waren, flitzte der kleinere von ihnen, dieser Crawley mit seiner Schauspielerstimme, hin und her wie eine Schwebfliege, betupfte sich unablässig mit einem alten Lumpen die Stirn und gab einen stetigen Strom nervösen Geplappers von sich. Aber Bolton war ganz ruhig. Behielt den Horizont im Auge.

Optimismus war eine Krankheit, von der Marakova sich schon vor langer Zeit selbst kuriert hatte. Sie heftete die Scheine mit einer Klammer zusammen und steckte sie in ihre Gesäßtasche.

»Fahren wir«, sagte sie.

Buckette war eine Schrotthändlerstadt, die sich in tiefster Abgeschiedenheit am Rand der Zivilisation versteckte. Die meisten Schaufenster, an denen sie vorüberfuhren, waren leer. In den wenigen verbliebenen Läden stapelten sich Kartons mit Gegenständen von zweifelhaft legaler Herkunft: Lithiumbatterien, Konserven, Benzinkanister. Um den Fuß eines Wasserturms schlenderten Wachen und ließen ein trauriges Rinnsal von Menschen mit Kanistern passieren. Ein ähnliches Rinnsal tröpfelte in die Kapelle und wieder heraus, die Leute zupften an ihren Gebetsperlen herum, lockerten ihre Kragen und murmelten Entschuldigungen vor sich hin wegen irgendwelcher Vergehen gegen die Heilige Erde. Ein runder Hügel mit einem verwitterten Marmorsockel und verrottendem Gras darauf bildete die Grenze zum Ödland. Auf dem Sockel hatte wohl mal eine Statue gestanden, das bezeugten die schlanken Hinterbeine eines sich aufbäumenden Pferdes, das einst dort festgeschweißt gewesen war, doch alles oberhalb der Beine war einer Kreissäge zum Opfer gefallen.

Bolton wies die Richtung, und Marakova fuhr weiter und weiter, bis Buckette nur noch ein ausgeblichener Schemen im Rückspiegel war. Crawley rappelte sich von seinem Sitz auf; entlang seines Rückgrats war das Hemd schweißnass.

»Verzeihung, Miss Marakova«, sagte er. »Falls es eine Klimaanlage gibt, würden Sie die bitte einschalten?«

Sie kurbelte ihr Fenster einen Spaltbreit auf. Heiße Luft und Staub knallten Crawley ins Gesicht.

»Augen aufhalten«, sagte Bolton, der die bestiefelten Füße aufs Armaturenbrett gelegt hatte, am Stummel einer längst abgebrannten Zigarette herumnuckelte und sich mit der Krempe eines alten Rangerhuts gemächlich Luft zufächelte. Seine blutunterlaufenen Augen schienen nie zu blinzeln. »Müssten gleich da sein.«

»Hoffentlich.« Marakova warf einen Blick auf die Tankanzeige.

Endlich erreichten sie eine Art Grat, hinter dem das Gelände zu einem ausgetrockneten Flussbett hin abfiel. Bolton hob eine Hand, und Marakova hielt den Wagen an. »Da.«

»Wo?« Crawley beugte sich gespannt vor.

Auf der anderen Talseite kräuselte sich eine dünne Rauchsäule gen Himmel, darunter glühte es feurig. Marakova zog die Lippen zurück und entblößte scharfe silbrige Schneidezähne. »Verdammt soll ich sein«, stellte sie fest, »Sie hatten tatsächlich recht.«

Bei seiner Landung hatte der Stern eine Furche aus schwarz verbranntem Gras in den Erdboden gerissen, einen guten halben Kilometer lang. Bolton kurbelte sein Fenster runter und blickte auf die verkohlte Spur. »Ganz schön groß«, sagte er.

»Ist das gut?«, wollte Marakova wissen.

»Allerdings, Ma'am.« Crawley hatte sich zu ihnen vorgebeugt und sich mit den Schultern zwischen den Vordersitzen verkeilt. »Im Schrotthandel ist Größe alles. Unser täglich Brot.«

Marakova beachtete ihn nicht. Sie fuhr weiter und beobachtete das Objekt, dem sie sich näherten. »Was ist das eigentlich?«

»Vermutlich ein alter Satellit«, sagte Bolton. »Die Hedonisten haben so was benutzt, um ihre, äh ...« Seine Geste war zugleich vage und abfällig. »... *Geräte* zu betreiben.«

Marakova nickte. Alle Relikte der alten Welt waren von Sünde befleckt. Aber zum Glück drückte Sünde nicht den Marktwert.

Sie trat ein bisschen kräftiger aufs Gas.

Es war etwa so groß wie ein Auto. Das war der einzige Vergleich, der Marakova einfiel, allerdings endete die Ähnlichkeit da auch schon wieder. Das vom Himmel gestürzte Objekt war so rund wie eine riesige Tablette und mit chromglänzender roter Farbe überzogen, an einer Seite befanden sich mehrere kleine Schubdüsen, aus denen immer noch Rauch aufstieg. Ganz unten entdeckte sie einen eingravierten Schriftzug:

RETTUNGSKAPSEL – 01.

Keine Sonnenkollektoren, keine Funkantenne. Kein empfindliches Goldgehäuse. Und auch keinerlei Abnutzungsspuren – nagelneu war es zwar nicht, aber ganz sicher auch nicht mehrere Jahrhunderte alt.

Langsam dämmerte es ihr: Das war kein Satellit. Dieses Ding hatte mal zu einem Schiff gehört.

Mit einiger Mühe gewann Marakova die Fassung wieder. »Sagen Sie mal«, rief sie Bolton zu, »wie hoch ist die Prämie für Weltraumtechnik im Moment?«

»Weiß ich nicht auswendig«, antwortete er leichthin. »Ziemlich hoch, wenn ich mich nicht irre.«

»Ein Geschenk Gaias!«, johlte Crawley. »Danke, oh Mutter unter uns. Ich danke dir!« Er fiel auf die Knie und küsste den Boden.

»Warum dankst du der Göttin?«, fragte Bolton. »Das Teil kam vom Himmel.«

Mit finsterem Blick erhob sich Crawley, Asche und Staub hatten sich in seinen Runzeln festgesetzt. »Du musst echt immer auf den Details rumreiten, Bolton, was?«

Sie starrten einander an.

»Da ist eine Tür!«, rief Marakova, auch wenn es sich bei ihrer Entdeckung eher um eine Luke handelte: Sie war oval und gebogen und verschmolz passgenau mit dem restlichen Gebilde. Marakova stemmte einen Fuß gegen das Gehäuse, packte den Griff der Luke und riss mit aller Kraft daran. »Klemmt«, ächzte sie und schüttelte die schmerzende Hand aus. »Scheiße.«

»Hier ist ein Fenster.« Crawley kniete vor einer dicken, mit Staub bedeckten runden Scheibe aus gehärtetem Plastik. »Hm, ich sehe nichts. Vielleicht können wir es aufbrechen?« Er sah sich nach einem Stein um.

»Halt«, sagte Bolton. »Alle beide. Aufhören.«

Sie wandten sich um und sahen zu, wie Bolton sich der Kapsel näherte. Er blieb davor stehen und betrachtete sie genau wie zuvor Marakovas Lieferwagen: gleichgültig und ein wenig skeptisch, als würde er abwägen, ob der Gegenstand seiner Betrachtungen den Kauf wohl wert war. Er zog ein Streichholz aus der Tasche, riss es an der Kapsel an und entzündete eine weitere Zigarette.

»So, passt auf«, sagte er. »Crawley, du nimmst den Wagen und suchst dir irgendeinen Sheriff. Dem sagst du, was wir gefunden haben und wo wir sind. Danach kommst du sofort wieder zurück. Sprich mit niemand anderem.«

»Natürlich n…«

Bolton hakte ihm einen Finger in den Kragen und zog ihn ganz dicht zu sich heran. »Mit *niemandem.*«

»Für wen hältst du mich?«, brummte Crawley, ohne ihn anzusehen.

Bolton ließ ihn los. »Ich und sie bleiben hier und bewachen die Beute. Ist das okay für Sie?« Letzteres war an Marakova gerichtet.

Sie kaute auf der Innenseite ihrer Wange herum und dachte einen Moment darüber nach. Es gefiel ihr nicht, den Wagen außer Sicht zu lassen, andererseits war er nichts wert im Vergleich zu dem, was da vor ihnen lag. Gegen ihre Gewohnheit blühten Fantasien in Marakova auf: eine Autowerkstatt mit einem ganzen Truck-Fuhrpark, dazu Dutzende Angestellte in Overalls, die auf ihre Anweisungen warteten. Irgendwo im Süden, vielleicht sogar mit Bürositz in New Destiny. Es wäre schon ein Traum, die Stadt überhaupt nur mal zu sehen. Aber dort zu leben?

Beim bloßen Gedanken lief ihr das Wasser im Mund zusammen.

»In Ordnung. Betrachten Sie den Wagen als Pfand.«

»So machen wir es.«

Sie spuckten sich in die Hände und schlugen ein. Crawley klopfte ihnen beiden auf den Rücken, und sein Grinsen kehrte zurück. »Ach, meine Freunde.« Er gluckste vor Freude. »Überlegt nur, was wir dafür bekommen werden, selbst wenn wir durch drei teilen. Oh, das ist einfach großartig. Die Göttin beschütze euch, meine Freunde. Möge sie euch sicher am Boden halten.«

Er stieg in den Wagen, der sich nach einigen stotternden Fehlstarts in Bewegung setzte und Richtung Stadt losrollte.

Bolton und Marakova sahen ihm stumm hinterher.

Bolton umrundete noch einmal die Kapsel und versuchte durchs Fenster zu spähen. Marakova kratzte mit dem Daumennagel an der roten Farbe, aber sie ging nicht ab.

Beide dachten dasselbe, aber keiner wollte es laut aussprechen und damit die Schuld auf sich laden. Sie mussten sich dem heißen Brei auf Umwegen nähern.

»Kennen Sie den Burschen schon lange?«, erkundigte sich Marakova und kratzte an einem Stück Schorf an ihrem Kinn.

»Länger, als mir lieb ist.«

Sie ging zur Luke und zupfte pro forma am Griff. »Er war es nicht, der das Wrack entdeckt hat, richtig?«

»Nein.« Bolton nickte langsam. »Diese Ehre gebührt mir.«

»Er hat also nicht wirklich irgendwas dazu beigetragen?«

»Eigentlich nicht.«

»Trotzdem hat er davon geredet, durch drei zu teilen.«

»Ja. Schon lustig.«

»Lustig, ja.«

Wieder entstand eine Pause.

»Ich war noch nie besonders gut so von Angesicht zu Angesicht.«

»Ich kenne ihn am längsten.«

Und damit war es entschieden.

Ein Tag auf der Erde war lang. Crawley blieb mehrere Stunden lang weg, aber als er zurückkehrte, stand die Sonne noch immer hoch am Himmel und brannte voller Ingrimm auf den kranken Planeten herab. Marakova und Bolton saßen in ein paar Metern Abstand da und starrten ins Leere. Als er näher kam, standen sie auf. Crawley wirkte ganz eigenartig, als er aus dem Wagen stieg – das Kinn hing herab, der Rücken war gebeugt.

»Und?« Voll nervöser Anspannung ging Bolton auf ihn zu.

»Ich hab einen Sheriff gefunden.« Bolton stocherte mit dem Fuß in einem Erdhaufen herum. »Ich musste ganz bis nach Springwell runterfahren, aber ich hab einen gefunden.«

»Und?«

»Hab ihm beschrieben, was wir gefunden haben: Größe, Form und so. Er war erst skeptisch, aber ich konnte ihn überzeugen. Hat mir eine Schätzung genannt, was wir als Entschädigung erwarten können.«

Marakova stemmte die Hände in die Hüften. *»Und?«*

Crawley winkte die beiden näher und nannte ihnen leise die Summe.

Marakova holte tief Luft. Sie beugte sich vor, stützte sich mit einer Hand auf ihrem Knie ab und starrte zu Boden. Dann richtete sie sich urplötzlich wieder auf. »WOOOOOOOOOOOOOW!«, brüllte sie und schlug ihm kräftig zwischen die Schulterblätter. »Willst du mich *verarschen*?«

Ein Lächeln zuckte über sein Gesicht. »Nein, Miss Marakova.«

Bolton schüttelte den Kopf, so ruckartig wie eine Schallplatte mit Sprung, und schlug sich mit dem Hut gegen das Bein. »Verdammt will ich sein. Scheiße noch mal. Wow. Die Göttin vergebe mir. Verdammt will ich sein.«

Marakova fuhr sich mit der Zunge über die Metallzähne, die sie seit fast einem Jahrzehnt bei jedem Atemzug schmeckte. Diese Silberzähne waren ihre Absicherung, falls mal alles vor die Hunde gehen sollte. Sie fragte sich, wie wohl Platin schmecken mochte.

»In ein paar Stunden kommt ein Konvoi und schafft das Ding hier weg«, sagte Crawley. »Ich hab ihnen die Koordinaten gegeben. Ich hoffe, das ist okay, Bolton.«

»Na klar. Hast du gut gemacht, Crawley.«

Crawley bemühte sich um eine bescheidene Miene, aber sein Gesicht verzog sich wie von selbst zu einem Grinsen. »Dachte mir ...« Er eilte zum Wagen und holte eine Papiertüte vom Beifahrersitz, in der es klirrte. »Dachte mir, das ist ein Anlass zum Feiern.«

»Das kann man wohl sagen!« Marakova riss ihm die Flasche aus der Hand und schnippte den Korken lässig mit dem Daumen weg, ehe sie die Flasche an den Mund hob und ein Drittel des Inhalts hinunterstürzte. »Gaia!« Sie rülpste. »Das Zeug schmeckt wie gewürztes Benzin.«

»Was für eine Verschwendung von gutem Benzin«, sagte Bolton und nahm ebenfalls einen großen Schluck.

»Beschwert ihr euch nur, meine Freunde«, sagte Crawley, »aber für mich schmeckt's nach Freiheit.«

»Auf die Freiheit also.«

Sie stießen miteinander an. Ein kurzer Moment aufrichtiger Freude erfasste sie, dank Alkohol, Hoffnung und einem leichten Hitzschlag. Dann sah Marakova Boltons Blick.

»Hey, Crawley.« Er drehte sich zu seinem Kumpel um, der den Drink so hastig hinunterstürzte, als hätte er Angst, jemand wollte ihm das Gesöff wegnehmen. »Weißt du was? Während du weg warst, hat Marakova rausgefunden, wie man die Luke öffnet.«

Crawley warf seine Flasche auf den Boden. Klirrend rollte sie davon. »Hat sie das, mein guter alter Freund?«

Marakova verschränkte die Arme vor der Brust. »Mhm. Wir dachten, wir sollten warten, bis Sie wieder da sind. Genau genommen ...« Sie brach ab und sah Bolton an.

»Genau genommen«, ergriff er wieder das Wort, »dachten wir, die Ehre überlassen wir dir.«

Mit glasigen Augen blickte Crawley von einem zum anderen. »Ihr zwei – ihr glaubt wohl wirklich, ich wüsste nicht, was hier gespielt wird?«

Bolton versteifte sich. »Äh …«

»Als ob du mir freiwillig irgendeine *Ehre* überlassen würdest.« Crawley spuckte auf den Boden. »Du hast doch nur Schiss, dass da drin irgendwas lauert, das dich dann anspringt, oder? Du räudiger alter Hund.« Er boxte Bolton so fest auf den Arm, dass dessen Zähne aufeinanderschlugen.

Bolton lachte kurz auf und zuckte mit den Schultern.

»Sie haben uns durchschaut«, sagte Marakova und ließ ein silbernes Grinsen aufblitzen.

»Du bist ein offenes Buch für mich, mein Freund.« Crawley tippte sich an die Schläfe. »Ein offenes Buch. Aber ins All geschissen, was soll's.« Er ging zur Luke hinüber und legte beide Hände um den Griff. »Mal sehen, was uns die Heiden da Nettes geschickt haben, was?«

Crawley riss an der Luke, aber nichts bewegte sich. Er versuchte es erneut, sein Gesicht lief rot an. Er drehte sich um und erschrak, als er Bolton dicht hinter sich stehen sah. Der Plünderer trat einen Schritt zurück, eine Hand hinter dem Rücken. »Du, äh – du musst es drehen.«

»Ach so?« Crawley wandte sich wieder der Luke zu.

Es war ein nasses Geräusch – oder besser gesagt, zuerst ein dumpfer Laut, dann erst kam die Nässe. Crawley sackte in sich zusammen wie eine Marionette, der die Fäden durchtrennt worden waren. Seine Finger glitten schlaff über die Luke nach unten, er fiel erst auf die Knie, dann aufs Gesicht. Er gab keinen Laut von sich.

Marakova ging in die Hocke und betrachtete seine Augen. Sie wirkten wie Murmeln. Der Mann war tot. Sie nickte. »Wenn der Sheriff ihn sieht, gibt es Ärger. Wir sollten ihn verstecken, bevor …« Ihr wurde bewusst, dass Bolton ihr nicht zuhörte. »Hey.«

Bolton stand vornübergebeugt vor der Rettungskapsel, eine Hand gegen die Chromhülle gestützt, der tief ins Gesicht gezogene Hut verbarg seine Augen. Er umklammerte immer noch den Stein.

»Alles in Ordnung?« Marakova legte ihm eine Hand auf die Schulter. Er schüttelte sie ab.

»Ich fühl mich nicht besonders.«

»Hör mal, wir waren uns doch einig …«

»Gütige Mutter Erde, würdest du mir nur eine verdammte *Minute* geben?« Beim letzten Wort brach seine Stimme.

Glühender Zorn zuckte über Marakovas Gesicht. Lautlos formte sie ein paar unflätige Ausdrücke mit den Lippen und sagte dann übertrieben liebenswürdig: »Nimm dir so viel Zeit, wie du willst, mein Süßer. Ich zieh die Leiche mal da drüben ins Gebüsch, okay? Und dann reden wir über Zahlen.«

Bolton nickte.

Marakova packte Crawleys Leiche an den Knöcheln und zog ihn ohne erkennbare Mühe zu einem weitläufigen Gestrüpp aus hohem, vergilbtem Gras. Zehn, zwölf Meter weit schleifte sie ihn hinein, dann blieb sie stehen. »Hey!«, rief sie. »Reicht das?«

Der Aasfresser antwortete nicht.

Sie blinzelte. »Was machst du …?«

Er stand breitbeinig da und zeigte auf sie.

Nein. Er zeigte nicht auf sie. Er zielte.

Der erste Schuss traf sie in die Schulter, der zweite mitten in die Brust. Marie Marakova fiel rückwärts und verschwand im Gras.

Bolton schob die Pistole zurück in seine Jeans. Sein Gesicht glänzte vor Schweiß. Aber jetzt war er allein, endlich, jetzt gab es nur noch ihn und seinen Schatz.

Mit den Fingerspitzen fuhr er über die Hülle – das fremdartige, glatte Metall war kühl trotz der Sonnenhitze, vollkommen unversehrt selbst nach dem unglaublich tiefen Sturz. Sein ganzes Leben lang hatte sich Bolton mit dem begnügt, was alt, verrottet und irgendwie zusammengeschustert war. Kleidung, die nicht richtig passte. Schlecht funktionierendes Werkzeug. Der Hut eines anderen. Reste. Das war alles, was er kannte, alles, was die Erde ihm gegeben hatte: die Reste und Abfälle jener Menschen, die man hier unten Sünder nannte, nur weil sie den Verstand gehabt hatten, fortzugehen. Aber jetzt hatte er etwas von ihnen bekommen. Etwas Neues. Etwas Eigenes. Das ihm, scheiß auf die Missbilligung der Göttin, endlich ein richtiges Leben ermöglichen würde.

Er spähte durchs Fenster, konnte aber nur vage, reglose Umrisse ausmachen. Er nahm sein Fernrohr heraus und richtete es nach Süden.

Plötzlich drang ein leises Geräusch aus seiner Kehle. Ein Wimmern, das zu einem Gurgeln wurde, als sich die Muskeln unwillkürlich immer fester zusammenzogen. Es war, als würde ihn eine unsichtbare Faust erdrosseln. Er ließ das Fernrohr fallen und griff sich mit beiden Händen an den Hals, krallte die Finger hinein, die Sehnen sprangen vor wie straff gespannte Seile. Er taumelte auf die drei Flaschen zu, die leer im Dreck lagen, aber ein Krampf in den Beinen ließ ihn zu Boden gehen, noch ehe er sie erreichte. Er streckte die Hände nach den Flaschen aus und zog sie zu sich heran. In die Ecke des ersten Etiketts hatte jemand ein kleines Kreuz geritzt. Ins nächste ebenfalls. Die dritte Flasche hingegen –

die, aus der Crawley getrunken hatte – war mit einem Kreis gekennzeichnet.

Der bittere Geschmack. Er hätte es wissen müssen.

»Crawl…« Er wollte ihn verfluchen, bekam aber nicht einmal seinen Namen über die Lippen. »Crawl…«

Er zuckte noch einmal, dann lag er still.

Nach einer Weile kam eine Brise auf. Boltons Hemdkragen flatterte schwach und schlug gegen sein Kinn, und der breitkrempige Hut hob und senkte sich ein paarmal, bevor er sich ganz vom Kopf löste und falsch herum neben seinem Besitzer auf dem Boden landete. Eine halbe Stunde verging.

Die Kapsel erbebte sachte. Kaum mehr als ein Zittern, gefolgt von einem schwachen Geräusch aus dem Inneren. Dann erbebte sie erneut, diesmal heftiger. Noch einmal, und dann flog die Lukentür auf, knallte gegen die Außenhülle, prallte wieder zurück und schwang in den Angeln hin und her.

Aus dem Inneren der Kapsel ragte ein Stiefel in die trockene Luft der ausgedörrten Erde.

Es ist allgemeiner Grundsatz eines jeden Imperiums, keinen Landstrich unberührt zu lassen, es sei denn, das Land ist so unfruchtbar und lebensfeindlich, dass es sich nicht lohnt, es überhaupt zu betreten. Und nach dieser Maxime verhielt sich das Zentralgalaktische Imperium (auch Zentralistisches Imperium genannt oder Imperium der nie untergehenden Sonne) in Bezug auf die Erde. Seit über drei Jahrhunderten verlassen (…) [wurde der Planet] wenige Jahrzehnte nach Gründung des Imperiums offiziell evakuiert.
Die wenigen, die sich zum Bleiben entschieden, gehörten fast sämtlich einer Gruppe an, die offiziell als »Gaias Letzte Gemeinde« bekannt ist, eine kleine, unbedeutende Religionsgemeinschaft, die auf das späte 20. Jahrhundert zurückgeht und (…) in einer radikaleren Form wiederauferstanden ist. Zentraler Glaubensgrundsatz war die Vergöttlichung der Erde.

Obwohl ihre Anwesenheit auf dem Planeten im Grunde illegal war, verbot die Doktrin der Kirche den Einsatz jeglicher modernen Technologien und lehnte alles ab, was mit der sogenannten »Sünde der Raumfahrt« im

Zusammenhang stand. Sie betrachteten den Klimawandel als göttliche Strafe, die duldsam hinzunehmen ist, nicht als Naturkatastrophe, der man um jeden Preis entkommen muss. In Anbetracht dessen und angesichts des Zustands der Erdatmosphäre sagten imperiale Experten voraus, dass die verbleibende Bevölkerung höchstens eine Handvoll Generationen überdauern würde (…). *Um es offen zu sagen: Sie war der Mühe nicht wert, sie zu vernichten.*

– EINE KLEINE GESCHICHTE DER PERIPHERIE, BAND 1

Eine Handvoll Romane

EINES WIRD SICH NIEMALS ÄNDERN: Die beste Anlaufstelle, um sich zu informieren, ist eine Bibliothek. Selbst wenn man unendlich weit weg ist von zu Hause, verdreckt und voller Sorge, selbst wenn Kupfergeschmack den Mund füllt, weil man sich bei der Landung auf die Zunge gebissen hat, selbst wenn man nur noch schreien oder mit den Fäusten auf den Boden hämmern oder eine Wand einreißen oder auf etwas eintreten will aus lauter Angst und Frustration, und selbst wenn man eigentlich nicht gern liest: Der Weg in die nächste Bibliothek ist der richtige. Dort findet man heraus, was man wissen muss.

Eine Fremde betrat die Stadt – und beschloss, sie so schnell wie möglich wieder zu verlassen. Die Blicke, die sie erntete, feindselig zu nennen, wäre eine lupenreine Untertreibung gewesen. Die Einheimischen beobachteten sie mit unverhohlenem Hass, also ging sie weiter, ohne auch nur jemandem zuzunicken, denn sie befürchtete, jede noch so zaghafte Kontaktaufnahme könne als Aufforderung zum Kampf aufgefasst werden. Zwar würde sie diesen Kampf vermutlich gewinnen, aber darum ging es nicht. Sie brauchte Hilfe.

Genauer gesagt: Sie musste ganz dringend eine Nachricht senden.

Eine Nachricht an jemanden, der vielleicht tot war.

Sie wusste es nicht genau. Es gab eine Menge, was sie nicht wusste.

Also ging sie in die Bibliothek.

Die Bibliothek befand sich in einem Anhänger, der auf verrosteten Achsen einen guten Kilometer vom Stadtzentrum entfernt parkte. Ein an der hinteren Stoßstange befestigter Karren war mit einem leuchtend bunten Schild versehen, auf dem stand: *Gute Bücher zu vermieten! Günstige Preise!*

Als Türstopper diente ein Ziegelstein.

Nachdem sie sich einen Moment Zeit genommen hatte, um andere Möglichkeiten abzuwägen – sie kam auf die schöne Zahl null –, duckte sich die Fremde unter der Tür hindurch und betete darum, drinnen ein freundliches Gesicht vorzufinden.

Der Innenraum war eng, düster und so niedrig, dass ihr Ranger-Hut fast an die Decke stieß. Sämtliche Wände verschwanden hinter den zerrissenen Einbänden von Taschenbüchern, und auch auf dem Boden lagen sie stapelweise. Im hinteren Teil der Bibliothek standen zwei Leute an einer behelfsmäßigen Theke und ruinierten die gemütliche Atmosphäre durch einen heftigen Streit.

Die Bibliothekarin war klein, wohlwollend geschätzt vielleicht eins siebenundfünfzig, aber optisch ein wenig vergrößert durch ihre Dreadlocks, die sie mit einem leuchtend orangen Tuch auf dem Kopf zusammengebunden hatte. Um die Taille trug sie eine Art Gürtel, an dem neben anderem Krimskrams fünf Stifte, ein kleines Messer, eine Rolle Klebeband, ein Inhalator, ein Taschenbuch und ein handbetriebener Quittungsapparat befestigt waren. Das rechte Bein steckte in einer steifen Schiene. Sie stritt sich, fast Nase an Nase, mit einem ihrer Kunden. Seine Stimme klang sanft, aber der Fremden entging nicht, dass er mit beiden Händen so fest die Thekenkante umklammerte, dass die Knöchel weiß hervortraten.

»Miss Keeper«, sagte er, »seien Sie nicht albern. Ich gebe nichts zurück, was ich gekauft habe.«

»Sie haben überhaupt nichts gekauft, Sheriff«, blaffte ihn die Bibliothekarin an. »Sie haben es *geliehen*. Ich verleihe Bücher, ich verkaufe sie nicht.«

»Ich glaube nicht, dass das stimmt.«

»Ach ja? Sie haben es eigenhändig unterschrieben.« Sie knallte etwas auf den Tresen – einen Plastikordner mit vergilbten Blättern, so dick wie ihr Oberarm. »Hier steht es.« Sie zeigte ihm die Stelle auf der Seite. »Genau hier. Sehen Sie?«

Der Mann beugte sich vor und zupfte nachdenklich an einem Büschel weißer Haare an seinem Kinn. »Genau hier?«, fragte er und zeigte auf dieselbe Stelle wie sie.

»Mhm!«

Immer noch scheinbar unaufgeregt packte er die Seite und riss sie aus der Mappe. Die Bibliothekarin kreischte vor Empörung auf und riss den Ordner zurück, aber das half natürlich auch nichts mehr.

»Ich wiederhole«, sagte er und zerknüllte das Blatt, »seien Sie nicht albern. Sie wissen, was ich will.«

»Sie …« Die Bibliothekarin atmete tief durch und stieß dann hervor: »Sie können Ihr heidnisches Scheißgeld behalten, bis zum letzten kleinen heidnischen Scheißpenny. Lieber werfe ich meine gesamte Sammlung in einen Minenschacht und überlasse es der Göttin selbst, herauszufinden, wer Mr. Darcy heiratet, als eine einzige Seite an Sie zu verkaufen. Stecken Sie doch Ihr Gesicht in den nächstbesten Scheißhaufen!«

Der Kunde ballte die Fäuste, und jetzt waren nicht mehr nur die Knöchel weiß, sondern die ganzen Hände. Die Fremde war sicher, dass er gleich zuschlagen würde – sie trat näher, um ihn festzuhalten. Aber da kicherte er auf einmal und ließ die Fäuste sinken. »Das werden Sie bereuen.«

»Zum Weltraum noch mal, das werde ich ganz sicher nicht«, knurrte sie. »Raus hier.«

Der Kunde ging Richtung Ausgang und nickte der Fremden, die sich halbherzig hinter einem Bücherregal zu verstecken versuchte, knapp zu. »Ma'am.« Im Rausgehen trat er gegen den Ziegelstein, und die Tür fiel hinter ihm mit einem Knall zu.

Die Bibliothekarin murmelte vor sich hin, riss hängen gebliebene Papierfetzen aus den Metallklammern des Ordners und schnippte sie an die Wand. Es schien ein schlechter Zeitpunkt zu sein, um mit ihr zu sprechen, also spazierte die Fremde stattdessen durch den Trailer und inspizierte die Sammlung. So abgenutzt die Bücher auch waren, überall entdeckte sie Spuren sorgfältiger Reparaturen: sauber gesetzte Nähte, mit Bedacht platzierter Kleber.

»Tut mir leid, dass Sie das mitansehen mussten, meine Liebe«, sagte die Bibliothekarin und schloss seufzend den Ordner. »Ich bin Amber. Also, was kann ich … bei den Titten der Göttin!« Sie zeigte auf die Hüfte der Fremden. »Was ist *das*?«

Die Fremde zuckte zusammen und sah nach, was die Bibliothekarin meinte. Es war ein schlankes, gebogenes Gerät aus Chrom und schwarzem Glas, ohne Magazin oder Zielfernrohr. Das glatte Stück Metall steckte in einem verblichenen Lederholster.

»Woher kommen Sie?«, fragte Amber. »Gehören Sie zum Sheriff?«

»Nein …«

»Haben Sie einen Sheriff getötet? Woher im Namen der Göttin haben Sie das?«

»Ich, äh …«, stammelte sie. »I-ich habe es gefunden.«

»Oh.« Die Bibliothekarin beruhigte sich. »Sie sind wohl Schrottsammlerin, was? Ist das Weltraumschrott?«

Sie nickte.

»Sie sind wohl zum ersten Mal so weit oben im Norden?«

»Ja.«

Amber schüttelte den Kopf. »Immer dasselbe.« Dann wurde ihre Stimme schärfer. »Hören Sie mal zu, meine Gute. Sie sind hier nicht im Süden. Dies ist ein gottesfürchtiges Land, und unsere Heilige Mutter unter uns missbilligt solche unnatürlichen Maschinen. Kapiert?«

»Es tut mir leid«, sagte die Fremde aufrichtig. »Das wusste ich nicht.«

»Nun, jetzt wissen Sie es.«

Es entstand eine unangenehme Pause – zumindest unangenehm für die Fremde –, dann fragte die Bibliothekarin: »Was ist mit Ihren Haaren passiert?«

»Ich habe sie abrasiert.«

»Und Ihr Gesicht?«

»So sehe ich nun mal aus.«

»Sie sehen aus, als hätten Sie schon den einen oder anderen Kampf hinter sich.«

»Ja.« Unwillkürlich griff sie sich an die Nase und betastete die schief zusammengewachsene Stelle. »Den einen oder anderen.«

»Hmmm. Und was für ein Buch suchen Sie?«

»Kein Buch. Ich brauche einen Kommunikator.«

Amber legte den Kopf schief. »Einen was?«

Die Fremde verzog das Gesicht und überlegte. »Ein, äh, Radio.«

»Ein Radio? Ich hab Ihnen doch schon gesagt, dass wir so was in dieser Gegend nicht haben.«

»Oh.« Die Fremde ließ die Schultern hängen. »Richtig. Ja.«

Amber beobachtete sie noch einen Moment, und ihr Gesichtsausdruck wurde weicher. »Was ist denn Ihr Problem? Haben Sie sich verirrt?«

»Ja«, gab sie zu. »Völlig verirrt.«

Die Bibliothekarin stützte die Ellbogen auf den Schreibtisch und sah sie an wie ein freundlicher Barkeeper. »Wollen Sie drüber reden?«

»Ich sollte nicht, äh …« Die Fremde zog den Hut tiefer ins Gesicht und räusperte sich. »Nein, schon gut.«

»Na kommen Sie schon, ist doch kein Problem. Und außerdem«, die Bibliothekarin deutete auf die Taschenbücher ringsum, »freue ich mich immer über gute Geschichten.«

»Es ist nicht besonders spannend.« In den Schläfen der Fremden pochte es schmerzhaft. »Ich suche jemanden, der vermisst wird. Möglicherweise bin in Wirklichkeit allerdings ich diejenige, die vermisst wird. Wie auch immer, es ist dringend.«

»Klingt schlimm. Es geht wohl um jemand Besonderen.«

»Ja, also …« Sie spürte, wie sie errötete. »Ja.«

Beide grübelten einen Moment lang. Dann schlug Amber mit der Faust in ihre Handfläche. »Ich sage Ihnen jetzt mal, wer so was hat wie das, was Sie suchen. Das Wiesel nämlich, das gerade gegangen ist. Der Sheriff.«

Das Gesicht der Fremden hellte sich auf. »Wirklich?«

»Mhm! Ich habe gesehen, wie er es benutzt hat. Kackdreist.« Die Miene der Bibliothekarin verdüsterte sich. »Aber seien Sie besser auf der Hut. Er ist eine schleimige, stiefelleckende, staubschluckende kleine Kakerlake von einem Mann. Der denkt, weil ihm der Brunnen gehört, gehört ihm die ganze Stadt.« Sie packte mit beiden Händen in die Luft, als wollte sie jemanden erdrosseln. »Er hat immer noch meine einzige Ausgabe von *Der Graf von Monte Cristo*. Versucht immer wieder, mich dafür zu bezahlen. Als ob man so was mit Geld bezahlen könnte. Bah!« Sie sah auf. »Grinsen Sie etwa?«

»Auf keinen Fall.« Die Fremde schüttelte leise lächelnd den Kopf.

»Das ist nicht lustig. Sie haben keine Ahnung, wie schwer es ist, ein gutes Buch aufzutreiben. Oder überhaupt irgendein Buch.«

»Wissen Sie was? Ich hole Ihnen dieses Buch zurück.«

»Ach was.« Amber winkte ab. »Das ist nicht nötig – ich meine, ich kann Sie ja wohl schlecht darum bitten …«

»Ich würde das sehr gern für Sie tun. Sie sind der erste freundliche Mensch, den ich getroffen habe, seit – seit ich mich verirrt habe.« Sie sahen einander in die Augen, und die Fremde beugte sich vor, um etwa auf gleicher Augenhöhe zu sein. »Dafür würde ich mich gern revanchieren.«

»Na dann.« Jetzt wurde Amber rot. »Sie sind mir ja wirklich eine Süße.«

»Also, dieser Sheriff. Wie ist sein Name?«

»Er nennt sich Emollient.« Peinlich berührt verzog die Bibliothekarin das Gesicht. »*Emollient Du Cream.*«

Zum Zeitpunkt seiner Erbauung war das Du-Cream-Anwesen wohl absichtlich auf alt getrimmt worden, aber das war schon so lange her, dass es inzwischen *wirklich* uralt war. Es stand etwas abseits von Springwell mit seinen niedrigen Blechdächern und dem weiß getünchten Kirchturm auf einem Hügel, der so hoch war, dass die meisten Besucher wahrscheinlich hochrot im Gesicht waren, wenn sie hier angeschnauft kamen. Es war mehrstöckig mit hohen Fenstern und spitz zulaufendem Schieferdach. Von der hübschen Veranda mit den vier weißen Säulen aus blickte man in die Ferne jenseits der Stadt.

Die Fremde stand auf der rissigen Auffahrt, schob mit einem Finger die Hutkrempe hoch und betrachtete das Haus. *Bitte,* dachte sie. *Bitte lass es funktionieren.*

Wenn man Angst, Verwirrung, Schmerz, einen Spritzer Limette und eine halbe Tasse zerstoßenes Eis in einen Shaker gab und kräftig mixte, würde das Ergebnis wohl dem ähneln, was sich in diesem Moment in der Fremden abspielte. Sie kämpfte darum, ruhig zu bleiben – oder zumindest ruhig auszusehen. Wie es unter der Oberfläche aussah, stand auf einem anderen Blatt.

Als sie die Verandastufen hinaufstieg, entdeckte sie einen Mann. Er lehnte an der Tür des Herrenhauses, das Gewehr bequem in der Ellenbeuge aufgestützt, dunkle Schweißflecken unter den Achselhöhlen.

»Hey«, sagte sie und nickte.

Der Mann grüßte nicht zurück, sondern schnüffelte nur, sog rasselnd die Luft durch zwei wulstige Nasenlöcher. »Was verdammt noch mal wird das denn?«

»Ich bin hier, um den Sheriff zu sehen.«

Er starrte sie stumm an.

»Ist er da?«

Der Mann grunzte.

»Also ja?«

Ein weiteres Grunzen.

Ruhig, mahnte sich die Fremde, *ganz ruhig.* »Es ist dringend«, sagte sie. »Darf ich rein oder nicht?«

»Dies ist ein freier Planet«, brummte er und machte ihr Platz.

Sie ging hinein. Er drehte sich um und beobachtete sie von der Tür aus, ließ das Gewehr auf seinem Unterarm sachte auf und ab wippen. »Überlegen Sie sich gut, was Sie tun.«

Die Eingangshalle war riesig und ganz in Blassrosa und Lindgrün gehalten. Die mit Rüschenvorhängen gesäumten Fenster reichten bis zum Boden, dahinter erstreckte sich ein Garten voller Dahlien und Geranien – und in der Ferne sah sie eine weitere Wache patrouillieren. An der gegenüberliegenden Wand tickte mürrisch eine Standuhr.

»Hallo?«

Keine Antwort.

Am anderen Ende der Halle entdeckte sie eine angelehnte Tür und steuerte darauf zu. »Hallo? Ich komme jetzt rein.«

Es war ein riesiger, gewölbter Raum, gut zwei Stockwerke hoch, unzählige Bücherregale erstreckten sich vom Boden bis zur Decke – mindestens fünfmal so viele wie in Ambers Trailer. Und während die Bibliothekarin ihre Bücher im Lauf der Jahre offenbar immer wieder sorgsam geflickt und repariert hatte, war die Sammlung von Du Cream makellos, die Buchrücken aus Leder, die Titel mit Goldprägungen versehen. Vor einem Marmorkamin standen zwei bonbonfarbene Plüschsofas, in der Mitte des Raums ein ausnehmend akkurat aufgeräumter Schreibtisch: ein säuberlich ausgerichteter Papierstapel, daneben lag präzise im rechten Winkel ein Stift, und mehrere Bücherstapel lagen am Rand des

Tischs wie Burgzinnen, die Seiten mit Lesebändern markiert. Hinter einer großen Glasschiebetür erstreckte sich der Garten.

Aber sie entdeckte nichts, was wie ein Radio aussah. Nichts, was auch nur eine Batterie hatte. Alles analog, primitiv. Sie biss die Zähne zusammen, kurz davor, die Schubladen zu durchwühlen, da rief jemand von der Tür her: »Hat es wehgetan?«

Instinktiv zuckte ihre Hand zum Halfter. Sie zwang sich dazu, sie wieder sinken zu lassen. »Wehgetan?«

»Na, als Sie vom Himmel gefallen sind?«

Die Fremde verschluckte sich. »W…«

»Liebe Güte, es gibt keinen Grund, rot zu werden.« Du Cream lachte leise und hängte seinen Hut auf den Ständer neben der Tür. Der Sheriff war glatthäutig und weich und fleischig, mit sanfter Stimme, weißem Ziegenbart und nachsichtig blinzelnden Augen. »Den Spruch sag ich zu jedem. Aber man sollte es damit nicht zu weit treiben – Engel sind nicht mehr in Mode, wissen Sie«, fügte er mit einem Augenzwinkern hinzu.

»Richtig«, brachte sie mühsam heraus.

»Setzen Sie sich.« Er deutete auf eins der hässlichen Sofas. »Rodrick sagte mir bereits, ich hätte Damenbesuch.«

»Der Mann an der Tür?«

»Genau der.«

Die Fremde erinnerte sich an Rodricks angewiderten Blick und bezweifelte, dass *»Damenbesuch«* der Ausdruck war, den er benutzt hatte. Du Cream schlenderte zu einem Tisch mit Klauenfüßen, auf dem ein gläserner Kelch stand, gefüllt mit bernsteinfarbener Flüssigkeit. »Möchten Sie einen Schluck trinken?«

»Nein. Ich bin hier, um …«

»Ich weiß, ich weiß, es ist noch früh. Aber ich muss meine Nerven beruhigen.« Der Sheriff stürzte einen großen Schluck runter und wischte sich mit dem Ärmel über die Lippen. »Ich komme gerade von einem *furchtbaren* Schauplatz zurück.«

Er machte eine bedeutungsvolle Pause.

»Schauplatz?«, fragte sie.

»Ja. Der Schauplatz eines Verbrechens. Schreckliche Sache.« Er schauderte, füllte sein Glas wieder auf und ließ sich auf das andere Sofa sinken. »Und so seltsam. Drei Leichen mitten im Nirgendwo. Alle auf unterschiedliche Weise gestorben. Erschlagen. Vergiftet. Erschossen. Einem der Männer wurden Hut und Hemd entwendet, wohl *post mortem*. Wer macht denn so was bloß?«

Die Fremde wurde blass und drehte einen Hemdknopf zwischen den Fingern hin und her. »Tja«, sagte sie. »Wirklich schrecklich.«

»Alle drei waren Schmarotzer, lupenreines Plündererpack. Normalerweise wäre es mir egal. Aber mein Vorgesetzter im Süden, der gute Deputy Seawall …« Er machte eine Pause, als wollte er ihre Reaktion beobachten. Die Fremde zog eine ehrfürchtige Miene. Erfreut fuhr er fort: »Aus irgendeinem Grund hat er Interesse an dieser Sache. Anscheinend steckt mehr dahinter. Wir sollen nach jemandem Ausschau halten, der eine Menge *heidnischer Ausrüstung* mit sich führt.« Kurz senkte er den Blick zu der Pistole an ihrer Hüfte. »Ich persönlich würde die Sache ja als Streit zwischen Taugenichtsen abhaken. Aber was Seawall will, soll Seawall auch bekommen …« Seufzend lehnte sich Du Cream in die dicken Polster zurück. »Um die Wahrheit zu sagen, ich habe nicht den Mumm für solche mörderischen Angelegenheiten. Im Herzen bin ich Gelehrter, das sehen Sie ja an all den Regalen hier. Schon in jungen Jahren …«

»Haben Sie ein Radio?«, unterbrach ihn die Fremde. Sie saß auf der Sofakante, um jederzeit aufspringen zu können. »Es ist dringend.«

Du Cream blinzelte. »Ein was?«

»Einen Kommunikator. Mir wurde gesagt, dass Sie einen haben.«

»Ach, das Ding meinen Sie?« Er hatte sich wieder gefasst und kicherte. »Ja, hab ich.« Er klopfte auf seine Tasche. »Genau hier. Aber wer hat Ihnen das verraten?«

»Die Bibliothekarin draußen am Stadtrand. Sie hätte übrigens gern ihr Buch zurück.«

Du Cream hob eine Augenbraue. »*Ihr* Buch?«

»Ja.« In einem Anflug von Panik ging der Fremden auf, dass sie den Titel vergessen hatte. »Graf von Minte … äh …«

»*Der Graf von Monte Cristo.*«

»Ja.«

»Ich verstehe.« Mit beiden Händen stützte er sich auf den Knien ab, seufzte und stemmte sich hoch. »Nun gut. Ich bin sicher, es ist hier irgendwo.« Mit einem reumütigen Lächeln fügte er hinzu: »Ich fürchte, sie hat nicht viel für mich übrig.«

»Ich weiß.« *Ruhig*, dachte die Fremde. *Ruhig, ruhig, ruhig.* »Das hat sie gesagt.«

»Sie nimmt mir übel, dass ich ihre Sammlung kaufen möchte.« Er schritt an den Regalen entlang, seine hinter dem Rücken verschränkten Hände erinnerten sie an ein Paar im Schlaf dicht aneinandergeschmiegter weißer Wühlmäuse. »Ich mag dieses Hin und Her nicht, ausleihen und zurückbringen, ausleihen und zurückbringen. Wir leben nicht mehr im barbarischen Zeitalter des Tauschhandels. Als Geschäftsmann kann ich mir Bücher leisten, und als fleißiger Gesetzeshüter habe ich sie mir auch verdient.« Er sah sie an. »Sie wissen, dass ich ihr einen angemessenen Preis geboten habe?«

»Na sicher.«

»Aber sie wollte nicht verkaufen.« Mit schimmernden Augen lächelte er sie an. »Und jetzt will sie weiterziehen, und mein einziger Trost besteht in einem ausgesprochen schlichten Band von Dumas. Sehr ärgerlich.«

Die Fremde nickte unbestimmt. Sie blickte am Sheriff vorbei durch die Glastüren auf den gepflegten Garten und die dahinterliegende endlose Einöde hinaus. Der Himmel hatte einen schwarzen Kratzer – ein Bussard –, und ihre Fantasie folgte ihm über die sanften Hügel hinweg in unbekannte Gefilde. Mit einem Mal wurde ihr klar, dass dieser Planet mit seinen vierzigtausend Kilometern Umfang sie viel mehr beunruhigte als die unermesslichen Weiten des Weltraums.

»Ah, hier ist es ja!« Du Cream zog ein Buch von der Größe zweier Ziegelsteine aus einem Stapel auf seinem Schreibtisch. Er packte den Einband an einer Ecke und hielt es hoch, und der Rest des Buches klappte herunter. Der Buchrücken brach mit einem hörbaren Knacken. »Einen Moment …« Er fingerte in seiner Brusttasche herum und zog ein Feuerzeug heraus.

Abrupt aus ihrem Tagtraum gerissen, sprang die Fremde auf. »Warten Sie …«

Aber es war zu spät, in Sekundenschnelle fraßen sich die Flammen durch das Papier. Du Cream lachte und zündete eine weitere Ecke an, oranger Widerschein zuckte über sein Gesicht. Die Worte schmolzen, der Einband verformte sich und löste sich in Nichts auf. Als das Feuer nach einer Weile erlosch, schlug er das Buch gegen sein Bein, um die Glut zu ersticken.

»So.« Er ließ das Buch in die Hände der Fremden fallen. Es bestand nur noch aus ein paar geschwärzten Fetzen, zusammengehalten von einem kleinen Rest Buchrücken. »Verstehen wir uns jetzt?«

»Nein.«

»Ich will nicht nur ein Buch. Ich will sie alle. Bringen Sie sie mir, dann helfe ich Ihnen, den Kontakt zu wem auch immer herzustellen.«

Sie fühlte, wie sich ihre Nackenhaare aufstellten. »Ist das Ihr Ernst?«

»Absolut.«

»Was ist mit …«

»Mit der Asthmatikerin mit ihrem lahmen Bein? Um die kümmert sich Ihre heidnische Pistole.« Du Cream wandte sich wieder den Regalen zu und strich mit den Fingern zärtlich über die Buchrücken, als wolle er sie zum Erzittern bringen. »Die Heilige Schrift sagt: *Wenn das Feuer hoch lodert, so bade in der Asche.* Außerdem muss ich mich ja gerade um diesen schrecklichen Fall kümmern. Nicht, dass ich mich am Ende noch gezwungen sehe, auf bloßen Verdacht hin irgendwen zu verhaften.«

Mit einem markerschütternden Ruck rumpelte die Bibliothek über einen weiteren Wüstenfels. Die Villa von Du Cream kam in Sicht, und die Fremde drückte mit aller Kraft den Schalthebel hoch. Laut klagend mühte sich der Motor mit der Steigung ab. Endlich waren sie oben, und die Fremde atmete erleichtert auf.

Sie saß auf dem durchgescheuerten Sitz, umgeben von den Besitztümern der Bibliothekarin, und blickte zum Haus hinauf. Verspürte eine ganz eigenartige Regung tief in sich und fragte sich, was für ein Mensch sie eigentlich geworden war.

»He!« Jemand klopfte kräftig gegen das Fenster. Die Fremde kurbelte es folgsam hinunter, und ein langer Gewehrlauf schob sich herein.

»Na, na.« Sie drückte ihn mit zwei Fingern nach unten. »Ich bin's nur.«

Die Waffe wurde zurückgezogen, und sie spürte die Hitze von Rodricks loderndem Blick. »Er ist hinter dem Haus.«

»Danke.«

Sie kurbelte das Fenster wieder hoch, fuhr mit dem Trailer ums Haus, wendete und fuhr das Heck der Bibliothek dicht an die Hintertür des Anwesens. Zog die Handbremse an und hüpfte nach draußen. Du Cream klatschte in die Hände.

»Wunderbar, meine Liebe!«, rief er. »Einfach fabelhaft!«

Die Fremde lächelte und warf die Wagentür zu. Du Cream rieb sich die Hände.

»Dann wollen wir mal sehen, was wir da haben, was?« Er riss die Hintertür des Trailers auf und stieg leise lachend hinein. Die Fremde verschränkte die Arme vor der Brust und wartete. Es gab einen dumpfen Schlag. Der Trailer wackelte, als wäre etwas Schweres auf den Boden gefallen.

Amber steckte ihren Kopf heraus, schaute rasch nach links und rechts und kam herausgeklettert. »Das alles ist völlig verrückt«, sagte sie.

»Hast du ihn?«, fragte die Fremde. »Den Kommunikator?«

Amber nickte. »Machen wir besser schnell.«

Die Fremde stand an der Tür Wache, während Amber halb vorsichtig, halb übermütig durch Du Creams Bibliothek marschierte und hier und da ein Buch aus dem Regal nahm.

»Mist«, erklärte sie und ließ, nachdem sie die ersten Zeilen gelesen hatte, ein Buch auf den Boden fallen. »Mist.« Sie ließ ein weiteres fallen. »Langweilig.« Ein Aufprall. »Nicht gut.« Ein dumpfer Schlag. »Beim Weltall, hat der Mann denn nichts *Lesbares* hier?«

»Amber …«

»Ja, ja, tut mir leid.« Amber legte einen Zahn zu, trat an ein abseitsstehendes Regal und zog ein Buch heraus. »›Die drei Musketiere‹. Das habe ich noch nicht gelesen.« Mit einem anerkennenden Nicken klemmte sie es unter den Arm, dann zog sie fünf weitere Bücher heraus und stapelte sie vor ihrer Brust bis unters Kinn. »In diesem Regal steht ausschließlich Belletristik. Hilf mir beim Tragen, dann können wir hier verschwinden.«

Die Fremde warf noch einen letzten prüfenden Blick in den Garten, dann eilte sie ebenfalls zu dem Regal und beugte sich vor.

Ein Schuss. Amber schrie auf.

»Ich wusste es, verdammt!«, brüllte jemand.

Die Fremde drehte sich um, in jeder Hand ein Buch. Rodrick kam auf sie zugestapft und hob das Gewehr, aber bevor er abdrücken konnte, wirbelte *Jane Eyre* quer durch den Raum und traf ihn an den Fingerknöcheln.

»Scheiße …«

Wuthering Heights klatschte ihm gegen die Nase.

»Scheiße!« Mit rudernden Armen taumelte Rodrick rückwärts. Die Fremde klaubte die beiden Bücher vom Boden auf und knallte sie ihm fein säuberlich von beiden Seiten zu-

gleich gegen den Kopf. In einer Wolke aus Blut und Papier ging er zu Boden.

»Hey. Hey!« Sie rannte zu Amber, die auf dem Boden lag. »Hey. Leben Sie noch?«

Ein langes, gequältes Stöhnen entrang sich Ambers Lippen. »Verdammt«, brachte sie heraus. »Kleine … Ratte.« Sie stützte sich auf einen Ellbogen, fischte *Die drei Musketiere* aus dem Haufen verstreuter Bücher und schüttelte es energisch. Ein langes Geschoss fiel heraus und rollte über den Boden. Rodricks Attacke hatte es bis zum Epilog geschafft.

»Dieser verdammte Mistkerl hat es ruiniert.« Wütend schleuderte sie das Buch weg, kam taumelnd auf die Beine und klammerte sich am Arm der Fremden fest, um nicht das Gleichgewicht zu verlieren. »Los, nimm den Rest mit.«

Die eingesammelten Bücher im Arm, kletterte die Fremde auf den Fahrersitz der fahrenden Bibliothek und warf das Diebesgut über die Kopfstütze, während Amber keuchend den Beifahrersitz erklomm.

»Fahr zu«, befahl sie und schlug auf das Armaturenbrett. *»Fahr schon!«*

Die Fremde gab Gas und schlingerte in einer gefährlich engen Kurve zurück auf die Einfahrt. Hinter ihnen flogen die erbeuteten Bücher erst nach rechts, dann nach links, dann raste die ganze Bibliothek praktisch im Sturzflug den Hügel hinunter.

Es klickte.

Du Creams Hand tauchte auf. Zitternd umklammerte sie eine antike silberne Pistole.

»Umkehren«, sagte er.

»Scheiße«, sagte Amber, an niemanden im Speziellen gerichtet.

Du Cream beachtete sie nicht. »Ich weiß, woher du kommst, meine Liebe«, sagte er zu der Fremden. »Und der Deputy auch. Du bist erledigt.«

Sie ließ den Motor aufheulen.

»Umdrehen, habe ich gesagt«, wiederholte er.

»Mach ich.« Sie hatte das Pedal längst bis zum Anschlag durchgedrückt, aber sie wurden trotzdem noch schneller. Die Fremde spürte den Druck der Beschleunigung tief im Magen.

Du Creams Stimme zitterte. »Ich zähle jetzt bis drei! Eins … zwei … d…«

Der Trailer erreichte den Fuß des Hügels, und sofort riss die Fremde das Lenkrad nach links und zog zugleich die Handbremse so fest wie möglich an.

Kurz herrschte Schwerelosigkeit im Wageninnern. Die rechten Räder hoben sich, dreißig Zentimeter, einen halben Meter. Die Fremde hielt sich mit völlig gelassener Miene am Dachgriff fest, Amber krachte mit der Wange gegen die Fensterscheibe. Am schlimmsten jedoch erwischte es Du Cream: Aus Ambers überfüllten Regalen rutschten sämtliche Bücher auf einmal heraus, eine massive Mauer aus Papier, und begruben ihn unter sich. Er hatte nicht mal Zeit zu schreien.

Die fahrende Bibliothek schwankte einen Moment lang auf zwei Rädern, als würde sie ein eigenartiges Ballett aufführen. Dann krachte sie zurück auf die Straße. Sie war noch heil und ganz, aber in ihrem Innern gab es ein waches Bewusstsein weniger als eben noch.

Lange herrschte Schweigen, bis Amber schließlich das Wort ergriff. »Was hat er damit gemeint?«

»Wovon redest du?«

»Ich weiß, woher du kommst?«

Die Fremde stützte kurz die Stirn aufs Lenkrad.

»Nichts«, sagte sie. »Mach dir keine Gedanken.«

Später, als der Abendwind die Oberfläche der ausgedörrten Erde abgekühlt hatte und die ersten Sterne die zerrissenen obersten Schichten der Atmosphäre durchdrangen – den bewusstlosen Du Cream hatten sie vor vielen Kilometern kurzerhand am Straßenrand abgeladen –, holte die immer noch im Siegestaumel schwelgende Amber den Kommunikator hervor und legte ihn auf den Tisch zwischen ihnen. »Hier«, verkündete sie. »Wie versprochen!«

Die Fremde sah das Gerät an. »Scheiße«, sagte sie. Es war ein zerbrochenes Plastikrechteck, kaum so groß wie ihre Hand, mit grünlichem Bildschirm und ein paar Tasten. Ein Telefon. Ein uraltes Mobiltelefon. »Das kann ich nicht gebrauchen.«

»*Was?*« Amber war zutiefst beleidigt, nicht nur wegen der ganzen Anstrengung, die sie dafür auf sich genommen hatten, sondern weil sie wirklich glaubte, sie hätten etwas Gefährliches erbeutet. »Warum nicht?«

Die Fremde öffnete den Mund, um es zu erklären, schloss ihn dann wieder und atmete einmal tief durch. »Ich brauche etwas, das ein Signal aussenden kann. Nicht nur an ein bestimmtes Gerät, sondern … planetenweit. Ein Signal, das von Scannern aufgefangen werden kann. Das hier wird mir nicht weiterhelfen.«

»Scanner? Was redest du denn da?«

»Auf meinem Schiff!«, platzte sie heraus. »Die Scanner auf meinem *Schiff*! Verstehst du? Damit sie weiß, dass ich noch lebe. Damit ich sie finden kann und …«

Amber griff nach der Schrotflinte. Der Lauf zitterte ebenso sehr wie sie. »Steig aus«, sagte sie. »Bevor ich der Verdammnis anheimfalle, weil ich mit dir rede.«

Der Gesichtsausdruck der Fremden änderte sich nicht. »Bitte tu das nicht.«

»Steig jetzt aus, und ich vergesse, dass wir uns je begegnet sind.«

»Aber …«

Amber lud durch. *»Raus!«*

Doch die Fremde rührte sich nicht. »Sag mir wenigstens, wohin ich gehen soll.«

Ambers Blick wanderte zu der Pistole an ihrer Hüfte hinunter. »New Destiny«, sagte sie, und ihre Lippen zuckten kaum merklich. »Der Hohe Sheriff kann dir helfen. Er ist scharf auf alles, was heidnisch ist.«

»Okay.« Die Fremde nickte, erhob sich und ging zur Hecktür. Sie stieß sie mit dem Fuß auf, ein wenig Mondlicht fiel in den engen Innenraum der Bibliothek. Doch sie ging nicht, sondern hielt noch einmal kurz inne. »Kann ich nicht vielleicht einfach …«

Amber drückte ab.

Eine Sekunde lang, oder vielleicht auch nur eine halbe, hatte Amber keinen Schimmer, wo sie war. Dann kehrte ihr Bewusstsein in den Körper zurück. Ihre Ohren klingelten. Unter dem Klingeln hörte sie irgendeinen anorganischen Laut, einen elektronischen Impuls, der von einer hohen Tonlage zu einem langen, tiefen Summen überging und dann verklang.

Sie sah, dass die Fremde ihre Pistole gezogen hatte. Dann erblühte Schmerz in ihrer Schulter, wo der zurückprallende Gewehrschaft sie getroffen hatte, und die Verzögerung machte es umso schlimmer. Sie und die Fremde hatten die Waffen aufeinander gerichtet. Aber anscheinend war niemand erschossen worden.

Die Fremde tippte sich an den Hut und bedachte Amber mit einem schwachen Lächeln. »Tut mir wirklich leid. Danke, dass du über meinen Kopf hinweg gezielt hast.« Damit duckte sie sich unter der Tür hindurch und war verschwunden.

Amber sagte kein Wort. Weder an der Wand noch an der Decke entdeckte sie Spuren, die darauf hindeuteten, dass die Schrotflinte abgefeuert worden war. Langsam drehte sie die Flinte um und betrachtete die Mündung. Der Lauf war zu einem glühenden Stummel zusammengeschmolzen.

ERSTES ZWISCHENSPIEL

DAS TELEFON SAH AUS WIE EIN ÜBERFAHRENES TIER, ein Pfannkuchen aus glitzerndem Metall mitten auf der Straße, die Tasten völlig verbeult, das Gehäuse von zahllosen Rissen durchzogen.

Selbst ein zutiefst verzweifelter Schrottsammler hätte sich nicht die Mühe gemacht, das Ding vom Asphalt aufzuheben.

Im Display spiegelte sich der Mond.

Es leuchtete auf, ein Quadrat aus billigem, flirrendem Grün. Musik ertönte, eine klassische Melodie in einer 8-Bit-Schleife, hell und schrill in der Wüstennacht.

In der Mitte des Displays blinkte ein Glockensymbol auf, darunter ein Name in schwarzer Blockschrift:

SEAWALL

Garraty

»WIE GEHT ES DIR, GARRATY?«

Garraty antwortete nicht. Aber die Botin (denn das war ihre Rolle, zumindest heute) hatte nichts anderes erwartet. Schon seit mehreren Stunden reisten sie zusammen, und bisher hatte er kein einziges Wort gesagt. Also fuhr sie fort: »Mir geht es gut. Ich hatte zwar schon bessere Tage, aber es könnte schlimmer sein.«

Der alte Highway erstreckte sich weit in die Ferne, ein endloses Band aus unkrautbewachsenem Asphalt, das schimmernd in der Mittagssonne vor sich hinschmolz. Mit langen, gleichmäßigen, gummibesohlten Schritten marschierte sie vorwärts, der tief in die Stirn gezogene Rangerhut verbarg ihre Augen. »Ich bleibe in Bewegung«, sagte sie. »Und ich bin am Leben. Das ist gut. Besser jedenfalls, als irgendwo festzusitzen. Oder, äh, tot zu sein.«

Garraty grunzte, kauerte sich nieder, senkte in aller Gemütsruhe den Kopf und erleichterte sich mit Märtyrerblick auf den Boden seines Pappkartons.

»Also weißt du«, sagte sie, »manchmal habe ich das Gefühl, du hörst mir gar nicht zu.«

Garraty machte keine Anstalten, sich gegen diesen Vorwurf zu verteidigen. Sie richtete die Aufmerksamkeit auf den leeren Horizont. »Glaubst du, dass wir auf dieser Straße sterben werden?«

Garraty seufzte. Die Botin nickte. »Ich auch nicht. Ich denke, wir packen das.«

Vorwärts, weiter, immer weiter. Zwei Wochen seit Springwell. Seit einem halben Monat war die Botin unterwegs. Ständig in die Nacht hinausgetrieben, ständig steif im Nacken, ständig fragte sie irgendwelche Fremden nach dem Weg – wo lang geht es zur Stadt? Wie weit ist es noch? Und: Kann ich etwas zu essen haben? Die Antworten lauteten stets: »Süden«, »sehr weit« und »ja, gemahlene Hülsenfrüchte und gegrillte Eidechse, denn das ist alles, was wir entbehren können, möge die Göttin dich beschützen und behüten.« Sie benutzte ihren Schmerz wie Kohle, die sie in einen Kessel schaufelte, um sich voranzutreiben, wiederholte mit jedem Herzschlag, mit jedem Schritt diesen einen Satz:

Ich vermisse sie. Ich vermisse sie. Ich vermisse sie.

Inzwischen hatte sie gelernt, sich besser an die Gepflogenheiten auf der Erde anzupassen. Sie verbarg ihre Pistole und vermied es, zu viel zu reden. Sie sprach überhaupt nicht, wenn sie nicht unbedingt musste. Aber als sie in der Tankstelle an der Kreuzung ihr Vorhaben geäußert hatte, den über dreißig Kilometer langen Highway von Rat Junction nach Moneta hinunterzuwandern, wurden die anderen Reisenden gesprächig, richtig munter sogar. Wie sich herausstellte, liebten die Menschen auf der Erde nichts mehr als eine wunderbar deprimierende Geschichte.

Der Tankwart ergriff als Erster das Wort und knurrte unter seinem dicken Schnurrbart hervor: »O nein, das würde ich bleiben lassen, Ma'am. Schlechte Idee. Richtig schlechte Idee.«

Zustimmendes Gemurmel und Nicken von allen Seiten. Diese geballte Aufmerksamkeit machte sie misstrauisch, aber sie konnte nicht widerstehen und fragte: »Warum denn nicht?«

»Die Straße ist verflucht. Wer sie bereist, stirbt.« Er sagte es mit größter Selbstverständlichkeit.

Eine Truckerin nickte. »Die Cousins meines Mannes sind letzte Woche mit dem Pick-up runtergefahren. Kamen nie in Moneta an. Sind verschwunden, als hätten sie sich in Luft aufgelöst.«

»Ich hab gehört, dass ein ganzer Konvoi verschwunden ist«, sagte jemand. »Drei Autos insgesamt. Ganz üble Sache.«

»Wirklich, Ma'am, Sie sollten lieber die östliche Straße nach Churny nehmen und dann die lange Straße runter.«

»Ach, zum Weltall noch mal.« An der Pumpe an der Ecke stand ein Mann mit einem gewaltigen wirren Bart und füllte den Tank seines rostigen Mopeds. Bislang hatte er stumm gelauscht, aber seine Miene hatte sich beim Zuhören immer mehr verdüstert. »Das Problem mit solchen verfluchten Straßen ist doch, dass die Leute sie nur in Gruppen bereisen«, sagte er und packte den Lenker seines Mopeds. »Wenn man allein fährt und dabei nicht trödelt, ist es kein Problem. Ich war schon ein Dutzend Mal in Moneta. Ihr habt einfach keinen Mumm in den Knochen, das ist alles.«

Der Tankwart saugte an seinen Lippen. »Da wäre ich mir nicht so sicher, Söhnchen.«

»Wie weit ist es bis nach Churny?«, fragte die Botin.

Er zuckte mit den Schultern. »Etwa eine Woche.« Mit einem vielsagenden Blick auf ihre Stiefel, die schon lange jeden

Glanz eingebüßt hatten, fügte er hinzu: »Zu Fuß natürlich länger.«

»Eine *Woche*? Grundgütiger ...« Sie presste eine Hand auf den Mund, um nicht auf den falschen Gott zu fluchen. Holte zweimal tief Luft. »Ich habe keine Woche Zeit«, sagte sie so ruhig wie möglich.

»Ich auch nicht«, sagte der Mopedmann. »Danke für den Rat, aber ich lass es drauf ankommen. Und bei allem Respekt, Mädchen« – er nickte der Botin zu – »du solltest so bald wie möglich in ein Fahrzeug investieren.«

Mit glühendem Neid betrachtete sie sein Moped – schlammverschmiert, mit verrosteten Federn, die freiliegende Verkabelung hing tief unter dem korrodierten Motor. »Ich wünschte, das könnte ich.«

Aus der Menge ertönte ein Pfiff. Im Container eines abgewrackten Sattelschleppers hockte ein dürrer Mann, zwischen den elastischen Hosenträgern wallten Brusthaare. Er trommelte mit den Fingerspitzen auf der Stoßstange herum. »Du fährst also nach Moneta, ja? Brauchst du Arbeit?«

»Auf keinen Fall, Jordan.« Der Mopedmann drehte sich um und spuckte in den Dreck. »Hältst du mich etwa für blöd? Ich weiß, mit was du dealst.«

»Ich will doch nur, dass du ein Paket für mich transportierst. Es ist dringend.«

»Bei dir ist es immer dringend.«

»Komm schon«, flehte Jordan. »Ich hab ein bisschen Geld, Essen ...«

Die Botin hob den Kopf. »Essen?«

»Sicher.« Er musterte sie. »Was, willst *du* es etwa mitnehmen? Zu Fuß?«

Sie zuckte mit den Schultern. »Ich gehe jedenfalls in die richtige Richtung.«

»Beim Weltall – also wenn du dich freiwillig meldest …«

»Es ist doch kein schweres Paket, oder?«

»Schwer nicht, nein.«

»So, mir reicht's.« Der Mopedmann schwang sich auf sein Gefährt, beugte sich vor und legte der Botin eine Hand auf die Schulter. »Bleib einfach immer in Bewegung, Mädchen«, riet er ihr. »Bleib in Bewegung und behalte die Göttin in deinem Herzen.« Er trat den Ständer hoch, und das Motorrad ratterte mit einem ungesunden Röcheln und gefolgt von einer Rauchwolke Richtung Süden.

Der Tankwart rümpfte die Nase. »Dummes Arschloch.«

Sobald das Moped außer Sicht war, drückte Jordan ihr einen Pappkarton in die Hände, gefolgt von einer braunen Papiertüte. »Dieser Karton muss noch heute Abend nach Moneta«, sagte er. »Heute Abend! Bummle nirgendwo herum, rede mit niemandem. Wenn das Risiko nicht zu groß wär, würde ich selbst gehen. Schwörst du mir, dass du es pünktlich schaffst?«

»Klar.«

»Es geht um Leben und Tod. Versprich mir, dass du den Auftrag erledigst.«

»Hab ich doch schon gesagt«, erwiderte sie verärgert.

»Versprich es!«

Eine Vordertür des Sattelschleppers wurde zugeschlagen. Der Motor stotterte, und jemand rief: »Wir fahren. Jordan, jetzt komm endlich!«

Was soll's, dachte sie und seufzte. »Okay. Ich verspreche es.«

Im Gehen blickte der dürre Mann noch mal über die Schulter. »Bring es zu Rochelle«, sagte er hastig. »Okay? Rochelle.

In Moneta. Das Haus mit der roten Tür. Wenn sie fragt, sag ihr, du bringst Garraty.«

»Ich bringe was?«

»Garraty!« Der Sattelschlepper setzte sich in Bewegung, Kies knirschte unter den Reifen. »Und lass den Deckel drauf!«, rief Jordan ihr über den Lärm hinweg zu. »Er beißt!«

Die Botin spähte in die Tüte und seufzte. Brot und Rosinen. Sie hatte auf ein Sandwich gehofft.

Und so machte sie sich mitsamt dem Paket auf den Weg nach Moneta – über die verfluchte Straße.

Laufen war ihr keineswegs fremd. Den Großteil ihrer Kindheit und Jugend hatte sie sich zu Fuß fortbewegt, mit lauter anderen eingepfercht in einen langen Betonhangar, in dem die sterile Luft säuerlich nach verdampftem Schweiß roch. Grundausbildung nannten sie das. Man marschierte den ganzen Tag im Kreis, dann erfuhr man, dass man fünf weitere Stunden marschieren musste, und man selbst und alle Kameraden stöhnten und klagten und kickten vielleicht irgendwelche Gegenstände fort. Dann ging es weiter, fünf Stunden, zehn, zwanzig, bis man den Mond dreimal hätte umkreisen können, ohne es richtig zu merken, und dabei irgendwelche zotigen Lieder im Rhythmus der eigenen Schritte sang.

Hier wurde nicht gesungen. Auch nicht geredet. Rat Junction lag weit hinter ihr, die Stille war so zäh, dass sie fast taub davon wurde. Und flach war die Landschaft hier, so flach, dass man fast glauben konnte, dass man sich nur auf einen Stuhl stellen musste, um bis zum Rand der Welt zu blicken.

Sie versuchte sich daran zu erinnern, wie der Planet aus dem Orbit ausgesehen hatte. Verbrannt, dachte sie. Wie etwas, das zu lange auf dem Grill gelegen hatte. Seltsam klumpig, wie ein trockener Schwamm.

Hatte sie Ozeane gesehen? Sie wusste es nicht mehr. Zu der Zeit hatte sie anderes im Kopf gehabt.

Eine kontaminierte Erinnerung. Sie schob sie beiseite.

In einem Arm hielt sie immer noch den Karton. Sie hatte ihn nicht geöffnet, aber nachdem sie ihn eine Stunde lang mitgeschleppt hatte, keimte in ihr immer größerer Widerwillen gegen das Paket auf. Es war ärgerlich, so etwas einfach ohne weitere Informationen in die Hand gedrückt zu bekommen. *Beim ersten Anzeichen von Ärger schmeiße ich es ins Gebüsch,* dachte sie. *»Garraty« kann bestimmt auf sich selbst aufpassen.*

Schließlich war ihre Neugier so groß, dass sie das Äußere der Schachtel näher untersuchte. Sie war etwa dreißig Zentimeter lang, rechteckig, unbeschriftet und nicht versiegelt. Das kam ihr seltsam vor. Wenn Garraty wertvoll war, weshalb wurde er dann nicht sicher transportiert? Der Deckel war nicht mal zugeklebt.

Sie hielt das Paket vor die Brust und schüttelte es vorsichtig. Etwas rührte sich darin.

Sie legte den Kopf schief und war sicher, sich geirrt zu haben. Legte eine Hand darunter und schüttelte erneut.

Eindeutig eine Bewegung im Innern. Es schien, als hätte sie ihn geweckt.

Sie war beunruhigt. Natürlich ging es sie nichts an, sie war für den Transport bezahlt worden und fertig. Aber was, wenn da drin eine Art Monster lauerte? Bilder, die sie auf Museumsbildschirmen gesehen hatte, fluteten ihren Kopf: irgendeine Perversion der Natur, die sich auf zu vielen Beinen seitwärts hüpfend fortbewegte, ein verwachsener schwarzer Körper, dessen Hinterteil sich unnatürlich nach oben wand und in einem geschwollenen, glitzernden Stachel endete. *Er beißt.*

Das Ding bewegte sich in die gegenüberliegende Ecke, sie merkte es daran, wie sich das Gewicht verlagerte. Sie stellte den Karton auf dem Boden ab und trat einen Schritt zurück. Besser kein Risiko eingehen. Sie zog die Pistole, streckte ein Bein aus und stieß den Deckel mit der Fußspitze weg.

Nichts sprang heraus. Sie wartete einen Moment. Immer noch nichts. Sie hielt ihre Waffe auf die Öffnung gerichtet und trat näher heran, bis sie hineinspähen konnte.

Die Botin ließ die Waffe fallen, schloss die Augen, hob das Gesicht zum Himmel empor und stieß einen Seufzer aus, der in ein Lachen überging, halb entschuldigend, halb erleichtert. Dann ging sie in die Hocke und befreite ihre Fracht aus dem Pappgefängnis.

Garraty schaute sie stumm an, mit tintenschwarzen Augen, die sich aus einem walnussförmigen Kopf hervorwölbten.

»Na sieh mal einer an«, sagte sie. »So furchterregend bist du ja gar nicht.«

Er grunzte, und die geschuppten Beine ruderten träge durch die Luft. Es schien seltsam, dass ein so exotisches, harmloses kleines Wesen derart wichtig sein sollte, dass sein rascher Transport eine »Frage von Leben und Tod« war. Sie betrachtete ihn aus allen Richtungen, musterte die grimmig wirkende Maulspalte, das Muster aus gesprenkelten Rechtecken auf dem Rückenpanzer. Entdeckte keinerlei Anhaltspunkte, was es mit dieser Fracht auf sich haben könnte.

Sie kannte eine Handvoll ausgestorbener irdischer Lebensformen: Nashörner, Bären, Eulen, Panther. Sie alle waren verschwunden, von ihnen war nichts weiter geblieben als DNS-Stränge in irgendwelchen Laboren. Aber wie dieses mürrische, grüne, bucklige kleine Ding hieß, wollte ihr nicht mehr einfallen.

»Ach, was soll's.« Sie setzte ihn zurück in seine Kiste. »Was auch immer du sein magst, du bist schon in Ordnung.«

Sie ließ den Deckel offen, ging weiter und musterte Garraty hin und wieder wohlwollend. Es war schön, einen Begleiter zu haben.

Die Zeit verging. Der leise Windhauch kam vollends zum Erliegen. In der Ferne glitzerte der silberne Bogen eines Warptunnels, ungeheuerlich groß und halb unter Sand begraben. Blinzelnd fragte sie sich, wie lange es her sein mochte, dass ein Schiff dieses Tor durchquert hatte. Drei Jahrhunderte vielleicht? Vier?

In ihren Ohren klingelte es kaum merklich.

Bald darauf setzte Garraty einen Haufen ab, was sie im ersten Moment lustig fand, bis der Geruch ihr in die Nase stieg. Dann entdeckte sie zum ersten Mal seit ihrem Aufbruch vor mehreren Stunden etwas Interessantes am Straßenrand: verrottende Plastikhütten, die ohne erkennbaren Grund blau leuchteten und aussahen wie Türme, die ein leeres Grundstück bewachten. Ringsum lagen verstreute Überreste eines offensichtlich gescheiterten Projekts – Fragmente eines umgestürzten Zauns, Ölfässer, grauer Schutt. Überall auf dem Boden glitzerten Glasscherben.

»Rühr dich ja nicht vom Fleck.« Sie setzte Garraty auf den Boden, kratzte seine Kiste mit einem Stück Schiefer sauber, so gut es eben ging, und warf den bereits hart werdenden Kot einfach auf die Erde. »So. Wunderbar.«

Wunderbar. Das Wort klang ihr kurz in den Ohren nach.

Sie setzte sich auf ein Ölfass und barg den Kopf in den Händen.

»Reiß dich zusammen, Captain«, murmelte sie. »Reiß dich zusammen.«

Eine Bewegung in der Ferne erregte ihre Aufmerksamkeit, und sie blickte auf. Am Horizont vor ihnen, für das menschliche Auge kaum zu erkennen, wehte eine Staubfahne in den klaren blauen Himmel empor.

Da kam ein Lastwagen.

»Hm.«

Eine Weile sah sie interessiert zu, wie sich ganz langsam ein immer deutlicherer Umriss aus der Staubwolke schälte. Als sie wieder zu ihren Füßen hinunterblickte, war Garraty verschwunden.

»Scheiße.« Sie bückte sich und sah sich um. Er war nirgends zu sehen. »Oh, du kleiner Mistkerl.« Aber sie war nicht wütend. Als sie die leere Straße entlangblickte, stieg Panik in ihr auf. Sie ging auf Hände und Knie und durchwühlte den Schutt.

»Ich lasse dich hier«, drohte sie. »Ich pack einfach meine Sachen und hau ab. Geschieht dir recht.« Aber sie suchte weiter. Endlich fand sie ihn hinter einer Plastikhütte, wo er sich zufrieden im Schatten zusammengekauert hatte. »Sieh nur, was du aus mir gemacht hast«, sagte sie und hob ihn hoch. »Eine dekorierte Kriegsveteranin, die Babysitter spielt für ein … was bist du denn bloß noch mal?«

Motorengeräusch lenkte sie ab. Rumpelnd kam der Lastwagen zum Stehen, und aus der Fahrerkabine drang eine weibliche Stimme: »Zum letzten Mal, jetzt hör doch endlich damit auf, mich ständig anzurufen. Es ist alles unter Kontrolle.«

Die am weitesten entfernte blaue Hütte erbebte, als hätte jemand dagegengetreten. Dann die nächste und wieder die nächste. Obwohl die Botin die Lastwagenfahrerin nicht sah, konnte sie sich lebhaft vorstellen, wie sie systematisch die Reihe abarbeitete, Türen aufriss und hastig wieder zuschlug, eine Hand über dem Gerät an ihrem Ohr. »Weil ich dachte, ich hätte jemanden gesehen, okay?« Eine Pause. »Irgendjemand muss die verdammte Schildkröte ja mitschleppen, die kommt nicht allein den ganzen Weg wieder zurückgelaufen.«

Bei diesem Wort zuckte die Botin zusammen. *Schildkröte.* Vorwurfsvoll starrte sie Garraty an.

Die Fahrerin lachte laut auf, und eine weitere Hütte erzitterte. »Natürlich ist es das wert. Bei diesem Zeug musst du nur einen Preis nennen. Die zahlen alles, was du verlangst. *Alles*, bei der göttlichen Mutter.« Ein letzter Schlag. Die Botin duckte sich so tief wie möglich ins Unkraut, mitten zwischen die Glasscherben.

»Schon gut. Falscher Alarm. Die müssen wohl noch weiter nördlich sein.« Pause, dann wieder ein Lachen. »Machst du Witze? Eine bessere Schützin als mich gibt es nicht. Das ist meine leichteste Übung.«

Die Botin wartete, bis das Motorengeräusch verklang, und dann noch ein wenig länger, ehe sie bäuchlings an den Hütten vorbeikroch, Garraty mit einer Hand fest umklammert. Sie sah ihren Schützling an, und er erwiderte ihren Blick und blinzelte unschuldig. »In was zum Teufel hast du uns da reingeritten?«

Das Maul der Schildkröte klappte auf, und für einen kurzen, surrealen Moment glaubte die Botin, das Tier würde ihr antworten. Aber es gähnte nur. Sie stand auf und klopfte sich mit der Hutkrempe den Trümmerstaub ab. Dicke Wolken wallten durch die windstille Luft. Sie holte den Karton, steckte Garraty wieder hinein und setzte ihren Weg nach Süden fort. Immer wieder blickte sie über die Schulter in die Richtung, in die der Lastwagen gefahren war.

»Glaubst du, deine Freundin kommt noch mal zurück?«, fragte sie Garraty, der langsam und schwerfällig in seinem Karton herumkroch und die Grenzen seines momentanen Reichs erkundete. »Warum ist sie überhaupt hinter dir her? Schmeckst du vielleicht köstlich? Oder vielleicht will sie dich zu irgendwas zermahlen. Deine Schale könnte eventuell ein seltenes Aphrodisiakum sein?«

Garraty starrte sie abfällig an.

»Was immer es ist, sie muss es wirklich dringend haben wollen, wenn sie dafür so viel Mühe auf sich nimmt. Nicht dass ich mir Sorgen mache. Ich kann sehr gut auf mich aufpassen. Hast du gehört, was sie gesagt hat? *Eine bessere Schützin als mich gibt es nicht.*« Die Botin schnaubte. »Von wegen.«

Stille senkte sich über sie, mit derselben Selbstverständlichkeit, wie der von den Lastwagenreifen aufgewirbelte Staub wieder zu Boden sank. Es dauerte eine ganze Weile, bis die Botin schließlich sehr bedacht sagte: »Früher habe ich oft selbst so geredet. Als ich jünger war. Ich hab immer gern geprahlt.«

Ein tiefer Seufzer.

»Aber das ist vorbei. Das habe ich mir geschworen. Keine Gewalt mehr. Menschen können so was, weißt du?« Sie stupste den Karton an und lächelte breit. »Sie können sich verändern! Ich habe mich verändert, oder etwa nicht? Ich bin jetzt ein besserer Mensch als früher, stimmt's?«

Garraty schlurfte weiter im Kreis.

Sie hatte keine Möglichkeit, die Zeit zu bestimmen, abgesehen von der schmerzhaft langsamen Erdrotation. Die Sonne hatte drei Viertel ihrer Wanderung über den Himmel beendet und sank bereits auf die unregelmäßigen Hügel am Horizont zu, als die Botin feststellte, dass sie auf etwas zulief.

Es entpuppte sich als Hütte. Von dem ursprünglichen Gebäude, das hier einst gestanden hatte, war wenig übrig – ein bisschen weißes Blech und ein verblasstes Schild, auf dem in klobigen, fröhlichen Buchstaben *Muddy Gap Café* stand. Der Rest war ein Flickenteppich aus Sperrholz und Planen. Die ganze Konstruktion sah höchst fragwürdig aus, aber der Gedanke an Schatten war zu verlockend. Die Botin ging zum Eingang und hob eine aufgehängte Plane an. »Hallo?«

Niemand antwortete. Sie trat hindurch.

Drinnen war es schummrig, aber angenehm kühl. Der Raum war voller Plastikmöbel, die an eine Wand geschoben worden waren, um in der Mitte Platz zu schaffen, vermutlich für ein Lagerfeuer, jedenfalls entdeckte sie einen verkohlten Fleck auf dem Boden. Ein offener Durchgang hinten im Raum führte in die Küche.

Die Botin sah sich gründlich um, nahm die Details in sich auf wie eine neugierige Touristin. Ein verbogener Teelöffel, eine an der Ferse durchgescheuerte Socke, ein an die Wand geschmiertes *BEREUT!*, darunter in einer anderen

Handschrift die Frage *Warum?*, und eine leere Konservendose. Bei dem Anblick knurrte ihr Magen. Sie wischte eine mumifizierte Fliege von einem der Stühle und setzte sich, löste die Feldflasche von ihrem Gürtel und zog den klumpigen Proviantbeutel aus der Tasche.

Nachdem sich die Botin jahrelang hauptsächlich aus Röhrchen mit aromatisierter Paste ernährt hatte, fand sie das Essen auf der Erde vergleichsweise frisch. Nicht unbedingt auf gute Weise frisch, es war eher eine Zustandsbeschreibung wie bei »frischem Kot«. Das Brot war würzig und nicht ganz übel, aber die Rosinen schmeckten furchtbar – zäh und trocken, ohne einen Hauch von Süße. Sie hielt eine davon hoch und stellte fest, dass sie Beine hatte.

Ihre Kiefer erstarrten mitten im Kauen. Galle stieg ihr die Kehle hinauf. Aber es war eben, wie es war. Sie schloss die Augen, atmete tief ein und stopfte sich den ganzen Rest auf einmal in den Mund. Ein halbes Dutzend Käferkörper blieb ihr im Rachen stecken, und sie würgte heftig. Der Versuch, Brot hinterherzuwerfen, machte die Sache nur noch schlimmer, also fummelte sie den Deckel der Feldflasche ab und trank so verzweifelt, dass sie in ihrer Hast einen Teil des kostbaren Wassers über ihr Hemd verschüttete.

Garraty beobachtete sie aus seinem Karton heraus. Sie senkte die Feldflasche und starrte ihn an. »Was guckst du denn so?«

Dann ruckte ihr Kopf hoch.

Schon wieder Motorenlärm. Verstohlen spähte sie aus der Türöffnung und erblickte den Lastwagen von vorhin. Er hatte umgedreht und war bereits so nah, dass sie die dicken, glänzenden Radkappen sah.

Die Botin fluchte. Sie könnte abhauen, eventuell gab es einen Hinterausgang in der Küche – aber vielleicht auch nicht. Doch dann wurden ihr die Vorzüge dieser Situation klar, und ihre Panik verflog. Die Fahrerin würde zu Fuß hereinkommen müssen, was der Botin einen Vorteil verschaffte. Sie stellte sich an die Wand, stützte die Hand aufs Holster und wartete.

Draußen kam Wind auf, die Plane wehte träge herein. Der Lastwagen rumpelte immer näher. Die Botin verlagerte das Gewicht von einem Fuß auf den anderen, wartete auf das Quietschen der Bremsen, das Zuschlagen einer Wagentür. Nichts von beidem war zu hören. Nur das Motorengeräusch wurde immer lauter.

»Glaubst du«, flüsterte sie Garraty zu, »sie fährt einfach vorbei?«

Noch lauter.

»Oh«, sagte sie.

Und noch lauter.

»*Sch...*«

In einer Explosion von Plastik und Splittern riss die Wand auf, und das Blechdach der Hütte, einiger seiner Sperrholzstreben beraubt, neigte sich schwindelerregend nach unten. Es kam nicht ganz runter, aber es war knapp. Der Lastwagen stand jetzt mit laufendem Motor halb drinnen, halb draußen.

Aber das Café war leer.

Die Botin klemmte unter der Stoßstange. Der Lastwagen hatte sie um einen halben Zentimeter verfehlt, als er durch die Wand brach, und sie hatte sich eilig zwischen den Rädern hindurch unter den Wagen geschlängelt, ehe sich der Staub legte. Aber jetzt saß sie fest.

Der metallene Unterboden des Fahrzeugs war direkt über ihr, er verströmte Hitze und den Gestank von frittiertem Öl. Sie hatte zwei Möglichkeiten: Entweder kroch sie rückwärts und versuchte, Richtung Fahrzeugheck abzuhauen, oder sie hielt ganz still und hoffte, dass der Lastwagen sie beim Zurücksetzen nicht zerquetschte. Beides war nicht gerade verlockend.

Plötzlich tauchten Stiefel vor ihr auf, und der Wagen, befreit vom Gewicht der Fahrerin, federte ein wenig nach oben. Die Botin stützte das Kinn auf den Boden und beobachtete, wie die Stiefel vorn ums Fahrzeug herumliefen und auf die Küche zusteuerten.

Sie lächelte in der Dunkelheit unter dem Wagen. Sie könnte der Fahrerin direkt in die Ferse schießen. Schluss mit der Wanderung über die verfluchte Straße. Sie würde den Lastwagen nehmen, und die Fahrerin konnte zu Fuß nach Moneta humpeln. Geschähe ihr recht.

Sie griff nach der Waffe in ihrem Holster, dabei streifte ihr Ellbogen ein Stück heißes Metall. Sie unterdrückte einen Schmerzensschrei, grub die Zähne in die Unterlippe und versuchte es noch einmal, diesmal langsamer. Zog mit angehaltenem Atem die Waffe am Griff über den Boden bis auf Höhe ihres Gesichts. Erst als ihr Finger am Abzug lag, atmete sie wieder aus.

Ein Stück vor ihr knarrten die Fußbodenbretter. Ein weiteres Objekt kam in Sicht, etwas Kleines, Buckliges, das sich mit überraschender Geschwindigkeit bewegte.

Es war Garraty. Das kleine Tier marschierte mit entschlossenem Blick direkt auf sein Verhängnis zu.

»*Pst!*« Die Botin winkte verzweifelt, aber Garraty wandte nicht mal den Kopf. »Du dummes kleines …«

Sie spähte nach vorn, aber die Küchentür war knapp außerhalb ihres Sichtfelds. Sobald sich die Fahrerin umdrehte, würde sie die Schildkröte sehen. Dann war sie gewarnt, und sie beide wären erledigt. Kurz zögerte die Botin, dann kroch sie ein Stück vor und packte Garraty am Hinterbein. Er quäkte empört und versuchte, sich in seinen Panzer zurückzuziehen, aber sie war schneller. Ein kräftiger Ruck, und beide waren wieder unter dem Wagen verschwunden.

Garraty knurrte. Die Botin drückte ihn an ihre Brust und schob sich auf dem Bauch rückwärts. Hörte rasche Schritte aus der Küche. Verzweifelt riss sie die Pistole hoch, aber die Fahrerin hatte es eilig, die Stiefel stapften vorbei und waren im nächsten Moment auch schon wieder verschwunden.

Der Motor wurde gestartet, stinkende Hitze wallte ihr über Hinterkopf und Nacken. Sie presste das Gesicht auf den Boden, als der Lastwagen rückwärts setzte, und kroch dann hastig in die Deckung der tief hängenden Decke, Garraty in der einen und ihre Waffe in der anderen Hand.

Sie lauschte. Die dicken Reifen knirschten beim Wenden über den Boden, dann war der Lastwagen wieder weg, setzte seine Fahrt Richtung Süden fort. Die Botin seufzte.

Sie steckte ihre Waffe weg und hob Garraty auf Augenhöhe. Aus Protest gegen die grobe Behandlung hatte er sich wieder im Panzer verkrochen. »Was ist dein Problem, Sternenschein?«, fragte sie.

Garraty funkelte sie verärgert aus der Dunkelheit unter seinem Panzer an.

»Stell dich nicht so an«, versuchte sie ihn zu beschwichtigen. »Komm schon, du kannst ruhig rauskommen, du bist jetzt in Sicherheit.«

Doch er weigerte sich. Sie drehte ihn um und schüttelte ihn kräftig. »Sei nicht so stur, du undankbarer …«

Sie hielt inne. In dem Muster aus feinen Vertiefungen und ineinandergreifenden Platten des Panzers hatte sie eine Linie entdeckt, die ihr tiefer vorkam als die anderen. Die Botin griff hinein und fuhr mit den Fingern über den Rand. Ja, da war definitiv eine Kante.

Vorsichtig – Garraty rührte sich derweil nicht – schob sie den Daumennagel hinein. Der mittlere Teil des Panzers löste sich mit einem Klicken, und plötzlich verteilte sich ein ganzer Schwung kleiner blasser Dinger über ihren Schoß. Sie fluchte und wich instinktiv zurück, aber keines der Dinger griff an, biss zu oder flog davon. Sie nahm eins zwischen Daumen und Zeigefinger und hob es hoch. Es war eine Pille.

»Verfluchte Scheiße noch mal«, sagte sie.

Bei diesem Zeug musst du nur einen Preis nennen. Die zahlen alles, was du verlangst.

»Du bist also ein Drogenkurier.« Eine Pause. »Oder eher eine Drogenschildkröte.«

Die Erkenntnis erfüllte sie mit einer eigenartigen Enttäuschung. Aus irgendeinem Grund hatte sie sich vorgestellt, dass die heiligen Menschen der Erde über solche weltlichen Laster erhaben wären. Aber das waren sie nicht … natürlich nicht. Sie drückte die Stirn gegen Garratys Panzer. »Götter im Himmel. Was bin ich doch nur …«

Garraty witterte eine Gelegenheit zur Rache, sein Kopf ruckte aus dem Panzer hervor, und er schloss die Kiefer um ihren Nasenrücken. Fluchend riss sie ihn weg, aber die schnabelartige Spitze seines Mauls riss eine tiefe Furche in ihre Haut.

»Das war's!« Sie holte, Garraty in der Hand, weit aus, um ihn gegen die Wand zu schleudern. Aber etwas hielt sie auf. Oder vielmehr – jemand.

Jemand, der gar nicht hier war.

Bei dem Gedanken an sie sackte die Botin in sich zusammen wie ein aufgeschlitzter Reifen.

»Tut mir leid.« Sie setzte Garraty neben sich auf den Boden und rieb gedankenverloren mit dem Daumen über seinen faltigen Kopf. »Ich kann dich nicht einfach hierlassen, hm? Das würde ihr überhaupt nicht gefallen.«

Garraty streckte seine Gliedmaßen so weit wie möglich aus, drückte sich von ihrer Hand weg und hakte die eigenartigen Füße in ihre Hose, um sich auf ihren Schoß zu hieven. Dort drehte er sich ein paar Mal im Kreis auf der Suche nach der richtigen Position, ließ sich niedersinken, legte den Kopf ab und schlief sofort ein. Seine Nasenlöcher weiteten sich, und ein zufriedener Pfeiflaut drang heraus.

»Jetzt machst du also auf niedlich, ja?«, fragte sie. »Das kauf ich dir nicht ab.«

Sie legte eine Hand auf seinen Panzer und spürte die Wärme darunter.

Eine halbe Stunde später war die Botin wieder unterwegs, jetzt aber in höchster Alarmbereitschaft. Schon zweimal war es sehr knapp gewesen – ein drittes Mal würden sie vielleicht nicht überleben. Zu allem Überfluss hatte sie kaum noch Wasser, dafür aber heftige Kopfschmerzen, die sich anfühlten, als steckte ein scharfkantiger Ziegelstein mitten in ihrem Schädel. Garraty schlief seelenruhig in seinem Karton, die weißen Pillen hatte sie eingesammelt und wieder in dem Fach unter seinem Panzer verstaut. Sie hatte den Deckel geschlossen, weil sie befürchtete, dass er in der glühenden Hitze verschrumpeln könnte. Na ja – noch mehr verschrumpeln als ohnehin schon.

Wieder kam etwas am Straßenrand in Sicht, und sie erschrak, griff nach der Pistole und ließ sie gleich wieder los. Das Etwas bewegte sich nicht, es lag kaputt auf der Seite und rostete vor sich hin. Ein Geländer an der flachen Seite gab ihr einen Hinweis darauf, was sie da vor sich hatte: das Wrack eines Wasserfahrzeugs, von Brombeersträuchern überwuchert. Vorn war es aufgerissen, die Ränder scharfkantig wie bei einer offenen Konservendose.

Ein guter Schutz, dachte sie. *Vielleicht könnte ich hier übernachten.*

Ein kurzer, harter Laut. Mindestens zwei, drei Kilometer südlich, aber er hallte wie ein Donnerschlag über die offene Ebene, und sie erkannte das Geräusch sofort: ein Gewehrschuss, gefolgt von einem zweiten.

Die Botin lief an dem Wrack vorbei, schneller als zuvor, als wollte sie ihrem wachsenden Grauen entfliehen.

Als sie ihn schließlich in der Ferne sah, hielt sie ihn im ersten Moment für einen Müllsack, schlaff und unförmig. Doch im Näherkommen sah sie die Krümmung seiner Finger, die Hand lag direkt neben der Straße im Gras. Sie rannte los und sank, als sie den Mann erreichte, neben ihm auf die Knie. Aber es gab nichts, was sie tun konnte. Niemand kann etwas für die Toten tun.

Er lag bäuchlings mit dem Kopf in den verstreuten Überresten seines eigenen Gesichts. Die Arme wurden bereits steif und lagen ausgebreitet zu seinen Seiten, als wollte er sein mildes Erstaunen kundtun. Im zottigen Bart hingen geronnene

Blutklumpen. Neben ihm lag das Moped und blutete Öl aus einer Schusswunde im Tank.

Die Botin richtete sich auf und schluckte trocken. Kurz saß sie reglos da, die Augen geschlossen, die Lippen fest zusammengepresst. Dann stand sie auf und sah sich um.

Einige Meter weiter lag ein Lederrucksack. Jemand hatte sein Inneres nach außen gestülpt, und das unförmige Ding erinnerte ebenfalls an eine Leiche. Die Besitztümer des Mannes lagen verstreut auf dem Boden: ein paar T-Shirts, ein zerbrochener Handspiegel, ein zusammengefaltetes Foto.

Sie sah seine letzten Augenblicke vor sich. Er musste einen von hinten kommenden Wagen gehört oder vielleicht auch gesehen haben und war an den Straßenrand gefahren, um ihn vorbeizulassen. Die Fahrerin hatte sich aus dem Fenster gelehnt und ihm in den Hinterkopf geschossen. Wohlkalkuliert, präzise. *Eine bessere Schützin als mich gibt es nicht.* Danach hatte sie am Straßenrand gehalten – die Fahrspuren waren deutlich zu sehen –, war aus dem Wagen gesprungen, hatte seine Taschen durchwühlt und den Rucksack ausgekippt.

Anschließend war sie wieder eingestiegen und weitergefahren, hatte den Toten der Hitze und der Verwesung überlassen.

Sie sah die Leiche an.

»Wohin warst du unterwegs?«, fragte sie. »Nach Hause, so wie ich?«

Er gab keine Antwort.

Im Weitergehen ballte sie eine Hand zur Faust und drückte sie langsam in die andere Handfläche, ließ die Knöchel knacken, fein säuberlich einen nach dem anderen.

Am Stadtrand wendete der Lastwagen ohne jede Vorwarnung. Zunächst fuhr er in demselben gemäßigten Tempo, in dem er den ganzen Tag schon unterwegs gewesen war, an den Hütten vorbei, die den Rand der ansteigenden Straße säumten. Und plötzlich, als hätte ihn ein unsichtbares Kraftfeld zur Umkehr gezwungen, legte er eine Kehrtwendung hin und schoss, schwarze Gummispuren hinterlassend, denselben Weg zurück, den er gekommen war. Ein zufälliger Beobachter hätte womöglich gedacht, die Fahrerin sei wütend und frustriert. Aber wer konnte das schon mit Sicherheit sagen?

Mit gequält kreischendem Motor raste der Wagen die Straße hinunter. Es dauerte nicht lange, bis sie in Sicht kam: eine einsame Reisende, die langsam Richtung Süden lief. Der Lastwagen legte noch einen Zahn zu. Als die Reisende ihn hörte, ruckte ihr Kopf hoch, und sie ging beiseite, um ihn vorbeizulassen. In ihrer Miene lag keine Spur Angst, nur beiläufige Neugier. Immer näher kam der Lastwagen, und kurz bevor er sie erreichte, wurde er langsamer. Sobald er auf Schussweite heran war, senkte sich mit mechanischem Surren das Fenster auf der Fahrerseite.

Das war ihr Signal. Die Botin setzte sich in Bewegung. Zwei Explosionen zerrissen die Reifen auf der linken Seite, und der Lastwagen schlingerte heftig. Doch statt zu bremsen, gab die Fahrerin Gas, raste direkt auf die Botin zu, die zu spät begriff, dass sie die Gegnerin falsch eingeschätzt hatte.

Im letzten Moment wollte sie zur Seite hechten, aber ein Scheinwerfer erwischte sie an den Beinen, und sie wurde schräg über die Motorhaube geschleudert und krachte rücklings auf die Straße. Die Handbremse kreischte. Blanke Felgen schrammten über den Asphalt, als die Fahrerin den Wagen herumriss, um erneut Kurs auf die gestürzte Botin zu nehmen.

Aber sie war schon wieder auf den Beinen.

Sie sah ihr eigenes Spiegelbild in der Scheibe, dunkel und verzerrt. In der Zeit, die andere fürs Durchladen brauchten, hätte sie sechs Kugeln durch die Windschutzscheibe jagen können.

Aber sie wollte das nicht tun. Oder konnte es einfach nicht über sich bringen. Was auf dasselbe hinauslief.

Das Motorengeräusch erstarb. Weder wurde eine Tür geöffnet, noch senkte sich ein Fenster herab. Sie wusste, dass die Fahrerin bewaffnet war, aber aus welcher Richtung würde sie angreifen? Vom Fahrersitz aus? Von der Beifahrerseite? War sie in den hinteren Teil des Lastwagens geklettert? Aus welcher Höhe würde sie feuern?

Es blieb keine Zeit mehr, sich zu ducken. Die Botin riss den Kopf zur Seite. Die Kugel streifte ihre Wange und hinterließ einen blassroten Strich. Mitten in der Windschutzscheibe klaffte ein weißes Loch, von dem aus sich spinnennetzartig Sprünge durchs Glas zogen. Genau in dieses Loch zielte die Botin mit der Pistole, in exakt demselben Winkel, aus dem die Kugel gekommen war.

Aus dem Wageninneren ertönte ein Schrei, als der Treffer der Fahrerin die Luft aus der Lunge trieb.

Sie würde überleben, da war sich die Botin sicher. Ein Vorteil ihrer Pistole war, dass Wunden sofort kauterisiert wurden, also gab es praktisch keinen Blutverlust. Die Fahrerin würde wieder in Ordnung kommen. Irgendwann.

Irgendwann. Aber das würde noch dauern. Wenn die Botin richtig gezielt hatte – und sie zielte immer richtig –, hatte die Kugel den Unterarm der Fahrerin der Länge nach gespalten, von den Fingerknöcheln bis zum Ellbogen.

Die Fahrerin schrie immer noch. Die Botin wandte sich wieder nach Süden und lief auf die Stadt zu, deren vereinzelte Lichter sich unter einem zusehends dunkler werdenden Himmel zusammendrängten.

Seit dem Zwischenfall herrschte zwischen Garraty und der Botin Schweigen, und als sie in die Straßen Monetas eintauchten, wurde es langsam unangenehm. Es war schon spät und dunkel und so still, als würde die Stadt den Atem anhalten. Die Botin räusperte sich.

»Tut mir leid, dass du das mitansehen musstest«, sagte sie. »Ich hatte mir gedacht, wenn ich ihre Waffenhand erwische, dann würde sie nicht mehr …«

Sie verstummte mitten in der Rechtfertigung.

»Na schön, du kannst mich ruhig beißen, wenn du willst.« Sie steckte eine Hand in die Schachtel und wackelte mit einem Finger neben seinem Gesicht herum. »Na los.«

Doch Garraty wandte den Kopf ab.

»Weißt du, wir könnten einfach abhauen«, überlegte sie. »Die Pillen verscherbeln, ein Auto kaufen und nach Süden fahren. Einen Kommunikator suchen. Sie finden. Nach Hause gehen. Was meinst du, hm? Du und ich?«

Aber du hast versprochen, dass du es tust.

»Ja, aber …«

Du hast es versprochen.

»Verdammt noch mal.« Eine verbeulte Dose lag auf der Straße, sie kickte sie gegen eine Backsteinmauer und sah zu, wie sie abprallte. »Verdammt, verdammt, verdammt. Es könnte alles so einfach sein. Du machst alles schwieriger, weißt du das? Du machst alles so verdammt *schwierig.*«

Garraty antwortete nicht. Vielleicht wusste er irgendwo in seinem schrumpeligen Verstand, dass sie nicht wirklich mit ihm redete.

Die rote Tür schwang nach dem ersten Klopfen auf, aber es war niemand zu sehen.

Eine Stimme rief: »Wer sind Sie?«

Sie blickte nach unten. Ein vielleicht achtjähriges Mädchen mit zerzaustem Haar stand vor ihr und schielte zu ihr hoch.

»Oh«, sagte die Botin. Sie räusperte sich. »Hallo.«

Das Mädchen entdeckte die Schildkröte und keuchte auf. *»Garraty!«*

»Ja. Äh, hier.« Sie reichte die wild rudernde Schildkröte runter, und das Mädchen schmiegte die Stirn an ihren Panzer. Garraty gab eine Art Gurren von sich. »Du bist spät dran!«, schimpfte das Mädchen. »Böser Garraty!« Dann öffnete sie mit einer beunruhigend geübten Bewegung seinen Panzer, nahm eine Pille heraus und steckte sie sich in den Mund.

Die Botin machte einen Satz auf sie zu, dann hing ihre Hand reglos in der Luft, als das Mädchen die Pille einfach im Ganzen verschluckte. *Oh, Mist,* dachte sie.

»Hallo? Wer ist …« Eine erwachsene Gestalt erschien im Türrahmen, gesichtslos im gelben Gegenlicht. »Oh, göttliche Mutter«, sagte er. »Garraty.«

»Er ist wieder da!«, rief das Mädchen.

»Das ist großartig, Schatz. Das ist wirklich großartig.« Der Mann drückte ihr fest die Schulter, sah den Kurier an und sagte eisig: »Das war wirklich haarscharf.«

»Es tut mir leid«, sagte sie, immer noch erschüttert. »Es tut mir so leid. Sie hat – ich meine, sie hat einfach …« Es ist nicht einfach, jemandem zu erklären, dass er sein Kind zum Erbrechen zwingen muss. *»Sie hat eine Pille genommen.«*

»Was, eben gerade?« Er sah das Mädchen an. »Ich weiß, wie sehr du darauf gewartet hast, aber das nächste Mal mit Wasser, okay?«

»Okay.« Sie schloss Garratys Panzer wieder und setzte sich das Tier auf den Kopf. »Du bist wieder zu Hause!«

Und in der Tat schien er das ebenso zu empfinden; glücklich schmiegte er sich in ihr Haar und ließ entspannt die Beine baumeln. Der Anblick tat der Botin fast körperlich weh, und sie musste ihre ganze Willenskraft aufbieten, um sich Garraty nicht zu schnappen, mit ihm in die Nacht hinaus zu fliehen und ihn nie wieder herzugeben. Aber sie fragte nur: »Was hat sie gerade genommen? Ist es ungefährlich?«

»Ungefährlich?« Der Mann schnaubte. »Gaia, weißt du denn gar nicht, was du da transportiert hast? Es ist Insulin.«

»Insulin«, wiederholte sie. »Sch…« Im letzten Moment wurde ihr die Gegenwart des Kindes wieder bewusst. »Ich verstehe.«

»Tut mir leid, dass sie es dir nicht gesagt haben.«

Garraty drehte sich auf dem Kopf des Kindes, dass die dunklen Locken wirbelten.

»Unten in der Stadt kann man welches kaufen, aber hier oben ist es schwieriger. Ist hier alles weniger reguliert.«

»Ja, natürlich.«

Er klopfte dem Mädchen leicht auf den Rücken. »Die Dame geht jetzt, Rochelle. Bedank dich bei der Dame.«

»Danke schön!« Das Kind winkte wie wild. »Tschüss!«

»Bis dann«, sagte der Mann. »Sichere Reise.«

»Aber …«

Doch die Tür war bereits zugefallen.

Die Liste der Sehnsüchte, die sich im Kopf der Botin türmten, war mindestens armlang, und das Bedürfnis nach einem tröstenden Wort stand nicht ganz unten. Sehnsucht nach einer zuckersüßen Lüge, nach einer Prise »Alles wird gut«. Aber von all den Worten, die sie heute gehört hatte, waren nur vier wirklich von Bedeutung: *Bleib in Bewegung, Mädchen.*

Und so wanderte die Botin auf wunden Füßen wieder in die Nacht hinaus – und träumte von Mopeds und dergleichen.

... Der Fall Radovid 5 macht deutlich, dass die geeignete Technologie vorhanden ist, um selbst einen nahezu vollständig zerstörten Planeten vom Rande der Unbewohnbarkeit zurückzuholen – vorausgesetzt, der besagte Planet ist für das Imperium von strategischer Bedeutung. Die Entscheidung, die Erde aufzugeben, sollte daher eher als politische denn als humanitäre Entscheidung rekontextualisiert werden.

Die Messwerte des südöstlichen Kontinents sind zwar veraltet, zeigen aber ...

DR. NOELLE DALEY,

Verlassene Planeten: Eine sozioklimatische Neubewertung

VON (2805, UNVERÖFFENTLICHT)

Zusammenhangloses parteipolitisches Geschwafel. Hat sie den Verstand verloren?

PEER-REVIEW-ANMERKUNGEN

ZWEITES ZWISCHENSPIEL

DU CREAM UND SEAWALL UNTERHIELTEN SICH, geschätzt anhand der Verschiebung des Mittagsschattens, schon seit einer guten halben Stunde. Rodrick hielt Wache, so wie immer.

Den Morgen hatte er damit verbracht, sich vorzeigbar zu machen, seine Haare waren zu einem gut gefetteten Vorhang zurechtgekämmt, und sein bestes Hemd steckte in seiner besten Jeans. Sogar das Gewehr hatte er frisch poliert.

Schließlich ging es hier um den Deputy. Da kam es auf Details an.

Sie waren nach Churny beordert worden, eine schäbige Kleinstadt, die erdrückend nach verbranntem Müll und Motoröl stank. Hier sollten sie sich mit der rechten Hand des Hohen Sheriffs treffen und ihn auf der Zielgeraden seiner Fahndung unterstützen. Du Cream hatte ihnen gegen alle Widerstände Zugang zum größten Gebäude der Stadt verschafft, einem hässlichen Würfel aus orangefarbenem Backstein mit Betontreppen und Plattenboden. Am nackten Fahnenmast neben dem Eingang stand Rodrick Wache und starrte drohend die Passanten an. Der Boss hatte ihn vorgewarnt, dass es eine Weile dauern würde.

»Was geschehen ist, kann nicht rückgängig gemacht werden«, hatte Du Cream zugegeben, während er sich vor dem

Spiegel seine Krawatte richtete. »Eine Rüge werde ich wohl hinnehmen müssen.« Selbst Rodrick, dem so was normalerweise nicht auffiel, bemerkte die zitternden Finger des Sheriffs, der die Krawatte einmal, zweimal, dreimal band und wieder löste. Schließlich warf er sie kurzerhand auf den Boden. »Ich lasse einfach den Kragen offen«, sagte er mit bemühtem Lächeln. »Ein bisschen entspannt aufzutreten, kann nicht schaden, hm?«

Du Cream schien mit jedem Tag zu schrumpfen. Auf seiner Wange sah man immer noch Spuren der Begegnung mit der flüchtigen Verbrecherin, damals an jenem düsteren Morgen vor zwei Wochen, als Du Cream die Einfahrt hinaufgetaumelt war, das Gesicht zerschlagen und verfärbt wie ein Korb voller Pflaumen. »Natürlich wird er sie bald erwischen«, murmelte er. »Dann ist alles vergeben und vergessen. Es war nur ein dummer Fehler, das ist alles. Er wird sie im Handumdrehen schnappen.«

Die Anspannung des Sheriffs war Rodrick ein Rätsel, er verstand die ganze Aufregung um diese eine Gesetzlose nicht. Aber Rodrick war kein neugieriger Mann und verschwendete seine Energie nicht darauf, etwas zu verstehen, das ihn im Grunde nicht weiter interessierte.

Wenigstens ist diese Scheiße bald vorbei, dachte er und legte sein Gewehr von einer Schulter auf die andere. Ein Maultier schlurfte vorbei, ein versiegeltes Holzfass an eine Flanke geschnallt. *Vielleicht kann ich noch ein Glas trinken, bevor wir aufbrechen.*

»Gibt es etwas zu berichten?«

Die Stimme klang sanft und freundlich, erschreckte Rodrick aber dennoch so sehr, dass er fast sein Gewehr abgefeuert hätte. Deputy Seawall stand mit verschränkten Armen neben ihm und kaute auf einem Zahnstocher. Er war vollkommen lautlos neben ihm aufgetaucht.

»Ist das ein Nein?«, fragte der Deputy und musterte ihn argwöhnisch.

»N-nein, Sir!«

»Okey-dokey.«

Seawall war schlank, ein paar Zentimeter kleiner als Rodrick und glatt rasiert, auf seinen Zügen lag ständig ein halbes Lächeln. Er nahm den Zahnstocher aus dem Mund und holte Luft. »Ich wette, Sie hätten jetzt Lust auf einen guten Drink«, sagte er nachdenklich.

»Natürlich.«

»Dann sind wir schon zwei.«

»Jede Wette.«

Rodrick fühlte sich schon jetzt ganz vertraut mit dem Deputy. Für eine Respektsperson redete er sehr vernünftig und ohne Schnörkel – viel schnörkelloser als Du Cream, der nicht mal eine einzige kleine Stadt richtig im Griff hatte.

»Ja«, fuhr der Deputy fort, »ich hätte jetzt gern einen schönen Drink und würde dann ein schönes Schläfchen halten. Aber nee, stattdessen muss ich diese ganze Sauerei aufräumen. Wenn die Mist gebaut haben, überlassen die doch immer uns das Aufräumen, stimmt's, mein Junge?«

»Ja, Sir.« Rodrick nickte nachdrücklich. »Jedes Mal.«

»Verdammt nervig, was?«

»Allerdings.«

Der Deputy klopfte ihm leutselig auf den Rücken. »Ich mach mich wohl besser mal auf den Weg. Man sieht sich.« Im Davonschlendern pfiff er vor sich hin.

Rodrick blieb stehen und wartete darauf, dass Du Cream ihn zu sich rief. Der Sheriff von Springwell hatte sehr strenge

Grundsätze, und wenn er einen nicht zu sich rief, ließ man ihn besser in Frieden.

Eine Viertelstunde verging. Noch eine. Rodrick spähte ins Haus. »Sheriff, Sir? Sind Sie da drin?«

Keine Antwort. Noch eine Viertelstunde kam und ging. Rodrick war inzwischen völlig ausgedörrt. Er spürte, wie sich allmählich seine Schienbeine verkrampften. »Hallo? Sheriff?«

Ungeduldig geworden, ging er hinein und fand die Bürotür angelehnt. Er klopfte rasch und stieß sie auf. »Hey, Sheriff? Gehen wir jetzt, oder was?«

Im Büro gab es keine Fenster, nur ein kleines Bild an der Wand, das einen verschneiten Wald zeigte.

Schnee, so wusste Rodrick, war eine Art süße, essbare Creme, die einst vom Himmel gefallen war – eine der vielen Gaben, die die Göttin zurückgenommen hatte, um die Menschheit für ihre Sünden zu bestrafen. Du Cream schien davon fasziniert zu sein. Er hatte seinen Sessel zur Wand gedreht, saß dort und starrte auf das Bild.

»Sir? Schlafen Sie?« Rodrick klatschte ein paar Mal in die Hände. »Hallo?«

Ein kleiner Funke Hysterie zuckte in ihm auf. Er wusste, dass sein Chef nicht schlief. Da waren Flecken auf dem Boden. Flecken auf dem Sessel. Aber er konnte sich nicht abwenden; etwas zwang ihn, näher heranzugehen, damit er das Gesicht des Mannes sehen konnte.

»Lassen Sie uns jetzt gehen«, sagte er leise und trat neben den Sheriff.

Rodrick betrachtete das, was von Emollient Du Cream übrig war. Dann ging er nach draußen und erbrach sich auf die Betonstufen.

Saint's Cradle

DREI TAGESMÄRSCHE VON JENER STADT ENTFERNT, in der eine drogenschmuggelnde Schildkröte im Haar eines kleinen Mädchens vor sich hin döste, gab es ein riesiges natürliches Becken, gewölbt und voller feiner Linien wie die Handfläche eines Riesen und auf allen Seiten von niedrigen, kahlen Hügeln gesäumt, und in diesem Becken lag eine Stadt namens Saint's Cradle, in der ein Junge namens Jovah lebte. Jovah hatte schon immer in Saint's Cradle gelebt, und er wusste, dass die Stadt einmal einen anderen Namen getragen hatte. Einen alten Namen, den niemand aussprechen durfte, denn er weckte Erinnerungen an die dunklen Tage nach dem Großen Aufbruch, an die Zeit des Hungers, bevor die Stadt im Schoß von Gaias Herrlichkeit wiedergeboren worden war.

Über all das wusste Jovah genau Bescheid, denn sein Vater war Prediger. Das wäre überall ehrenvoll gewesen, in Saint's Cradle aber umso mehr. Die Stadt war keine gewöhnliche kleine Ödlandgemeinde, sondern die heiligste Stadt im Umkreis von vielen, vielen Kilometern. Hier waren Segnungen eine gültige Währung, und der leiseste Verdacht der Ketzerei richtete mit einem Menschenleben leicht dasselbe an wie ein Funke mit einem Bündel trockenen Heus. Von einem

Predigersohn wurde natürlich erwartet, dass er gelehrter war als andere Kinder, reifer, gehorsamer. Er wurde regelrecht verehrt, und das machte ihn schrecklich einsam. Mit dem Sohn des Predigers konnte man keine Früchte stehlen. Was, wenn er es seinem Vater erzählte? Und was, wenn sein Vater es der Göttin erzählte?

Nein, das ging einfach nicht. Denn die Göttin war die Erde, auf der sie lebten, und ihr Zorn war urgewaltig.

Also spielte Jovah allein.

An vier von sieben Tagen, wenn die Kinder zum Unterricht in die Kapelle kamen, war es seine Aufgabe, Hefte und Stifte zu verteilen. Sie bedankten sich mit einem nichtssagenden Lächeln und nahmen ihre kurz unterbrochenen Gespräche wieder auf, und er stand hinten in der Klasse und lauschte dem stetigen Gemurmel, in dem alle Stimmen zu einer einzigen verschmolzen.

Einmal hatte Jovah seinen Vater gefragt, ob die Erde jemals einsam war.

»Sie ist die Einzige, oder?«, fragte er. »Die einzige Göttin, die es gibt?«

Sein Vater wirkte ein wenig überrascht, denn Jovah war ein ruhiger Junge und neigte nicht dazu, Fragen zu stellen. Aber dann lächelte er und wischte sich mit einer Serviette den Mund ab. »Das ist richtig, Jovah«, sagte er. »Sie ist allein in einer riesigen Ödnis aus toten Felsen, die für sie wie Leichen aussehen, die niemals lebendig waren.«

Jovah nickte feierlich. »Planeten.«

»Aber Gaia ist nicht allein. Sie hat uns. Und wir sind immer bei ihr, verstehst du?« Sein Vater ließ die Serviette auf den Tisch fallen. »*Das ist das Zeichen ihrer Liebe.* Sie zieht uns an sich, unablässig.«

»Aber hasst sie uns nicht?«, drängte Jovah. »Weil wir so viel sündigen?«

Der Prediger lachte leise in sich hinein und schüttelte den Kopf. »Nein, Jovah. Sie hasst uns nicht. Sie straft uns aus Liebe, um uns zur Heiligkeit zurückzuführen. Wenn das Wasser versiegt …«

»*… so trinke Staub*«, stimmte Jovah ein. Ein Psalm. Egal, worüber sie sprachen, es schien immer mit einem Psalm zu enden. Sein Vater nickte wohlwollend.

»So ist es richtig. Jetzt sei ein guter Junge und räum den Tisch ab.«

Als er klein gewesen war und die Worte seines Vaters noch nicht recht verstand, hatte Jovah versucht, etwas von der Erde zu »trinken«, die in einer dünnen Schicht den Hinterhof der Kapelle bedeckte. Es schmeckte – nicht unangenehm. Praktisch nach nichts, nur eine leichte Moschusnote mit einem Hauch von Salzigkeit. Danach bekam er furchtbaren Durst.

Die Erinnerung war ihm inzwischen sehr peinlich.

Jovah war ein Musterkind, und er hatte das typische Musterkindproblem: Für die Erwachsenen war er nahezu unsichtbar. Sobald sie begriffen, dass er stets tat, was man ihm sagte, vergaßen sie ihn. Er unternahm nichts, um ihre Aufmerksamkeit zu erregen, führte keine Tricks vor, erzählte keine Geschichten. Er verschwand quasi hinter seinem eigenen Gehorsam. Wenn er nicht gerade seinem Vater in der Kapelle half oder Besorgungen in der Stadt erledigte, streifte Jovah durch die niedrigen Hügel vor dem Haus, wo hüfthohes gelbes Gras wuchs und das Surren verborgener Grillen in der Luft vibrierte. Dort hockte er sich hin und beobachtete Ameisen, die über winzige Verwerfungslinien in der Erdkruste hin und her liefen. Das war, soweit irgendjemand außer ihm wusste, sein einziger Zeitvertreib.

Aber Jovah hatte ein Geheimnis.

Um Jovahs Geheimnis zu verstehen, musste man das Geheimnis von Saint's Cradle kennen, musste wissen, wie die Stadt entstanden war. Sie war nie groß gewesen, aber im Laufe der Jahrhunderte war sie immer weiter geschrumpft, und inzwischen war sie ringsum von den skelettartigen Ruinen verlassener Häuser umgeben. Die wichtigsten Gebäude der Stadt waren eine Kapelle, ein Gemischtwarenladen, eine Autowerkstatt und ein Gasthaus namens *Das Motel* mit ein paar Dutzend Zimmern, die in quadratischer Anordnung aufeinandergestapelt waren. All diese Sehenswürdigkeiten lagen links und rechts der Hauptstraße, die mitten durchs Stadtzentrum führte. Vor nicht allzu langer Zeit hatte es hier noch Bauernhöfe gegeben, aber angesichts des immer trockeneren Bodens waren die Bauern nach Süden gezogen, ins grüne Territorium des Hohen Sheriffs auf der anderen Seite des Kontinents.

Wie ein Trickbetrüger hatte die Stadt immer zu irgendeinem neuen Kniff gegriffen, um sich am Leben zu erhalten – Glasbläserei, Schnapsbrennerei, Autoreparatur. Aber nie konnte sie mit den größeren Siedlungen in der Nähe konkurrieren. Die Belastung durch den Export forderte ihren Tribut, Jahr für Jahr blutete die Stadt mehr aus, bis nur noch die übrig waren, die es sich nicht leisten konnten, hier zu verschwinden. Fliegen schwirrten über den Mülltonnen, Schlüssel drehten sich ein letztes Mal in Schlössern, und streunende Hunde rannten durch die Straßen und heulten mit bebenden Lefzen, unter dem Fell zeichneten sich deutlich die Rippen ab. Reisende blieben nicht mehr über Nacht. Über der Stadt hing ein Gestank nach Tod, bei dem es einem den Magen umdrehte.

Aber Gaia liebte Saint's Cradle und wollte nicht, dass es starb.

Mitten in der Stadt zweigte ein holpriger Weg von der Hauptstraße ab; er führte zu einem Krater, gefüllt mit Müll aus der alten Welt. Vor Jovahs Geburt war es kaum mehr als ein Trampelpfad zu einem vergessenen Schrottplatz gewesen. Doch jetzt überwölbte ein prächtiger, elektrisch beleuchteter Torbogen die Abzweigung, geschmiedet aus unterschiedlichsten, im Krater gefundenen Gegenständen – einem verdrehten alten Tischbein, einem verbeulten Kessel, einem verrotteten Spielzeugroboter und dergleichen. Der Weg nach unten war verbreitert und ebenfalls dekoriert worden.

Am Ende des Wegs saß der Heilige, am Fuße eines steilen Abhangs und im Schatten des umgestürzten Wracks eines Lastwagens, so wie er es immer getan hatte, von Unkraut und steifem Gestrüpp umrankt. Er schlief nicht. Bewegte sich nicht. Aß nicht einmal. Aber dennoch war er lebendig – irgendwie. Es war ein Wunder.

Es war eine von Jovahs Lieblingsgeschichten vor dem Schlafengehen.

»Ich werde nie den Tag vergessen, an dem ich ihn gefunden habe«, erzählte sein Vater dann gern. »Ich war damals noch ein Junge, nicht viel älter als du, und ich hatte Angst vor ihm. Er saß einfach reglos da, wie eine Leiche. Also habe ich einen Stein geworfen, damit er sich bewegt. Er traf ihn am Kopf, und jede Menge Blut spritzte heraus.« Er imitierte das spritzende Blut mit den Händen, wischte dem kichernden Jovah übers Gesicht. »Aber er hat nicht einmal gezuckt, Jovah. Da habe ich sie gespürt. Ich spürte die Berührung der Göttin. Genau hier.« Er klopfte sich auf die Brust. »Als würde sie aus dem Erdboden heraus nach mir greifen.«

»Was hast du dann getan?«, flüsterte Jovah.

»Ich habe natürlich meinen Vater geholt und ihm meinen Fund gezeigt. Ich dachte, er würde mich auslachen, aber er hat es sofort verstanden. Dein Großvater war ein sehr heiliger Mann. Er sandte die Nachricht an die anderen Prediger im Land, und sie alle kamen, um ihn zu sehen, obwohl ich denke, dass die meisten nicht wirklich daran glaubten. Das war damals eine Zeit voller Entbehrungen, Jovah, und der Gedanke, dass ein Mann sich allein von der Gegenwart der Göttin ernähren könne, war kaum zu fassen. Aber sie waren neugierig. Also kamen sie. Einer nach dem anderen stieg in den Krater hinab. Einer nach dem anderen saß bei ihm, beobachtete ihn, lauschte seinem Atem. Und einer nach dem anderen wurde bekehrt. Als Letzte kam Ursula Ramirez.«

Ursula Ramirez aus New Destiny. Ursula Ramirez, die sich angeblich von Tee und Limabohnen ernährte und die Verschiebungen im Körper der Göttin unter ihren nackten Fußsohlen spürte. Ursula Ramirez, die mehrere verstreute Wüstengemeinden vereint hatte, zu der *Gemeinschaftskirche der Göttin*, damit die Städte einander in der Not halfen, wichtige Neuigkeiten rasch verbreitet wurden und die Prediger nicht mehr so allein waren. Ursula Ramirez, die von den meisten Leuten die Hohe Predigerin genannt wurde. Sie sei niemandes Anführerin, sagte sie, und sie wollte auch nicht verehrt werden – und dafür verehrte man sie umso mehr.

»Sie ging in den Krater hinunter. Wir warteten und warteten. Fast eine Stunde lang. Als sie zurückkam, ging sie an all den Predigern vorbei direkt zu mir. Sie nahm meine Hand – so.« Der Prediger nahm die Hand seines Sohnes. »Und sie sagte: *gut gemacht.*«

Jovah stieß die Luft aus. An dieser Stelle bekam er stets Gänsehaut.

Nachdem die Hohe Predigerin den Heiligen anerkannt hatte, trafen die Gläubigen in Scharen ein. Das Gasthaus füllte sich. Dem Laden gingen die Waren aus. Alles aus der Stadt war auf einmal heiß begehrt, sogar der Schrott im Krater; kein wohlhabendes Haus kam mehr aus ohne ein Stück heiligen Mülls auf dem Kaminsims. Und kaum jemand ließ es bei einem einmaligen Besuch bewenden – viele waren so beeindruckt, dass sie fortan jährlich hierher pilgerten und auch ihre Familien mitbrachten.

Immer wieder hatte Jovah die Macht des Heiligen mit eigenen Augen gesehen. Alte Männer kletterten mit leuchtenden Augen aus dem Krater und wischten sich mit gestärkten weißen Hemdsärmeln die Tränen von den Wangen. Paare gingen Hand in Hand davon und flüsterten sich im hellen Sonnenlicht neue Versprechen zu. Selbst schreiende Babys verstummten unter dem Gewicht der göttlichen Gegenwart.

Und so war Saint's Cradle geboren worden, die Stadt, die allein vom Glauben lebte.

Jovah wachte wie immer eine halbe Stunde vor Sonnenaufgang auf. Sein erster bewusster Gedanke war: *Heute ist es so weit.*

Endlich zehn. Jovah wartete schon so lange auf seinen zehnten Geburtstag.

So hoch oben im Norden war Licht ein kostbares Gut, aber Saint's Cradle war eine reiche Stadt, und Jovah griff, ohne die Augen zu öffnen, zu der metallenen Fackel neben seinem Bett und schaltete sie ein. Licht flutete über die vertrauten Gegenstände in seinem Zimmer. Jovah wusste, dass er viel zu groß war für die Angst vor heidnischen Raumfahrern, die ihn in die endlose Leere davonzerrten, aber es konnte nicht schaden, sich zu vergewissern.

Es war alles in Ordnung, und er schlich auf Zehenspitzen in den Flur und blieb vor dem Schlafzimmer seines Vaters stehen. Er spürte seine Anwesenheit durch die geschlossene Tür: Sein Vater lag da, die Augen geschlossen. Er schlief nicht.

Sie redeten niemals über Jovahs geheime Arbeit, selbst wenn sie unter sich waren. Aber Jovahs Vater lauschte immer auf die Schritte seines Sohns.

Jovah zog seine Schuhe an und stapfte die Treppe hinunter.

Die Morgensonne warf einen Schleier aus grauem Licht über den Pfarrhof. Bussarde kreisten am Himmel, ihre Rufe gellten durch die Leere. *Bedauernswerte Kreaturen,* dachte Jovah. Sie lebten so weit weg von der Göttin, von der Erde. Vielleicht waren sie deshalb so hässlich.

Er beugte sich zur Kellertür hinunter, zog sie auf und stieg hinab, umgeben vom Lichtschein der Fackel. Die Luft war kühl und trocken und roch ein wenig abgestanden. Er ging ganz nach hinten zu einer Holztruhe, die viel älter und größer war als er selbst, und hob den Deckel an, holte ein mit Schnüren zugebundenes Päckchen heraus.

Langsam – wie er es immer tat – hob Jovah das Päckchen ans Gesicht und atmete ein.

Mehl. Wärme.

Er ließ den Deckel los, und die Kiefer der Truhe schnappten wieder zu.

Zwielicht und tiefe Stille lagen über Saint's Cradle. Die Lichter, die den Weg hinunter zum Krater markierten, waren ausgeschaltet, und der alte Lastwagen war kaum mehr als ein Fleck in der Dämmerung. Im Näherkommen schaltete Jovah seine Metallfackel erneut ein. Auf dem Gipfel des Abhangs befand sich ein bemalter hölzerner Wegweiser, auf dem zu lesen stand:

Berühre niemals den Heiligen.
Sprich leise in Gegenwart des Heiligen.
Führe den Heiligen nicht
mit irdischen Gütern in Versuchung.
Bleib nie länger als
eine Stunde bei dem Heiligen.
Im Namen Gaias.

Jovah nahm das Paket heraus und ging den Abhang hinunter. Mit jedem Schritt schlug sein Herz schneller. Ihm war, als laste etwas Schweres auf seiner Lunge, als wäre die Luft ganz zäh vor lauter Heiligkeit.

Und dort saß der Heilige, so unausweichlich wie der Tod. Seine nackten Schultern zuckten nicht, als das Licht darauf fiel, und nur das leichte Flattern der Augenlider ließ erkennen, dass er die Ankunft des Jungen bemerkt hatte. Das Alter hatte eine Karikatur aus seinem Gesicht gemacht: eingefallene Wangen, hängende Augenlider, schlaffe, vertrocknete Lippen. Die Adern zeichneten sich wie Würmer unter der welken Haut ab.

Jovah wagte kaum zu atmen. Er verbeugte sich und legte das Paket in Reichweite des Heiligen ab. Er trat zurück und verbeugte sich erneut. Dann drehte er sich um und ging.

Wenn die ersten Besucher kamen, würde das Päckchen fort sein, mitsamt Papier.

Zwei Jahre zuvor, als sie gerade gemeinsam aufräumten, hatte Jovah seinen Vater mit einer Frage konfrontiert, die ihn schon lange beschäftigte. Sein Unbehagen war stetig gewachsen, und als er es endlich aussprach, hallten seine Worte laut von der gewölbten Decke der Kapelle wider.

»Wir geben ihm zu essen, oder?«

Es war vollkommen klar, wen er damit meinte. Es war noch früh, und sie waren auf der Kanzel und bereiteten die Morgenpredigt vor.

Jovahs Vater wuchtete eine Handvoll Bücher ins Regal. »Das tun wir«, sagte er leise. »Er ist ein sterblicher Mensch. Er braucht Nahrung wie wir auch.«

»Aber die Leute glauben, er würde nichts essen.« Jovah sah seinen Vater unverwandt an, suchte in seinem Gesicht nach einem Hauch von Fehlbarkeit, einer Reaktion auf diesen erschütternden Widerspruch. Doch das Gesicht seines Vaters blieb ausdruckslos.

»Das stimmt«, gab er zu. »Das glauben die Leute.«

»Warum wissen sie nichts davon? Warum muss ich ihm heimlich etwas zu essen bringen? Und wo …«

»Jovah …« Sein Vater hob mahnend die Hand. »Das erkläre ich dir, wenn du älter bist.«

»Wann?« Jovah nahm alles sehr genau; es gefiel ihm, wenn alles einem festen Ablauf folgte. »Wann bin ich dafür alt genug?«

Sein Vater überlegte kurz. »Wenn du zehn bist.«

Jovah zählte an seinen Fingern ab – noch zwei Jahre. Ein ganzes Leben. Aber er konnte warten. »Danke, Vater.«

Seitdem hatte er die Tage gezählt.

Jovahs zehnter Geburtstag fiel auf einen Samstag, den Tag der wöchentlichen Predigten. Die Teilnahme war in Saint's Cradle verpflichtend, sogar für Reisende. Während des Gottesdienstes wirkte die Stadt so geisterhaft wie in früheren Zeiten, mit verdunkelten Fenstern und dem gelegentlichen Winseln eines streunenden Köters. Nur in der Kapelle herrschte reges Treiben. Meist waren die Bänke überfüllt und die Wände von Gläubigen gesäumt, manchmal mussten sogar die Türen geöffnet werden, um mehr Platz zu schaffen. Vor der Predigt war der Raum stets erfüllt von Stimmengemurmel und den Geräuschen schlurfender Füße.

Als der Prediger jedoch die Stimme erhob, wurde es schlagartig still. Alle Gesichter, sogar die der Kinder, wandten sich zum Podium, um den Mann zu sehen, der dort stand.

»Einst ...«

Jovahs Vater begann immer mit einer Geschichte. Die üblichen kleineren Neuigkeiten – Geburten und Todesfälle, lokale Begebenheiten – konnten warten. Seine Stimme drang tief und kraftvoll aus seiner Brust, auf der die Perlen seiner heiligen Kette lagen. Niemand musste angestrengt lauschen, um seine Worte zu vernehmen.

»Einst, zur Zeit des Großen Aufbruchs, gab es zwei Brüder. Gemeinsam bewirtschafteten sie einen Bauernhof auf dem östlichen Kontinent. Es war an der Zeit, die Schiffe zu besteigen, die sie zu einer Kolonie im Himmel bringen sollten. Der ältere Bruder, der Stahl hieß, sagte zu dem jüngeren Bruder namens Holz: ›*Bruder Holz. Unser Land wird trocken und dürr. Das Wetter ist stürmisch und unsicher. Unsere Meere, salzig und zornig, steigen immer höher, während die Flüsse versiegen. Komm, lass uns mit den anderen in das Paradies aufsteigen, das die Menschen zwischen den Sternen erbaut haben.*‹ Doch Holz erwiderte: ›*Bruder Stahl, das Land verdorrt, weil wir es mit groben Maschinen bearbeitet haben, bis wir nicht mehr eins mit ihm waren. Die Wolken zürnen uns, weil wir versucht haben, sie mit unseren Gebäuden zu erreichen. Das Meer steigt, weil wir es mit Plastik angefüllt haben. Lass uns hierbleiben und büßen für unsere Taten und die unserer Vorfahren, damit unsere Mutter, die Erde, eines Tages wieder Frieden findet.*‹«

Jovah hörte aufmerksam zu. Sie hatten noch nicht über den Heiligen gesprochen – sein Vater hatte keine Zeit, wie er annahm –, aber es kam ihm so vor, als könne sich in dieser Geschichte eine Erklärung verbergen.

Sein Vater sprach weiter: »Die Brüder stritten lange miteinander, aber sie konnten sich nicht einigen. So zog Stahl mit dem Rest des Volkes zu den Sternen, und Holz blieb allein zurück und bearbeitete das Land mit groben Werkzeugen, hergestellt mit den eigenen Händen. Er arbeitete bis zur Erschöpfung, aber der Boden brachte kein Leben hervor. Schließlich warf er seine Werkzeuge weg und drückte die Stirn auf den Boden. ›*Mutter*‹, rief er, ›*warum hast du mich, den treuesten deiner Söhne, verlassen?*‹ Und mit diesen Worten starb er, und sein Körper machte den Boden wieder fruchtbar an jener Stelle, an der er niedergesunken war. Und so entstand die Silhouette eines Mannes, nachgezeichnet von grünem Gras und Blütenknospen, und man sieht sie dort noch immer, bis zum heutigen Tag. So erzählt man es sich.«

Jovahs Vater schlug die Hände zusammen, als würde er ein Buch zuklappen. Aber er hatte diese Worte nicht abgelesen. Es gab wohl keine Geschichte auf der Welt, die der Prediger nicht auswendig kannte.

»Amen.«

Der Bann war gebrochen, und die Gemeinde echote laut: »Amen.«

Nachdem er sich vom letzten Gast verabschiedet hatte, machte sich Jovah auf den Weg in den hinteren Teil der Kapelle und folgte dem warmen Duft nach Küchlein bis in die Küche. Am Herd fand er, mit einer ordentlich gebundenen weißen Schürze, seinen Vater vor, der gerade zwei Kleckse Teig in die Pfanne fallen ließ. Geschickt formte er sie mit einer Hand, wendete sie und drückte sie fest auf den Pfannenboden. Beide Küchlein kamen auf einen Teller, den er vor Jovah auf den Tisch stellte. »Nun iss schon«, sagte er und wischte sich die Hände ab.

Jovah nickte, murmelte ein Dankesgebet und nahm einen Bissen. Das weiche, süße Innere war umhüllt von einer knusprigen Kruste. Die Küchlein seines Vaters schmeckten so, wie Wolken aussahen.

»Ich fahre heute nach Whistler«, sagte der Prediger und hängte die Pfanne an einen Haken über dem Herd. »Der Sheriff dort hat gerade einen Sohn zur Welt gebracht, und sie will, dass er sofort getauft wird.«

Jovah schluckte. »Das ist eine wunderbare Nachricht, Vater.« Er wagte nicht, es sich anmerken zu lassen, aber so langsam machte er sich Sorgen. Er war schon seit einigen Stunden zehn, und noch immer hatten sie nicht über den Heiligen gesprochen.

»Das ist es in der Tat.« Der Prediger faltete die Schürze zusammen und legte sie über eine Stuhllehne. »Sie ist ein wahres Vorbild. Ich wünschte, alle Gesetzeshüter wären so stark im Glauben.«

»Ich auch.«

»Sieh zu, dass die Böden gefegt sind. Ich bin gegen Mittag zurück – mit einer Überraschung.«

Jovah horchte auf. »Eine Überraschung?«

»Natürlich. Meinst du denn, ich hätte es vergessen?«

Jovah strahlte. »Nein, Vater. Ich danke dir, Vater.«

Der Prediger bückte sich, um Jovah einen Kuss auf den Scheitel zu drücken. »Guter Junge. Möge die Göttin dich fest auf dem Boden halten.«

Der Mittag kam und ging, doch Jovahs Vater kehrte nicht zurück.

Es war ein ruhiger Tag in Saint's Cradle, aber auch an einem ruhigen Tag war die Stadt voller Besucher – wohlhabende Männer mit steifen Kragen, Pilger, die in Scharen zu Fuß unterwegs waren, Familien, die sich mit respektvoll gesenkten Stimmen unterhielten. Viele von ihnen wollten sehen, wie die Kapelle einer so heiligen Stadt aussah. Sie fanden eine bessere Blechhütte vor, spärlich möbliert mit langen Eichenbänken und einem abgenutzten Teppich auf dem Boden, und einen ernsten kleinen Jungen mit grauen Augen, der vor der Kanzel stand und ihre Fragen beantwortete. Er war weder freundlich noch unfreundlich, wirkte eher wie ein Teil des Mobiliars. Einige Eltern fragten vorsichtig, wo seine Eltern seien, und er senkte den Kopf und sagte, er wisse es nicht.

So langsam fing Jovahs Magen an zu knurren.

Die Küchlein waren viele Stunden her. In der Küche hatte er nach etwas zu essen gesucht, aber nichts gefunden. Er hatte kein Geld, um zum Gemischtwarenladen zu gehen, keine Freunde, die er hätte fragen können, und beim bloßen Gedanken, einen Fremden um Hilfe zu bitten, wurde er vor Scham ganz blass. Der Sohn eines Predigers bettelte nicht. Also verbeugte er sich und nickte den Gästen zu und gab sein Bestes, um das kleine, tollwütige Tier zu ignorieren, das in seinem Magen herumkratzte. Hin und wieder murmelte er Psalmen, um sich abzulenken.

Wenn das Wasser versiegt, so trinke Staub.
Wenn die Fluten steigen, so atme Wasser.
Wenn das Feuer hoch lodert, so bade in der Asche.

Mehrmals blickten neugierige Reisende in die Kirche hinein, sahen den Jungen, der mit kerzengeradem Rücken auf der Bank saß und vor sich hin flüsterte, und verschwanden eilig wieder.

Die Nacht brach herein, als wollte sie die Welt unter sich zerdrücken. Der Mond schimmerte am Himmel wie eine weiße Murmel auf einem Seidentuch. Jovahs Hände zitterten, als er die Türen der Kapelle verschloss. Sorgen machte er sich allerdings nicht. Es kam ihm gar nicht in den Sinn, dass etwas Schlimmes passiert sein könnte, er nahm an, sein Vater habe einfach etwas Wichtigeres zu tun, als nach Hause zu kommen und seinem Sohn eine Mahlzeit zuzubereiten. Ein Prediger hatte zahllose Verpflichtungen.

Doch der Hunger machte ihm schwer zu schaffen.

Eine Idee hatte er, wie er an etwas zu essen kommen konnte. Aber das wäre der Gipfel der Ketzerei, der Gipfel der Sünde. Es wäre falsch, furchtbar falsch. Als würde man direkt aus Gaias Mund stehlen.

Unruhig lief er auf und ab. Er sang. Nichts half.

Dann stand er auf einmal vor der Kellertür. Er öffnete sie und spähte in die Dunkelheit. Sie kam ihm vor wie ein Schlund, der nach Nahrung gierte. Die Fackel zitterte in seiner Hand. Sein Verstand feuerte Entschuldigungen auf ihn ab: *Ich werde Vater alles beichten und um Vergebung bitten. Ich ersetze sie später heimlich durch neue, die ich selbst mache. Ich werde Psalmen rezitieren, eine Stunde lang, einen Tag lang, eine Woche …*

Aber nichts davon dachte er richtig zu Ende. Er war zu hungrig, um einen klaren Gedanken zu fassen. Er stieg die Treppe hinunter, schaltete seine Metallfackel ein und richtete sie auf die alte Truhe.

Ein Augenpaar starrte zurück.

Jovah keuchte, und die Gestalt sprang auf die Füße. »Nicht schreien!«, sagte sie.

Jovah schrie.

»Hör auf zu schreien!«

Jovah schrie weiter.

»Ich bin doch nur ein Mensch!« Das Wesen schlug sich mit beiden Händen auf die Brust. »Siehst du? Ich werde dir nicht wehtun!«

Jovah hörte auf zu schreien.

Sie stieß die Luft durch die Nase aus, es klang wie ein Lachen. »Endlich.«

»Was machst du in meinem Keller?«, fragte er.

»Essen stehlen. Entschuldigung. Ich war hungrig.«

»Ich bin auch hungrig.« Er ließ die Hand sinken, sodass das Licht der Fackel auf den Boden fiel. Überall lag braunes Papier verstreut.

»Das ist das …« Fast hätte er *das Essen für den Heiligen* gesagt. »Das gehört uns.«

»Ich weiß, ich weiß.« Sie wischte sich ein paar Krümel aus dem Mundwinkel. »Ich hab doch schon gesagt, es tut mir leid.«

Er richtete die Metallfackel wieder auf ihr Gesicht, und sie blinzelte im Lichtschein.

Sie war groß, ihre Nase hatte einen Knick, auf dem Kopf trug sie einen breitkrempigen Hut. In den feinen Fältchen in ihrem Gesicht hatte sich Staub gesammelt.

»Du bist eine Landstreicherin«, sagte Jovah.

Sie schnaubte wieder durch die Nase. Jovah war ganz eigenartig zumute. Er war noch nie ausgelacht worden, und es machte ihn irgendwie wütend. Aber er war jetzt ein Mann von zehn Jahren, also beherrschte er sich.

»Ich bin keine Landstreicherin«, sagte die Landstreicherin.

»Okay. Wo wohnst du?«

»Äh …« Die Landstreicherin kratzte sich am Hals. »Im Moment nirgendwo.«

Jovah legte den Kopf schief und runzelte die Stirn. »Landstreicher sind Menschen, die kein Zuhause haben.«

»Ich habe ein Zuhause. Ich hab mich nur gerade ein bisschen verirrt.«

Jovah dachte darüber nach.

»Du wohnst wohl da oben, was?«, fragte sie.

Er nickte stolz. »Ja. Ich wohne mit meinem Vater in der Kirche. Er ist der Prediger dieser Stadt.« Ohne besonderen Grund fügte er hinzu: »Ich bin heute zehn Jahre alt geworden.«

»Oh.« Die Landstreicherin räusperte sich. »Alles Gute zum Geburtstag.«

»Danke.«

Mit einem Mal fiel Jovah auf, dass ihm heute noch niemand gratuliert hatte. Diese Erkenntnis rief ein neues Gefühl in ihm wach, ein eigenartiges ahnungsvolles Flüstern wie leise Schritte auf einem leeren Grab, das von bevorstehendem jugendlichen Elend kündete. Er schüttelte das unbehagliche Gefühl ab.

»Bitte warte hier und iss nichts mehr. Ich hole jetzt Hilfe.«

Sie wurde blass. »Was für eine Art Hilfe?«

»Meinen Vater. Er wird wissen, was zu tun ist.« Jovah wich ein paar Schritte zurück. »Bitte erzähl keinem anderen Landstreicher, was du heute hier gesehen hast«, fügte er hinzu.

Wieder ein Lachen. »Ja, sicher.«

Jovah nickte erneut. Dann drehte er sich um, eilte hinaus und schloss die Kellertür hinter sich. In der Dunkelheit sprang ihn mit einem Mal tiefe Verunsicherung an. Die Landstreicherin hatte sich ohne Erlaubnis in den Keller geschlichen. Das machte sie bestimmt zu einer Diebin. Diebe waren gefährlich, weil sie ja Banditen waren, und er kannte Geschichten über Banditen aus alten Zeiten – es war nicht die Sorte Geschichten, die man in der Kirche erzählte.

Und dann war da noch etwas. Sie hatte einen Gegenstand an ihrer Hüfte getragen. Irgendeine Waffe. Jovah brach der Schweiß aus.

Licht drang aus dem Fenster der Pfarrei, und Jovah wäre vor lauter Erleichterung beinahe zusammengebrochen. Sein Vater war zurück. Er stürmte durch die Tür und rief noch im Laufen: »Vater, da ist …«

Zwei Gesichter starrten ihn an. Das vertraute Gesicht seines Vaters und ein fremdes. Ein grobschlächtiger Mann, dessen Augen wie Glasscherben glitzerten.

Eine Weile herrschte Schweigen. Dann räusperte sich sein Vater. »Jovah. Das ist Deputy Seawall. Er ist den ganzen Weg von New Destiny hierhergereist.«

Verwirrt blickte Jovah zwischen ihnen hin und her. Sein Vater wirkte eigenartig. Warum stand er nicht so hoch aufgerichtet wie sonst? Und warum klang seine Stimme so schwach?

Der Prediger räusperte sich erneut. »Sag Guten Abend, Jovah.«

Automatisch richtete sich Jovah auf und verschränkte die Hände hinter dem Rücken. »Guten Abend, Sir.«

Deputy Seawall ging in die Hocke, und der warme Geruch nach Zigaretten und gekochtem Fleisch strich über Jovah hinweg. »Hallo«, sagte er mit einer Stimme, als hätte er Brandlöcher in der Kehle. »Wie geht's?«

»Alles bestens, Sir.«

»Warst du heute ganz allein hier?«

»Ja, Sir.«

»Hast du dich gelangweilt?«

»Nein, Sir.«

Der Deputy schabte mit einem gelben Fingernagel an seinem Kiefer entlang. »Bist ein sehr förmlicher kleiner Bursche, nicht wahr?«

Jovah wusste nicht, was er darauf antworten sollte. Deputy Seawall stand seufzend auf und klopfte sich auf die Oberschenkel. »Haben Sie was zu trinken da?«

»Ich sehe mal nach.« Der Prediger senkte den Blick zu seinem Sohn hinab, schien aber durch ihn hindurchzustarren. »Jovah, warum gehst du nicht in dein Zimmer und spielst?«

»Ja.« Der Deputy grinste. »Ich und dein Vater müssen uns unterhalten.«

Jovah wusste über New Destiny Bescheid, *jeder* wusste Bescheid, sogar kleine Babys. Es war ein fernes Traumland, umwoben von einer dichten Wolke aus Geschichten, und die Seelen der Menschen fühlten sich so unaufhaltsam dort hingezogen, wie ein Ball auf einem schief stehenden Tisch über den Rand rollt. Dort wurden die Gesetze gemacht, dort führten die Bürger das dekadente Leben von Königen – fließendes Wasser, gekühlte Luft, alles. Angeblich war die Stadt aus einem Schiff erbaut worden, aber was das bedeuten sollte, wusste Jovah nicht. Es war Jahrhunderte her, dass die Menschen übers Wasser gereist waren.

Manchmal schimpften junge, eifrige Gemeindemitglieder auf die Stadt und nannten sie ein Geschwür oder einen Sündenpfuhl. Sie sagten, der Hohe Sheriff habe etwas übrig für Heidenzeug und halte die Hohe Predigerin an der Leine wie einen Hund. Aber Jovahs Vater nahm New Destiny immer in Schutz. »Wenn du alt genug wärst, um dich daran zu erinnern, wie das Leben vor dem Hohen Sheriff war, würdest du nicht so voreilig gegen ihn wettern«, sagte er oft zu den jungen Leuten. »Was Predigerin Ramirez betrifft, so hat sie ihr ganzes Leben der Göttlichen Mutter gewidmet, jede Minute eines jeden Tages. Wie viele von euch können das von sich behaupten?«

Beschämtes Schweigen ringsum. Jovahs Vater war gut darin, für beschämtes Schweigen zu sorgen. Fast so gut, wie er Küchlein backen konnte.

Normalerweise hätte Jovah das nie getan. Zu tief war die Angst vor Bestrafung in ihm verankert. Und selbst wenn sein

Vater es nie herausfand, die Göttin würde es wissen, und ihre Vergeltung würde von unten her über ihn hereinbrechen. Aber dieser Besucher aus New Destiny war einfach zu viel. Den ganzen Tag lang hatte er darauf gewartet, die Wahrheit über den Heiligen zu erfahren, aber stattdessen hatte ihn eine unerfreuliche Seltsamkeit nach der anderen heimgesucht. Die Landstreicherin, Seawall, der immerwährende Hunger – und dann dieser Ausdruck auf dem Gesicht seines Vaters, den er bei jedem anderen Angst genannt hätte.

Jovah stand auf der Treppe und lauschte. Sie sprachen leise, aber er verstand jedes Wort. Glas klirrte, Flüssigkeit wurde eingeschenkt.

Dann sagte Seawall: »Ein eigenartiger Bursche, den Sie da aufgezogen haben, Prediger.«

»Er ist ein guter Junge«, antwortete sein Vater.

»Wo ist seine Mutter?«

»Sie hat uns verlassen.«

»Das tut mir leid.«

»Danke.«

Jovah fand nicht, dass sein Vater auch nur im Mindesten dankbar klang.

»Wenn Sie mich fragen, ich finde es ziemlich beschissen, dass Sie ihn da mit reingezogen haben.«

Jovahs Puls pochte in den Schläfen. Er wartete darauf, dass sein Vater sich verteidigte oder zumindest den Mann zurechtwies, weil er geflucht hatte.

Er hörte nur Stille.

Der Deputy fuhr fort: »Irgendwie tut mir der kleine Kerl leid. Vielleicht sollte ich ihn unter meine Fittiche nehmen. Ihm zeigen, wie die echte Welt funktioniert. Wenn er lernen würde, wie man …«

»Jovah wird Prediger«, sagte sein Vater leise. »Es sei denn, Gaia wählt einen anderen Weg für ihn.«

»Sehen Sie, Sie reden von Gaia, aber ich habe das Gefühl, in Wirklichkeit meinen Sie damit sich selbst.« Der Deputy schnalzte mit der Zunge. »Verdammt. Ihr Prediger seid doch alle gleich.«

Auch diesmal wies Jovahs Vater ihn nicht zurecht. Jovah klemmte sich die Hände unter die Achseln, damit sie nicht so sehr zitterten.

»Was wollen Sie?«, fragte sein Vater schließlich.

»Nichts – im Augenblick jedenfalls. Der Hohe Sheriff sagt, ich soll nicht gegen Sie vorgehen, also werde ich es auch nicht tun. Aber Sie können diese Masche nicht ewig durchziehen, Prediger. Wenn die Leute wüssten, dass Sie diesen Landstreicher füttern, bräche ein Aufruhr auf den Straßen los.«

Sag ihm, dass er sich geirrt hat, dachte Jovah. *Es muss einen Grund geben. Sag ihm, dass er sich irrt.*

Schweigen.

»Verstehen Sie mich nicht falsch«, sagte der Deputy. »Ich bin ein gottesfürchtiger Mann. Mehr als Sie sogar, würde ich wetten.«

»Ich bin nicht sicher, dass das wahr ist.«

Ein leises Lachen. »Nein?« Eine Pause, offenbar trank der Deputy etwas. »Ich bin auf einem Gehöft in den östlichen Tälern aufgewachsen«, sagte er. »Meine Eltern waren fromm. Sie führten ein entbehrungsreiches Leben, so wie es die Heilige Schrift verlangt. Wir bauten unsere eigene Nahrung an. Schöpften Wasser aus einem Brunnen. Den ganzen Scheiß eben. Wir waren draußen auf der Farm vollkommen isoliert, Prediger. Den Launen der Göttin ausgeliefert.«

Wie Jovahs Vater hatte auch der Deputy ein Talent für Geschichten, eine Gabe dafür, Zuhörer in den Bann zu ziehen, selbst gegen deren Willen. Jovah saß zusammengekauert auf der dritthöchsten Stufe der Treppe. Von hier aus konnte er von oben auf den Lampenschirm sehen, wo zwischen brüchigem Papier und der kahlen Decke ein dichtes Gespinst aus Spinnweben hing wie ein verfilzter Haarschopf. Der Deputy fuhr fort: »Eines Tages beschloss die Göttin in ihrer Weisheit, unseren Brunnen auszutrocknen. Sie können sich sicher vorstellen, was das bedeutet. Meine Eltern, wissen Sie, hielten es für eine Prüfung. Eine göttliche Prüfung. Also bearbeiteten sie weiter den verkrusteten Boden, wanderten kilometerweit zum Fluss und beteten. Und für ihren Glauben belohnte unsere gütige Mutter Erde sie mit einem sehr langsamen und schmerzhaften Tod. Ich frage mich also: Warum liebt die Göttin Ihren Heiligen mehr als meine Mutter und meinen Vater? Was haben sie falsch gemacht? Können Sie mir das verraten?«

Schweigen. Beschämtes Schweigen.

»Dachte ich mir.« Ein Stuhl schrammte über die Bodenfliesen. »Wenn der alte Mann stirbt, geht sein Amt auf mich über. Und als neuer Hoher Sheriff werde ich dafür sorgen, dass gegen Sie ermittelt wird, weil Sie verschwörerische Fantasien und ungesetzliche Wahrheitsverdrehungen verbreiten. Der Fall wird untersucht, und Sie werden verurteilt und mit der ganzen Härte des Gesetzes bestraft.«

»Damit würden Sie nicht nur mich bestrafen, Seawall.« Auf einmal war die Stimme seines Vaters sehr laut. »Sie würden die ganze Stadt zerstören. Begreifen Sie das?«

»Ich begreife es sehr gut, Prediger. Es ist alles nur ein Geschäft, nicht wahr?«

Schritte. Das Knarren der Tür. Wieder der Deputy: »Übrigens – ich weiß, dass alle Reisenden früher oder später durch diese Stadt kommen. Haben Sie in letzter Zeit irgendwen gesehen, der Ihnen aufgefallen ist?«

Die Stimme seines Vaters war angespannt. »Inwiefern aufgefallen?«

»Ach, Sie wissen schon. Groß, ungepflegt. Komischer Akzent. Eigenartige Waffe. Wir fahnden da nach einer gewissen Frau … eine echte Nervensäge, genau wie Sie.«

Jovahs Herz krampfte sich zusammen.

»Nein. Ich habe niemanden gesehen, auf den diese Beschreibung zutrifft.«

»Okey-dokey. Also dann, gute Nacht.«

Die Tür schlug zu, und der Mann war weg.

In Jovahs Kopf herrschte weißes Rauschen, und dann schälte sich eine Erinnerung daraus hervor. Die Erinnerung an eine Frage, die er vor langer Zeit gehört hatte. Es war eine Pilgerin aus den Weiten der Einöde gewesen, die sich nach einer Predigt durch die Menge drängte, um mit Jovahs Vater zu sprechen.

»Prediger, Sir«, hatte sie gesagt. »Bei allem Respekt. Das, was Sie über die Heiden gesagt haben … ich verstehe es nicht.«

Er runzelte ein wenig die Stirn. »Was verstehen Sie denn daran nicht, Schwester?«

»All diese Menschen, die sich zum Gehen entschieden haben.« Sie blickte beim Sprechen zu Boden und zupfte an einem losen Faden an ihrer Manschette. »So viele Menschen, ein ganzer Planet voll, alle auf diesem Boden geboren. Es müssen so unterschiedliche Menschen gewesen sein, die gegangen sind. Waren sie böse? Sie alle?«

»Oh, Schwester.« Das dröhnende Lachen von Jovahs Vater hörte man selten, bei dem Klang wandten sich alle Köpfe zu ihm um. »*Natürlich* waren sie das.«

»Aber …«

»Hören Sie mir zu.« Er legte der Frau eine Hand auf die Schulter. »Wir alle tragen Sünde in uns. Wir alle, von Natur aus. Aber manche Menschen sind die leibhaftige Sünde. Wenn man sie aufschneidet, blutet die schwarze Leere des Raums heraus wie Teer. Und wissen Sie, was das Schlimmste ist?«

Kaum merklich schüttelte die Frau den Kopf.

Der Prediger flüsterte: *»Einige von ihnen wandeln noch immer unter uns.«*

Jovah wartete eine Stunde lang, bis die Schritte seines Vaters längst verstummt waren. Dann schlüpfte er mit der Metallfackel in der Hand hinaus und machte sich auf den Weg in den Keller. Die Landstreicherin war immer noch da. Sie döste, den Kopf an die Truhe gelehnt. Er leuchtete ihr ins Gesicht, und sie schrak blinzelnd hoch.

»Hey, jetzt mach mal …«

»Du hast eine Waffe, oder?«, fragte er.

»Äh …« Sie richtete sich auf. »Ich meine – ja, ich …«

»Gut.« Jovahs Verstand war ein rasendes Durcheinander. Vor seinem geistigen Auge stand lebensecht das Bild des feindseligen Deputy, dem Teer aus einer klaffenden Wunde rann. »Es gibt da jemanden, den du töten musst.«

Jovah war zumute, als wäre er gar nicht er selbst.

Ihm war heiß, und er zitterte. Das gehörte nicht so, aber er wusste nicht, was mit ihm los war. Er begriff überhaupt nichts mehr. Aus großer Entfernung drang eine Stimme an sein Ohr.

»Hey! Kannst du mich hören? Komm schon, jetzt …«

Jemand packte ihn an den Schultern und schüttelte ihn kräftig. Es war die Landstreicherin. Aus der Nähe sah sie jünger aus, fand er. Aufmerksam betrachtete sie sein Gesicht.

»Alles ist gut«, sagte sie. »Ich glaube, du bist ohnmächtig geworden.«

»Er ist hinter dir her.«

»Wer?«

»Der Deputy. Er ist hinter uns allen her.«

Sie versuchte zu lachen, aber es klang gezwungen. »Das muss eine Verwechslung …«

»Er ist gerade in der Stadt.« Jovah setzte sich eifrig auf; sein Plan war ihm wieder eingefallen. »Du musst hingehen und ihn töten. Du musst!«

Sie wich so hastig zurück, als hätte sie sich verbrannt. »Nein«, sagte sie. »Mach keine Witze darüber. Über das Töten von Menschen.«

»Ich mache keine Witze. Und er ist kein Mensch. Er ist innerlich vollkommen leer, das weiß ich ganz sicher.«

»Oh, um Himmels …« Die Landstreicherin wischte sich über die Augen. »Sieh her. Diese Waffe, die ich trage?« Sie zog sie aus dem Halfter. Sie sah aus wie zu einer festen Form erstarrtes Wasser, und Jovah war hin- und hergerissen, wollte sie zugleich berühren und ebenso dringend weglaufen. Sie kniete sich hin und hielt sie ihm hin. »Es ist eine besondere Waffe, okay?«

Skeptisch sah Jovah genauer hin. »Warum?«

»Weil sie noch nie jemanden umgebracht hat.«

»Dann ist es eine kaputte Waffe!«, erwiderte er wütend.

»Vielleicht.« Sie lächelte und steckte sie wieder weg. »Wie auch immer, ich kann dir nicht helfen.«

»Du musst! Oder … oder …« Erschrocken spürte Jovah, wie sich seine Kehle zuschnürte und ein heißes Kribbeln über sein Gesicht lief. Die Miene der Landstreicherin wurde sanfter, und sie griff nach seiner Schulter.

»Hast du, äh … Hör mal, brauchst du Hilfe?«

Jovah schüttelte sie ab. »Das wird dir noch leidtun«, zischte er. »Wenn er dich erwischt, wird es dir leidtun.«

Er erwartete, dass sie ihn anschreien würde oder anfing zu weinen, aber sie sagte nichts, sondern musterte ihn nur mit einem Blick, den er nicht deuten konnte.

Jovah drehte sich um und rannte die Treppe hinauf.

Es war dunkel, aber Jovah kannte den Weg. Er lief immer weiter, die schlafende Stadt auf der einen und das Ödland auf der anderen Seite, bis die zerklüfteten Umrisse des alten Schrottplatzes in Sicht kamen. Er stieg an den Schildern vorbei in die schattige Mulde hinunter.

Der Heilige war nur eine Silhouette. Gekrümmt, reglos und wundersam saß er da, genau wie immer. Jovah kniete nieder und drückte die Stirn fest auf den Boden.

»Bitte hilf meinem Vater«, flüsterte er. »Bitte hilf meinem Vater, oh Heiliger. Bitte mach, dass der Deputy stirbt. Lass nicht zu, dass er mich mitnimmt. Bitte, bitte, bitte.«

Etwas raschelte. Jovah schaute auf. Von der Stirn rieselte ihm Staub in die Augen, und er wischte ihn blinzelnd weg.

Der Heilige blickte ihn an.

Er hatte nur die Augen geöffnet und den Kopf ein wenig geneigt, aber für Jovah war es so unglaublich, als hätte sich vor seinen Augen eine Statue bewegt. Jetzt würde alles gut werden.

Die rissigen Lippen des Heiligen öffneten sich um eine Winzigkeit, und er hauchte ein Wort:

»*Komm …*«

Vor lauter Aufregung zog sich Jovahs Magen zu einem kleinen festen Ball zusammen. Er trat einen Schritt näher.

»*Komm …*«

Noch ein Schritt. Sie waren keinen Meter mehr voneinander entfernt.

Der rechte Arm des Heiligen zuckte. Er hob ihn und streckte die verkümmerten Finger aus. Jovah blieb, wo er war. Der Heilige hatte ihm nicht gesagt, er solle sich bewegen. Der Heilige schloss die Finger um Jovahs Arm und zog ihn sanft nach oben. Sein Mund öffnete sich, zuerst nur einen Spaltbreit, dann aber klaffte er auf, so weit, wie Jovah es bei einem menschlichen Mund niemals für möglich gehalten hätte. Ein überwältigender Gestank quoll heraus. Der Geruch lebendiger Verwesung, wie etwas, das nur wächst, um zu faulen.

Er versuchte, sich aus dem Griff herauszuwinden, aber die Finger des Heiligen gruben sich tiefer in seinen Arm und zogen ihn näher. Seine Zähne waren braun und scharf und miteinander verschmolzen, und von der vorgestülpten Unterlippe troff ein langer Sabberfaden in den Dreck. Jovah spürte feuchten Atem auf seinem Handrücken und wurde vor lauter Angst ganz schlaff.

Von hinten packte ihn eine andere Hand und zog ihn zurück. Gerade noch rechtzeitig – die gefleckten Schneidezähne des Heiligen hatten den Ärmel erwischt, und der Stoff zerriss wie die Haut eines gebratenen Tieres. Die Kiefer öffneten sich erneut, und diesmal wollte der Heilige die Zähne in Jovahs Fleisch schlagen.

Es blitzte strahlend hell auf, und etwas pfiff über den Kopf des Heiligen hinweg.

»Lass ihn los«, sagte die Landstreicherin. »Sofort.«

Der Griff des Heiligen lockerte sich gerade lange genug, dass sie Jovah losreißen konnte. Er stürzte und prallte mit dem Kopf gegen ihre Beine.

»Er ... er ...« Jovah wusste selbst nicht, was er sagen wollte, und die Worte steckten fest.

»Ja.« Sie legte eine Hand auf seinen Rücken. »Ich weiß.«

Jovah blickte durch seine Tränen hindurch den Heiligen an. Er saß da wie immer, die Augen geschlossen, vollkommen still. Als wäre Jovah gerade aus einem Albtraum erwacht und alles wäre wieder ganz normal. Aber er spürte immer noch die Finger, die seinen Arm umklammert hatten.

»Es ist eine Lüge«, schluchzte Jovah und vergrub das Gesicht in der Jacke der Landstreicherin. »Das ist kein Heiliger. Es ist eine Lüge.«

Die Pistole fing einen Splitter des Mondlichts auf, als die Landstreicherin sie zurück ins Holster steckte. »Na komm«, sagte sie. »Ab nach Hause.«

Jovahs Vater saß allein in der Küche und trommelte mit den Fingerspitzen auf den Tisch. Als die Tür sich öffnete, sprang er auf.

»Jovah! Wo zum Weltall warst du?« Er ging auf seinen Sohn zu, sah sein Gesicht und blieb stehen. Blickte dann zur Landstreicherin auf. Sie stand hinter Jovah, eine Hand leicht auf seine Schulter gelegt. »Wer sind Sie?«, fragte er.

»Sie ist in Ordnung.« Jovah sah beim Sprechen eine Stelle direkt unterm Kinn seines Vaters an. »Sie hat mich gerettet.«

Sein Vater musterte ihn mit gerunzelter Stirn. »Wer hat das getan?«

Jovah sah zu Boden, unfähig, auch nur ein Wort zu sagen.

»War es Seawall?«

Stumm schüttelte Jovah den Kopf.

»Jovah. Sieh mich an, wenn du mit mir redest.«

»Es war der Mann auf dem Schrottplatz«, sagte die Landstreicherin. »Er hätte ihm um ein Haar die Hand abgebissen.«

Der Prediger erstarrte.

»Ich wollte um Hilfe beten«, sagte Jovah kläglich.

Sein Vater taumelte einen Schritt zurück, ließ sich auf seinen Stuhl fallen und starrte blicklos ins Leere. Jovah fühlte sich ohnehin schon gänzlich elend, aber dieser Anblick machte es noch viel schlimmer, und er spürte, wie sein Gesicht heiß wurde und ihm schon wieder die Tränen kamen. »Es tut mir leid …«

»Nein, Jovah. Nein. Mir tut es leid. Komm her.«

Jovah stolperte zu ihm, und sein Vater drückte ihn fest an die Brust, streichelte seinen Kopf und flüsterte: »Es tut mir leid, es tut mir leid.«

Die Landstreicherin hustete. »Also dann …«

»Warten Sie«, sagte Jovahs Vater schroff. »Der Deputy …«

»Ich weiß. Ich muss in Bewegung bleiben.«

Jovahs Vater schluckte und sah zu Boden. »In dieser Gegend hier ist viel zu wenig los. Sie müssen irgendwohin, wo Sie in der Menge untertauchen können. Nehmen Sie die Eisenbahn.«

»Eisenbahn? Es gibt eine …«

Ein Rumpeln wie von einem Vulkan drang an ihre Ohren. Es kam aus den Tiefen von Jovahs Magen und war laut genug, um sie zu unterbrechen. Jovahs Vater schlug sich die Hand vor die Stirn. »Gaia. Ich habe völlig vergessen, dass du nichts zu essen hattest.«

Jovah richtete sich auf. »Schon in Ordnung.«

»Nein, es ist nicht in Ordnung. Es ist ganz und gar nicht in Ordnung …« Sein Vater kramte in den Falten seines Mantels und förderte einen unförmigen, in Fettpapier geschlagenen Gegenstand zutage. »Tut mir leid, dass er schon kalt ist. Das sollte eigentlich dein Geburtstagsgeschenk sein, aber dieser verdammte Deputy …«

Jovah begriff, was in dem Paket war, und begann zu zittern. Es war ein Kuchen. Ein echter Kuchen. Selbst im wohlhabenden Saint's Cradle waren solche Kostbarkeiten etwas, von dem die Kinder nur hinter vorgehaltener Hand flüsterten.

Sie sahen ihm zu, wie er aß, hungrig und mit kleinen, aber schnellen Bissen.

Als der Kuchen verspeist war, leckte Jovah die Krümel vom Fettpapier und von seinen Lippen. Es war das Beste, was er je gegessen hatte.

Dann kehrte die Schüchternheit zurück. Er legte die Hände auf seine Knie und ballte die Fäuste.

»Jovah«, begann sein Vater. »Ich habe dich wie ein Kind behandelt und erwartet, dass du dich wie ein Mann verhältst. Das tut mir leid.«

Jovah sagte nichts.

»Frag mich, was du willst. Ich sage dir die Wahrheit.«

Ganz leise fragte Jovah: »Er ist ein Monster, nicht wahr?«

Lange herrschte Stille.

»Ja«, sagte sein Vater schließlich. »Sich selbst gegenüber wohl schon. Vielleicht sogar für dich oder für mich. Aber nicht für die Reisenden. Nicht für die Menschen, die hier leben. Aber andererseits ist er ein Teil der Göttin.«

Jovah schlug mit der Hand auf den Tisch. »Aber das ist er ja eben *nicht*!«

Sein Vater seufzte. »Hör zu, Jovah …« Er beugte sich vor und legte eine Hand an seine Schläfe, dort, wo das Haar bereits silbergrau wurde. »Du musst selbst entscheiden, wie du darüber denkst. Aber ich sage dir jetzt mal, wie ich es sehe. Ich denke, dass die Göttin ein Wesen ist, das wir selbst Wirklichkeit werden lassen. Wir lassen sie Wirklichkeit werden, indem wir uns zu glauben entscheiden, dass sie existiert. Das ist es, was wir tun, Jovah. Wir halten die Göttin am Leben. Solange wir sie in unseren Herzen tragen, wird sie weiterleben.«

Jovah kaute auf seiner Unterlippe herum. Dann nickte er. Sein Vater umarmte ihn und bat ihn erneut um Verzeihung, und diesmal sagte Jovah, es sei in Ordnung.

Über die Schulter seines Vaters hinweg sah er die Landstreicherin an. Sie hatte das Gesicht abgewandt.

An diesem Abend gab es keine Gutenachtgeschichte, und Jovah lag lange wach – nicht aus Angst, sondern weil er nachdachte. Es erschien ihm seltsam, dass die Göttin – jenes Wesen, das in den alten Geschichten so viel Zorn und Leid über die Menschen brachte – ihm mit einem Mal so zerbrechlich erschien. In der Stille seines Schlafzimmers hob er seine Decke an und ließ sie los. Sie fiel wieder auf ihn herab. Er spürte die Schwerkraft, die Berührung der Göttin, und flüsterte den Psalm:

»Dies ist ein Zeichen ihrer Liebe.«

Jovahs neues Leben als Zehnjähriger verlief ganz normal, wenn normal denn überhaupt das richtige Wort für ein Leben ist. Einsame Schultage kamen und gingen, Reisende strömten herbei, und die Wochen folgten ihrem Rhythmus aus Predigten, Feuer und Schwefel, Holz und Stahl.

Und Jovah behielt das Geheimnis für sich.

Die Wahrheit, die keine war.

Jeden Morgen, bevor die Sonne aufging, gingen er und sein Vater zum Schrottplatz und erbauten aus braunen Papiertüten eine Göttin.

Die Humanitäre Gesellschaft hat in aller Stille den Beginn einer neuen Hilfsmission angekündigt. Es handelt sich um ein Schiff, das irgendwann nächste Woche vom Zentralsystem aus startet. Sein Ziel? Die Erde. Ja, genau, jene *Erde. Es ist seit fast drei Jahrhunderten die erste Reise zur Heimatwelt. Offenbar reicht die Verteilung von Almosen an die Lebenden nicht mehr aus, um die dauerbetroffenen Mitglieder der HG zufriedenzustellen, und jetzt sieht man sich gezwungen, Skelette zu verhätscheln.*

Leser, denen es Kopfschmerzen bereitet, dass Gelder des Imperiums für ein derart unsinniges Unterfangen verschwendet werden, brauchen sich nicht zu sorgen. Laut Berichten erfolgt die Finanzierung der Mission ausschließlich aus privaten Mitteln. Teamleiterin Dr. Noelle »Crackpot« Daley (deren grässliches Buch Der Mythos des Aussterbens *wir letztes Jahr gründlich verrissen haben) ist es gelungen, ihrem leidgeprüften Vater Herzog Daley V. von Radovid das nötige Kleingeld aus den Rippen zu leiern.*

Aber die Frage bleibt – wozu die ganze Geheimniskrämerei? Vielleicht hat es etwas mit den Soldaten zu tun, die die Hilfsmission begleiten und Gerüchten zufolge von einer Veteranin des Bretonianischen Krieges angeführt werden, dem berühmten Captain …

– ARTIKEL IM *SCRUTINISER*, HAUPTAUSGABE, 2812

Mord im Glow Hills Express

STOFF, STOFF, STOFF. Hattie Warbler wünschte sich, die ganze Welt wäre aus Stoff gewebt. Sie liebte es, wie er sich anfühlte – dicker Jeansstoff, glänzende Knöpfe, frisches Leinen. Seifiges Leder, glatt auf der einen, rau auf der anderen Seite. Einmal sogar Seide – eine alte Krawatte, die glänzte, als wäre sie unter der Erde gewachsen. Sie liebte es, wie sich ein gut geschnittener Kragen ans Schlüsselbein schmiegte, wie eine saubere Naht die natürliche Linie eines Oberschenkels nachzeichnete. Kleidung war für Hattie ein regelrechtes Wunder.

Das Problem waren die Menschen, die diese Kleidung trugen.

Sie erinnerte sich daran, wie sie als junger Lehrling getadelt worden war. *Wir haben dich wegen deines Talents eingestellt, Harriet, aber wenn du nicht lernst, höflich mit den Kunden umzugehen, dann sehen wir uns gezwungen, einen Ersatz für dich zu suchen.* Ha! Als könnte man Hattie ersetzen. Inzwischen hatte sie ihre Lehrjahre längst hinter sich und besaß ihren eigenen Laden, den sie ganz nach eigenem Gutdünken führen konnte – und das in einer Stadt weit genug im Süden, wo *verfügbares Einkommen* mehr bedeutete, als dass man Toilettenpapier gegen eine Schachtel Streichhölzer tauschen konnte. Die Leute kamen den ganzen Weg von New

Destiny herauf, um von ihr Maß nehmen zu lassen – und wenn sie ein Problem mit ihrem Service hatten, konnten sie ihretwegen verdammt noch mal den ganzen Weg wieder zurückfahren.

Sie hatte einen heftigen Streit mit dem letzten Assistenten gehabt – oder war es der vorletzte gewesen? –, und bevor er die Tür hinter sich zuschlug, hatte er ungefähr so etwas gesagt wie: *»Du siehst nur die Kleider, Hattie, aber nicht die Menschen darin.«*

Eine vollkommen alberne Unterscheidung. Die Kleidung sagte ihr alles, was sie wissen musste.

Zum Beispiel die junge Frau hinten im Waggon: Ihr Anzug war nicht von der Stange, er war gut an ihre schlanke Gestalt angepasst und so steif gestärkt, dass er wahrscheinlich aus eigener Kraft hätte aufrecht stehen können. Die einzige sichtbare Abnutzungserscheinung war eine leichte Schwächung des Stoffs an Manschetten und Ellbogen, als würde sie die Ärmel normalerweise hochkrempeln. Die Brille, die tief auf ihrer Nase saß, war mit einer spinnwebfeinen Kette um den Hals gesichert. Am Revers glitzerte ein Messingabzeichen mit einem eingravierten Wappen, und sie las in einem Buch, auf dessen Einband ein Skalpell prangte. Eine Chirurgin also.

In der Stadt ausgebildet. Intelligent. Begabt. Ziemlich neurotisch. Wahrscheinlich eine langweilige Gesprächspartnerin.

Im Geiste hakte Hattie ihr Urteil ab und wandte sich dem zweiten Fahrgast zu, einem Gentleman voller Kontraste. Seine unzweifelhaft uralten Jeans waren mit Flecken übersät und durch Witterungseinflüsse und Abnutzung an seine Beine angepasst wie eine zweite Haut. Sein knallbuntes geknöpftes Hemd hingegen war nagelneu und passte ihm nur mit

Müh und Not. Das windzerzauste Haar, der schwellende Bauch, der rötliche Teint von der Farbe eines rohen Steaks – er war Farmer – und zwar ein wohlhabender.

Einst war der Anbau von Nahrungsmitteln ein erbitterter Überlebenskampf gewesen, der von Jahr zu Jahr schlechtere Erträge brachte. Doch jetzt unter dem Hohen Sheriff wurde es immer leichter, damit reich zu werden, vorausgesetzt natürlich, man war bereit, sich an die Regeln zu halten. Hattie verstand nichts davon, und ehrlich gesagt, interessierte es sie auch nicht sonderlich. Die Politik überließ sie getrost den wenigen Privilegierten, die sie ausübten, und den vielen Unterprivilegierten, die unter den Launen der anderen litten. Keine der beiden Parteien bezahlte ihre Rechnungen.

Hattie blickte nach unten – ihre eigene Begutachtung hatte sie sich für den Schluss aufgespart. Ihr Outfit, das sie natürlich selbst genäht hatte, war bei Weitem das geschmackvollste – ein hochgeschlossenes, blassgraues Kleid, mehrlagig und raffiniert gerafft, sodass es an die Federn einer Taube erinnerte. Bequem, atmungsaktiv, klassisch, aber zugleich einen Hauch modern. Es war nicht schwer, gut auszusehen, fand Hattie. Man musste nur Geschmack haben.

Nachdem sie alle Möglichkeiten ausgeschöpft hatte, Menschen zu beobachten, zog sie ein Buch aus ihrer Handtasche (ein billiges Taschenbuch – das Geschmackloseste an Hattie waren ihre Bücher) und schlug die abgenutzten Seiten auf. Sie las eine Zeile, und dann wurde die Welt urplötzlich schwarz.

Mit einem Mal schien der Waggon so eng zu werden wie eine Kehle beim Schlucken, eng und heiß, und der Boden bebte im Rhythmus des Motors, *du-dum, du-dum, du-dum*, ein unerbittlicher, kohlebetriebener Puls.

Hattie presste die Daumen fest gegen das Papier, schloss die Augen und zählte die Sekunden.

Eins
Zwei
Drei
Vier
Fünf

Ein Zischen wie ein Einatmen, dann flutete Sonnenlicht in den Zug. Hattie atmete auf. Sie hasste es, durch einen Tunnel zu fahren.

Es gab Orte auf der Erde, die so schwer vom Tod gezeichnet waren, dass selbst die härtesten Planetenbewohner dort nicht überleben konnten. Ein solcher Ort – vielleicht der schlimmste von allen, zumindest auf dem westlichen Kontinent – waren die Glow Hills, wie man sie nur halb im Scherz nannte. Eine Einöde in der Einöde: eine Stein- und Geröllwüste, die weder Menschen noch die Natur wieder urbar machen konnten. Es gab faulige Seen, deren Wasser auf der Haut brannte, und seltsame, missgebildete Kreaturen, die den furchtbaren Umständen zum Trotz irgendwie überlebt hatten. Und überall – in der Luft, auf sämtlichen Oberflächen – lauerten die kleinen Samen des Todes, die sich in weniger als einer Stunde in den Zellen einnisteten und innerhalb eines Monats ihre volle Wirkung entfalteten. Die Glow Hills zu Fuß zu durchqueren wäre ein Todesurteil, sie zu umfahren kostete ein Vermögen an Treibstoff.

Und hier kam der *Glow Hills Express* ins Spiel.

Zweimal am Tag durchquerte er diese vergifteten Landstriche, von Whistler bis Riggsby, verband die sandigen Archipele aus Siedlungen im Norden mit den Städten im Süden. Eine glänzende Lebensader, technisch so hoch entwickelt, dass das gläubige Volk Ketzerei argwöhnte. Aber selbst Prediger mussten von Zeit zu Zeit mit der Eisenbahn reisen – murmelnd, die Augen voller Schatten und die Hände mit den Gebetsperlen beschäftigt.

Hattie hatte den *Glow Hills Express* seit fast einem Jahrzehnt nicht mehr benutzt und plante nicht, nach dieser Reise jemals wieder damit zu fahren. Es gab nichts mehr, was sie an den kargen, barbarischen Norden band. Außerdem war es eine morbide Art zu reisen, sogar gefährlich. Hattie hielt nicht viel von Gebeten und dergleichen – die Annahme, die Göttin würde sich für jeden ihrer Anhänger Zeit nehmen, kam ihr vermessen vor –, aber man musste kein Eiferer sein, um es gefährlich zu finden, sich in einer Hochgeschwindigkeits-Metallröhre mitten durch eine vergiftete Wüste schießen zu lassen. Deshalb saß sie immer ganz hinten im letzten Waggon, denn es schien ihr offensichtlich zu sein, dass dies bei einem Unfall der sicherste Platz wäre.

Am Ende des Gangs hinter dem Bullaugenfenster erschien eine Gestalt, eine verschwommene Silhouette mit Zipfelmütze. Es klapperte eigenartig, dann wurde das Türschloss geöffnet. Der in Weiß und Blau gekleidete Schaffner trat ein, und Hattie wurde instinktiv von Unruhe erfasst. So aufrecht er sich auch hielt, in seiner Miene lag ein Hauch Nervosität. Er schloss die Tür hinter sich wieder ab, steckte die Schlüssel ein und drehte sich mit wichtiger Miene zu den Fahrgästen um, wobei er den Hut bis zur Stirn hochschob.

»Meine Damen und Herren«, dröhnte er, »darf ich um Ihre Aufmerksamkeit bitten?«

Die Chirurgin schlug irritiert ihr Buch zu. Der Farmer, vom Scharren der Tür aus dem Schlummer gerissen, setzte sich auf und rieb sich die Augen.

»Ihnen wird sicherlich nicht entgangen sein, dass ich die Tür, die diese beiden Waggons hier verbindet, verschlossen habe«, fuhr der Schaffner fort. »Das liegt daran, dass wir anscheinend einen, äh … einen …« Er räusperte sich. »Ähm … einen *Kriminellen* an Bord haben.«

Die Passagiere raunten leise. Der Schaffner fuhr fort: »Der Sheriff von Riggsby, der zur Sicherheit beim Lokführer geblieben ist, hat mich gebeten, die Waggons gründlich zu durchsuchen sowie die übliche Prüfung der Fahrkarten vorzunehmen.«

Sollen wir alle wie Kriminelle behandelt werden?, dachte Hattie. Auch die Chirurgin sah nicht gerade begeistert aus. Der Farmer, der immer noch nicht ganz wach zu sein schien, rückte auf dem Sitz ein Stück nach vorn und rieb sich die breite Stirn. »Hä? Wer soll hier ein Krimineller sein?«

»Das wissen wir ja gerade nicht«, sagte die Chirurgin leise.

»Machen Sie sich keine Sorgen, Sir.« Der Schaffner tätschelte einen länglichen Klumpen in seiner Jackentasche. »Ich bin bewaffnet und habe jedwede Handlungsbefugnis.«

Hattie unterdrückte ein Stöhnen. Genau deshalb verließ sie so ungern ihren Laden. Es war immer dasselbe – völlig hirnlose Gesetzeshüter und Banditen spielten mit ihren kleinen Erbsenpistolen Duell im Morgengrauen, während normalen, vernünftigen Leuten wie ihr nichts anderes übrig blieb, als den Kopf einzuziehen und zu beten, dass kein Querschläger sie erwischte.

Der Schaffner schlenderte zu der jungen Chirurgin hinüber, die ihm wortlos ihre Fahrkarte übergab. Er hielt sie hoch, nickte, stempelte sie ab und reichte sie ihr zurück. »Sind Sie allein unterwegs, Miss?«

»Ja.« Die Chirurgin sah ihn nicht an.

»Wissen Sie schon, wo Sie hinwollen?«

»Ja.«

Der Schaffner wartete darauf, dass sie es ihm verriet, aber sie schwieg.

»Und welches Ziel könnte das wohl sein?«

»Ich bin fahrende Chirurgin. Ich gehe dorthin, wo ich gebraucht werde.«

Ein wissendes Grinsen umspielte Hatties Lippen.

»Und ist Ihnen unterwegs irgendetwas Eigenartiges aufgefallen?«, fragte der Schaffner.

Die Chirurgin drehte sich um und blickte aus dem Fenster. »Nein.«

»Keine verdächtigen Personen oder dergleichen?«

»Nein.«

Er öffnete das Gepäckfach, warf einen Blick hinein und schloss es wieder. »Sehr gut.« Auf der anderen Seite des Gangs wiederholte er die Prozedur mit dem Farmer und fand einen riesigen Seesack, der so schwer war, dass es ihn fast umwarf, als er ihn herauszog. »Vorsichtig, Bürschchen!«, protestierte der Farmer. »Das ist echtes Kuhfell!«

»Verstanden«, keuchte der Schaffner, öffnete nur die Verschlüsse und äugte hinein. »Sie haben aber viel dabei, Sir. Sind Sie schon lange unterwegs?«

»Nein.« Der Farmer sah beleidigt aus. »Ich bin einfach nur gern vorbereitet, das ist alles. Ich bin ein wohlhabender Mann.«

»Was ist das?« Der Schaffner zog einen schwarzen Gegenstand hervor, der wie ein Pistolengriff aussah.

»Das ist eines der neuen Geräte, die ich mir angesehen habe.« Der Farmer nahm das Gerät und hielt es in der Hand wie ein Verkäufer, der seine Ware anpries. »Der neueste Pro-Tee-Typ, sehen Sie?«

»Mhm-mhm.« Der Schaffner schloss die Verschlüsse wieder und wuchtete die Tasche mühsam zurück, während der Farmer sich hinsetzte und an dem kleinen Gerät herumfummelte. Immer noch schnaufend schloss der Schaffner das Gepäckfach. »Ihre Fahrkarte bitte, Sir?«

»Oh, richtig, ja, richtig.« Der Farmer wühlte mit beiden Händen in den Taschen seiner Jeans, zog schließlich ein zerknittertes Papier heraus und reichte es dem Schaffner. »Ist wohl ein richtig übler Verbrecher, den Sie da suchen, was?«

»Ja, Sir, ein wirklich schlimmer Fall nach allem, was man so hört.«

»An Ihrer Stelle würde ich mir vor Angst in die Hose scheißen!«, stellte der Farmer fröhlich fest.

Der Schaffner entwertete den Fahrschein und gab ihn zurück. »Und was ist der Anlass Ihrer heutigen Reise, Sir?«

»Ich komme gerade von einer Geschäftsreise zurück.« Er beugte sich vor und sagte halblaut: »Wenn es um Schrott geht, hab ich mir einen Namen gemacht, Bürschchen. Wenden Sie sich ruhig an mich, wenn Sie Hilfe brauchen.«

Der Schaffner lächelte mit fest zusammengepressten Lippen. »Ich hoffe, das wird nicht nötig sein.«

Er drehte sich zu Hattie um. Ihre Handtasche lag neben ihr, und der Schaffner hob sie auf und fuhr mit der Hand am Boden entlang. »Ich bitte um Verzeihung, Ma'am.«

»Ich bin also eine Ma'am, ja?«, fragte Hattie. »Kein Fräulein?«

Der Schaffner, der gerade den Reißverschluss öffnete, blinzelte sie an. »Äh, das müsste man … Und, haben Sie irgendwas Verdächtiges gesehen?« Er warf einen Blick in ihre Tasche.

»Ich habe gesehen, wie ein Fremder in Uniform meine Sachen durchsuchte.«

Eine grässliche Pause. Er ließ die Tasche zurück auf die Bank fallen, nahm ihre Fahrkarte und musterte sie so lange, dass es Hattie zusehends unangemessen vorkam, bevor er die Ecke abschnitt und sie zurückgab. »Und aus welchem Grund sind Sie heute auf der Reise?«, fragte er.

»Ich musste zu einer Beerdigung.«

Er neigte den Kopf. »Es tut mir leid, das zu hören.«

»Ganz gewiss«, sagte sie und zog ihre Handtasche näher zu sich heran.

Er seufzte und griff nach oben, um ihr Gepäckfach zu öffnen. »Wissen Sie, Ma'am, es ist eine sehr gefährliche Situation. Wir versuchen nur, für Sicherheit zu sorgen, wie man so schön sagt.«

»Wie Sie meinen.« Hattie hob das Kinn. »Ich habe nichts zu verbergen.«

Ein Mensch fiel aus Hatties Gepäckfach.

Hattie schnappte nach Luft, der Farmer fluchte, die Chirurgin klappte ihr Buch mit noch wütenderer Miene als zuvor wieder zu. Der unglückliche Schaffner ging in einem Wirrwarr aus Entschuldigungen und verworrenen Gliedern zu Boden. Gedämpfter Protest, ein bisschen Herumgezappel, dann lösten sich die beiden voneinander. Der Schaffner stand als Erster wieder auf den Beinen, zitternd und blass, aber mit triumphierendem Blick.

»Sieht so aus, als wäre das Spiel vorbei, wie man sagt!«, rief er und rückte seine zu weite Mütze zurecht. *Schlampiger Hutmacher,* dachte Hattie. »Warum kommen Sie nicht unauffällig mit mir, meine …?«

Der Schaffner verlor den Faden, als die Gepäckfrau aufstand. Oder besser gesagt: sich entfaltete. Sie schien mit dem Kopf die Decke zu streifen, und ihr fast schon komisch kriminell wirkendes Gesicht blickte von hoch oben auf ihn hinab: eine sehr markante gebrochene Nase, und die Augenhöhlen waren so tief, als hätte jemand sie mit einem Löffel ins Gesicht gegraben. Aber das war in Hatties Augen gar nicht das Beunruhigendste an ihr. Es waren die *Stiefel.* Irgendwas an dem Anblick erschütterte sie zutiefst. Sie hätte nicht den Finger darauflegen können, was ihr so eigenartig und fremd vorkam. Alles und nichts. Diese Stiefel waren nicht aus der Mode, sie standen vollkommen *außerhalb* der Mode. Vor-Retro. Hattie wollte gerade fragen, woher die Frau sie hatte, da zog der Schaffner seine Pistole und richtete sie auf die Brust der Gepäckfrau.

Hattie zuckte zusammen. Es war eine dieser schrecklichen Hitzepistolen, die man in der Stadt kaufen konnte und die Licht statt Blei verschossen.

Die Gepäckfrau lächelte unbeeindruckt auf den Schaffner hinab. »Na, na«, sagte sie. »Ich will keinen Ärger.«

»Wenn Sie etwas zu sagen haben, sagen Sie es dem Sheriff.« Er deutete auf die Tür. Die Gepäckfrau setzte sich in Bewegung, und der Schaffner folgte ihr und stieß ihr den Lauf der Waffe in den Rücken.

»Hören Sie mal«, die Frau hob beschwichtigend die Hände, »ich kann Sie bezahlen, nur nicht sofort.«

»Sie haben viel größere Schwierigkeiten als Schwarzfahren.« *Stoß.* »Sie sind festgenommen wegen Mord, Angriff auf einen Sheriff, Einbruch und bewaffnetem Raubüberfall.« *Stoß.* »Also halten Sie einfach den Mund und kommen Sie mit, dann gibt es auch keinen Grund für Gewalt, verzeihen Sie den Ausdruck.«

»Was?« Sie hatten die Waggontür fast erreicht, da blieb die blinde Passagierin stehen. Plötzlich setzte sie sich in Bewegung, umkreiste den Schaffner mit beunruhigender Geschwindigkeit. Er wollte einen Schritt zurückweichen, prallte gegen die Tür, und der Hut rutschte ihm über die Augen.

»Ich …« Er hob die Pistole. »Ich warne Sie ein allerletztes …«

Aus dem Augenwinkel sah Hattie, wie der Farmer und die Chirurgin aufsprangen, und auch sie selbst war kurz davor, sich unter eine Bank zu werfen. Dieser Nachmittag war einfach furchtbar.

»Ich tu, was Sie sagen«, sagte die Gepäckfrau, und ein Lächeln zog sich durch ihr Gesicht wie ein Riss in einer Glasscheibe. »Aber erst müssen Sie mir sagen, was wirklich los ist. Ehe hier noch jemand Gewalt anwendet.«

Wuuusch.

Vollkommene Finsternis strömte durch die Fenster herein.

Hattie hörte ein Scharren, ein Klopfen. Ein Einatmen – von einer Frau?

Dann ein Blitz, ein Funkenschlag in der Dunkelheit, und im nächsten Moment flutete wieder Licht herein.

Die beiden Menschen im Gang waren zusammengebrochen. Der Schaffner war gegen die Tür gesackt, die blinde Passagierin lag blinzelnd auf dem Rücken. Zwischen ihnen lag die Pistole.

Der Schaffner war tot.

Die dünne Stimme der Chirurgin durchbrach die Stille. »Was haben Sie getan?«

Die Frage war an die Gepäckfrau gerichtet, die eine Sekunde brauchte, um die Lage zu erfassen. Dann sprang sie ruckartig auf und taumelte von der Leiche weg. »Das war ich nicht!«

Die Chirurgin kam einen Schritt näher, und Hattie sah ein metallisches Funkeln zwischen ihren blassen Fingern. »Halten Sie mich für eine Idiotin?«

»Nein, ich …«

Das Skalpell schnitt durch die Luft und erstarrte, nur einen Zentimeter von der Kehle der Gepäckfrau entfernt. Sie hatte die Finger fest ums Handgelenk der Chirurgin gekrallt. »Hören Sie …«

Die Chirurgin stöhnte und wollte mit der freien Hand zuschlagen, doch die Gepäckfrau wehrte den Angriff sauber ab. Die Chirurgin holte zu einem weiteren Schlag aus, und die Gepäckfrau konterte mit einem entsetzlichen Kniestoß in den Magen und einem einhändigen Schlag, der ihre Gegnerin davontaumeln ließ.

»Es tut mir leid«, sagte die Gepäckfrau und schüttelte ihre Hand. »Es ist wirklich nicht so, wie es …«

Ein Knistern ertönte. Die Gepäckfrau stand auf einmal so steif da wie eine Drahtspule. Dann fiel sie um. Hinter ihr stand mit schweißglänzendem Gesicht der Farmer und hielt voller Triumph den schwarzen *Pro-Tee-Typ* in Händen.

Er grinste und klopfte sich auf einen Schenkel. »Seht an, seht an, was für eine Freude – es funktioniert auch bei Menschen!«

»Süße Mutter Erde!« Hattie wuchs das alles über den Kopf, und ehe sie sich wieder in den Griff bekam, schrie sie ihn an. »Gut gemacht, du Vollidiot! Jetzt haben wir *zwei* Leichen!«

Der Farmer zog eine Grimasse. »Sie ist nicht tot«, sagte er gereizt. »Es ist doch nur ein Summstab.«

»Wäre ihr Herz schwach, hätte es sie umbringen können«, merkte die Chirurgin an, hockte sich hin und betrachtete das Gesicht der Bewusstlosen. »Nicht dass es eine Rolle spielt. Dafür wird man sie ohnehin aus dem Fenster werfen.« Mit einem Taschentuch hob sie die Pistole des Schaffners auf und legte sie auf die Bank hinter sich, neben den Koffer.

»Oh, dann ist ja alles in Ordnung«, sagte der Farmer und setzte sich.

Hattie schluckte schwer. »Sie meinen doch nicht etwa …«

»O doch, das meint sie.« Er vollführte eine groteske Wurfbewegung mit beiden Händen. »Aus dem Zug wird man sie werfen, mitten in diese herrliche Strahlung! Ich hätte nie gedacht, dass ich den Tag noch erlebe.«

»Ich setze den Sheriff über alles in Kenntnis, was passiert ist«, sagte die Chirurgin und betrachtete die Leiche des Schaffners.

»Aus dem Zug wird man sie werfen?«, hakte Hattie nach und ging auf sie zu. »Ist das nicht ein bisschen übertrieben?«

»Ach was.« Der Farmer kicherte leise. »Früher, als es noch richtige Banditen gab, haben die das ständig gemacht. Einfach raus damit, zack.«

Im nächsten Waggon klopfte jemand nachdrücklich an die Tür.

»Verflixt.« Die Chirurgin stand auf und riss sich die Brille von der Nase. »Die Tür ist immer noch abgeschlossen. Hat jemand den Schlüssel gesehen?«

»Oh, äh …« Der Farmer betrachtete den Boden zu seinen Füßen, die Chirurgin durchsuchte mit gerunzelter Stirn die Taschen des Schaffners. Hattie war zumute, als würde sie ertrinken.

»Verzeihung«, sagte sie. »Aber haben Sie beide den Verstand verloren?«

»Sie haben offenbar einen Schock erlitten.« Der Farmer klopfte neben sich auf die Bank. »Warum setzen Sie sich nicht ein Weilchen?«

»Reden Sie nicht so herablassend mit mir, Sie riesige Runkelrübe. Und Sie«, sie deutete auf die Chirurgin, »vergessen Sie den Schlüssel! Wir machen die Tür nicht auf, ehe wir nicht geklärt haben, was hier tatsächlich los ist!«

In der darauffolgenden Stille klang das Rattern des Zugantriebs übernatürlich laut.

»Was soll das denn heißen?«, fragte der Farmer. »Wollen Sie etwa sagen, die Verbrecherin war das gar nicht?«

»Natürlich nicht«, schnauzte Hattie ihn an. »Sie haben es doch auch gesehen, oder? Im Tunnel?«

Irgendwo in Hatties Hinterkopf meldete sich ihr Verstand zu Wort. *Du riskierst deinen Hals, Harriet!,* schrie er sie an. *Mach einen Rückzieher, ehe es zu spät ist!* Aber es war bereits zu spät. Hattie war längst in dem Modus, in den sie immer geriet, wenn eine Wäschelieferung später als versprochen eintraf oder ein Kunde versuchte, ihr einen Teil des Lohns für einen Anzug vorzuenthalten. Als würde sie die eleganten Absätze in den Boden rammen und nicht vom Fleck weichen, bis das Unrecht berichtigt war.

Und sie hatte recht, was diesen Mord betraf. Oder etwa nicht?

Der Farmer hatte die Arme vor der Brust verschränkt. »Was soll ich denn gesehen haben?«

»Den Funken!«, rief Hattie. »Direkt nach dem Knall!«

»Und?«

»Sie wurde niedergeschlagen, *bevor* die Waffe abgefeuert wurde.«

Da war noch etwas anderes, aber Hattie wollte es nicht laut aussprechen, um nicht wie eine Idiotin dazustehen. Während ihrer kurzen Begegnung hatte sie die Gepäckfrau gründlich gemustert und einige interessante Dinge bemerkt, aber nichts von allem ließ darauf schließen, dass die Frau zu einem Mord fähig wäre – zumindest nicht zu einem so kaltblütigen.

»Dann hat sie ihn wohl vom Boden aus erschossen.« Der Farmer schüttelte den Kopf. »Der arme Kerl. Wenn er mich doch nur um Hilfe gebeten hätte.«

Die Chirurgin sah nachdenklich drein. Sie wandte den beiden anderen den Rücken zu und beugte sich über den Leichnam des Schaffners, dann winkte sie sie mit einem dünnen Finger näher. »Kommen Sie beide mal her.«

Hattie und der Farmer sahen sich an. Sie traten über die Gepäckfrau hinweg hinter die Chirurgin und spähten über ihre Schultern.

»Die Eintrittswunde ist genau in der Mitte seiner Stirn, sehen Sie?« Auf ziemlich respektlose Weise, wie Hattie fand, packte sie das Kinn des Schaffners und drehte seinen Kopf so, dass Licht auf die Wunde fiel. Der Farmer holte scharf Luft. Beim Anblick des Ermordeten musste Hattie an die abgemagerte Leiche ihrer Mutter denken, die im Sarg so winzig ausgesehen hatte und noch weißer als das Leichentuch, in das sie gehüllt war. Welch Kontrast zu diesem Toten, der bis auf den kleinen Tunnel in der Stirn unversehrt war.

»Sollte da nicht mehr …« Hattie schluckte. »Sollte da nicht mehr Blut sein?«

»Die Wunde ist bereits kauterisiert«, erklärte die Chirurgin. »Das war keine gewöhnliche Pistole. Es wurde auch beim Austritt nichts aufgerissen, sehen Sie? Der Hinterkopf ist …«

»Ja, Miss«, fiel ihr der Farmer ins Wort, »wir sehen es.«

Die Eintrittswunde war sauber, offen und rauchte ein wenig. Hattie hatte die unangenehme Vorstellung, dass sie, wenn sie es gewollt hätte, quer durch den Kopf des Mannes hätte spähen können wie durch ein Schlüsselloch.

»Ich will damit sagen, dass Sie recht hatten«, sagte die Chirurgin. Vielleicht war es instinktive Ehrfurcht vor dem kürzlich Verstorbenen oder einfach die Tatsache, dass ihre Köpfe so nah beieinander waren, jedenfalls flüsterte sie fast. »Und sehen Sie hier.« Sie richtete sich auf, und die beiden anderen folgten ihrem Blick. Im Milchglas der Tür prangte auf der Höhe, in der sich der Kopf des Schaffners bei der Einfahrt in den Tunnel befunden hatte, ein säuberliches Loch. »Er wurde im Stehen erschossen.«

Im Fenster des nächsten Waggons sah Hattie eine verschwommene Bewegung. »Ich glaube, sie winken uns zu«, sagte sie halb zu sich selbst.

»Was hat das zu bedeuten?«, fragte der Farmer. »Dass die Verbrecherin unschuldig ist?«

»Ja«, sagte Hattie. »Offensichtlich!«

»Sie wissen, was das bedeutet, nicht wahr?« In der Stimme der Chirurgin lag ein eisiger Hauch.

»Natürlich weiß ich, was …« Hattie unterbrach sich. Plötzlich war sie sich der körperlichen Nähe zu diesen beiden völlig Fremden außerordentlich bewusst.

Der Farmer blickte von einem ernsten Gesicht zum anderen. »Er hat sich selbst erschossen?«

»Sie sagt, es muss einer von uns gewesen sein«, sagte Hattie bitter.

»Was?« Er starrte sie einen Moment lang sprachlos an, dann legte sich seine Stirn in Falten. »Jetzt hören Sie mir mal zu. Ich bin ein bedeutender Mann. Verstehen Sie? Ein Geschäftsmann. Alles, was ich besitze, habe ich mir hart erarbeitet. Also beschuldigen Sie mich nicht einfach, nur weil ...«

Hattie ächzte. »Niemand beschuldigt hier irgendwen.«

»Oh doch, genau das tun Sie«, sagte die Chirurgin. »Einen von uns oder sogar beide. Sie könnten es natürlich auch selbst gewesen sein.«

»Hängen Sie mir das bloß nicht an!«, rief Hattie.

»Ich würde es Ihnen *beiden* anhängen«, stellte der Farmer klar.

»Lassen Sie uns das vernünftig durchdenken.« Die Chirurgin deutete auf den Farmer. »Zum Zeitpunkt der Schießerei standen Sie bei den Bänken unmittelbar links vom Opfer. Und ich stand direkt rechts von ihm. Das Loch im Fenster deutet darauf hin, dass der Mörder dem Opfer frontal gegenüberstand. Das bedeutet, dass er in den Gang gesprungen sein muss, sich die Waffe des Schaffners geschnappt und geschossen hat und zu seinem Platz zurückgekehrt ist, bevor wir wieder aus dem Tunnel raus waren.«

Hattie hob die Brauen. »Ziemlich kompliziert.«

Die Chirurgin schniefte. »Ich folge nur Ihrer Argumentation.«

Der Farmer sah verwirrt aus. »Wie wurde diese Kriminelle eigentlich niedergeschlagen?«

»Ich habe keine Ahnung«, sagte Hattie. »Schade, dass wir sie nicht fragen können.«

»Es wäre durchaus möglich gewesen, den Schuss von den hinteren Bänken aus abzugeben.« Die Chirurgin hielt beim Sprechen den Blick auf den Boden gerichtet. »Das wäre vielleicht sogar einfacher gewesen.«

»Wa… was?«, stotterte Hattie. »Aber die Waffe war hier drüben. Ich war meilenweit weg!«

»Vielleicht haben Sie ja eine eigene dabei«, schlug der Farmer vor.

Hattie drehte sich zu ihm um. »Warum in Gaias Namen sollte ich eine Hitzepistole dabeihaben?«

»Vielleicht sind Sie ja eine Kriminelle.«

Hattie war so wütend, dass ihr fast die Worte in der Kehle stecken blieben. »Soll das ein Witz sein?«

»Sie waren dem Schaffner gegenüber ganz schön schroff«, sagte die Chirurgin mit mildem Tadel.

»Oh, *ich* war also schroff, ja?«

»Sagten Sie, Sie seien auf einer Beerdigung gewesen?«, fragte der Farmer.

Die Chirurgin nickte knapp. »Das sagte sie. Wer wurde denn beerdigt?«

Er grinste. »Hoffentlich keins Ihrer Opfer?«

»Bei der Göttin unter uns!«, rief Hattie. »Es war die Beerdigung meiner *Mutter*!«

»Das beweist gar nichts«, sagte die Chirurgin.

»Genau«, erwiderte Hattie. »Das beweist überhaupt nichts!«

»Aber es ist trotzdem *verdächtig*«, beharrte der Farmer.

»NEIN, IST ES NICHT!« Hattie explodierte beinahe vor Wut. »Genauso wenig verdächtig wie der Umstand, dass *Sie* ein Skalpell im Ärmel tragen oder dass *Sie* ständig damit prahlen, was für ein *bedeutender Mann* Sie sind, was auch immer das heißen mag. Tatsächlich scheint es Ihnen beiden außer-

ordentlich wichtig zu sein, diesen Mord jemand anderem anzuhängen – erst dieser Frau und jetzt mir –, und ich frage mich, warum? Ich weiß es nicht! Aber ich denke, *verdächtig* ist ein gutes Wort dafür!«

Hattie hielt inne, um zu Atem zu kommen. Der Farmer musterte sie ernst.

»Hatten Sie und Ihre Mutter ein gutes Verhältnis zueinander?«, fragte er.

»Hören Sie damit auf, über meine Mutter zu reden! Ein Mann ist tot!«

Das Klopfen aus dem nächsten Wagen ertönte wieder, lauter und drängender als zuvor.

»Bei den Titten der Göttin«, rief Hattie. »Wo ist der verdammte Schlüssel?«

»Den hab ich.«

Unter anderen Umständen wäre es ein urkomischer Moment gewesen. Die drei drehten sich synchron um und erblickten die Gepäckfrau, die im Gang stand und den Messingschlüssel zwischen zwei Fingern hielt.

»Und ich werde ihn nicht zurückgeben«, fügte sie hinzu.

Auf der Bank zwischen ihnen lag die Pistole des Schaffners. Die Chirurgin ging darauf zu, doch dann zuckte ein knisternder Blitz und ließ die Pistole explodieren, und mit einem schrillen Aufschrei sprang sie zurück. In der Hand der Gepäckfrau – Hattie fluchte laut, obwohl es sich nicht gehörte, aber sie konnte nicht anders – befand sich eine zweite Pistole, die schlanker, sauberer und neuer aussah als jene auf dem Boden.

Zu wertvoll für eine Kriminelle, zu wertvoll sogar für einen gewöhnlichen Sheriff, es sei denn, dieser Sheriff verfügte über ein geradezu obszönes Privatvermögen.

Sie drängten sich zu dritt zusammen, der Farmer schob sich mit der Schulter zwischen Hattie und die Waffe. Eine sinnlose und im Grunde eigentlich herablassende Geste, die sie dennoch zu schätzen wusste.

»Wir machen Folgendes«, sagte die Gepäckfrau. Sie lächelte schon wieder. *Leg dir mal ein paar neue Gesichtsausdrücke zu,* dachte Hattie gereizt. »Wir sitzen den Rest der Fahrt jetzt gemeinsam aus. In aller Ruhe. Kein Geplauder. Und sobald wir ankommen, verschwinde ich durch die Hintertür, und keiner von euch wird mich je wiedersehen.« Sie griff langsam nach unten, hob ihren Hut an der Krempe auf und setzte ihn sich lässig auf den Kopf. »Ich wünschte, ich könnte bleiben und euch alles erklären. Aber das kann ich nicht, dafür haben wir nicht genug Zeit.«

»Ich wusste es«, murmelte die Chirurgin.

»Aber … aber der Schlag …«, stammelte der Farmer.

»Sie hat ihn niedergeschlagen. Ihm anschließend in den Kopf geschossen. Und dann hat sie einen zweiten Schuss durch das Fenster abgegeben.« Die Chirurgin musterte die Verbrecherin mit eisiger Miene. »Ein sehr schnell arbeitender Verstand, muss ich schon sagen.«

»Warum setzt ihr drei euch nicht?« Die Gepäckfrau deutete auf die Bänke. »Die Fahrt wird so schon lang genug sein.«

Der Farmer brummte irgendwas darüber, dass er sich das nicht gefallen lassen müsse, und die Chirurgin schob mit knallrotem Kopf eine Hand in die Tasche, vielleicht auf der Suche nach irgendeinem scharfen Gegenstand. Hattie schenkte ihnen keine Beachtung. Sie starrte den Hut der Gepäckfrau an. Sah ganz genau hin, nahm jedes Detail in sich auf, als würde sie forschend das Gesicht eines Lügners mustern.

Aber Kleider logen nicht. Das wusste sie ganz genau. Was wollte ihr der Hut der Gepäckfrau also sagen? Er saß zu eng, das war offensichtlich. Oder zumindest ziemlich eng. Klar – welcher Mensch bei klarem Verstand würde einen Hut tragen, der überhaupt nicht passte?

Und dann wurde ihr auf einmal alles klar.

»Es ist alles ein Irrtum«, sagte Hattie leise. Dann, lauter: »Halt! Es ist wirklich ein großer Irrtum!«

Die anderen Fahrgäste starrten sie an – neugierig, wütend, verängstigt.

»Hören Sie«, wandte sie sich eifrig an die Gepäckfrau. »Sie müssen mir den Schlüssel geben. Ich bringe alles in Ordnung.«

Die Frau packte den Schlüssel fester. »Weshalb sollten Sie das tun?«

»Nun, weil … weil …« Hattie schloss die Augen und zwang sich zur Ruhe. In ihrem Kopf fügten sich immer noch Stück für Stück die Puzzleteile zusammen, eins nach dem anderen. »Sehen Sie dort, an der hinteren Wand.« Sie deutete den Gang hinunter zum Ende des Waggons. »Dann kommen Sie wieder her und sagen mir, was Sie denken.«

Die Gepäckfrau blickte zurück. Sie kämpfte einen Moment mit sich, sichtlich hin- und hergerissen zwischen Vernunft und Neugier. Dann richtete sie die Pistole auf die anderen Passagiere. »Keiner von Ihnen bewegt sich, okay?«

Niemand bewegte sich. Die blinde Passagierin eilte zur gegenüberliegenden Wand.

Der Farmer beugte sich zu Hattie hinunter. »Soll ich sie mit einem Überraschungsangriff überrumpeln?«, flüsterte er.

Sie schüttelte den Kopf.

»Ganz sicher? Letztes Mal hat es funktioniert.«

»Warten Sie einfach kurz, Sie Trottel.«

Die Gepäckfrau musterte die hintere Wand. Hatties Kopf war wie leer gefegt, sie nahm nichts weiter wahr als ihre Anspannung, die Stille im Waggon und das Rauschen der Gleise unter ihnen.

Dann drehte sich die Gepäckfrau um, kam zurück und ließ den Schlüssel in Hatties ausgestreckte Hand fallen. »Sie sind ziemlich schlau, was?« Jetzt wirkte ihr Lächeln aufrichtig.

Hattie spürte, wie sie errötete. »Na, das war doch klar, oder?«, sagte sie nicht ohne Selbstzufriedenheit. »Keiner von uns wollte ihn tot sehen. Also hat ihn auch keiner von uns ermordet. So einfach ist das.«

Die Chirurgin sah aus, als wollte sie gleich explodieren. »Was ist denn da hinten?«, fragte sie. »Was haben Sie gesehen?«

Die Gepäckfrau wedelte mit der Pistole. »Bleiben Sie einfach hier stehen, Sie werden es auch bald sehen.«

Hattie drehte sich zur Tür um und stellte fest, dass die Leiche des Schaffners immer noch im Weg lag. Sie bedachte den Farmer mit einer entschuldigenden Grimasse. »Es tut mir leid. Würde es Ihnen etwas ausmachen …«

»Natürlich nicht.« Der Farmer schob sich an ihr vorbei. »Verzeih mir, Bruder«, murmelte er, packte die Leiche unter den Achseln und zog sie auf eine Sitzbank.

Hattie schob den Schlüssel ins Schloss und öffnete die Tür. Von draußen zischte Luft herein.

»Warten Sie«, sagte die Chirurgin. »Sie wollen doch nicht etwa da rausgehen, oder?«

»Jammern Sie nicht rum«, brummte Hattie. »Ist ja nur ganz kurz.«

Zwischen ihrem Waggon und dem nächsten klaffte ein Abgrund von einem guten halben Meter. Bleiche Erde wogte darunter, das Geräusch des Zugs auf den Schienen erinnerte an mahlende Zähne. Hattie warf einen Blick zurück auf die Gesichter der drei Menschen, die sie beobachteten, und dankte der Göttin, dass sie ihre vernünftigen Schuhe trug.

Sie sprang hinüber. Der Schlüssel klapperte in der Tür. Auf der anderen Seite in dem ansonsten leeren nächsten Waggon wartete ein Mann mit einem Gesicht, das sie an geschmolzenen Käse erinnerte.

»Wird verdammt noch mal auch Zeit«, sagte er.

»Kommen Sie schnell, bitte.«

»Jemand verletzt?«, fragte er im Vorbeigehen.

»Nein.«

Der Mann mit dem Käsegesicht trat über den Spalt, Hattie hüpfte hinterher und schlug die Tür hinter sich zu. Er wartete, bis er die volle Aufmerksamkeit aller Anwesenden hatte, dann sagte er in einem Ton, als spräche er mit aufmüpfigen Kindern: »So. Sehen Sie dieses Abzeichen?« Er zeigte auf seine Brust. »Das weist mich als Sheriff aus. *She-riff.* Das bedeutet, dass ich die Autorität des Hohen Sheriffs repräsentiere. Das wiederum heißt, ich habe hier das Sagen. Also sollte mir lieber jemand verraten, was hier eigentlich los ist, bevor ich Sie alle verhafte.«

Alle brachen in wildes Geplapper aus.

»Mr. Sheriff, Sir …«

»Es war nichts als …«

»Ich sage Ihnen …«

»Diese *Verbrecherin* …«

Er hielt eine Hand hoch. Stille trat ein.

»Ich begreife Ihre Aufregung«, sagte er, steckte die Hand in eine seiner Westentaschen und wippte auf den Fersen auf und ab. »Aber ich versichere Ihnen, Sie brauchen keine Angst mehr vor irgendwelchen Verbrechern zu haben. Ich habe den Bastard erschossen.« Mit blanker Verachtung blickte er auf die Leiche des Schaffners herab. »Und das gerade noch rechtzeitig.«

Der Farmer wurde kurzerhand zur Hilfskraft bestimmt, um dem Sheriff beim Beiseiteschaffen der Leiche zu helfen und eine genauere Erklärung der Ereignisse für die amtlichen Unterlagen zu liefern. Er war darüber sehr erfreut. »Natürlich habe ich von Anfang an alles genau durchschaut …«, behauptete er. Nur mit Mühe unterdrückte Hattie den Impuls, die Augen zu verdrehen. Zum Abschied zwinkerte er ihr zu und hob lässig zwei Finger zum Gruß. »Gute Reise, meine Damen.« Die Chirurgin folgte ihm, den Koffer in der Hand, und nickte Hattie nur knapp zu.

Die Geschichte des Sheriffs war von kleidsamer Dramatik. Nachdem er noch einmal die Bekanntmachung gelesen und erkannt hatte, dass es sich bei dem darin beschriebenen Verbrecher um den Schaffner handelte, war er durch den ganzen Zug gerannt, nur um festzustellen, dass die letzte Tür verschlossen war und der Mann es geschafft hatte, einige Reisende als Geiseln zu nehmen. Doch dann hatte er durchs Fenster die Schirmmütze gesehen, gezielt und …

Peng. Ende der Geschichte.

Niemand machte sich die Mühe, Hattie zu fragen, wie sie darauf gekommen war. Niemand interessierte sich dafür, dass sie durch den schlecht sitzenden Hut des Schaffners und das Fehlen eines Pistolenholsters misstrauisch geworden war.

Die Tatsache, dass Ein- und Austrittswunden bei Hitzepistolen nicht zu unterscheiden waren, wurde ebenfalls nicht erwähnt.

Und es war auch nicht von Belang, dass ihr nicht entgangen war, wie erfreut der Schaffner gewesen war, als er die Gepäckfrau entdeckt hatte – seinen perfekten Sündenbock. Vergessen war auch das frische Brandloch an der hinteren Waggonwand, zu dem Hattie die Gepäckfrau geschickt hatte. Ein Brandloch, das einem geübten Revolverhelden ohne ein einziges Wort der Erklärung die ganze Geschichte der Schießerei erzählte.

Der Bösewicht war tot, nur das zählte. Niemand stellte auch nur eine weitere Frage. Außer der Gepäckfrau möglicherweise – aber die hielt sich seit dem Auftauchen des Sheriffs sehr zurück, wirkte höchst wachsam und schwieg.

Erst als alle anderen gegangen waren, ergriff sie wieder das Wort. »Na, was für ein Sheriff.«

Hattie nickte. »Allerdings.«

»Dieser Schuss hätte jeden treffen können.«

»Sie hätte er ja fast erwischt.«

»Ich hab mich rechtzeitig zu Boden geworfen. Funktionierende Instinkte, denke ich.«

Hattie sah die Gepäckfrau an, die ihren Blick leicht beklommen erwiderte. »Eine Schande«, sagte Hattie kopfschüttelnd.

»W-was?«

»Sehen Sie sich das an.« Sie griff nach der Stoffjacke der Gepäckfrau und zeigte auf eine offene Naht am Ellbogen. »Schlafen Sie etwa in diesem Ding?«

Die Gepäckfrau entriss ihr den Arm. »*Nein.*«

»Lügnerin.«

Hattie ging zu ihrer Handtasche und holte das Reisenähzeug heraus, ein kleines blau-weißes, von Hand besticktes Täschchen. Ein altes Erinnerungsstück. Sie setzte sich und deutete ungeduldig auf den Platz neben sich. »Stehen Sie nicht da wie bestellt und nicht abgeholt.«

Die Gepäckfrau setzte sich. Hattie begutachtete den Riss und schnitt mit der Schere ein Stück schwarzen Faden ab. »Eine neutralere Farbe wäre mir lieber, aber wir müssen mit dem auskommen, was wir haben.« Sie hielt die Nadel gegen das Licht und fädelte den Faden ein. »Arm hochheben, zack, zack!«

Zwischen Hatties Fingern war der abgetragene Stoff so geschmeidig und glatt wie menschliche Haut, und der Faden glitt mühelos hinein. Ihre Hände fanden in den vertrauten Rhythmus, und sie ließ sich in die Einfachheit des Nähens fallen. Durchstechen, ziehen. Durchstechen, ziehen. Die Gepäckfrau sah mit stummer Faszination zu, wie sie den letzten Stich setzte, den Faden verknotete und abschnitt.

»Sieht aus wie von einer Maschine genäht«, stellte sie fest und drehte ihren Ellbogen, um die geflickte Stelle zu bewundern.

»Es wird halten. Aber Sie sollten besser auf Ihre Kleidung achten.«

Die blinde Passagierin sah zu, wie Hattie ihre Utensilien wieder einpackte. »Ich wünschte, ich hätte eine solche Fähigkeit«, sagte sie traurig. »Das Einzige, was ich kann, ist schießen.«

»Sind Sie Gesetzeshüterin?«

»Gewissermaßen. Ich war Soldatin. Aber ich habe es aufgegeben.«

»Gut.« Hattie schniefte. »Eine üble Art, seinen Lebensunterhalt zu verdienen.«

»Das war es.« Sie senkte den Kopf. »Ja, das war es tatsächlich.«

»*Wir sind mehr als das, was wir tun.*« Hattie verschloss die Tasche und verstaute sie unter der Bank. »Das hat meine Mutter immer gesagt.«

»Übrigens, mein Beileid. Wegen Ihrer Mutter.«

»Danke.« Hattie hielt inne. »Sie sind ziemlich weit weg von zu Hause, nicht wahr?«

Die Gepäckfrau wurde blass, aber Hattie lachte nur. »Wieder richtig!« Sie klatschte in die Hände. »Noch ein Punkt für mich! Keine Sorge, es macht mir nichts aus. Das ist Ihr Problem. Und das der Göttin vielleicht. Aber definitiv nicht meins.«

»Sie sind sehr scharfsinnig«, sagte die Gepäckfrau und verlagerte das Gewicht.

»Vielen Dank. Es waren die Stiefel, die Sie verraten haben, falls Sie neugierig sind. Rauchen Sie?«

Die Gepäckfrau schüttelte den Kopf. In den Falten von Hatties Kleid gab es eine kleine quadratische Tasche, die sie extra für ihre Zigarettendose genäht hatte. Sie zog das Döschen heraus, wählte eine Zigarette aus, zündete sie an, stieß den Rauch aus und sah zu, wie die graue Wolke gegen das Fenster wallte.

»Sie sagten mir, Sie hätten es eilig«, sagte sie. »Wo wollen Sie denn hin? Zurück zu Ihren Leuten?«

»Zurück zu einem ganz bestimmten Menschen.«

»Oh.«

»Aber ich weiß nicht, wie ich es anstellen soll. Ich meine – ich bin gerade nach New Destiny unterwegs, um einen Kommunikator zu suchen. Aber es wird immer schwieriger …« Sie rieb sich die Augen. Müde Augen, fiel Hattie auf. »Wie Sie schon sagten, es ist nicht Ihr Problem.«

Hattie wühlte in ihrer Handtasche herum. Es knisterte, und sie förderte ein rosafarbenes Zettelchen zutage, dessen frische Tinte ihre Finger schwärzte. »Hier.«

Die Gepäckfrau hielt das Zettelchen ins Licht und las: »Gültig für eine Person. Wohin bringt mich das?«

»Wohin auch immer Sie wollen. Es ist ein Busfahrschein.«

Das schiefe Gesicht hellte sich auf. »Süden?«

»Ja, bis nach Wonderville.« Hattie hielt kurz inne. »Wenn zwei Menschen zusammen sein wollen, dann sollten sie es auch sein. Alles andere macht die Welt nur noch ein bisschen hässlicher, finden Sie nicht auch?«

Die blinde Passagierin hielt das Ticket fest. »Kann ich das wirklich haben?«

»Warum nicht? Ich kann jederzeit ein neues kaufen.« Sie führte die Zigarette an die Lippen und dachte: *Und schon wieder lehne ich mich weit aus dem Fenster.* Aber seltsamerweise war ihr dabei ganz leicht ums Herz.

Draußen hoben und senkten sich die vorbeiziehenden Hügel wie die Brust eines Schlafenden.

… weniger als einen Monat nach der Entdeckung von Tritiumvorkommen auf Breton, dem Hauptplaneten des Surya-5-Systems, wurde eine imperiale Untersuchung eingeleitet, um das Ausmaß finanzieller Korruption im Bretonianischen Hohen Rat zu untersuchen. Der Imperator ordnete ein vorläufiges Handelsembargo an und beantragte die Herabstufung Bretons von einer Kolonie zu einem Protektorat. Dieser Antrag wurde mithilfe einer schlagkräftigen Militärpräsenz an den wichtigsten Warptunneln im gesamten System und später auch in der Hauptstadt durchgesetzt.

Es haben bereits bessere Autoren als ich die anschließende Eskalation der Feindseligkeiten analysiert, die in dem katastrophalen Angriff auf den Celeste-Turm mündeten – von der Presse empörenderweise als »Triumph« bezeichnet. Ich könnte viele Absätze lang darüber referieren, weshalb diese Darstellung falsch ist. Aber schon die endgültige Zahl der Todesopfer spricht für sich.

DR. NOELLE DALEY, *MUSTERANALYSE DES ZUSAMMENHANGS ZWISCHEN SELTENEN MINERALIEN UND EINSÄTZEN DES ZENTRALIMPERIALISTISCHEN MILITÄRS IN DER LANDESMITTE, 2650–2810*, IN: *GEOLOGY TODAY* (2811)

DRITTES ZWISCHENSPIEL

DAS BÜRO DES SHERIFFS VON RIGGSBY war ein unauffälliges Gebäude auf der guten Seite der Stadt, wobei der Unterschied zwischen gut und schlecht in Riggsby nur eine Frage weniger Meter war. Kleine Fenster, die an schielende Augen erinnerten, blickten über die Gleise hinweg auf das Wohnmobilviertel, eine Ansammlung auf Betonklötzen ruhender Trailer mit Spitzengardinen.

Im Büro flatterte eine ganze Wolke aus Motten um eine nackte Glühbirne. Das Summen der Birne, gelegentliche Rufe aus den Trailern und, so gleichmäßig wie ein Uhrwerk, das ungeduldige Klopfen eines Absatzes auf dem Boden. *Pock pock pock.* Der Absatz gehörte zu Hattie Warbler. Von Zeit zu Zeit stieß sie einen lang gezogenen, vornehmen Seufzer aus und betrachtete ihre Nägel. Aber Deputy Seawall sah, dass sie Angst hatte.

Er wartete darauf, dass sie zuerst sprach, und schließlich tat sie es. »Nun?«, fragte sie ihn mit schneidender Stimme.

Seawall legte den Kopf schief und echote: »Nun?«

Er hatte sie den ganzen Tag warten lassen, während er die anderen Fahrgäste verhörte, bis weit nach Sonnenuntergang. Jetzt war der Bahnhof leer, und sie waren allein. Er und seine wichtigste Zeugin. Die wichtigste und zugleich die, die er am wenigsten leiden konnte.

Er schritt vor dem Tisch auf und ab.

»Miss Warbler«, begann er. »Sie scheinen mir eine ausnehmend kluge Frau zu sein. Jedenfalls sicher keine Närrin. Ich will ehrlich zu Ihnen sein, und im Gegenzug würde ich es sehr begrüßen, wenn Sie ehrlich zu mir wären. Sehen Sie, prinzipiell bin ich nämlich …«

»Ach, jetzt werden Sie mal erwachsen!«, blaffte sie ihn an.

Seawall blieb der Mund offen stehen. »Was?«

»Das ist kindisch. Lassen Sie mich einfach meine Aussage machen, damit wir beide hier fertig sind.«

Der Deputy runzelte die Stirn. Es war eine gute Antwort, aber ihr Ton gefiel ihm nicht. Er bemühte sich um eine liebenswürdige Miene. »Na, dann mal los. Was haben Sie für mich?«

»Sie fährt mit dem Sechs-Uhr-Bus nach Wonderville. Beziehungsweise ist sie längst unterwegs, würde ich mal sagen. Die Göttin allein weiß, wie viele Stunden es her ist. Danach fährt sie weiter nach New Destiny. Sie ist ein paar Zentimeter größer als Sie, trägt ein kariertes Hemd, einen Rangerhut und …«

»Na schön, Sie können aufhören.« Seawall stieß ein gekünsteltes Lachen aus. Innerlich schäumte er vor Wut. Sechs Uhr war längst vorbei. Hätte er doch nur mit der Näherin angefangen! Hatties mürrischer Miene nach zu urteilen, dachte sie dasselbe.

Er setzte sich ihr gegenüber. »Das wusste ich alles schon«, log er. »Ich wollte noch über einige andere Details mit Ihnen reden.«

»Oh, nun ja, in diesem Fall …« Zu seiner großen Freude wurde sie unruhig. »Warum haben Sie das nicht gleich gesagt?«

»Weil …« Er zögerte. Wie viel sollte er preisgeben? »Weil, Miss Warbler, es sich um eine heikle Angelegenheit handelt.«

»Was soll das heißen?«

»Ich spreche von Staatsgeheimnissen.«

»Oh, so nennen Sie sich jetzt? Einen Staat?« Hattie verdrehte die Augen gen Decke. »Ach du meine Güte. Und ich hab euch für einen Club von Abzeichensammlern gehalten.«

»Hören Sie auf mit dem Scheiß.« Er beugte sich ein wenig vor. »Was hat sie Ihnen erzählt?«

»Nicht viel«, gab Hattie zu und zupfte an ihrem Kleid herum. »Aber ich kann meine eigenen Schlüsse ziehen. Ich bin nicht blind.«

Vor Entsetzen rieselte es Seawall eiskalt über den Nacken. »Was meinen Sie mit Schlüssen?«, fragte er, obwohl er es ganz genau wusste. »Was vermuten Sie?«

Keine Antwort. Über ihnen schwirrten die Motten wild durcheinander.

»Ich dachte, Sie wollten unbedingt weg, Miss Warbler.«

»Das ist auch richtig.«

»Dann sage ich es noch einmal: Hören Sie auf mit dem Scheiß.«

»Gut. Ich vermute, sie ist …« Hattie rang um die richtigen Worte, ihre natürliche Offenheit kämpfte gegen ein tief sitzendes Tabu an. Sie reckte das Kinn leicht nach oben. »Von weit weg. Sehr weit.«

»Von wo?«, drängte er.

»Weltraum!«, platzte sie heraus. »Aus dem Weltraum, Sie Dummkopf! Der Weltraum! Bei der Göttin unter uns!« Nach einer Pause fügte sie mürrisch hinzu: »Ich hoffe, jetzt sind Sie glücklich. Ich komme mir lächerlich vor.«

»Und Sie hatten vor, diesen Verdacht für sich zu behalten?«

»Ist ja nicht meine Sache.« Sie schniefte. »Außerdem, wer würde mir schon glauben?«

Ein gutes Argument, dachte der Deputy und lehnte sich zurück. Wer würde ihr glauben? Niemand sonst im Zug hatte die Wahrheit auch nur geahnt, da war er nach den Verhören ganz sicher. Rechtlich gesehen war der ganze Vorfall bereits zu den Akten gelegt und zwei Meter tief begraben. Da war nur noch diese schlecht gelaunte alte Jungfer mit ihrem Verdacht.

»Ich verstehe nicht, warum Sie das überhaupt interessiert«, sagte sie. Ihr Ausbruch war ihr anscheinend im Nachhinein peinlich, sie war rot geworden und wirkte wütend. »Wir reden hier über das lichtlose Weltall. Ist das nicht ein Thema für die Kirche? Warum spreche ich nicht mit Ursula Ramirez?«

Ramirez. Beim Klang dieses Namens knirschte Seawall mit den Zähnen. »Dies ist eine rechtliche Angelegenheit«, sagte er. »Die Kirche hat keine Macht über das Gesetz.«

»Ach nein?« Die Näherin musterte ihn, als sei er ihr jetzt erst richtig aufgefallen. Studierte ihn aufmerksam. »Sie sind sich Ihrer Sache recht sicher, nicht wahr, Mr. Seawall?«

»Bin ich das?« Er musste sich beherrschen, nicht hinzuzufügen: *Für Sie immer noch Deputy.*

»Oh ja. Aber hier draußen in der richtigen Welt geben die meisten Menschen sehr viel mehr auf die Ansichten eines Predigers als auf die eines Sheriffs.«

Er wusste, dass sie ihn aus der Reserve locken wollte, und konzentrierte sich darauf, ruhig zu bleiben. »Gesunder Menschenverstand ist hier draußen nicht sehr verbreitet, sicher. Aber das wird sich ändern.«

»Wenn Sie das Sagen haben, meinen Sie?« Sie stieß ein abgehacktes, gehässiges Lachen aus. »Jetzt kommen Sie schon!«

Er plusterte sich auf. »Es spielt keine Rolle, was Sie denken, Ma'am.«

»Tut es nicht?«

»Nein.«

»Sehen Sie sich an, Mr. Seawall.« Inzwischen wirkte sie völlig entspannt, der Blick ihrer glänzenden Augen war scharf wie ein Skalpell. »Sie rennen durch die Stadt wie ein kopfloses Huhn, schikanieren ehrliche Leute und tun so, als wüssten Sie, was los ist, obwohl Sie offensichtlich nicht die geringste Ahnung haben. Und wozu? Um erwachsene Leute zu beeindrucken? Tja, also *ich* bin nicht beeindruckt, so viel steht fest. Das imponiert niemandem, der bei Verstand ist. Für mich sind Sie nichts weiter als ein verwöhnter kleiner Bengel.«

Seawall fühlte sich plötzlich sehr krank. Der Anblick ihrer Haut stieß ihn ab, der faltige Hals, die ledrigen Handgelenke. Genau wie bei seiner Großmutter. Er dachte: *Selbstgefällige alte Harpyie.* Er dachte: *Schlampe.* Er dachte, wie gut sich doch die Pistole in seiner Hand anfühlte, und dann sah er, dass Blut auf dem Tisch war, und da war es auch schon vorbei.

Es war die richtige Entscheidung gewesen, sagte er sich und hob die in Rüschen gehüllte Leiche auf, die dalag wie ein großer Vogel, den jemand aus der Luft geschossen hatte. Es wäre nicht klug gewesen, eine Zeugin laufen zu lassen.

Außerdem hatte sie ihn provoziert. Und zwar absichtlich. Es geschah ihr also nur recht.

Baozi

DREI BEGEBENHEITEN GESCHAHEN ZUR GLEICHEN ZEIT. Zwei, drei Kilometer außerhalb von Riggsby strich ein kühler Mitternachtswind über die Erde, die für immer Hattie Warblers sterbliche Überreste bedecken sollte. Ihr Grab würde nie gefunden werden.

Weit weg von diesem traurigen Ort fuhr ein Dieselbus über eine gut instand gehaltene Straße und brachte ein Dutzend Fahrgäste immer näher zu dem pulsierenden Kern der letzten Zivilisationsstätte der Erde.

Und im Eden Inn, einem angesehenen Gasthaus mit vierzehn Zimmern, das an der Straße nach Wonderville lag, tauchte eine junge Frau auf und fragte nach einem Zimmer für drei Nächte. Ihr Name war Ava Palava, und schon wenige Minuten nach ihrer Ankunft war allen klar, dass ihr Besuch das aufregendste Ereignis seit Jahren war.

Die Aura eines Geheimnisses umgab Ava wie ein feines Parfüm, sie bewegte sich geräuschlos durch die Gänge, eine Hand fest um den Griff ihrer goldverzierten Aktentasche geschlossen. Abends saß sie allein am äußersten Ende der Bar und nahm einen Drink, das Gesicht von sanftem Kerzenschein beleuchtet. Weit entfernt. Vollkommen stumm. Das eine oder andere Mal, wenn sie auf ein Glas Wein an die Bar schlenderte, erkundigte sich ein kühner junger Mann oder eine kühne junge Frau, was sie in der Stadt zu tun habe. Ihre ausweichenden Antworten waren höflich und charmant. Wenn jemand nachhakte, verfiel sie in trauriges Schweigen, und ihr Blick ging ins Leere, als würde sie an eine vergangene Enttäuschung denken. Dann wandte sie sich an denjenigen, der sie angesprochen hatte, und gab die Fragen zurück, worauf sich ihre Gesprächspartner unweigerlich geschmeichelt fühlten und so lange über sich selbst sprachen, dass es ihnen später peinlich war.

Der Einzige, mit dem sie länger sprach, war Mr. Eden, der Wirt des Gasthauses. Morgens blieb sie an der Rezeption stehen, um sich nach dem Befinden seines kranken Vaters zu erkundigen oder seine Verzweiflung über die neuesten Steuersätze zu teilen. Wie sich herausstellte, war Ava selbst die Tochter eines Gastwirts; mit den Mühen des Geschäfts war sie wohlvertraut und wusste stets guten Rat. Ihre mitfühlende Art wirkte sich sehr positiv auf Mr. Eden aus. Er beschloss, seine Koteletten wachsen zu lassen.

Man empfand es allgemein als große Tragödie, dass Ava einen Tag früher als geplant abreiste. Noch tragischer war, dass sie keine Zeit hatte, sich von irgendwem zu verabschieden, aber auf ihrem Bett hinterließ sie einen so liebenswürdigen und rührenden Dankesbrief, dass das Ehepaar Eden ihn einrahmen ließ und an die Schlafzimmerwand hängte.

Es dauerte eine Woche, bis sie merkten, dass sie nie gezahlt hatte.

WONDERVILLE: Ein wohlwollender Reisender würde das Örtchen womöglich als Medley oder Collage bezeichnen. Ein ehrlicher Mensch hingegen würde sagen, es sei das reinste Durcheinander. Mitten auf einer Kreuzung gelegen, nur eine halbe Woche Fahrt von New Destiny entfernt, zog Wonderville seriöse und weniger seriöse Händler gleichermaßen an. Erstere bewohnten die kuppelförmigen Gebäude aus Holz und weiß getünchtem Zement mit ihren handbemalten, im Wind knarrenden Schildern, während Letztere sich gezwungen sahen, Stände aufzustellen oder zu Fuß durch die Straßen zu laufen, um ihre Waren feilzubieten.

In Stoßzeiten wurde die schmale Asphaltstraße im Zentrum Wondervilles von einer Kakofonie aus Fußgängern, Pferden, Motorrädern und gelegentlich vorbeirumpelnden Autos bevölkert. Ganze Menschenströme kämpften um den knappen Platz; Strudel bildeten sich und rissen alles mit sich fort, Strömungen und Gegenströmungen entstanden, Stimmen riefen Anweisungen oder protestierten gegen dies oder jenes, und der Geruch nach Essen, Dung und Benzin schwebte wie eine heiße Wolke über der Straße. Die älteren Geschäfte besaßen Veranden, auf denen man über dem Chaos thronte.

Auf einer solchen Veranda lehnte eine Reisende am Geländer und betrachtete das Treiben zu ihren Füßen mit glasigen Augen. Für irdische Verhältnisse war die Straße völlig überfüllt, aber im Vergleich zu der Megastadt ihrer Jugend war dieser Ort eine Geisterstadt. Gedankenverloren zupfte sie an einer schwarzen Naht am Ellbogen ihrer Jacke herum und behielt aus dem Augenwinkel das andere Ende der Straße im Auge – den Stadtrand, wo sich das Durcheinander vor einem Damm aus Barrikaden und Uniformierten staute. Jede Tasche wurde gefilzt, in jeden Stiefel hineingeblickt, jeder Hut musste abgesetzt werden, damit die Uniformierten einen besseren Blick auf das Gesicht des Trägers werfen konnten. Und jedweder Protest wurde mit der gleichen schroffen Ansage beantwortet: »Befehl von Deputy Seawall! Keine Ausnahmen!«

Sie riefen seinen Namen wie ein heiliges Mantra. Einer der Uniformierten schaute auf, als würde er ihren Blick spüren, und die Reisende sah schnell weg.

Sämtliche Straßen nach New Destiny waren blockiert.

In ihrem Kopf klangen die Worte des Predigersohns nach: Wenn *er dich erwischt, wird es dir leidtun.*

Und obwohl er sie noch gar nicht erwischt hatte, tat es ihr tatsächlich schon leid. Jedes neue Hindernis nagte ein wenig mehr an ihrer geistigen Robustheit, jedes neue Problem war ein Problem zu viel, und jedes bisschen gute Laune war längst verflogen.

Unten auf der Straße brach ein Mädchen, gut gekleidet und mit einem goldverzierten Koffer in der Hand, aus einem der Ströme aus und erklomm eilig die Treppe. Sie ging direkt auf die Reisende zu, und sobald sie in Hörweite war, brach ein Redeschwall aus ihr heraus und hörte nicht mehr auf.

»Verzeihung, es tut mir leid, ich weiß selbst, das ist ein wenig anmaßend.« Beim Sprechen stellte das Mädchen rasch den Koffer ab und löste das scharlachrote Band um ihren Hals. »Ich habe nur gerade gedacht, wie gut Ihnen dieses kleine Accessoire stehen würde, das ich letzten Monat gekauft habe, wirklich, es ist so sehr Ihr Stil, Sie müssen mir einfach vertrauen.« Am Ende des Bandes hing eine Spitzenhaube, die das Mädchen behutsam um den Hals der Reisenden legte. »Ich hatte schon immer ein Auge für Menschen, wissen Sie, und um ehrlich zu sein, tun Sie sich mit *diesem* Ding keinen

Gefallen.« Besagtes Ding war der ramponierte Rangerhut der Reisenden. Das Mädchen nahm ihn ihr ab und zog ihr die Haube über den Kopf. »Sehen Sie, das betont viel besser Ihre Gesichtszüge, wirklich, so *markant*, wirklich eindrucksvoll, ungewöhnlich, und so groß sind Sie. Es steht Ihnen so gut.«

Die Reisende warf einen Blick auf die Straßensperre. Sie konnte keine Szene riskieren, nicht hier und nicht jetzt. Also sah sie stumm zu, wie sich das Mädchen den Hut auf den Kopf setzte. »So. Ich nehme das für Sie mit, okay, meine Liebe? Sie werden ihn nicht vermissen. *Ta-da!*«

Sie hob ihren Koffer auf, sprang lässig über das Geländer und verschwand in der Menge. Die Reisende sah ihr nach. Dann drehte sie sich um und starrte ihr Spiegelbild in der Glasfront des Ladens an.

Das Mädchen hatte gelogen. Die Haube sah nicht gut aus. Im Gegenteil, es war grotesk – als hätte jemand eine verwelkte Leiche als Puppe verkleidet. Der Stress hatte der Reisenden sehr zugesetzt, sie mürbe gemacht bis tief in die Knochen. *Bei den Sternen,* dachte sie. *Bin das wirklich ich?*

»Da bist du ja, du kleiner Mistkäfer.« Eine Hand packte sie an der Schulter, und sie wurde herumgewirbelt und sah sich einer älteren Frau mit wenig schmeichelhaftem geometrischen Haarschnitt gegenüber. »Äh?«

Hinter der Frau tauchte ein junger Mann auf. Er sah erschöpft aus, wie er da halb vornübergebeugt stand, die Hände auf den Oberschenkeln. »Sie haben die Falsche erwischt, Chefin«, sagte er.

»Ja, das sehe ich«, schnauzte die Frau ihn an. Sie musterte die Reisende mit fest zusammengepressten Lippen.

Die Reisende starrte ausdruckslos zurück.

»Es war die Haube, die Sie verwirrt hat, Chefin«, erklärte der junge Mann hilfreich.

»Ach was.« Sie ließ die Schulter der Reisenden los. »Wer zum Teufel bist du?«

Die Reisende antwortete nicht.

»Eine Schwachsinnige«, befand die Frau und drehte sich um. »Komm.« Sie packte den jungen Mann am Ellbogen und zerrte ihn zurück in die Menge.

In einem billigen Hotel am Stadtrand lag die Reisende im Bett und starrte an die Decke. In einer Ecke hatte sich ein großer Baldachin aus kaffeebraunem Schimmel ausgebreitet, der befallene Putz sackte in einer großen Beule herab.

Das Fenster glitt auf. Ein Koffer kam zum Vorschein, gefolgt von Ava, die über die Fensterbank sprang und sich lautlos auf den Boden fallen ließ. Die rote Spitzenhaube hing an einer Stuhllehne, und sie nahm sie und hängte stattdessen den Hut dorthin.

»Guten Abend.«

Ava erstarrte.

»Schon gut«, sagte die Reisende, drehte sich um und zog sich die fadenscheinige Decke über ein Ohr. »Lass das Fenster offen, wenn du gehst.«

Ava starrte zum Bett hinüber. An einem Bettpfosten hing ein Lederholster, am anderen eine alte Stoffjacke. Sie ging zurück zum Fenster und hielt dann inne. Drehte sich um und ließ die Haube an einem Finger kreisen. »Du bist eine von den ganz Entspannten, was?«

Die Reisende grunzte.

»Das vorhin tut mir leid. Ich hoffe, die alte Hexe hat dich nicht zu sehr belästigt.«

»Halb so wild.«

Ava lehnte sich gegen das Fensterbrett. »Was ist eigentlich mit dir? Ärger mit dem Gesetz?«

Schweigen.

»Du hast eine ziemlich gefährliche Ausstrahlung.« Ava setzte sich die Haube auf und zog die Bänder fest. »Das gefällt mir.« Sie nickte zu dem Bettpfosten. »Weißt du, wie man die Pistole da benutzt? Oder ist es nur ein Spielzeug?«

Die Reisende drehte sich auf den Rücken, wandte das Gesicht zur Zimmerdecke und seufzte. »Kein Spielzeug.« Sie blickte Ava an. »Was willst du von mir?«

»Dein Name wäre ein guter Anfang.«

Die Reisende wälzte sich auf die andere Seite, mit dem Rücken zu Ava.

»Nein?«

Die Reisende schwieg.

»Dann nenne ich dich eben Darling. Darling, du kannst mich Ava nennen.« Ava stieß sich von der Fensterbank ab und setzte sich auf die Kante von Darlings Bett. Sie schlug die Beine übereinander, stützte einen Ellbogen auf das obere Knie, legte das Kinn in die Hand und trommelte mit den Fingerspitzen leicht auf ihre Wange. »Ich würde dich gern anheuern, Darling«, sagte sie. »Weißt du, die letzten Jahre meines Lebens standen im Schatten einer langen, traurigen Geschichte, und ich finde, es wird höchste Zeit, dass diese Sache mal abgeschlossen wird.«

»Mhm.« Darlings Brummen wurde durch die Decke gedämpft.

»Ich kann dich gut bezahlen.«

»Mhm.«

»Nicht nur mit Geld. Zum Beispiel könntest du von mir auch ein Empfehlungsschreiben bekommen, mit dem du an dieser lästigen Straßensperre vorbeikommst. Du sitzt doch gegen deinen Willen hier fest, oder? Ich habe vorhin gesehen, wie du die Blockade angestarrt hast. Natürlich geht es mich nichts an, weshalb …«

Darling setzte sich auf, das Gesicht blass im Zwielicht. »Ein Empfehlungsschreiben?«, fragte sie. »Das ist alles, was ich brauche?«

»Ja. Das und etwas Bestechungsgeld. Das kann ich ebenfalls besorgen.«

»Wie lange wird das dauern?«

»Nur einen Tag.«

Darling kapitulierte und ließ sich gegen das Kopfteil des Betts sacken. »Na schön. Ich helfe dir. Es darf nur wirklich nicht länger als einen Tag dauern, okay? Ich muss hier weg.«

Ava erhob sich strahlend. »Wunderbar. Wir treffen uns morgen im Stall, okay?« Sie kehrte zum Fenster zurück, schwang ein Bein über die Brüstung und hielt dann inne. »Ich nehme an, du weißt, wie man schießt?«

Darling nickte.

»Ausgezeichnet.« Sie sprang von der Fensterbank und war verschwunden. Während sie noch auf dem Boden unter dem Fenster kauerte, hörte Ava, wie Darling seufzte und im leeren Raum vor sich hin flüsterte: »Oh, meine Liebste, was tu ich hier eigentlich?«

Am nächsten Morgen brach Darling früh auf, um den Tag so rasch wie möglich hinter sich zu bringen, und fand die Hauptstraße ruhig vor, fast friedlich. Die Händler waren noch dabei, ihre Stände aufzubauen – ausklappbare Tische, zusammengeschobene Kisten, handgenähte Banner, die Waren anpriesen wie »Allerbeste antike Qualitätssonnenbrillen« und »Gummibälle – die wirklich springen!« Verschlafene Wachleute lehnten an der Straßensperre, gähnten und erzählten sich gegenseitig Witze.

Ein leiser Pfiff drang an ihr Ohr. Darling drehte sich um und sah Ava, die im Schatten einer schmalen Gasse stand und an einer gebogenen schwarzen Pfeife zog. Das Kleid vom Vorabend hatte sie durch graue Leggings und eine hochgeschlossene schwarze Jacke ersetzt. Darling ging zu ihr, wich unterwegs rasch aus, als jemand eine völlig überladene Kiste wenige Zentimeter vor ihren Füßen fallen ließ, und fragte mit gesenkter Stimme: »Woher hast du all diese Klamotten?«

»Das ist meine Reisegarderobe«, sagte Ava, als wäre das eine Antwort auf alles. Sie drehte die Pfeife um und klopfte sie an der Wand aus, sodass ein feiner Ascheregen zu Boden rieselte. »Komm mit. Wir kaufen Pferde.«

Sie hakte Darling unter und führte sie um die nächste Ecke, in die gepflegten Seitenstraßen von Wonderville. Einen Häuserblock entfernt lag der Stall mit seinem vorspringenden Schieferdach. Lässig fügte Ava hinzu: »Und wenn ich kaufen sage, meine ich natürlich stehlen. Wärst du mir dabei ein klein wenig behilflich?«

»Beim Stehlen?«

Ava kicherte. »Oh, Gaia, nein. Ich möchte, dass du mir folgst und dir alles genau ansiehst, was teuer wirkt. An der hinteren Wand ist ein brandneuer Sattel – fang dort an. Tu so, als würdest du die Sicherheitsvorkehrungen abchecken.«

Ava setzte sich in Bewegung, und Darling rief ihr hinterher: »Also willst du, dass ich wie ein Dieb *aussehe*?«

Ava lachte. »Du siehst schon wie ein Dieb aus, Darling.« Sie schlüpfte durch die Tür, ohne auf eine Antwort zu warten.

Der Stall vermittelte einen Eindruck von selbstbewusster Eleganz, überall lackiertes Holz und gerahmte Porträts irgendwelcher längst toter Leute. In der Luft lag ein blumiger Duft, der sich unangenehm mit dem Geruch nach Dung vermischte. Die Pferde standen gehorsam vor den Pfosten, an denen sie angebunden waren, die Köpfe gesenkt, die Ohren nach hinten geklappt, reglos bis auf das gelegentliche Scharren eines Hufs im Stroh. Neben der Tür entdeckte Ava zwei ältere, aber kräftige Stuten. *Ihr werdet wohl reichen,* dachte sie.

Sie ging zum Schalter hinüber, hinter dem ein untersetzter Mann mit Samtmütze irgendwelche Zettel hin- und herschob. Der erste Eindruck, wusste sie, war entscheidend.

Der Mann hatte noch nicht aufgeblickt, also bemühte sich Ava, so laut aufzutreten, wie sie nur konnte. Mit Erfolg: Die Schritte erregten seine Aufmerksamkeit, und er blickte auf und ihr entgegen, wie sie da mit geradem Rücken und hocherhobenem Kinn auf ihn zukam, in der Miene die Ungeduld einer Frau, die nicht gern ihre Zeit verschwendet.

»Guten Morgen, ich möchte den Hengst dort drüben in der Ecke kaufen.« Der Verkäufer war es offenbar gewohnt, bei so etwas Monumentalem wie dem Verkauf eines Pferds mehr Tamtam zu veranstalten, aber ehe er sich recht in Fahrt reden konnte, fügte Ava hinzu: »Jetzt sofort, bitte.«

»Natürlich, Ma'am, natürlich.« Er stapelte seine Papiere, schob sie beiseite und nahm die Brille von der Nase. »Unsere ausgewachsenen Pferde kosten hundert, also …«

»Sehr gut.« Ava nahm ihr Portemonnaie heraus, öffnete den Verschluss, zählte säuberlich fünf Zwanziger ab und legte sie auf den Tresen.

Die Augen des Mannes weiteten sich, und er sah zu ihr hoch, nahm seine Mütze ab und fuhr sich mit der Hand übers Haar. »Der Sattel …«

Ava kniff die Augen zusammen.

»… der, äh – der Sattel ist natürlich inklusive.«

»Das will ich wohl meinen.« Sie belohnte ihn mit einem Lächeln. »Bitte verzeihen Sie, es tut mir schrecklich leid, aber wenn es in Ordnung ist, würde ich ihn gern reisefertig machen.«

»Ja, natür…« Der Blick des Stallmeisters richtete sich über ihre Schulter hinweg auf irgendetwas hinter ihr. Darling war angekommen. Immer noch lächelnd, schob sich Ava dazwischen, um ihm die Sicht zu versperren. »… natürlich, sofort, Ma'am«, beendete er seinen Satz.

Er führte sie zu dem Hengst und wandte sich ein- oder zweimal nach Darling um. Ava sah, wie sie mit einem Finger an einem kupferfarbenen Steigbügel entlangfuhr. *Wie subtil,* dachte sie.

»Hier ist er.« Bei dem Hengst angekommen, drehte sich der Stallmeister zu ihr um und neigte leicht den Kopf. »Ein hübsches Tier. Gesund. Sehr gehorsam. Genau das Richtige, um Ihre Freundinnen unten auf der Rennbahn zu beeindrucken.« Er zog den Sattelgurt fest, löste den Strick und führte das Pferd auf Ava zu. Sanftmütig folgte es ihm. »Möchten Sie zuerst eine kleine Runde über den Hof drehen?«

Ava nahm die Zügel und betrachtete das Pferd prüfend. Es starrte apathisch zurück und zermalmte gleichmütig die letzten Reste seines Frühstücks zwischen den Zähnen. Sie kaute einen Moment lang auf ihrer Unterlippe. Der Stallmeister starrte immer noch über ihre Schulter hinweg.

»Nein, eigentlich nicht. Nehmen Sie ihn zurück.« Sie drückte ihm die Zügel in die Hand. »Ich will die beiden da drüben an der Tür.« Sie zeigte auf die Stuten.

»Oh – äh, ja.« Der Verkäufer gewann seine Fassung rasch wieder. »Das wären dann …«

»Ich bezahle Sie nicht noch mal«, teilte ihm Ava mit erhobener Stimme mit, und einige der Stallknechte drehten sich um und sahen sie an. »Ich habe diesen Hengst zurückgebracht, der hundert wert ist, und ich habe Ihnen bereits hundert in bar bezahlt. Wollen Sie etwa den doppelten Preis von mir verlangen?«

»Nein, Ma'am, natürlich n…«

»Das will ich auch nicht hoffen.«

»Ja, ich …« Sein Blick wanderte wieder zu Darling, die sich offensichtlich mit den möglichen Fluchtwegen befasste. »Ja, natürlich, entschuldigen Sie bitte.« Er band den Hengst wieder an den Pfosten. »Wenn Sie einen Moment warten würden, Ma'am, dann lasse ich die beiden Stuten für Sie vorbereiten …«

»Das mache ich selbst!«, schnauzte Ava ihn an. »Ich weiß, wie man ein Pferd sattelt und aufzäumt. Wofür halten Sie mich?«

»Natürlich, Ma'am, nur zu …«

Ava ging zu den Stuten hinüber und schnappte sich im Vorbeigehen die Zwanziger, die noch auf dem Tresen lagen. Sie hörte, wie sich der Verkäufer Darling näherte und fragte: »Sie da! Kann ich Ihnen vielleicht *helfen*?«

Lächelnd führte Ava die beiden Stuten auf den Hof hinaus.

»Komm schon, Darling. Fuß rein, hochstemmen, hinsetzen.«

»Ich hab dich schon beim ersten Mal gehört«, murmelte Darling. Sie steckte den linken Fuß in den Steigbügel und vollführte einen jämmerlichen halben Sprung. Das Pferd wieherte und warf den Kopf hin und her. Darling ließ los. »Ich glaube, es mag mich nicht«, sagte sie.

»*Sie* heißt Briar.« Ava drehte auf ihrer Stute einen flotten Halbkreis. »Und du machst sie nervös. Versuch's noch mal.«

Nervös? Darling konnte das nicht glauben. Dieses Wesen erinnerte sie weniger an ein Tier als an eine riesige, wütende Mauer. Seine Füße waren unvorstellbar groß und schwer genug, um ihr die Zehen zu zerquetschen – und je weniger sie über sein Hinterteil nachdachte, desto besser. Und doch saß Ava in perfekter Harmonie auf dem Pferd, das sie Saguaro nannte, und ließ es auf dem Hof auf und ab traben.

»Beug dich einfach vor«, rief sie nach unten, »und steig endlich auf. Bei den Titten der Göttin, du bist nicht *annähernd* so hart, wie du aussiehst.«

Darling biss die Zähne zusammen und klammerte sich mit loderndem Blick am Sattel fest. Dann stemmte sie sich hoch. Einen Moment lang schwankte sie und neigte sich gefährlich weit nach hinten, dann schwang sie das andere Bein über das Pferd und saß unversehens im Sattel.

Ava klatschte Beifall. »So ist es gut! Das war doch gar nicht so schwer, oder?«

Doch, allerdings war es schwer gewesen. Und oben zu sein, war sogar noch schlimmer. Sie spürte jedes noch so leichte Zucken und Zittern des fremden Dings unter ihr. »Ava, ich glaube nicht, dass ...«

»Ich hab dich nicht zum Denken eingestellt«, unterbrach Ava sie. »Treib sie an. Beide Fersen in die Flanken drücken. In diesem Tempo schaffen wir es nicht mehr bei Tageslicht.«

Darling gehorchte, und zu ihrer Überraschung verfiel Briar in Trab. Sie zerrte an den Zügeln. Briar zerrte zurück, trabte aber weiter. Sie versuchte es noch einmal, diesmal fester, und in einem langsamen, unsauberen Bogen kehrten sie zu Ava zurück.

»So ist es richtig«, sagte Ava. »Jetzt folge mir. Und *entspann dich*, bitte. Du machst ein Gesicht, als würdest du gerade einen Nierenstein ausscheiden.«

Die Knöchel von Darlings Händen, mit denen sie die Zügel umklammerte, waren schneeweiß. Sie zwang sich, locker zu lassen, und berührte leicht den Griff ihrer Pistole. *Wird schon alles gut gehen.*

Sie ritten Richtung Osten, in die Einöde hinaus.

Sie ließen die letzten Gebäude von Wonderville hinter sich und ritten einen unbefestigten Weg entlang, übersät mit Flecken aus kaputtem Asphalt. Von Zeit zu Zeit klappte Ava einen Kompass auf und überprüfte die Richtung, während Darling darum kämpfte, nicht aus den Steigbügeln zu rutschen.

»Hast du vor, mir zu sagen, wohin wir reiten?«, fragte sie.

Ava griff unter ihre Jacke und zog einen Zettel heraus. »Hier.«

Darling versuchte, Briar näher heranzulenken, aber das Pferd schnaubte nur und ruckte mit dem Kopf, sodass sie gezwungen war, sich nach vorn zu lehnen und sich den Zettel zu schnappen. Briar schwankte irritiert zur Seite.

»Böses Pferd«, murmelte Darling und hob die Broschüre, eine pfirsichfarbene Faltkarte mit der Aufschrift *Besuchen Sie Sunny Margit!*

»Ganz unten. Die eingekreiste Stelle.«

Darling hielt sich die Broschüre vors Gesicht und las laut vor: *»Nos… Nostalgische Taverne. Seltene Samm… lerstücke – Comics und Figürchen.* Was willst du denn da?«

»Margit ist Niemandsland«, sagte Ava statt einer Antwort. »Meines Wissens interessieren sich nicht mal Banditen für die Stadt. Es gibt auch keine vernünftigen Straßen dorthin – deshalb brauchten wir ein etwas *exklusiveres* Transportmittel.« Sie kraulte Saguaro am Hals, und die Stute schnaubte glücklich.

»Ist es gefährlich?«

»Vielleicht nicht. Aber eine so große Niederlassung, so nah an der Stadt? Vermutlich gibt es einen Grund, warum dort kaum jemand lebt. Und deshalb habe ich dich angeheuert.«

»Richtig.«

Sie verfielen in Schweigen. Darling konzentrierte sich ganz aufs Reiten und stellte überrascht fest, dass es ihr Spaß machte. Der Rhythmus war fast musikalisch, ein schwingender Takt von hinten nach vorn, von Seite zu Seite – *ba-dumm, ba-dumm, ba-dumm.* Sogar der schwitzige Pferdegeruch, der sie an gekochte Seife erinnerte und den sie anfangs so abstoßend gefunden hatte, wies eine eigenartig angenehme, warme Note auf.

»Darling!«

Sie schreckte auf, eine Hand zuckte zur Hüfte. »Was?«

»Du wärst fast eingenickt.« Ava ritt im Schritt neben ihr her. »Gütige Mutter Erde, was tust du denn bloß die ganze Nacht? Mit offenen Augen daliegen?«

»Früher hatte ich etwas, das mir beim Einschlafen geholfen hat. Aber das gibt es hier nicht.«

»Kräutertee?«

»Mhm.«

Ava betrachtete sie einen Moment lang. Dann drehte sie sich nach vorn und schnalzte mit der Zunge. »Du solltest lernen, besser zu lügen«, sagte sie. »Du lächelst jedes Mal.«

»Was?« Darling blinzelte und trieb Briar an, um zu ihr aufzuschließen. »Tu ich überhaupt nicht.«

»Doch, wohl. Ein kurzes Lächeln, ich hab es genau gesehen.«

Darling betastete ihr Gesicht. *Wann hab ich mir das denn angewöhnt?*

»Nicht ausweichen – ablenken. Menschen sind Narzissten. Gib ihnen eine Gelegenheit, über sich selbst zu reden, und sie vergessen völlig, dass sie jemals neugierig auf dich waren.«

Darling dachte darüber nach.

»Hab ich nicht recht?«

»Kann schon sein.« Sie machte eine kurze Pause. »Du bist ziemlich zynisch für dein Alter, was?«

Ava lachte. »Genau so, das ist die Eintrittskarte. Jetzt noch eine Frage hinterherschieben, und ich gehöre ganz dir.«

»Ich hatte nicht vor …«

»Ich weiß, Darling, ich weiß.«

In früheren Zeiten hatte auf der Erde das allgemeine Verständnis vorgeherrscht, in der Architektur seien Alter und Würde natürliche Partner. Wer ein Haus besaß, das vor hundert Jahren erbaut worden war, konnte stolz sein auf dieses Symbol von Macht, womöglich gar ererbter Macht.

Doch seit dem Großen Aufbruch hatte sich diese Vorstellung umgekehrt. Alles Neue war natürlich und nützlich, alles

Alte brüchig und verflucht; man ließ diese verfluchten Relikte am besten einfach in Ruhe weiter vor sich hin verwittern.

Und das galt auch für die Ruinen von Margit.

Während sie sich der Stadt näherten, sahen sie sich immer mehr von Müll der alten Welt umzingelt – zusammengesunkene Drahtzäune, eine einsame Straßenlaterne, eine halbe Mülltonne. Sie passierten eine Mauer aus verrottendem Papier, dann ein verblasstes grünes Schild, das verkündete:

MARGIT 1KM

Erst war da nur ein einsames ausgeweidetes Auto, dann wurden es immer mehr, bis die Schlange an einer leeren Kreuzung abriss. Am Straßenrand entdeckten sie eine dicke rote Röhre, aus der klares Wasser auf den Boden tropfte. »Geben wir den Mädchen etwas zu trinken, ja?«, rief Ava, stieg schwungvoll ab, näherte sich der Röhre und trat mit dem Absatz dagegen. Das Tröpfeln wurde zu einem Strom, und mit etwas Ermunterung steckte Saguaro das Maul hinein. Darling spürte, wie Briar aufgeregt erzitterte.

»Schon gut, schon gut.« Sie hielt sich vorn am Sattel fest und spulte ganz langsam das Manöver von vorhin rückwärts ab, ließ sich nach unten sinken, bis sie wieder Boden unter den Füßen spürte.

»Ihr beiden scheint euch schon besser zu verstehen«, stellte Ava fest, als Darling Briar zum Wasser führte. Sie nahm eine Handvoll getrockneter Früchte aus einem Sack an Saguaros Flanke und hielt sie Darling hin. »Willst du sie füttern?«

»Na klar.« Doch als Darling Briars Maul aus der Nähe betrachtete, stellte sie fest, dass sie alles andere lieber wollte als das. Das Pferdemaul war wie die groteske Karikatur eines menschlichen Mundes, in einigen Punkten recht ähnlich, aber eigenartig gebogen und haarig, und die Zähne saßen tief im schimmernden Zahnfleisch.

»Mach die Hand ganz flach«, sagte Ava hilfsbereit.

Darling gehorchte. Briar schnupperte an ihrer Handfläche. Darling stand völlig steif und wartete auf den Schmerz.

Briar begann zu fressen.

»Scheiße«, flüsterte Darling. »Oh, scheiße. Es kitzelt. Oh, scheiße.«

Ava begann zu lachen. Briar war schon fertig und schnüffelte an Darlings Handgelenk auf der Suche nach einem Nachschlag. Darling sprang einen Schritt zurück und unterdrückte mit knapper Not einen Aufschrei, und Ava presste eine Hand auf den Mund.

Briar gab die Suche auf und starrte Darling, immer noch kauend, aus großen braunen Augen erwartungsvoll an. Vorsichtig streckte Darling eine Hand aus und klopfte ihr auf die Stirn.

»Gutes Pferd«, sagte sie.

Sie ritten weiter. Bald schon ragten überall ringsum hohe, kastenförmige Gebäude auf, fast alle in irgendeinem Beigeton. Die Fassadenverkleidung löste sich von dem verrottenden Mauerwerk wie verwesendes Fleisch vom Knochen, und überall starrten lichtlose, zerbrochene Fenster auf sie herab. In gleichmäßigen Abständen ragten verwelkte Bäume aus dem Bürgersteig auf, deren Wurzeln unter dem Asphalt erstickt waren. Eine Kette schrumpeliger grauer Wimpel zog sich zwischen ihnen entlang.

»Keine Ahnung, weshalb niemand hier leben will.« Avas Stimme verlor sich fast in der weiten Leere. »Warte kurz, ich überprüfe mal eben, wo wir eigentlich sind.« Sie wollte absteigen.

»Stopp«, befahl Darling.

Etwas beobachtete sie von der anderen Straßenseite aus. Eine dürre Kreatur mit staksigen Beinen und einer Stupsnase im kugelrunden Kopf.

»Das ist nur ein Hund«, sagte Ava. »Jetzt mach mal halblang.«

»Stopp, habe ich gesagt.« Darling hörte, wie Briar ängstlich schnaubte.

Mit einem Mal sah sie überall gelbe Augenpaare, sicherlich ein halbes Dutzend. Die Tiere kauerten an Hausecken oder in Türöffnungen, und sie hätte sie sicherlich früher entdeckt, wären sie nicht so verdammt gut getarnt gewesen, wie sie da blass von Ziegelstaub und Zementflocken zwischen den Trümmern kauerten.

Briar scharrte mit den Füßen auf der Straße.

»Warum suchen wir uns nicht einen anderen Weg?«, schlug Ava vor. Ihre Stimme zitterte kaum merklich.

»Bleib ganz ruhig. Wenn wir uns bewegen …«

Ein Knurren drang an ihr Ohr. Einer der Hunde sprang auf und raste mit verblüffender Geschwindigkeit die Straße entlang auf sie zu. Darling zog die Waffe. Sie traf das Vorderbein des Hundes, und er stürzte mit einem erstickten Jaulen vornüber auf die Schnauze. Zwei weitere Hunde rannten los.

Darling zielte erneut, aber der Schuss ging daneben. Einen Moment lang begriff sie nicht, was geschehen war (*ich habe danebengeschossen?*), aber dann wurde ihr klar, dass es an Briar lag; das Pferd hatte sich herumgeworfen und raste in gestrecktem Galopp den Weg zurück, den sie gekommen waren.

Darling konnte sie nicht aufhalten, sondern nur verhindern, abgeworfen zu werden. Der Pferderücken versetzte ihr so harte Stöße, dass es ihr den Atem raubte. Sie hörte noch mehr Knurren, dann ertönte ein Schrei hinter ihr.

Scheiße, dachte sie. *Na schön.*

Darling ließ die Zügel los, stützte sich mit beiden Händen auf dem Sattel ab und sprang von Briars Rücken. Mit gemischtem Erfolg – sie kam zwar vom Pferd herunter, prallte aber ungünstig auf den Boden, rollte weiter und spürte, wie sich irgendwo in ihrem Körper etwas verdrehte.

Sie rappelte sich auf und rannte zurück zu Ava.

Wie durch ein Wunder saß sie noch im Sattel, aber einer der Hunde hatte die Zähne in Saguaros Bein geschlagen. Das Pferd, wiehernd vor Schmerz, versuchte zurückzuweichen. Darling konnte nicht schießen – der Hund war zu nah an Saguaro –, also bückte sie sich im Laufen, ergriff einen losen Ziegelstein und wollte ihn dem Vieh seitlich gegen den Kopf schmettern. Knurrend und mit blutigen Zähnen warf er sich herum und griff sie an. Sie schoss. Der Hund wurde zurückgeschleudert. Darling drehte sich um, sah, wie sich zwei weitere Hunde Saguaros Flanke näherten, und feuerte zwei Schüsse zwischen den Beinen des Pferdes hindurch. Einen Hund traf sie in den Rücken, den anderen zwischen die Augen.

»Hinter dir!«

Darling fuhr herum, aber nicht schnell genug. Sie spürte, wie der Hund gegen ihre Knie prallte, verlor das Gleichgewicht und stürzte auf den Rücken. Die Schulterblätter auf dem harten Untergrund, hob sie im letzten Moment einen Arm und verschaffte sich etwas Platz zwischen den Hundekiefern und ihrem Gesicht. Speichel spritzte ihr auf die Stirn, die Zähne schnappten nur wenige Zentimeter vor ihren Augen zu. Sie schob einen Fuß unter den Bauch des Hundes und schleuderte ihn mit einem Tritt von sich herunter. Er landete einen halben Meter entfernt, schlaff und stumm. Darling atmete auf. Dann hörte sie hinter sich Ava rufen: *»Heeey!«*

Saguaro hatte sich anfangs gut gehalten, aber die Schüsse hatten sie in Panik versetzt. Jetzt bäumte sie sich auf, die Augen so weit aufgerissen, dass sie von weißen Halbmonden umkränzt waren, die schlanken Beine wirbelten durch die Luft. Der Koffer löste sich und knallte auf den Boden. Ava beugte sich im Sattel so weit wie möglich nach vorn und riss die Zügel nach unten. Als Saguaros Vorderbeine krachend auf dem Boden aufkamen, rutschte Ava aus dem Sattel und rannte sofort nach der Landung los, eine Hand in die Zügel gekrallt. Aber Saguaro war zu schnell. Sie riss sich mit einem heftigen Kopfrucken los und rannte hinter Briar her. Im Davonrennen trommelten die Hufe über den Koffer hinweg.

Dann war es wieder still.

Ava blickte auf ihren Koffer hinunter. Er war verbeult. Kurz zitterten ihre Schultern, dann sagte sie mit erzwungener Munterkeit: »Ist nicht schlimm! Wir können von hier aus auch laufen. Es ist ganz in der Nähe. Die Karte hab ich noch …«

Darling sah Ava an, wie sie da stand, keuchend, mit leuchtenden Augen, dunkle Haarsträhnen fielen ihr in die Stirn. Völlig durch den Wind, aufgedreht und schmerzlich jung.

»Nein«, sagte Darling. »Tut mir leid. Wir machen eine Pause.«

»Eine Pause?« Avas Stimme bebte. »Darling, sei nicht albern. Wir haben nicht mal …«

»Eine halbe Stunde.«

Ava biss die Zähne zusammen, und einen Moment lang dachte Darling, sie würde gleich anfangen zu schreien.

»Na gut. Der Laden wird vermutlich nirgendwo hingehen, oder?«

»Nein«, stimmte Darling zu. »Das wird er nicht.«

Hinter einem der höheren Gebäude fand Darling eine Art Metalltunnel aus Plattformen und Leitern, auf dem sie bis ganz nach oben klettern konnten. Das Dach war flach, mit irgendeiner festen Schicht beklebt und leer bis auf den rostigen Eingang eines alten Lüftungsschachts und ein paar verstreute Plastikliegestühle. Darling schritt mit der Pistole in der Hand den Dachrand ab, während sich Ava mit einem schaudernden Seufzer auf einen Stuhl sinken ließ.

»Sieht aus, als wären wir in Sicherheit.« Darling steckte die Waffe in den Halfter.

»Gut«, sagte Ava und strich sich die Ponyfransen aus der Stirn. »Wenn diese kleinen Scheißer lernen, Leitern hochzuklettern, sag mir Bescheid.« Sie hob den Koffer auf ihre Knie und löste die Verschlüsse. Es klickte leise. Darling wandte sich zögernd ab.

Ava verdrehte die Augen. »Du kannst ruhig hinsehen.«

Darling wollte Desinteresse vortäuschen, aber inzwischen war sie längst zu neugierig, also spähte sie über Avas Schulter.

Im Koffer – der abgesehen von der tiefen Delle in der Außenhülle ganz neu wirkte – befanden sich durchsichtige Plastikhüllen, seitlich befestigt wie Buchseiten. Jede Hülle enthielt ein buntes Heft aus Papier. Darling runzelte die Stirn, sah genauer hin und erkannte, dass es sich um Reliquien handelte. »Sind das Comics?«

»Erinnerst du dich an die lange, traurige Geschichte, die ich vorhin erwähnte? Sie handelt nicht von mir.«

Darling schnappte sich einen anderen Liegestuhl und zog ihn zu sich herüber, die brüchigen Beine schrammten übers Dach. Sie setzte sich unbeholfen auf die Kante. Ava blätterte in dem Koffer herum, wählte einen Comic aus und zog ihn behutsam mit beiden Händen heraus. »Das ist *Baozi Nummer acht.*«

Sie reichte das Heft Darling, die es in beiden Händen hielt und sich um einen angemessen ehrfürchtigen Gesichtsausdruck bemühte. Das Artefakt schien fehl am Platz zu sein – nicht nur in dieser tristen Stadt, sondern auf dem ganzen tristen Planeten, wo die meisten künstlichen Farben unter der grellen Sonne längst verblasst waren. Das Titelbild zeigte einen stämmigen, muskulösen Jungen, der mit der Faust eine Wand durchbrach, die Bewegung untermalt von einer Spur aus Regenbogenstrahlen. Hinter ihm stand ein zweiter Junge mit stacheligem Haar und feuerte ihn an.

»Das ist Bao, der Held.« Mit dem Mittelfinger tippte Ava auf den muskulösen Jungen. »Und das ist sein bester Freund Gyo.« Sie deutete auf den Stachelkopf dahinter.

Darling schaute genauer hin. »Was machen die da?«

»Oh, das ist Baozis Training. Nachdem er in Heft Nummer acht beim Kampf gegen Doktor Pierogi seinen Kraftkristall verloren hat, muss er lernen, kleinere Kristalle aus seinem eigenen Schweiß herzustellen. Das ist wichtig, denn dazu braucht er Fließmagie, mit deren Hilfe er schließlich – und zwar erst im letzten Heft – eine Pforte durch die Zeit schlagen und seine Freundin Prinzessin Empanada retten kann. Sie lebt in der Zukunft.«

Ava verzog keine Miene, während sie das alles erzählte.

Darling schlug die erste Seite auf. »Also ist es wie Fantasy?«

Ava nahm ihr das Heft wieder weg. »*Baozi* deckt viele Genres ab. Es ist eigentlich ein eigenes Ding.« Sie schob den Comic zurück in seine Hülle. »Warst du schon mal in New Destiny?«

»Nein.« Darling schüttelte den Kopf. »Das ist mein, äh, erster Besuch.«

»Ich komme von dort. Es ist ein feudales System, musst du wissen. Arme Leute auf den unteren Decks, reiche Leute auf den höheren. Mit steigendem Ansehen und Reichtum steigt man zugleich auch in der Stadt auf.«

Ist das eine Metapher?, fragte sich Darling. Aber aus Angst, ihre Unwissenheit zu verraten, fragte sie nicht nach. »Na klar.«

»Ich bin auf dem vierten Deck aufgewachsen. Eine Stufe über dem Durchschnittsbürger, nichts wirklich Besonderes in New Destiny. Aber eine Freundin der Familie lebte im obersten Deck. *Ganz* oben.« Sie sagte es sehr bedeutungsvoll. »An meinem sechsten Geburtstag hat sie mir eine Ausgabe von *Baozi Nummer fünf* geschickt. Ich habe es geliebt. Natürlich habe ich das, ist schließlich ein geniales Werk. Davon hat sie erfahren, und im nächsten Jahr bekam ich *Baozi Nummer zwei*. Und das Jahr darauf und das Jahr darauf auch wieder … zwar in der falschen Reihenfolge, aber es war jedes Mal ein anderes Heft. Ich weiß nicht, wo sie die immer aufgetrieben hat. Wir haben uns nicht oft gesehen, aber Bao war so etwas wie, weiß nicht, irgendwie unser gemeinsames Ding, unser kleiner Scherz.« Sie ließ die Hüllen durch ihre Finger gleiten. »Jetzt habe ich alle Ausgaben bis auf die Nummer elf. Das ist die vorletzte.«

»Du willst also nur herausfinden, was passiert?«

Ava ließ sich Zeit mit der Antwort. Sie lehnte sich im Liegestuhl zurück und verschränkte die Arme hinter dem Kopf. Weit im Osten stieg das Gelände zu einer Hügelkette an, die stumpfen Gipfel waren von dunklem Gebüsch umhüllt. »Du erinnerst dich an Gyo«, sagte sie.

»Mhm. Er ist mit Boo befreundet.«

»Bao.«

»Ja.«

Ava holte tief Luft. Zum ersten Mal, seit Darling sie kannte, schien ihr das Sprechen schwerzufallen. »Er …« Sie nahm erneut Anlauf. »Er stirbt in Heft Nummer elf.«

Darling runzelte die Stirn. »Das fehlende?«

»Das fehlende Heft, ja. Und das wäre nicht so schlimm, wenn nicht … lass es mich erklären …« Sie setzte sich auf. »In Heft neun sind Bao und Gyo wieder vereint, nachdem sie monatelang voneinander getrennt waren. Weil Gyo Doktor Pierogis Labor infiltriert hat.« Sie sprach schnell und atemlos. »Er hat als Doppelagent gearbeitet. Aber er wird gefangen genommen, und Bao begibt sich auf die enorm gefährliche Mission, ihn zu befreien. Und sie treffen sich, und es gibt diese ganze Doppelseite – es ist wirklich sehr bewegend –, aber dann, zu Beginn von Heft Nummer zwölf, erzählt Bao Prinzessin Empanada, dass Gyo der beste Freund war, den er je hatte, und dass er ihn nie vergessen wird. Es wird nicht erwähnt, was passiert ist. Er ist einfach verschwunden! Man könnte annehmen, dass Dr. Pierogi ihn getötet hat, aber Bao erwähnt Gyo in ihrem letzten Kampf nicht, und das hätte er ja sicherlich getan, wenn Dr. Pierogi dafür verantwortlich wäre. Was also ist passiert?« Ava stieß die Luft aus. »Es macht mich seit Jahren irre, Darling. Ich *muss* es wissen.«

Darling nickte mit ernster Miene. Sie gab sich so viel Mühe, dass Ava lachen musste.

»Du hältst mich für verrückt, oder?«

»Nein …«

»Schon gut. Ich tu es ja selbst.«

Darling lehnte sich in ihrem Stuhl zurück. Beide starrten in den Himmel. Ein ausgefranstes Wolkenband schwebte über ihnen, wie eine Anomalie inmitten des strahlenden Blaus.

Ui, dachte Darling. *Das ist die erste Wolke, die ich hier sehe.*

In weiter, weiter Entfernung zupfte der Wind an der Wolke, und sie löste sich auf und war verschwunden.

»Warst du jemals verliebt, Darling?«, fragte Ava nach einer Weile.

»Ich bin verliebt«, antwortete sie. »Gegenwartsform.«

Ava drehte sich um. »*Wirklich?*«

»Mhm.«

»Und wo ist …«

»Sie ist weg.«

»Tut mir leid.«

»Nein«, korrigierte sich Darling stirnrunzelnd. »Nein. So ist es nicht. Sie ist nicht *weg*. Nur vermisst. Ich versuche, einen Kommunikator zu finden, damit ich ihr eine Nachricht schicken kann. Damit ich sie wiederfinde.« Darling holte tief Luft. »Und bei dir?«

»Oh.« Ava räusperte sich. »Tja, sie ist gestorben.«

»Mein Beileid.«

»Danke.«

Darling zögerte kurz. »Magst du Gyo? Mehr als Bao?«

»Ich weiß es nicht. Ich glaube, ich mochte es, wie sie füreinander empfinden.«

»Das verstehe ich.« Darling gähnte und streckte ihre Beine aus. »Ja. Ich glaube, das verstehe ich.«

Kurz herrschte Schweigen. Dann erhob sich Ava abrupt, ihren kleinen Koffer in der Hand. »Also gut. Lass uns diesen Comic suchen, ja?«

Darling erhob sich widerwillig. »Na, dann mal los.«

Auf ihrem Weg durch die Stadt blieben sie dicht beieinander. Darling ging voran, die Fingerspitzen am Waffenholster, Ava folgte dicht hinter ihr. Nach einiger Zeit kamen sie zu einem verlassenen Platz, übersät mit Pflanzkübeln voll knochentrockener Erde und überragt von der Ruine eines palastartigen Gebäudes.

»Das ist das Rathaus.« Ava betrachtete ihre rosafarbene Broschüre. »Ja. Wir sind ganz in der Nähe. Wir müssen die Straße am nördlichen Ende nehmen.« Sie bogen um die Ecke in eine andere Straße ab, breit und verlassen.

Ava blieb stehen. »So.«

Auf der anderen Straßenseite stand die Nostalgische Taverne aus dem Prospekt, eine kleine, schäbige Ladenfront, eingezwängt zwischen zwei größeren Gebäuden. Das Logo, blaue, geschwungene Schrift auf orangem Hintergrund, war noch lesbar, obwohl die Farbe schon fast verblasst war. Hinter der schmutzigen Glasscheibe waren Comichefte ausgestellt. Aber keine der beiden beachtete das Logo oder auch das Schaufenster. Ihre Aufmerksamkeit wurde ganz von einer Merkwürdigkeit in Anspruch genommen: Vor dem Laden hatte jemand Dutzende Stöcke in den Boden gesteckt, in unterschiedlicher Länge und aus unterschiedlichem Material – Spazierstöcke, Teile von Geländern, ein altes Tischbein. Sämtliche Stöcke waren an der Spitze angeschliffen worden und nach vorn gerichtet wie Spieße. Es sah nach einer Arbeit neueren Datums aus.

»Was in Gaias Namen ...?« Ava wollte näher herangehen, aber Darling hielt sie am Ellbogen fest.

»Das ist eine regelrechte Befestigung.«

Ava schnaubte. »Du glaubst, *da* wohnt jemand?«

Aber Darling lächelte nicht.

»Na dann. Nach dir.«

Darling ging voran. Zwischen den Spießen gab es einen Weg zur Tür, aber er war so schmal, dass sie seitlich gehen musste. Mit dem Fuß stieß sie die Tür auf. »Hallo?«

Dunkle Regale. Stille. »Sieht nicht so aus, als wäre jemand hier«, sagte Darling. »Hallo?«

»Hallo«, antwortete eine sanfte Stimme hinter dem Tresen.

»*Grundgütiger ...*« Sie taumelte zurück und krachte gegen einen Tisch. Ein gebundener Bildband darauf kippte um, sie fing ihn gerade noch so eben auf und stellte ihn wieder aufrecht hin. Ihr Herz klopfte wie wild. Es war Jahre her, dass es jemand geschafft hatte, sie zu überrumpeln.

»Alles in Ordnung?« rief Ava von draußen.

»Alles okay.«

Die Theke befand sich in der Ecke hinter der Tür, sodass der Ladenbesitzer hereinkommende Kunden sofort sah. Der Mann hinter dem Tresen starrte Darling ausdruckslos an. Er trug eine Drahtbrille mit kleinen Gläsern, ein kariertes Hemd und eine kurze Hose. Die Lippen wirkten blutleer, die hängenden Wangen waren mit kurzen Stoppeln bedeckt. Er war weder dick noch dünn, weder alt noch jung. Vor ihr saß die Verkörperung des perfekten Mittelmaßes.

»Hallo«, sagte sie schließlich. »Können wir uns ein wenig umsehen?« Es kam ihr absurd vor, so zu tun, als sei sie in einem normalen Laden, aber sie wusste nicht, was sie sonst tun sollte.

»Ich habe nichts dagegen«, antwortete der Mann ausdruckslos. In den Händen hielt er einen Comic, und jetzt leckte er einen Finger an, blätterte die Seite um und las einfach weiter.

Ava erschien in der Tür. Sie sah den Mann und wechselte einen Blick mit Darling.

Es dauerte nicht lange, den Laden vollständig zu durchsuchen. Er war klein, und viele Regale waren leer, nur ganz am Ende fanden sie eine Handvoll Hefte. Die meisten waren in Plastikfolie eingeschweißt, ein paar lagen aber auch offen herum, an den Ecken eingerollt, mit vergilbten Sprechblasen. Darling entdeckte ein Regal mit winzigen Plastikfrauen, die so eng zusammengepfercht waren, dass die dürren Gliedmaßen und steifen, plüschigen Kleider gegeneinanderstießen. Kopfschüttelnd drehte sie sich wieder zu Ava um. »Lass uns gehen«, flüsterte sie.

»Warte.« Ava sah den Mann hinter dem Tresen an.

Darling musterte erst ihn, dann Ava. Sie wollte protestieren, aber sie konnte nicht den Finger darauf legen, weshalb.

Ava hüpfte zum Schreibtisch hinüber. »Entschuldigen Sie bitte?«

Der Mann sah auf, zwischen den Augen eine irritierte Furche.

»Es tut mir leid, dass ich Sie zu so später Stunde noch störe«, begann sie. »Sehen Sie, ich suche nach einer bestimmten Ausgabe eines bestimmten Comics. *Baozi Nummer elf.* Es ist von …«

»Ich kenne *Baozi.*«

»Oh.« Ava zögerte. »Oh, das ist toll.«

Der Mann sah sie an.

»Haben Sie es zufällig da?«, fragte sie.

»Ich habe es zufällig da.«

»Heft Nummer elf?« Ava stützte sich Halt suchend am Tresen ab.

»Heft Nummer elf«, bestätigte der Mann.

Darling spürte, wie ihr vor Unbehagen die Galle aufstieg, als Ava fragte: »Könnte ich es vielleicht kaufen?«

»Nein.«

»Oh, ich meine nicht für einen normalen Preis. Was immer Sie verlangen, ich kann …«

»Nein. Ich verkaufe es nicht, ganz egal, wie viel Sie mir dafür bezahlen wollen.« Er schlug seinen Comic wieder auf und las weiter.

»Und wenn ich den Rest meiner Sammlung dagegen eintausche?« Ava stellte ihren Koffer auf den Tresen und fuhr mit den Fingern darüber. »Ich habe sie alle, hier drin. In perfektem Zustand.«

Er betrachtete den Koffer mit gleichmütiger Verachtung. »Nein.«

»Aber kann ich es mir wenigstens ansehen?«

Der Mann sah ihr direkt in die Augen. »Nein.«

»Haben Sie es gelesen?«

Er nickte.

»Können Sie mir sagen, was passiert?«

Darling sah, wie die Muskeln im Gesicht des Mannes zuckten, als er ein Lächeln unterdrückte. »Sag bitte«, sagte er sanft.

Ava schluckte. »Bitte?«

»Nein.«

Er wandte sich wieder seinem Comic zu, aber die Pupillen hinter den Brillengläsern bewegten sich nicht. Er wartete.

»Ava.«

Beim Klang ihres Namens schrak Ava zusammen und drehte sich zu Darling um.

»Können wir draußen reden?«

Sie traten durch die in den Boden gesteckten Spieße hindurch auf die Straße, und Avas Mantel verfing sich an einer der Spitzen. Sie befreite sich und schien gar nicht zu merken, wie der Stoff riss. Darling wollte etwas sagen, aber Ava wirbelte zu ihr herum, bevor sie ein Wort herausbekam.

»Was war das denn gerade?«, zischte sie.

»Hey, entspann dich, ich habe nicht …«

»Können wir draußen reden?«, äffte Ava sie nach. »Warum hast du nichts gemacht?«

»Was denn zum Beispiel?«

»Na, du hättest ihn bedrohen müssen, du Trottel. Mit deiner Waffe.«

»Ava, ich bin nicht deine persönliche Schlägertruppe. Und es hätte sowieso nicht funktioniert.«

»Warum nicht?«

»Er spielt nur mit dir. Er hat das Heft nicht.«

»Aber was, wenn doch?«

»Er hat es nicht.«

»Ich gehe hier nicht weg, ehe wir nicht dieses kleine Drecksloch von oben bis unten auf den Kopf gestellt haben!«

»Ich glaube nicht, dass er sich einfach zurücklehnen und zusehen wird, wie wir das tun.«

»Dann *erschieß* ihn, verdammt! Wozu habe ich dich eigentlich angeheuert?«

Darling bedachte ihre nächsten Worte mit großer Sorgfalt. »Ich erschieße niemanden.« Fast hätte sie hinzugefügt: *nicht mehr.*

»Das tust du sehr wohl, oder unsere Abmachung ist hinfällig. Kein Empfehlungsschreiben, kein Bestechungsgeld.« Ava ballte die Fäuste. »Mach es, und zwar jetzt sofort, oder du kannst meinetwegen in Wonderville verrotten.«

»Ich habe gerade …« Darling saugte an ihren Schneidezähnen. »Ich habe keine *Zeit* für so was, Ava.«

»Du hörst mir nicht zu. Ich suche schon seit Jahren nach Heft Nummer elf. Wirklich seit *Jahren*. Dies ist meine letzte Spur. Wenn er ein Exemplar hat, dann ist es das letzte auf dem ganzen Kontinent.«

»Na und? Pech gehabt.«

»*Nein*. Wir müssen es ihm nur wegnehmen.«

Darling verschränkte die Arme vor der Brust. »Ich tue niemandem weh, nur damit du deine Neugier befriedigen kannst.«

»Glaubst du etwa, ich hätte das alles nur aus *Neugier* getan?«

»Etwa nicht?«

»Rede nicht so herablassend mit mir.«

»Ich rede nicht …«

»Doch, das tust du! Du tust so, als wäre das alles nur …«

»Dann erklär es mir. Weshalb ist es so wichtig?«

»Weil ich es einfach nicht begreife. Ich muss wissen, weshalb er gestorben ist. Menschen sterben nicht einfach ohne Grund, es ist …« Ava wandte sich ab und rieb sich wütend das Gesicht.

»Ava.« Darling legte ihr eine Hand auf die Schulter, aber sie schüttelte sie ab.

Hinter dem Schaufenster sah sie den Mann stehen. Er beobachtete sie – beobachtete Ava – mit funkelnden Augen und löffelte langsam den Inhalt einer Dose in seinen Mund.

»Bleib hier.« Darling ging zurück in den Laden und fand ihn hinter dem Tresen sitzend wieder, den Comic in der Hand. In der Luft hing dick und schwer der Geruch nach Fischkonserven.

»Ich mache Ihnen ein Angebot«, sagte er.

»Ach wirklich?«

»Ihre Waffe. Für *Baozi.*«

Darling hätte fast gelacht, aber er machte keine Witze. »Was?«

»Sie können sie deaktivieren, bevor Sie sie mir geben.«

»Ja, aber – warum?«

Der Mann antwortete nicht. Darling zog die Pistole und beobachtete, wie der Lauf trotz der staubigen Luft im Licht schimmerte. Hinter dem Tresen nahm der Mann seine Brille ab. Seine Augen waren klein und blutunterlaufen und blickten voller Ehrfurcht auf die Pistole.

»Sie ist neu«, sagte er. »Ich will sie haben.«

Darling drehte die Waffe um und ließ mit einer unauffälligen Daumenbewegung die Sicherung einrasten. Ihr war bewusst, welch ein Wahnsinn es war, diesen Handel einzugehen. Ein leeres Holster kam ihr noch schlimmer vor als eine fehlende Gliedmaße. Aber ihr Herz schmerzte angesichts von Avas Schmerz über die unbeantwortete Frage. Diese Qual kannte sie selbst nur zu gut.

Der Mann streckte die Hand aus. Seine Finger zuckten ein wenig, wie die letzten Muskelkontraktionen einer Leiche.

»Du willst doch nicht ernsthaft deine schöne Pistole weggeben, oder?« Ava war in der Tür aufgetaucht.

»Ich …«

Ava schnaubte. »Schon gut. Wir gehen jetzt, Darling.« Dann, an den Mann gerichtet: »Es tut mir leid, dass ich Ihre Zeit verschwendet habe.«

Er stand reglos da, die Hand immer noch ausgestreckt.

»Bist du ganz sicher?«, fragte Darling.

»Vollkommen sicher. Komm mit.«

Darling zuckte mit den Schultern und steckte die Pistole zurück. Das Gewicht der Waffe erfüllte sie mit einer fast körperlichen Erleichterung. »Nun, dann …« Sie sah den Mann an und tippte sich an den Hut. »Auf Wiedersehen.«

»*Warten Sie!*« Er stand auf, sein fleischiges Gesicht war blass, und er zitterte vor – Wut? Angst? Darling vermochte es nicht zu sagen. »Wir sind noch nicht fertig miteinander.«

»Sie hatten Ihre Chance«, sagte Ava. »Schönen Tag noch.«

»Aber …«

»Kein Aber.«

Die Glocke über der Tür bimmelte, als sie hinter ihnen zuschlug.

Sie waren knapp fünfzig Meter die Straße hinunter, als ein Schrei aus der Taverne drang, eine Art Wehklagen, lang und schrill und voller Selbstmitleid.

Ava drehte sich um und starrte die leere Straße hinunter. »Meinst du, er wird uns verfolgen?«

»Das bezweifle ich.«

»Gut.« Sie erschauerte. »Hast du sein Gesicht gesehen? Ich wünschte, ich könnte diese Miene in Flaschen abfüllen.« Sie schnaubte. »Wirklich ein außerordentlich tragisches Exemplar. Was glaubst du, was er mit all den Plastikpuppen anstellt?«

Ava war bereits dabei, den ganzen Vorfall gedanklich als Komödie zu inszenieren. Darling hütete sich, die Illusion zu zerstören. »Ich will es mir nicht vorstellen.«

»Oh, bei der Göttin, und dieser *Geruch*. Was glaubst du, wie alt dieser Fisch war? Der muss aus der Zeit vor dem Großen Aufbruch gewesen sein. Igitt! Noch eine Sekunde dort drinnen, und ich hätte mich übergeben.«

»Ja. Ekelhaft.«

Sie bogen um die Ecke und waren zurück auf dem Platz. Schwarzen Stofffetzen gleich, stob kreischend ein Schwarm schwarzer Vögel auf.

»Er hatte keinerlei *Baozi*-Merchandise in den Regalen«, fuhr Ava fort. »Ist dir das aufgefallen? Ich wette, er hat noch nie zuvor davon gehört. Wie auch immer, ich hatte eine Idee zu dieser Zeile in Heft Nummer zwölf. In *Baozi* gibt es diese Teile, diese temporalen Risse, das ist ein Phänomen, das von einem speziellen Apparat erzeugt wird, den Baos Mutter ihm vererbt hat.«

»Mhm.« Darling richtete den Blick auf jenen Fleck am anderen Ende des Platzes, von dem die Vögel aufgeflogen waren.

»Es könnte sein, dass Gyo in einen dieser Risse geraten ist und in eine Taschendimension transportiert wurde. Das ist im Grunde ein anderes Universum. Er könnte sogar hineingesprungen sein, um Bao zu retten. Das würde doch Sinn ergeben, oder?«

Es kam keine Antwort.

»Darling?«

»Lass uns einen anderen Weg nehmen.« Darling drehte sich um, den Hut so tief in die Stirn gezogen, dass man ihre Augen nicht sah. »Komm.«

»Warum?«

»Hier ist es nicht sicher.«

»Was meinst du damit?« Ava wollte an ihr vorbeiblicken, aber Darling streckte einen Arm aus. »Um der Göttin willen, Darling, ich bin kein Kind mehr! Lass es mich sehen!«

Zögernd machte Darling ihr Platz.

Ava brauchte einen Moment, um zu begreifen, was da auf der fahlen Steinplatte lag, halb offen, aufgeplatzt wie ein Sack und mit vier steif von sich gestreckten dünnen Beinen, dunkel und durchnässt und vollkommen bewegungslos.

Es war Saguaro.

Um genau zu sein: Es war ihr Kadaver.

»Aha.« Beim Lesen des Schreibens bewegte die Beamtin leicht die Lippen. »Ja. Mhm.«

In den Falten des Schreibens hatten sich drei von Avas Zwanzigern verborgen. Die Beamtin hatte sie kommentarlos in die Tasche gesteckt und sich dann darangemacht, das Schreiben zu lesen, als handle es sich um das Testament eines Verwandten.

»Richtig. Hmm.«

Darling war so angespannt wie eine Katze in der Badewanne, jeder Nerv sang vor Nervosität. Hinter ihr und Ava drängte sich die Menschenmenge, ihre Ungeduld erzeugte ein stetiges Hintergrundsummen. Direkt vor ihnen befand sich die Absperrung. Wenn irgendwas schiefging, saßen sie in der Falle.

Die Beamtin steckte die Zungenspitze zwischen die Zähne und drehte das Schreiben um. »So. Hm. Okay.« Sie faltete den Brief zusammen und sah die beiden über den Rand ihrer Brille hinweg an. »Ja. Hmm. Ich verstehe. Wer von Ihnen ist die Stadtbewohnerin?«

Schüchtern hob Ava die Hand.

»Hmm. Ein weiter Weg für ein bisschen Shopping.«

Ein hilfloses Schulterzucken.

»Was Sie betrifft …« Schweißperlen sammelten sich über Darlings Augenbrauen, direkt unter der Hutkrempe. »Was führt Sie hierher?«

Sie grinste. »Ich bin Touristin.«

»Für eine Touristin sind Sie gut bewaffnet.« Die Beamtin wechselte einen Blick mit ihrem Partner auf der anderen Seite der Barrikade, nur ganz kurz, aber es entging Darling nicht. Der Ellbogen des Beamten bewegte sich, als er die Hand auf eine verborgene Waffe legte.

Scheiße, dachte sie. *Scheiße, scheiße, scheiße.*

»Dürfte ich Ihnen noch ein paar Fragen stellen?«

»Was für Fragen denn?«, fragte Darling. »Über dieses alte Ding?« Mit einer demonstrativen, fast theatralischen Bewegung zog sie ihre Waffe und richtete sie auf die Beamtin. Ava schrie laut auf. Überall ruckten Köpfe zu ihnen herum, in der Luft stieg die übelkeiterregende Atmosphäre plötzlicher Panik auf, die von Menschen so leicht Besitz ergreift, wenn mitten in einer Menge eine Waffe gezogen wird, aber es war zu spät, sie war zu schnell, es war schon …

Klick.

Nichts passierte.

»Sie funktioniert nicht«, sagte sie. »Es ist nur ein Spielzeug. Ich hab sie dabei, weil sie cool aussieht.«

»*Haaaa!*« Brüllendes Gelächter ertönte. Die drei drehten sich zum Partner der Beamtin um, der mit dem Finger auf sie zeigte. »Ich hab's genau gesehen, Suzie! Du hast dir fast in die Hose gemacht!«

Empört schrie Suzie zurück: »Zum *Weltraum* noch mal, das hab ich gar nicht!«

Als die Straßensperre ein gutes Stück hinter ihnen lag, zog Darling die Pistole erneut und zeigte Ava einen am Lauf versteckten Hebel. »War noch im Sicherheitsmodus«, sagte sie mit der Freude einer erfolgreichen Trickbetrügerin. »Bist du kurz drauf reingefallen?«

»Natürlich nicht«, sagte Ava verärgert.

»Wirklich nicht?«

»Ach, halt die Klappe.«

Sie verabschiedeten sich am Straßenrand, kurz, voller Zuneigung, unbeholfen.

Nach dem letzten Händedruck blieb Ava einen Moment lang stehen und sah zu, wie Darlings schlaksige Gestalt in der Ferne verschwand. Eine seltsame Angst befiel sie – nicht um sich selbst, sondern um Darling. Beinahe wäre sie ihr hinterhergelaufen, hätte sie am Arm gepackt und gerufen: »Wer bist du wirklich?« Und: »Geh nicht. Es ist gefährlich.«

Der Drang ebbte ab. Ava erschmeichelte sich den Weg durch die Straßensperre und kehrte ins Hotel zurück. Am nächsten Tag wachte sie früh auf und durchkämmte Wonderville aufs Gründlichste, fragte in jedem Laden und an jedem Stand, bis sie schließlich fand, was sie suchte.

Eine Hitzepistole.

Nicht so neu wie die von Darling, aber besser als der Standard. Sie wickelte sie in ein Tuch und ritt zurück Richtung Osten zu den Ruinen von Margit, begleitet von einigen Helfern, die sie diesmal auf offizielleren Wegen angeheuert hatte.

Auf dem ganzen Weg bekamen sie nur einen einzigen Hund zu Gesicht, den einer der Männer sofort erschoss.

Sie folgten demselben Weg den Highway hinunter wie sie und Darling, nahmen aber einen längeren Weg, um den Platz zu umgehen. Sie kamen zu der Straße, in der die Taverne stand.

Aber der Comicladen war weg. Er war bis auf die Grundmauern niedergebrannt.

I.S.S. NEW DESTINY,
IMPERIALES LINIENSCHIFF

GEPLANTER START UM 06:00 UHR
AM ERSTEN TAG DES JAHRES 2515
VOM PLANETEN ERDE (SIEHE
»FINALER EVAKUIERUNGSPLAN«)

ZIEL: SYSTEM 7769.Q (UNBENANNT)

ANKUNFTSDATUM UM DREI JAHRE
ÜBERSCHRITTEN. KEIN KONTAKT.
MUTMASSLICHER ANTRIEBSSCHADEN.

SCHIFF WIRD VERLOREN GEGEBEN.

WIEDERHOLE: SCHIFF
WIRD VERLOREN GEGEBEN.

– MEMO, IMPERIALE LUFTWAFFE, 2519

Mr. Sandwich

NEW DESTINY WAR EINE STADT, in deren ausuferndem Schatten eine weitere Stadt lag.

Eine der Städte kauerte sich am Boden zusammen.

Die andere schwebte in der Luft.

Die beiden Städte befanden sich in der Mitte einer großen Ebene, von allen Seiten von riesigen Feldern umgeben. Mais und Weizen, Rüben und Kürbisse. Die Pflanzen waren genetisch an das schwierige Terrain angepasst und verteilten sich gleichmäßig hinter Stacheldrahtzäunen, reckten sich in die Höhe und streckten ihre Stängel wie Finger nach der Sonne aus, die sie braun und gelb versengte, bis sie in der glühenden Hitze wieder in sich zusammensackten.

Woher das Saatgut stammte? Aus der Ladung der *New Destiny*. Und das Wasser? Es wurde den Feldern von weit unten zugeführt, durch die Gnade der Göttin.

Nein, nicht der Göttin. Durch die Gnade des Hohen Sheriffs.

Die Samen gehörten ihm. Die Felder gehörten ihm. Die *New Destiny* gehörte ihm.

Denn wer's findet, dem gehört's auch.

Besucher durchquerten zunächst das Ackerland – zwischen den hohen Halmen schwirrte es nur so vor verborgenen Insekten –, folgten der von Hufen, Reifen und menschlichen Füßen eingeebneten Straße und erblickten schließlich zum ersten Mal die *New Destiny*. Im ersten Moment war sie kaum mehr als ein Schemen am Horizont. Ein Berg vielleicht?

Aber nein. Kein Berg der Welt war so symmetrisch.

Dann, bei Einbruch der Dunkelheit, erwachte die Stadt zum Leben. Nur in der Dunkelheit sah man, was sie wirklich war, sah ihre Form, ihren Umriss, die harten Winkel, die rasterförmig angeordneten gelben Lichtstrahlen, die bis zum Mond hinaufreichten. Und ganz am äußersten Ende und am höchsten Punkt zuckte immer wieder ein roter Blitz auf. Er kam und ging, einmal alle zwei Sekunden, schwach, aber unübersehbar. Wie ein Leuchtfeuer. Dort lag das oberste Deck, der Sitz der Macht.

Bei diesem Anblick stockte dem Betrachter der Atem. In ihm erwachte die Sehnsucht, näher heran zu gelangen.

Aber um auch nur den Rumpf der *New Destiny* zu berühren, musste man die Stadt durchqueren, die sie umgab. Die Unterlande nannte man sie: ein Ghetto aus Schrott mit Straßen aus festgetrampelter Erde, eine Stadt, am Leben gehalten von der Energie der alten Schiffstriebwerke – die dereinst dazu bestimmt gewesen waren, das große Schiff zum Kern der Galaxis zu tragen. Da die *New Destiny* in einem Krater lag, führten sämtliche Straßen in den Unterlanden schräg nach unten. Von den äußeren Rändern der Stadt aus blickte man auf eine abfallende Wand aus Blechdächern, zwischen denen sich Wäscheleinen und nackte Stromkabel spannten, überall rings um die steile Wand, die die Basis von *New Destiny* umgab. Die Tore dort hinein waren gut ausgeschildert und streng bewacht, mit Stahlbarrieren und kugelsicheren Mautstellen, um Unbefugte fernzuhalten.

Die meisten Bewohner der Unterlande hofften entweder darauf, irgendwann in die *New Destiny* ziehen zu dürfen, oder waren rausgeworfen worden und konnten sich die Rückkehr nicht leisten. Es war eine Vorhölle, ein Wartesaal, ein Müllhaufen. Die Niemandslande.

Die einzigen Geschäfte, die in den Unterlanden florierten, waren die Bars.

Das Scavenger war ein Rattenloch, das es zu einer gewissen Bekanntheit gebracht hatte. Es hatte viel zu bieten: die Nähe zur *New Destiny* (tatsächlich war sie so nah, dass die Kunden durch die Hintertür gehen und direkt gegen den Rumpf pissen konnten), es wurden ganze sieben verschiedene Spirituosen zum Verkauf angeboten, und außerdem verfügte es über eine voll funktionsfähige Beleuchtung, wie das flackernde rosa Leuchtschild verkündete, das draußen über der Straße hing und Passanten mit Licht bespuckte.

Es war ein typischer trostloser Abend im Scavenger – der Laden war halb leer, in der Luft vibrierte drückende Anspannung, und in einer Ecke trällerte schwächlich ein Plattenspieler. Gerade spielte er *Rumours …* schon wieder. Es herrschte unangenehme Stille, gelegentlich unterbrochen vom hohl klingenden Aufprall eines Balls am Rand des Tisches, den Inhaber Dara Liu als »Stockball-Tisch« bezeichnete. Niemand kannte die Regeln. Aber Dara hatte ein Poster an die Wand gehängt, auf dem sich ernst dreinblickende Männer mit Stöcken in den Händen über den Tisch beugten. Seine Gäste erfanden einfach ihre eigenen Regeln. Niemand schien je zu gewinnen.

Dara ging hinter der Bar auf und ab und bearbeitete einen Fleck am Boden eines Weinglases. Er war nervös. Dara war praktisch immer nervös. Er glitt ganz oben auf dem Kamm einer riesigen Angstwelle durchs Leben. Das hatte ihm schon früh eine Glatze eingebracht, aber umso stolzer war er auf seinen Schnurrbart, der ihm ein Walrossgesicht verlieh.

Er erreichte das geschwungene Ende des Tresens, machte auf dem Absatz kehrt und blickte sich um. Alles war unverändert. Der Bastard saß immer noch in der Nische an der gegenüberliegenden Wand, seinen Bourbon in der Hand, vergnügt wie der junge Tag. Dara kapierte es nicht. Der Deputy hatte Zugang zu sämtlichen Annehmlichkeiten, die New Destiny zu bieten hatte – in den oberen Etagen gab es Restaurants, aus deren Fenstern man die Erdkrümmung sah, jedenfalls hatte er das gehört –, aber der Mann schlich sich ständig in die Unterlande, um Stockball zu spielen und zuzuhören, wie der Sprung in der alten Platte die Nadel hüpfen ließ. Deputy Seawall schien sich im Dreck pudelwohl zu fühlen.

Für den Barbesitzer war die Anwesenheit von Seawall ein Problem. Zwar gab es auch andere Leute, die ihre Drinks nicht bezahlen mussten, so war es eben – Macht und Einfluss musste man sich beugen. Aber der Deputy war noch eine andere Liga. Seawall hätte ohne Weiteres das gesamte Geld aus der Kasse nehmen, in das nächstbeste Glas spucken und Dara einen Tritt in die Eier verpassen können, und Dara hätte ihm trotzdem »*Gute Nacht, Sir*« hinterherrufen müssen, wenn er zur Tür hinausmarschierte.

Aber der Deputy saß nur da und beobachtete den Raum. Das war ein schlechtes Zeichen. Oh, es verhieß keineswegs etwas Gutes.

Am anderen Ende der Bar saß ein weiterer Kunde, der Dara so langsam auf die Nerven ging, ein Mann, den er im Stillen

»Mr. Sandwich« nannte. Er hatte einen dicken Hals und Augen wie ein Basset, die unter der vorspringenden Stirn tief in die Wangen eingesunken waren. Den Körperbau eines Schlägers, aber gekleidet war er wie ein wohlhabender Händler – Anzughemd, silberne Manschettenknöpfe. Er hatte gesüßtes Wasser und ein Fleischsandwich bestellt und sich seit seiner Bestellung schon dreimal erkundigt, wo sein Sandwich blieb. Jedes Mal sagte Dara ihm das Gleiche – die Köchin arbeite daran, es würde bald kommen –, und der Mann lächelte und nickte. Eine Minute später fragte er erneut.

Zu allem Überfluss übergab sich im Waschraum gerade eine obdachlose Frau lautstark in die Toilette.

Dara rieb sich mit dem Handrücken über die Stirn. Raumfahrer, da war er ganz sicher, mussten sich nie mit solchem Ärger rumschlagen. *Heiden,* korrigierte er sich dann selbst. *Sünder.*

An der Wand hinter der Bar hing in einer Plastikhülle ein Erinnerungsstück aus Saint's Cradle – eine Bierflasche, zerbrochen und von trübem Braun. Vor vielen Jahren hatte er sie von einer einmonatigen Pilgerreise mitgebracht. Für einen Barbesitzer, fand er, war das ein passendes Andenken. Er betete jeden Tag, Gaia möge ihm einen besseren Job bescheren.

»Entschuldigen Sie bitte.«

Es war Mr. Sandwich. Dara unterdrückte einen Seufzer. »Hör zu, Kumpel, es ist fertig, wenn es …«

»Ich muss pinkeln.« Seine Stimme klang wie die eines weinerlichen Kindes. »Aber die Kabinentür ist verschlossen. Ich komme nicht rein.«

Dara wischte das Glas ein letztes Mal ab und stellte es weg. »Bleib sitzen, ich mach da mal frei.«

Er umrundete die Bar – Dara war nicht sonderlich gut in Form, aber wenn er verärgert war, bewegte er sich wie ein leibhaftiger Dämon –, ging zur Toilette und hämmerte gegen die Tür.

»Entschuldigung«, rief er so unhöflich wie möglich. *»Entschuldigung?«*

Kurz herrschte Stille. Dann schwang die Tür auf, und die Obdachlose schwankte heraus. »Alles erledigt«, sagte sie, drängte sich an ihm vorbei und stieß fast mit Mr. Sandwich zusammen, der unter gemurmelten Entschuldigungen auf die offene Tür zustürmte. Mr. Sandwich beachtete sie nicht weiter, rannte in die Kabine und knallte die Tür hinter sich zu.

Dara beobachtete die obdachlose Frau. Sie setzte sich an die Bar, die rissige Plastiksitzfläche gab unter ihr nach und seufzte eine kleine Staubwolke aus. Die Frau hob ihr Glas, stellte fest, dass es bis auf ein Tröpfchen leer war, trank das Tröpfchen aus, schmatzte laut mit den Lippen und starrte wieder ins Leere. Schon beim Hereinkommen war sie ordentlich jenseits gewesen, hatte im Lauf der letzten Stunde immer tiefer ins Glas geblickt und sich bei Dara nach einem *Veteranenrabatt* erkundigt.

»Wir halten hier keine Haustiere«, war seine Antwort gewesen. Sie hatte nur den Kopf hängen lassen.

Wegen ihrer gut sitzenden, modischen Stiefel hatte Dara zunächst angenommen, sie sei eine weitere ehemalige Stadtbewohnerin, die wegen Zahlungsunfähigkeit rausgeworfen worden war. So wie sie aussah, vermutlich schon vor einer ganzen Weile.

Er spürte einen kühlen Luftzug und drehte sich um, in der Annahme, dass einer seiner rüpelhaften Kunden die Tür aufgestoßen hatte. Aber sie war geschlossen.

Er drehte sich wieder zurück und stellte fest, dass Deputy Seawall ihn mit feuersteinschwarzen Augen beobachtete.

Seawall hob eine Hand und krümmte einen Finger.

Dara bewegte sich wie ein Fisch am Haken auf ihn zu. »Ja, Sir?«, fragte er. »Alles in Ordnung?«

»Alles in Ordnung, danke, mein Freund.« Der Deputy sah aus wie ein abgenutzter Lederriemen, und wenn er lächelte, blitzten einem sämtliche Zähne entgegen. »Sagen Sie mal, dürfte ich Sie was fragen?«

»Natürlich, Sir.«

»Ihre Kundin dort drüben mit den Magenproblemen.« Er warf der Obdachlosen einen flüchtigen Blick zu. »Wie lange ist die schon hier?«

»Oh – äh ...« Dara knubbelte angespannt seine Schürze zwischen den Fingern zusammen. »Ist etwa eine Stunde vor Ihnen gekommen, Sir. Ich glaube nicht, dass sie aus der Gegend stammt.«

»Wenn Sie mich fragen, stammt sie noch sehr viel weniger aus der Gegend, als Sie meinen.« Seawall rieb sich das Kinn. »Wissen Sie, wohin sie will?«

»Dieselbe alte Geschichte wie immer – sie wollte in die *New Destiny*, konnte aber nicht bezahlen. Schien ziemlich verärgert darüber zu sein.«

»Und jetzt frisst sie ihre Sorgen in sich rein, was?« Er nahm einen Fünfer heraus und steckte ihn Dara in die Tasche. »Okeydokey. Danke, mein Freund. Weiß ich sehr zu schätzen.«

»Natürlich, Sir. Ich danke Ihnen, Sir.« Dara hielt inne. »Moment mal, sagten Sie gerade *fressen*?« Er drehte sich um. *»Bei der Göttin!«*

Die obdachlose Frau hatte beide Hände in ein Sandwich gekrallt – *Mr. Sandwichs Sandwich* – und biss mit tierhaftem Genuss hinein. Die Köchin stand hinter dem Tresen und wischte sich die Hände an einem Tuch ab.

»Ist es gut?«, fragte sie.

»*So gut!*«, antwortete die Obdachlose kauend.

»Vic!« Dara stürmte auf den Tresen zu. »Vic, was machst du da?«

»Essen servieren.« Sie stemmte die Hände in die Hüften. »Was tust *du* da?«

Dara griff nach dem Sandwich, aber die Frau bewegte sich verblüffend schnell für eine Betrunkene, wich seiner zupackenden Hand aus und aß einfach weiter.

»Ma'am – Ma'am, das ist nicht – *Ma'am* …«

Zu spät. Das letzte Fitzelchen Sandwich verschwand zwischen ihren Lippen und war weg.

»Bei Gaia, sie ist die reinste Python«, rief Vic.

Die obdachlose Frau strahlte in besoffenem Stolz.

Stampfende Schritte kündigten die Ankunft von Mr. Sandwich an. Er blickte auf den mit Krümeln übersäten Teller und dann auf die Obdachlose, die gerade ihre Finger ableckte und unter seinem Blick erstarrte.

»Mein Sandwich«, sagte er.

»Es tut mir so leid, Sir.« Dara eilte auf ihn zu. »Es war unser Fehler. Wir machen Ihnen ein neues – und zwar ein doppeltes.«

Vic räusperte sich. »Nun ja, Dara, das war das letzte Brot.«

Dara spürte förmlich, wie sein Blutdruck stieg. »Wie wäre es mit etwas Suppe?«, bot er an. »Eine schöne Schüssel Suppe, Sir?«

Mr. Sandwich sagte nichts. Vor Zorn war er vom Kragen bis zum Scheitel kalkweiß geworden. Hasserfüllt und fassungslos starrte er die Obdachlose an. »Warum haben Sie das getan?«, fragte er und erinnerte Dara wieder an ein jammerndes Kind. Es klang fast, als würde er mühsam die Tränen zurückhalten. Die Frau, die den anderen um einige Sekunden hinterherhinkte, begriff endlich ebenfalls, was los war.

»Oh, meine Sterne. Es tut mir so, so leid. So leid.« Sie bemühte sich, aufrichtige Reue zu zeigen, aber in ihren Augen leuchtete Freude. »Ich konnte nicht Nein sagen. Ich konnte einfach nicht Nein sagen. Es ist so lange her, dass ich ein Sandwich gegessen habe, wissen Sie, ich …«

Mr. Sandwich sah nicht getröstet aus.

»Ich bezahle es Ihnen, sehen Sie?« Sie zog einen Zehner aus ihrer Gesäßtasche und drückte ihn in seine Handfläche. »Das ist alles, was ich habe.« Sie drehte sich wieder zu Dara um. »Könnten wir vielleicht noch ein …«

»Raus«, sagte er barsch.

»Okay, okay.« Sie hob ihren Hut auf und setzte ihn wieder auf den Kopf. »Okay.« Sie nickte Vic zu. »Danke. Sie sind die beste Köchin auf dem ganzen Planeten.«

Vics Wangen röteten sich leicht. »Na, na.«

»Ich meine es ernst.«

»Raus!« Dara kreischte fast.

»Okay, okay, okay.« Sie schwankte zur Hintertür und summte dabei unmelodisch vor sich hin.

»Also, Sir.« Dara richtete die Aufmerksamkeit wieder auf Mr. Sandwich, der zur Salzsäule erstarrt dastand. »Was diese Suppe betrifft …«

Mr. Sandwich starrte auf seine Hand hinunter. Er öffnete die Faust, und der völlig zerknitterte Geldschein schwebte zu Boden. Dann stürzte er durch den Hinterausgang hinaus und folgte der Obdachlosen.

»Ho, ho«, ertönte eine Stimme hinter Dara. Es war Seawall, der sich geräuschlos auf einen der Barhocker gesetzt hatte. Er hob seinen Bourbon und schnupperte lässig daran. »Ich liebe es, wenn so was passiert.«

Dara nahm eine Serviette von der Theke und tupfte sich die Stirn ab. »Wenn was passiert, Sir?«

»Wenn sich ein Problem von selbst löst.«

Die Sterne in den Unterlanden teilten sich in echte und unechte. Von den echten Sternen gab es mehr, aber die falschen leuchteten heller und waren viel näher. Als sie aus der Bar stolperte, wölbte sich dieser falsche Nachthimmel über ihr, ein endloser umgekehrter Horizont, der sich bis zum Rand der Welt zu spannen schien, und sie starrte sprachlos hinauf und fragte sich, ob sie gleich vor lauter Schwindel wieder würde kotzen müssen. Aber das musste sie nicht.

Sie senkte den Blick auf Augenhöhe und betrachtete das halb im Boden versunkene Raumschiff. Der Rumpf der *New Destiny* war mit hineingeritzten Graffiti übersät, es erinnerte an Kratzspuren verrückt gewordener Tiere. Flüche, Lobpreisungen, Aufrufe, dies oder jenes zu tun, oder auch nur der Name des Verfassers, verewigt für die Nachwelt. Sie legte eine Hand auf das kühle Metall.

Wo bist du, meine Liebste?

Kratzende Musik ertönte, und sie drehte sich um und sah, wie der Mann von vorhin sich durch den Türrahmen quetschte. Sie spürte seine Gewaltbereitschaft sofort, noch ehe er die Manschettenknöpfe abnahm, noch bevor er die Ärmel über die geschwollenen Unterarme hochkrempelte, bis zum Ellbogen, der aussah, als ringe er darum, durch das ganze bleiche, üppige Fleisch hindurch an die Oberfläche zu stoßen.

»Hey, hey.« Beschwichtigend hob sie die Hände. »Ich habe mich doch entschuldigt, oder? Habe ich etwa nicht um Entschuldigung gebeten?«

Er schüttelte erst die eine Riesenpranke, dann die andere, und ballte sie zu Fäusten.

»Na schön. Aber bevor wir anfangen, möchte ich noch sagen ...« Sie unterbrach sich selbst mit einem Tritt zwischen seine Beine. Er stieß einen heiseren Schrei aus und presste instinktiv die Hände auf seine Leiste, und sie nutzte die offene Deckung und stieß ihm mit zwei Fingern gegen den Hals.

»Du hast«, der Mann klang halb erstickt, »mir in die Eier getreten.«

»Ja, das habe ich, Sternenschein. Und weißt du was? Ich ...«

Das Gesicht des Mannes schien in sich zusammenzufallen, wurde knallrot, sein verzerrter Mund stand offen, und in den weit aufgerissenen Augen standen Schmerz und Verwirrung.

Sie ließ die Hände sinken. »Hey, hör mal, ich wollte doch nur ...«

Im nächsten Moment fand sie sich auf dem Boden wieder. Es regnete. Es regnete ihr ins Ohr. Lief ihr nass über den Kiefer. Der große Mann ragte über ihr auf.

Und
Sein
Fuß
Kam
Direkt ...

Sie rollte rasch beiseite.

… auf die Stelle runter, wo sie eben noch gelegen hatte, und als er den Fuß wieder hob, hinterließ er einen Krater im Boden, ähnlich dem Krater, in dem die Stadt gewuchert war, die Miniatur-Unterlande sozusagen, und sie krabbelte von ihm weg und dachte …

Ich bin nicht high. Ich bin nur betrunken, ich bin nicht high …

Ihr Verstand war nicht getrübt von irgendwelchen Pillen, was bedeutete, dass der Fuß, dem sie gerade ausgewichen war – ganz instinktiv, ohne nachzudenken –, ihren Kopf zerschmettert, ein Loch in ihr Gesicht gestampft hätte, wäre sie nur ein wenig langsamer gewesen.

Nur ein klein wenig langsamer.

Sie krabbelte noch weiter weg, rappelte sich auf, kam auf die Füße. Rauschen in ihren Ohren, so laut, dass sie kaum denken konnte. Aber da, eine Chance für sie – er stand da, völlig verblüfft und fassungslos, dass jemand, den er geschlagen hatte, wieder aufgestanden war.

Bring es jetzt zu Ende.

Ein ordentlicher Kinnhaken würde genügen. Sie holte aus.

Aber er riss den Arm hoch, absurd schnell für jemanden seiner Größe, und ihre Faust krachte gegen seinen Ellbogen, der Schmerz schoss bis zu ihrem Schulterblatt hoch, als hätte sie gegen eine Wand geschlagen. Die Hand war im Eimer, das spürte sie deutlich, sogar durch den Whiskynebel. Der Knöchel war gebrochen und tief ins Fleisch gedrückt worden.

Der Arm des Mannes zuckte auf sie zu. Diese *Geschwindigkeit*! Sie wich nach hinten aus, aber …

Oh Gott!

Sie hatte seine Reichweite unterschätzt. Er streifte sie über dem rechten Auge, und die Haut riss auf. Mit einem Mal war eine Hälfte der Welt unscharf, die andere ertrank in Rot.

Ihr blieb keine andere Wahl. Ihre Hand wanderte zur Hüfte.

Aber das Holster war leer.

Nein.

Das war unmöglich.

Wie kann das sein?

Sie hatte doch …

Der Sturz.

Sie musste hier weg.

Aber hinter ihr befand sich der von Graffiti zerkratzte Schiffsrumpf und vor ihr der Mann, der mit erhobenem Kinn und zusammengebissenen Zähnen auf sie zukam, getrieben von jener brodelnden Energie, die Hass einem Menschen verleiht. Sie musste sich entscheiden, ob sie links oder rechts an ihm vorbeistürmen sollte. Keine Zeit für längeres Abwägen – sie hetzte nach links. Durch den blutigen Schleier vor ihrem rechten Auge sah sie einen weiteren Schlag kommen, er traf sie in den Unterleib, in die Rippen, die wie Streichhölzer brachen – eins, zwei, drei, vier.

Sie stürzte zu Boden.

Oh meine Sterne oh Kaiser oh Vatermuttergötter, es TUT SO WEH.

Ganz gleich, wie viel Schmerz man in seinem Leben schon erlitten hat – der augenblickliche ist immer der allerschlimmste.

Oh selige Gegenwart.

Blut füllte ihren Mund, schwappte gegen ihre zusammengebissenen Zähne wie flüssiger Rost. Er packte sie an der Schulter, drückte sie gegen den Schiffsrumpf, aus so einfachen physikalischen Gründen, dass selbst der Allerdümmste sie begriff: Seine ausholende Faust war ein Hammer, der Schiffsrumpf der Amboss. Und dazwischen sie, jedenfalls das, was von ihr übrig war, wie ein Stück Fleisch auf dem Tresen eines Schlachters – er drückte sie mit einer Hand in die Höhe wie ein Kind …

Aber selbst als Kind hatte sie nie einen Kampf verloren.

Wie absurd, dachte sie. Wie absurd, dass sie nach allem, was sie hinter sich gebracht hatte, wegen eines Sandwiches sterben würde. Aber sie hatte angefangen, nicht wahr? Sie hatte als Erste zugeschlagen. Obwohl sie sich geschworen hatte, nie wieder jemanden zu verletzen.

Auf einmal wurde es ihr klar.

Das hier war ihre Strafe.

Natürlich.

Nicht nur Schmerz und Tod, sondern diese ganze unglaubliche Ungerechtigkeit, dass sie so weit gekommen war und jetzt am Ende einfach am Rumpf eines Schiffswracks zerquetscht wurde wie ein Käfer. Es war wie ein völlig sinnloser Traum. Ein schlechter Scherz.

Hör auf, dich selbst zu bestrafen.

Eine Erinnerung, wie ein kurzer Luftzug mitten im Chaos.

Oh, Noelle.

Sie sah den Mann an, der sie töten wollte. Seine Pupillen waren so groß und schwarz, dass sie Galaxien darin schweben zu sehen glaubte.

Sie spuckte ihm Blut ins Gesicht.

Er schrie auf, wohl vor allem aus Ekel, und wischte sich mit der freien Hand über die Augen. Aber es funktionierte, sein Griff lockerte sich, und sie fiel wieder auf die Füße, stolperte von ihm weg – wo ist sie bloß – *da!* Ein silbernes Funkeln mitten im schwarzen Matsch. Sie bückte sich danach, ihre Beine knickten ein, und sie stürzte, aber sie bekam die Pistole zu fassen. Ein dünnes Blutrinnsal lief am Griff hinunter. Keuchend wälzte sie sich auf die Seite und richtete die Waffe auf ihren Gegner.

Der Mann kam einen Schritt näher und sah die Pistole. Ließ mit einem betrübten Seufzer die Hände sinken. »Unfair«, sagte er.

Am liebsten hätte sie ihn einfach erschossen. Sie wünschte es sich mit einem Mal so glühend wie nichts anderes, mehr als dass die Schmerzen aufhörten, mehr als wieder zu Hause zu sein. Nicht aus Wut, sondern allein um des Gefühls willen, die Kontrolle zu haben, wenigstens für einen kurzen Moment. Um sich einbilden zu können, sie sei in Sicherheit. Um sagen zu können: *Ich habe das Monster erschossen und bin dann eingeschlafen, Ende der Geschichte.*

Sie hielt die Pistole ruhig.

Der Mann wartete darauf, dass sie ihn erschoss.

Als sie es nicht tat, krempelte er die Ärmel wieder runter. Sein riesiger Körper zitterte, denn im Zentrum der Unterlande war es so feucht und stickig, dass man kaum Luft bekam, besonders nachts. Er sah sich in der Gasse um, als käme er gerade wieder zu sich. Jetzt bemächtigte sich ein anderes Gefühl seiner, wahrscheinlich wieder der Hunger. Er hob den Kopf und schnupperte prüfend, die Nasenlöcher weiteten sich, und er suchte im Nachtwind nach dem nächsten Impuls, der ihn mit sich trug.

Er war kein so erbärmlicher Mensch, wie man vielleicht annehmen könnte. Sein einziger echter Fehler war, dass er immer nur ein Gefühl auf einmal empfinden konnte. Verflog dieses Gefühl, ließ er es ganz los, er hegte niemals irgendeinen Groll. Und als sie ihm hinterhersah, wie er davonstapfte, das Gesicht von sanftem, gelblichem Licht beschienen, das aus einem Fenster hoch über ihnen in der Schiffsstadt fiel, da stellte die Frau fest, dass es ihr ebenfalls schwerfiel, ihm zu zürnen.

Und sie hatte derartige Schmerzen, dass es sowieso keine Rolle spielte.

VIERTES ZWISCHENSPIEL

DEPUTY SEAWALL FOLGTE DER BLUTSPUR, bis er die Frau aus dem All fand. Sie lag bewusstlos im Müll. Er stieß sie mit der Stahlkappe seines Schuhs an. »Leben Sie noch?«

Es folgte eine lange Pause, lang genug, dass der Deputy zu hoffen begann. Dann stöhnte sie auf und krümmte sich weg – vielleicht vor seinem Fuß, vielleicht aber auch vor einem Phantom hinter ihren geschlossenen Lidern.

»Hmm.« Er rieb sich das Kinn und sah sich um. Keine Zeugen. »Na schön«, sagte er nach kurzem Nachdenken. »Was geschafft ist, ist geschafft.« Er zog den sechsschüssigen Revolver aus seinem Brustholster, ein hübsches Stück mit eingravierten floralen Mustern auf der Trommel. Beim Spannen des Hammers klickte es vernehmlich. Deputy Seawall hatte eine nicht unkomplizierte Beziehung zu Gaias Letzter Gemeinde, aber seine Vorliebe für das Taktile und Analoge hätte jedem religiösen Eiferer zur Ehre gereicht – besonders wenn es um Waffen ging.

Er richtete den Revolver auf den Kopf der Frau.

Eine Stimme, rau vom Alter und durch Rauschen verzerrt, drang aus einem Gerät an seinem Gürtel: »Aidan. Aidan, bitte melden.« Eine Sekunde lang schwankte er, fast als wäre er körperlich zwischen seinen Optionen hin- und hergerissen. *Schießen oder antworten? Schießen oder antworten?*

Die Stimme erklang erneut. »Verdammt, Junge, melde dich, und zwar sofort. Bei der Göttin, sonst …«

Er steckte den Revolver ins Holster und löste das kompakte Funkgerät von seiner Hüfte. »Tut mir leid, Sir. Ich musste mir erst eine ruhigere Ecke suchen.«

»Wo bist du jetzt?«, fragte die Stimme.

»Downtown.«

»Downtown? Seit wann *das* denn?«

»Erst seit ein paar Tagen.« Seawall legte den Kopf schief und massierte sich beim Sprechen den Nasenrücken. »Ich verfolge gerade einige Spuren und hatte noch keine Zeit hochzukommen.«

»Aha. Sieh mal an.«

»Oh, jetzt machen Sie aber mal …«

Seine laute Stimme beunruhigte die Frau im Müll. Sie murmelte vor sich hin, ihre Finger zuckten. Seawall, der seine Beute keinesfalls wecken wollte, lief ein Stück weiter die Straße hinunter und fragte: »Sie wollen mir aber jetzt nicht die ganze Nacht auf die Nerven gehen, Sir, oder? Ich bin ziemlich beschäftigt.«

»Vielleicht habe ich genau das vor! Wenn mir danach ist! Ich bin …« Rasselnder, trockener Husten unterbrach seinen Gesprächspartner, und mit leisem Ekel hielt Seawall das Funkgerät von seinem Ohr weg. Als es vorbei war, klang die Stimme müder und älter als zuvor. »Grundgütige Mutter unter uns, das war ein schlimmer Hustenanfall.«

»Es klang so, Sir.«

»Hören Sie mal, vergessen Sie diese Spuren, ja? Die können erst mal warten. Kommen Sie einfach zu mir. Wir haben

Probleme mit unserem Projekt, und ich brauche Sie hier oben.«

»Okay, Sir.«

»*Heute* noch, Aidan. Nicht morgen.«

Nur mit Mühe unterdrückte Seawall den Drang, laut mit den Zähnen zu knirschen. »Wie Sie wollen, Sir.«

»So ist's recht.«

Die Verbindung brach ab. Seawall, der es jetzt eilig hatte und durchaus in der richtigen Stimmung dafür war, jemanden zu töten, lief mit dem Revolver in der Hand zu den Mülltonnen zurück.

Aber sie war weg.

Er fluchte. Er suchte. Rannte zum gegenüberliegenden Ende der Straße, wo sie sich in vier, nein, fünf kleine Gassen teilte, allesamt dunkel und verwinkelt.

Nirgendwo eine Spur von ihr.

Wut brodelte in ihm – Wut wie ein Granatsplitter, den er aus seinem Körper vertreiben musste –, aber es gab hier kein Ziel dafür, nichts, worauf er sie hätte richten können, außer ein paar Mülleimern und einem Stück Bürgersteig. Also seufzte er nur. Lächelte. Und verstaute den Wutsplitter dort in sich, wo er schon andere solche Splitter verstaut hatte.

»Fickt mich doch alle«, sagte er leichthin. »Was führe ich doch für ein wundervolles Leben.«

Tänzer im Untergrund

IM ZEITALTER DER INTERSTELLAREN REISEN BESTAND die wichtigste Aufgabe eines Raumfahrers darin, sich an das Brummen zu gewöhnen. Es war sanft, aber allgegenwärtig; man spürte es ebenso deutlich, wie man es hörte. Es vibrierte in Füßen und Händen, nistete sich sachte im Hinterkopf ein. Einige Piloten behaupteten, das Brummen helfe ihnen nachts beim Einschlafen. Farmer hingegen, die zum ersten Mal ihr Zuhause verließen, wachten schreiend auf, weil sie von Insektenschwärmen träumten, die Jagd auf sie machten.

Je kleiner das Schiff, desto stärker der Widerhall. Auf der *New Destiny* war es ganz schwach, kaum mehr wahrnehmbar für das menschliche Ohr.

Aber spüren konnte sie es deutlich.

Die Frau, die in der nüchternen bürokratischen Sprache des Bordcomputers als *»nicht identifizierter Passagier«* im System erfasst war, stützte eine Hand gegen die Wand und fühlte die Vibrationen des Schiffs bis zum ersten Fingergelenk hinaufkriechen. Es war ganz anders als auf dem letzten Schiff, mit dem sie gereist war. Dort hatten die Korridore regelrecht pulsiert wie die Arterien eines großen Herzens.

Dieses Brummen war keine Täuschung – oder wenn doch,

dann eine verblüffend realistische. Die Motoren waren eingeschaltet. Das Schiff lebte.

Es gab Hoffnung.

Sie wandte das Gesicht dem Fenster zu, aus dem sich ihr ein Panoramablick aufs Meer bot. Ein kühler Morgen offenbar, mit Schaumkronen gesäumte Wellen in der Farbe von Blutergüssen rollten unablässig ineinander unter einem glühend grauen Himmel. Sie wischte mit einer Fingerspitze von links nach rechts über das Glas. Das Meer verschwand, jetzt blickte sie auf einen Gebirgspass hinunter; kreideweiße Felsen fielen zu einem glitzernden, von Sträuchern und goldenem Gras gesäumten Bach ab.

Wisch. Ein Tal mit schneebedeckten Kiefern.

Wisch. Ein Olivenhain.

Wisch. Ein Dschungel.

Wisch. Ein Garten.

Wisch.

Der Bildschirm wurde schwarz, und der Raum schrumpfte zu dem engen Kasten zusammen, der er in Wirklichkeit war. Jetzt sah sie ihr Spiegelbild auf dem leeren Bildschirm: violette Schatten unter den Augen, eine frische Naht auf der Stirn. In der letzten halben Stunde hatte sie sich durch einen verschwommenen Nebel aus Whiskydunst und Schmerzmittelrausch wieder hochgekämpft und war jetzt klar genug, um zu spüren, dass selbst das Einatmen wehtat. Aber sie hieß den Schmerz willkommen. Er hielt sie wach, half ihr, konzentriert zu bleiben.

Sie hatte die Waffe verkauft, an den Beamten der Frühschicht unten in der Mautstelle – ein pickliger Junge mit einem Stempel in der Hand und einem Gewehr über der Schulter, der zunächst sehr mit Gähnen beschäftigt gewesen war und dann aufhorchte, als er sah, was sie ihm anzubieten hatte.

»Sind Sie sicher?«, wiederholte er immer wieder. »Sind Sie ganz sicher?« Als sie bestätigte, dass sie tatsächlich ganz sicher war, hatte er sich gründlich umgesehen, um sich zu vergewissern, dass niemand sie beobachtete. »Okay.« Papierrascheln, das Klackern einer Tastatur. »Neue Bewohner müssen sich ihren Aufenthalt eigentlich erst offiziell genehmigen lassen, aber ich trage Sie als Anwärterin ein, dann bekommen Sie ein Zimmer und Zugang zum Unterdeck. Passt das?«

»Ja, bestens.«

»Okay, okay.« Mit zwei Fingern schob er ihr eine gelbe Karte über den Tresen. Sie griff danach. »Moment.« Er hielt das Kärtchen fest. »Her damit.«

Also reichte sie ihm die Waffe. Der Junge flüsterte etwas Peinliches, *Komm zu Papa* oder so ähnlich, strich über die Waffe und spähte bewundernd in den Lauf.

»Darf ich gehen?«, fragte sie trocken.

»Mhm. Ihr Zimmer ist auf Deck drei.« Ohne den Blick von der Pistole abzuwenden, fügte er hinzu: »Und gehen Sie auch mal bei der Krankenstation vorbei, Sie sehen echt scheiße aus.«

Auf der Krankenstation, einem riesigen Raum voller ovaler Betten – die meisten leer –, wurde sie von einem dunkel gekleideten und gereizten jungen Chirurgen genäht, der sich nur vage von dem letzten dunkel gekleideten und gereizten jungen Chirurgen unterschied, mit dem sie zuletzt zu tun gehabt hatte. Er gab ihr zwei Ampullen mit einer Substanz, die sie bereits aus dem Feldlazarett kannte, ein übel schmeckendes Zeug namens Knochenflicker.

»Passen Sie auf Ihre Rippen auf«, hatte er gesagt. »Sie sind zwar verheilt, werden aber noch eine Weile wehtun. Und trinken Sie viel Wasser.«

»Woher haben Sie das Zeug?«, fragte sie. »Den Knochenflicker?«

»Medizinischer Bestand.«

»Haben Sie auch Insulin?«

»Ja.« Und dann, misstrauisch: »Warum wollen Sie das wissen?«

»Reine Neugier.«

Von der Krankenstation aus ging sie eine Etage höher und suchte den ihr zugeteilten Raum. Er war winzig, in Gelb und Weiß gehalten und spartanisch mit ein paar robust wirkenden Möbeln ausgestattet – ein Bett, ein Tisch, ein Stuhl. Vor allem das Bett übte eine berauschende Anziehungskraft auf sie aus. Aber wenn sie der Verlockung nachgab, würde sie wer weiß wie lange schlafen und womöglich viel Zeit verlieren. Und sie hatte keine Zeit; sie lauschte auf polternde Stiefelschritte, auf den Befehl, die Hände zu heben, dem sie jetzt, da sie ihre Pistole nicht mehr hatte, würde gehorchen müssen.

Sie setzte sich auf die Stuhlkante und stützte den Kopf in die Hände.

Was jetzt?, dachte sie. *Was ist der nächste Schritt?*

Signal. Ich muss ein Signal senden.

Sie ging zum Fenster, um zu sehen, ob es sich in eine Karte verwandeln konnte.

Bei näherer Betrachtung stellte sich heraus, dass der Bildschirm doch nicht ganz leer war. Oben rechts stand in weißen Buchstaben:

IHRE NUMMER: 776

Die Passagierin berührte die Nummer, woraufhin in der Mitte ein Fenster aufploppte:

WILLKOMMEN AUF DER *NEW DESTINY*!
DIE AKTUELLE ZEIT: 07:29
IHR PLATZ IN DER BESUCHERWARTE-
SCHLANGE: 776
DER HOHE SHERIFF DANKT IHNEN
FÜR IHRE GEDULD.
MÖGE DIE GÖTTIN SIE STETS
AUF DEM BODEN HALTEN.

An der Seite befand sich ein scrollbares Menü mit einer schlichten kleinen Liste von Optionen: *Unterhaltung, Karte, Posteingang.* Bei »*Karte*« blieb ihr fast das Herz stehen. Sie berührte das Wort, und auf dem Monitor erschien eine dreidimensionale Darstellung der Erde, über der ein Cartoon-Raumschiff schwebte.

Eine Flugkarte, dachte sie säuerlich. *Na logisch.*

Unterhaltung führte zu einem leeren Untermenü. Und der Posteingang war natürlich ebenfalls …

POSTEINGANG (1)

Sie drückte auf die Nachricht, und Worte erschienen auf dem Bildschirm:

LOUNGE. KAPUTTES FENSTER. 10 UHR FRÜH.

Es war kein Absender angegeben.

»Hm.«

Sie drückte ihr Kärtchen an die Tür, und sie glitt auf. Draußen strömten angeregt plaudernde Menschen vorbei. Sie blickte noch mal zurück zum Fenster. Meereswellen. Aber sie hatte keine Zeit für Zweifel und lange Überlegungen, also begab sie sich nach draußen, in die Straßen von *New Destiny*.

Korridore, um genau zu sein. Aber sie waren so breit, dass sie eher wie Straßen wirkten, und auch ebenso belebt. Überall drängten sich Menschen, unterhielten sich, umklammerten die Griffe ihrer Handtaschen und Koffer. Es herrschte eine geschäftige, fröhliche Atmosphäre. Ab und zu erhob sich ein Lied oder lautes Rufen aus dem Stimmengewirr. Viele Leute trugen einfarbige Kleidung in Blassgrau oder bläulichem Weiß. Einige wenige schlenderten in Anzug oder Kleid umher, die anderen machten ihnen respektvoll Platz.

Sie wurde vom Strom mitgerissen, und weil sie nicht auffallen wollte, stemmte sie sich nicht dagegen, sondern ließ sich von der Menge treiben, vorbei an einem Dutzend Türen wie der, aus der sie eben gekommen war. Wände und Decke hatten überall denselben fahlen Grünton, und sie war sicher, dass sie sich bewegten, sich drehten, als würde sich alles im und gegen den Uhrzeigersinn ineinander verschieben, wie ein Tunnel aus lauter Zahnrädern. War der Boden eben, oder gab es einen Schwerkraftgenerator, der sie alle nach unten zog? Wo war Westen, wo Osten? Wo kam man weiter nach oben?

Wasser, fiel ihr ein. *Ich habe vergessen, Wasser zu trinken.*

Die Menge strömte weiter und schien immer mehr Fahrt aufzunehmen, und die Besucherin geriet in die Mitte des Stroms und konnte links und rechts die Wände nicht mehr ausmachen.

Sie flossen in eine riesige Kammer hinaus, offensichtlich einen Hangar; leere Andockröhren baumelten aus den Wänden. Sie entdeckte eine große Öffnung – eine Luftschleuse –, die einen Spaltbreit geöffnet war. Ein feiner Strahl natürlichen Lichts schien herein, und mitten in diesem Lichtstrahl schwebte hoch über den Köpfen der Leute die Plattform eines hydraulischen Aufzugs. Eine Frau stand darauf, in grün und braun schimmernden Gewändern, ihr drahtiges weißes Haar war helmartig geschnitten, um ihren Hals hing ein halbes Dutzend Perlenketten. Die Besucherin, die ganz nach vorn getragen worden war, blickte zu der Predigerin auf und fühlte sich unwillkürlich an einen Pilz erinnert.

Die Menge wurde still.

Die Predigerin hob die Hände.

»Wenn das Wasser versiegt?«

Die Besucherin drehte sich erschrocken um. Die hohe und klare Stimme der Predigerin ertönte aus Lautsprechern in sämtlichen Ecken.

Die Versammelten murmelten gehorsam wie mit einer Stimme: *»So trinke Staub.«*

»Wenn die Fluten steigen?«

»So atme Wasser.«

Die Besucherin senkte den Kopf und gab ihr Bestes, die Lippen im Gleichklang mit den anderen zu bewegen.

»Und wenn das Feuer hoch lodert?«

»So bade in der Asche.«

Die Predigerin ließ die Hände sinken und lächelte warm auf sie herab. »Vielen Dank. Ich wollte nur sehen, ob wir alle wach sind.«

Kichern stieg in der Menge auf, es war offensichtlich ein altbekannter Scherz. Die Predigerin hielt ein Stück Papier in die Höhe. »Über das hier möchte ich heute mit Ihnen sprechen. Können alle es sehen?« Überall reckten die Leute ihre Hälse. Die Besucherin konnte einen Farbklecks ausmachen, dazu einige ungelenke Buchstaben. Die Predigerin fuhr fort: »Dieses Artefakt wurde erst vor Kurzem entdeckt, versteckt in einer Kammer auf der zweiten Ebene. Ich will es Ihnen kurz beschreiben: Es handelt sich um die Buntstiftskizze eines violetten Planeten, auf dessen Oberfläche ein Haus steht. Die Beschriftung lautet: *Unser neues Zuhause* … es ist nicht gerade das Werk eines großen Künstlers.«

Lautes Gelächter ringsum. Die Predigerin faltete die Zeichnung zusammen und zerknüllte sie. »Aber es hat mich zu einigen interessanten Gedanken inspiriert«, fuhr sie fort. »Das Kind, das dieses Bild gezeichnet hat, war natürlich ein Sünder und das Kind von Sündern. Jene Sündhaftigkeit offenbart sich sogar in etwas so Schlichtem wie dieser Zeichnung. Der Wunsch, unsere Mutter Gaia zu verlassen, ist das größte Übel. Es ist unverzeihlich. Es ist verräterisch. Verderbt.«

Überall scharrten Füße über den Boden. Jemand hustete.

»Aber scheint das nicht auch grausam zu sein?«, fragte die Predigerin. »Dieses Kind hat es nie in seine neue Heimat geschafft. Es starb zusammen mit seiner Familie und allen anderen, als das Schiff eine Fehlfunktion hatte. Erscheint das nicht ungerecht?«

Schweigen.

»Dieser Gedanke kommt einem leicht. Und es ist leicht, Mitleid mit diesem unschuldigen Kind zu haben. Aber bedenkt, dass sein Tod aus Liebe geschah. Es war Liebe, die Gaia dazu bewog, dieses Schiff vom Himmel zurückzurufen – Liebe zu ihren Kindern, selbst als die versuchten, ihrer Umarmung zu entkommen.«

Die Predigerin hob erneut die Arme und deutete auf die Wände des Hangars und die Kuppeldecke. »Wir leben hier jeden Tag inmitten der Trümmer der Sünde, in der Hülle eines vergifteten Traums. Aber zugleich ist dieses Schiff auch eine Erinnerung an die natürlichen Kräfte, die selbst unsere hoch entwickelten Vorfahren nicht bezwingen konnten. Die Kräfte der Liebe. Der Gerechtigkeit. Der Schwerkraft.«

Sie legte die gefalteten Hände auf das Geländer der Plattform. »Als unser Herr, der Hohe Sheriff, die *New Destiny* entdeckte, erblickte er in diesen Ruinen nicht nur Schande, sondern auch Hoffnung. Denn sie sind der Beweis für die einzige Eigenschaft unserer Spezies, die uns zur Erlösung führen kann – unsere eigene Machtlosigkeit. Preiset Gaia.«

Es waren nur zwei Worte, und sie sagte es ganz schlicht, aber sie lösten in der Menge ein Gebrüll aus, bei dem sich die Besucherin zu Tode erschreckte.

»WIR PREISEN SIE!«

»Und preiset ihren Sohn, unseren Herrn, den Hohen Sheriff.«

»WIR PREISEN IHN!«

»Preiset sie. Arbeitet hart. Und habt Mitleid …« Die Predigerin hielt erneut die zerknitterte Zeichnung hoch. »Habt Mitleid mit den Seelen jener, die es nicht wert waren, zurückgerufen zu werden, um unsere Mutter wieder urbar zu machen. Mögen ihre Leichen im großen schwarzen Vakuum verrotten.«

Und obwohl die Besucherin genau wusste, dass sie nur paranoid war – und außerdem stand sie ganz vorn und fiel allein durch ihre Größe in der Menge auf –, sie war vollkommen überzeugt davon, dass die Predigerin beim letzten Satz sie ansah, sie allein.

Gleich darauf löste sich die Menge auf und verstreute sich wieder in den Gängen. Die Besucherin folgte einer Gruppe in die Richtung, aus der sie gekommen war, und trennte sich an der nächstbesten Kreuzung von ihnen. Schlug einen Bogen, ohne auf die neugierigen Blicke der Passanten zu achten. Die Beschilderung der *New Destiny* bestand zur Hälfte aus in die Wände eingelassenen Originalschildern, die den Weg zu Treppenhäusern, Unterkünften und Lagerräumen wiesen, und zur Hälfte aus handbeschriebenen Blechstücken, die *GROSSHANDLUNG* schrien oder *GÜNSTIGE REPARATUREN*. Endlich, verblasst und kaum mehr auszumachen, sah sie das Wort *Lounge*, das in die Wand eingeprägt war.

Sie gelangte in einen Raum mit niedrigen Decken und groben, unbequem wirkenden Möbeln, in dem Leute in bunten Schürzen heiße und kalte Speisen verkauften. Die Lounge war von Besteckklappern und gedämpften Gesprächen erfüllt.

In eine Wand waren mehrere runde Fenster eingelassen – echte Fenster, klein und massiv verstärkt und für den Raumflug geeignet. Die Besucherin schlenderte an ihnen entlang, bis sie eines fand, das aus der Verkleidung gerissen war.

Sie sah sich um. Überall standen kleine Grüppchen beisammen, unterhielten sich leise und verbreiteten die Aura von Privatsphäre inmitten der Öffentlichkeit. Behutsam drückte die Besucherin gegen das Glas, und das Fenster schwang auf. Sie stützte beide Ellbogen auf und lehnte sich hinaus, blinzelnd im plötzlichen Sonnenlicht. Unter ihr erstreckten sich die Unterlande wie ein nasser Moosteppich, der in die dahinterliegenden Felder überging, die schließlich mit den dunstigen blauen Hügeln verschmolzen.

»Morgen, Darling. Hast du vielleicht eine Zigarette?«

Die Stimme kam scheinbar aus dem Nichts, und die Besucherin erkannte sie sofort.

»Nein«, antwortete sie.

»Schade.« Ein Seufzer. »Wäre eine gute Tarnung.« Über ihrem Kopf hörte die Besucherin leise Klopfgeräusche, und dann ergoss sich eine Wolke aus Tabakasche über sie und rieselte ihr ins Haar.

Sie versuchte hochzublicken. »Hey! Pass doch …«

»Augen nach vorn«, befahl die Stimme knapp. »Das hier ist alles streng inkognito, verstanden?«

Widerstrebend drehte sie sich wieder nach vorn. »Was machst du hier?«

»Ich wohne hier, schon vergessen? Jedenfalls wenn ich nicht gerade einem Traum hinterherjage.«

»Hm.« Die Besucherin dachte darüber nach und schüttelte sich die Asche aus dem Haar. »Bist du mir gefolgt?«

»Auf eine gewisse Weise ja. Hab hier und da ein paar Fäden gezogen. Alles ganz diskret, keine Sorge.«

»Soso.«

»Du hast es ziemlich schnell geschafft, an Bord zu gelangen. Ich bin beeindruckt.«

»Ja, aber …« *Ich habe meine Waffe verloren.* Doch die Besucherin konnte sich nicht dazu durchringen, es laut auszusprechen. »Diese Predigerin … ich glaube, sie hat mich eventuell bemerkt.«

»Die Hohe Predigerin?« Jetzt klang die Stimme erschrocken. »Ursula Ramirez? Hat sie dich etwa *gesehen*?«

»Ich weiß es nicht. Kann schon sein. Ich war jedenfalls ganz vorn in der Menge.«

»Bei der Mutter, diese Frau gehört zu den mächtigsten Leuten der Stadt. Verstehst du? Wenn ausgerechnet sie weiß, dass du …« Über dem Kopf der Besucherin ertönte ein nervöses Rascheln, ein Feuerzeug klickte einmal, zweimal, gefolgt von einem langen Ausatmen. Warmer Pfeifenrauch wehte durch die Luft. »Hör zu«, sagte die Stimme. »Es war nicht ganz einfach, dich aufzuspüren. Ich erwarte keine Bezahlung dafür, aber – ich möchte, dass du mir eine Frage ehrlich beantwortest. Würdest du das tun?«

»Ja.«

»Warum bist du hier?«

»Ich möchte den Hohen Sheriff sprechen.«

Ein Schnauben. »Ja, Darling. Du und alle anderen.«

Die Besucherin zögerte. Nahm einen Atemzug. Die Luft war dünner und kühler als auf dem Boden, und sie spürte ein eigenartiges unruhiges Flattern in der Lunge. Ganz langsam sagte sie: »Dieses Schiff funktioniert noch. Die Netzwerke laufen. Die Triebwerke sind eingeschaltet. Also müssen wohl auch die Kommunikatoren noch funktionieren, oder? Wenn irgendwo auf dem Planeten etwas abgestürzt wäre – man könnte sich von hier aus damit in Verbindung setzen, nicht wahr? Wenn ich ihn also fragen würde …«

Keine Antwort.

»Hab ich recht?«

»Du suchst dein Schiff«, sagte die Stimme leise. Es war keine Frage.

Die Kehle der Besucherin fühlte sich an wie ein hohles Schilfrohr.

»Du musst höher rauf. Bis ganz nach oben.«

Sie atmete aus, immer noch zittrig. »Du glaubst also, es besteht eine Chance?«

»Ich weiß nicht. Mir gefällt das Ganze nicht. Wenn es einen Absturz gegeben hätte, wäre das hier eine große Nachricht.

Sie würden den Schrott extrateuer verscherbeln. Aber ich habe nichts gehört. Natürlich kann es sein, dass der Hohe Sheriff es verheimlicht, aber … ach, ich weiß es nicht.«

»Sag mir einfach, wie ich nach oben komme.«

Ein Seufzer. »Na ja, mit einem Anwärterausweis kann man die Aufzüge jedenfalls nicht benutzen. Und die Treppe ist auch keine Option. Je höher man kommt, desto strenger wird man überprüft. Bleiben also noch die Eingeweide. Die gute Nachricht ist, dass der Hohe Sheriff diese nicht kontrolliert. Aber die Leute da drinnen haben ihre ganz eigenen Regeln. Sie sind schon länger hier als er.«

Eine Sirene ertönte.

»Scheiße«, sagte die Stimme. »Ich muss gehen.«

»Ich …«

»Such einen Lüftungsschacht. Folge immer der Hitze.«

»Was meinst du damit?« Die Besucherin musste sich beherrschen, um nicht zu schreien. Sie beugte sich weiter vor. »Warte! *Ava!*«

Aber Ava war verschwunden.

Einen Lüftungsschacht zu finden, war einfach. Sich ihm unbeobachtet zu nähern, war hingegen eine andere Sache. In der Lounge warfen immer mehr Leute der Besucherin verstohlene Blicke zu, also verschwand sie von dort und lief draußen durch die Gänge, die immer enger und enger wurden, bis sie schließlich in einer verdreckten, schlecht beleuchteten Sackgasse stand. Statt des sterilen Geruchs in der restlichen *New Destiny* roch die Luft hier nach Maschinenöl. Außer einer Tür mit der Aufschrift *»Klemmt«* und einem teilweise rostigen Metallgitter ganz unten an der Wand entdeckte sie nichts von Interesse. Als sie das Gitter berührte, stellte sie fest, dass das Brummen hier um eine Winzigkeit stärker war.

Eine Zeit lang hämmerte die Besucherin mit dem Absatz auf den Rand des Lüftungsschachts ein und lehnte sich, wenn auf der angrenzenden Straße Fußgänger vorbeikamen, rasch an die Wand, um zu demonstrieren, dass es hier überhaupt nichts zu sehen gab. Wenn jemand sie anstarrte, starrte sie zurück, bis derjenige weiterging. Endlich löste sich die Verkleidung so weit, dass sie sie abreißen konnte. Argwöhnisch spähte sie hinein. Ein lichtloser Schlund gähnte ihr entgegen.

Sie ließ sich auf die Ellbogen nieder und kroch hinein.

Der Schacht war recht breit, und wäre sie ein wenig kleiner gewesen, hätte sie auch auf Händen und Knien hindurchkriechen können, aber sie war ein bisschen zu groß. Also tastete sie sich so voran, scharrend und blinzelnd, und stieß sich immer wieder die Finger an dem segmentierten Metall. Jede noch so kleine Erschütterung erzeugte ein leises, hohles Vibrieren.

Ihre Hand stieß auf Widerstand. Zuerst hielt sie es für eine Wand, aber bei näherem Betasten stellte sie fest, dass sie eine Abzweigung erreicht hatte.

Folg immer der Hitze.

Sie drückte die Handflächen auf die Wände beider Schächte. Eine fühlte sich wärmer an. Sie bog um die Ecke und kroch weiter. An der nächsten und der übernächsten Kreuzung ging sie ebenso vor. Falls der Weg irgendeinem System folgte, so erschloss es sich ihr nicht. Immer tiefer arbeitete sie sich ins Lüftungssystem vor. Irgendwann blieb sie vor allem deshalb in Bewegung, damit sie keine Panik bekam bei dem Gedanken, dass sie wochenlang nicht gefunden werden würde, wenn ihr hier drin etwas zustieß, dass nur irgendwann der

Gestank auffallen würde – es würde entsetzlich riechen in dieser abgestandenen, warmen Luft.

Sie hörte nicht, wie sich jemand näherte, nicht einmal Atemgeräusche. Aber plötzlich war es noch wärmer als zuvor, durch die Körperhitze eines anderen Menschen, und dann drückte etwas Scharfes gegen ihre Haut.

»*Was willst du?*«

Die Stimme war ein hohes Trällern und klang kein bisschen bedrohlich, trotzdem schoss die Besucherin vor Schreck hoch und schlug mit dem Schädel gegen die Decke, und ein tiefes, dumpfes Singen hallte durch den Schacht.

Beide warteten geduldig, bis der Ton verklang.

»Ich versuche, nach oben zu kommen«, flüsterte sie.

»*Was würdest du dafür tun?*«

Diese Frage war leicht zu beantworten. »Alles.«

Ein Rascheln. Etwas wurde ihr in die Hand gedrückt – ein mit Tinte verschmierter Zettel, aber es war zu dunkel, um die Schrift zu entziffern.

»*Eine Einladung in den Mund*«, sagte die schattenhafte Gestalt. »*Nimmst du sie an?*«

»J-ja?«

»*Dann komm.*«

Die Gestalt glitt geräuschlos voran, und die Besucherin folgte ihr um eine Abzweigung nach der nächsten, bis sie an ihrem Ziel ankamen – offenbar dem, was man hier den *Mund* nannte. Sie stand auf, wischte sich die Hände an der Hose ab und sah sich um. Es war eine hohe, kugelförmige Kaverne, von Gängen und Leitern durchzogen, die Wände waren mit Dutzenden vorspringenden Schächten und sich träge drehenden Ventilatoren übersät. Hier und da leuchteten am Boden düstere rote Lichter, so schwach, dass nur vage, strukturlose

Formen zu erahnen waren, aber sie fühlte sich trotzdem geblendet. Wie hoch die Kaverne reichte, konnte sie nicht erkennen – womöglich bis zum obersten Deck. Die Hitze überzog alles mit einem unangenehmen Dunst. Die freundliche Gestalt aus dem Schacht entpuppte sich als schlankes, langgliedriges Geschöpf in jugendlichem Alter, mit hellem Haar und runden, gelblichen Augen.

»Ich bin Byker«, sagte er oder sie, ohne sie direkt anzusehen. »Ich bringe dich zum Königin.« Leichtfüßig ging Byker voran und deutete warnend in die Mitte der Kaverne. »Hüte dich vor der Kehle. Sie hat die Angewohnheit, Fremde zu verschlucken.«

Sie sah zu der Stelle hinüber, und leichter Schwindel befiel sie. In all den purpurroten Schatten war es leicht zu übersehen, aber dort klaffte ein Loch, breit genug, um ein Auto zu verschlingen. Die Wände darin sahen seltsam aus, eigenartig glänzend und voller Rillen, fast wie Fleisch ... Aber Byker lief so schnell weiter, dass sie sich beeilen musste und keinen näheren Blick darauf erhaschte.

Sie kamen zu einer Nische, an der die gebogene Wand zurückwich und Raum für eine Art Podest bot – es war kein ursprünglicher Teil des Schiffes, sondern aus Kisten und Rohren und Teilen von Planen und anderem Zeug zusammengezimmert worden. Mehrere Dutzend Menschen drängten sich darum. Wie Byker hatten sie große runde Augen und einen hageren Körperbau, und sie flüsterten miteinander, lauter eigenartig kurze Wörter, begleitet von ausladenden Gesten, als würden sie mit den Händen in die Luft malen. Es kam ihr vor wie ein Streitgespräch.

Oben auf dem Podest saß auf einem Samtthron mit hoher Rückenlehne der Königin. Er erinnerte an eine fette Seidenraupe in seinem Kleid, das über und über besetzt war mit den Scherben eines zerbrochenen Spiegels. Er wandte sich an einen seiner Untertanen, der in einem violetten Anzug vor ihm stand, die Hände hinter dem Rücken verschränkt.

»Bist du auch ganz sicher?« Der Königin klang gelangweilt. »Keine einzige Note?«

»Ich habe sie alle schon hundertmal ausprobiert!«, rief das violett bekleidete Geschöpf. »Wieder und immer wieder. Ich sage Euch, es funktioniert nicht mehr. Wir sind sabotiert worden.«

Aufgeregtes Gemurmel unter den Zuschauern. Der Königin verzog den Mund. »Sprich nicht in diesem Ton mit mir, mein Kind.«

»O doch, und zwar so lange, bis Ihr etwas unternehmt.« Das Wesen stand hoch aufgerichtet da, die Schultern zurückgenommen, und deutete mit einem gekrümmten Finger auf den Thron. »*C'est faible!*«

Der Königin verdrehte die Augen. »Jetzt reicht's. Geh zu deiner Probe.«

»Mit durchgeschnittener Kehle?« Das Wesen in Violett warf den Kopf zurück und stieß ein abgehacktes, bitteres Lachen aus. »*Ha!* Ich werde es versuchen, Eure Majestät.« Mit diesen Worten drehte es sich um und schlich unter den aufmerksamen Blicken der Menge davon.

»Nun, Byker«, sagte der Königin. »Wie ich sehe, hast du unsere kleine Luftschachtschnecke aufgespürt.«

»Ja, Eure Majestät.«

»Dann tritt vor, o du verstohlenes Geschöpf. Verrate mir, was dich dazu veranlasst hat, aus dem Großen Klangkörper hier hereinzukommen und in meinen Lüftungsschächten eine solche Kakofonie zu erzeugen.«

Leises Gekicher ringsum. Die Besucherin blickte zurück zu Byker. Doch Byker nickte ihr nur zu und flüsterte: »*Mach's gut.*«

Die Besucherin trat aufs Podium und spürte die aufmerksamen Blicke von allen Seiten. Es fühlte sich so surreal an, dass sie sich am liebsten selbst geohrfeigt hätte, um in die Wirklichkeit zurückzukehren. Aber es gab kein Zurück, sie musste diesen Traum jetzt bis zum Ende durchstehen. Der Königin starrte sie von oben herab an, seine schweren Lider waren dick mit schimmerndem Regenbogenlidschatten überzogen.

»Eure Majestät«, sagte die Besucherin nervös und lächelte so herzlich wie nur möglich. »Ich bin – äh – ich bin Euch sehr dankbar, dass Ihr Euch bereit erklärt habt, mich zu empfangen. Ich muss zum Kommunikationsturm auf dem Oberdeck des Schiffs gelangen. Mir wurde gesagt, dass Ihr einen Weg nach oben kennt. Wie ich schon zu Byker sagte, würde ich …«

Der Königin unterbrach sie mit einem theatralischen Gähnen. »Ich schlafe gleich ein. Wortwörtlich. Sieh mich an. Ich falle jede Sekunde von meinem Thron.«

Noch mehr Gekicher. »Ich … es ist …«, stotterte die Besucherin.

»Kind.« Der Königin hielt sich an der Seite seines Throns fest und beugte sich vor. »Es ist mir egal, wohin du willst. Verrate mir nur, weshalb. Ist es aus Hunger? Aus Habgier? Aus Wut?« Er hob eine sorgfältig gezupfte Augenbraue. »Oder gar um der Liebe willen?«

»L-Liebe.« Sie verlagerte das Gewicht von einem Fuß auf den anderen und spürte die Verlegenheit in ihrem Körper summen wie Strom in einem Draht. »Es geht um Liebe, Eure Majestät.«

»Alles für die Liebe.« Er lehnte sich zurück, die dolchlangen Nägel strichen über seine weichen Kinnfalten. »Wahre Liebe?«

Sie nickte.

»Glaub ich dir nicht.«

»Was?«

»Ich glaube nicht, dass du verliebt bist. Überzeug mich.«

Zum ersten Mal konnte die Besucherin etwas mit der Religion der Erde anfangen, denn am liebsten hätte sie zum Boden darum gebetet, er möge sie verschlingen. Aber sie fragte nur: »Wie soll ich das tun?«

Der Königin saß nur schweigend da und blickte sie erwartungsvoll an.

Die Besucherin presste die Lippen aufeinander. »Ich wusste …« Sie holte tief Luft. »Ich wusste vom ersten Tag an, dass ich in sie verliebt bin«, begann sie. »Ich sah sie und dachte: *Oh, scheiße, nicht ausgerechnet jetzt …*« Sie unterbrach sich. »Aber ich konnte es nicht mehr verhindern. Es war bereits geschehen.«

Der Königin dachte darüber nach. »Heute Abend wollen wir tanzen. Aber unser Sängerin sagte mir, dass die Kehle durchgeschnitten ist. Ohne Musik können wir nicht tanzen. Geh in die Kehle. Mach, dass sie nicht mehr durchgeschnitten ist. Wenn du es rechtzeitig rausschaffst, bringen wir dich nach oben.«

Sie neigte den Kopf. »Ich danke Euch.«

Der Königin schnaubte. »Dank mir, wenn du zurück bist. *Liebende.*«

Byker wurde damit beauftragt, sie in die Kehle zu schicken, und xie blickte so grimmig drein, dass sie fast ins Grübeln kam. »Das wirst du brauchen.« Xie reichte ihr einen großen

Schraubenschlüssel und eine Taschenlampe. »Kletter die Kehle hinunter. Finde das Ventil. Dreh es auf. Wenn du sicher bist, dass es offen ist, kletter wieder nach oben, so schnell du kannst.« Xie untermalte xiere Anweisungen zum Klettern, Suchen und Schrauben mit lebhaften Gesten.

Sie wog die Werkzeuge in den Händen. Sie waren schwer. »Wie gefährlich ist es?«, fragte sie.

Byker zuckte mit den Achseln. »Der Königin hat es so befohlen.«

Keine sonderlich beruhigende Antwort. Mit einem Mal sah die Besucherin, dass Bykers riesige Pupillen nach oben zuckten – zu ihrem Hut. In dem Blick lag unverkennbares Begehren.

»Willst du ihn haben?«

Byker erschrak und lief rot an. »Ach was, ich hab nur gedacht, dass er dir wahrscheinlich vom Kopf fallen wird.«

Sie nahm den Hut ab, hielt ihn in beiden Händen und betrachtete ihn. *Ich verschenke heute alles,* dachte sie. Dann reichte sie ihn Byker. »Hier.«

Wortlos und ehrfürchtig nahm xie ihn und kniff in das ausgefranste Futter der Krempe.

Die Besucherin schob den Schraubenschlüssel in ihre Gürtelschlaufe, steckte sich die Taschenlampe zwischen die Zähne und näherte sich dem Kehlenrand.

»*Warte …*«

Bykers Schrei gellte ihr nach all dem Geflüster so laut in den Ohren, dass sie zusammenzuckte. Als sie sich umdrehte, sah sie, wie xie sich etwas über den Kopf zog.

»Ich kann dir doch nicht dein Hemd wegnehmen«, protestierte sie, aber es half nichts – Byker legte es ihr wie einen Blumenkranz um die Schultern.

»Für deine Hände«, sagte xie, verschwand und ließ sie allein am Rande des Abgrunds zurück.

Aus der Nähe sah sie, wie die Illusion einer fleischähnlichen Oberfläche entstand: Das Innere der Kehle war mit Rohren ausgekleidet – dick und dünn, manche vibrierten brummend, andere waren ganz still. Sie wanden sich aus dem Schiffsleib heraus und wieder hinein, schlangen sich übereinander wie wilder Efeu. Und so wie sie bei der Kaverne nicht zu erraten vermochte, wie hoch sie war, konnte sie jetzt die Tiefe des Abgrunds nicht abschätzen.

Mit der Zungenspitze schaltete sie die Taschenlampe ein – der Lichtstrahl war schwächer als der Schein einer Kerzenflamme –, hockte sich an den Rand und sah sich um, bis sie ein Rohr fand, das aussah, als könne sie es mit beiden Händen zu packen kriegen.

Sie schob sich ganz nah an die Kante und sprang dann hinunter, ohne auf den vehementen Protest ihrer schmerzenden Hüfte zu achten. Das Klettern war weniger schwierig als befürchtet; zwar waren die Rohre alt und mit einer Schmutzschicht überzogen, aber immerhin einigermaßen stabil und gut zu greifen. Wenn sie mit dem Fuß abrutschte, fand sie schnell wieder Halt auf einem anderen Rohr.

Je tiefer sie stieg, desto dunkler wurde es ringsum, doch noch immer sah sie keinen Boden unter sich. Die Hände taten ihr weh, und sie zwang sich dazu, sie zu lockern. Das Licht der Taschenlampe zwischen ihren Zähnen flackerte.

Irgendwann tastete sie mit dem Fuß nach unten, auf der Suche nach einem neuen Halt, und fand zu ihrer Überraschung festen Boden vor. Sie ließ erst mit einer Hand los, dann mit der anderen, und dann stand sie da, atmete tief durch und ließ das Licht der Taschenlampe umherwandern.

Der Boden der Kehle war wie eine Schale geformt, an der die Rohre von den Wänden wucherten und sich in der Mitte zu einem missgestalteten Gewächs vereinten, einer Art ungleichmäßiger Kuppel, vielleicht einen halben Meter hoch. Sämtliche Rohre waren mit diesem gemeinsamen Ursprung verbunden wie kilometerlange Eingeweide, die aus ein und demselben Körper herauswuchsen. Sie entdeckte eine niedrige Tür, so dick wie der Zugang zu einem Bunker. Sie versuchte sie zu öffnen, aber sie war verschlossen.

»Okay«, sagte sie laut in der Hoffnung, der Klang ihrer eigenen Stimme würde gegen das Gefühl helfen, sich in einer Gruft zu befinden. Aber es half kein bisschen.

Sie fand das Ventil der Kuppel, eine Metallscheibe ganz obenauf, etwa so breit wie ihre Hand. Jemand hatte es mit einem frischen Plastikstrip gesichert. Sie erinnerte sich an den Schrei des Sängerin: *Wir sind sabotiert worden.* Er hatte recht gehabt.

Unter dem Ventil befand sich ein verblasster gelb-schwarzer Aufdruck: **GEFAHR.** *Wie hilfreich,* dachte die Besucherin, holte den Schraubenschlüssel heraus und zog an dem Kabelbinder, bis er riss. Sofort lockerte sich das Ventil ein wenig und fing an zu wackeln; sie drehte und zerrte daran, bis ein unheimliches Zischen aus dem Zentrum der Kuppel drang.

Sie erinnerte sich an Bykers Warnung, steckte den Schraubenschlüssel zurück in ihren Gürtel und kletterte eilig in die Höhe.

Schon nach ein paar Metern spürte sie Wärme unter den Fingern. Nichts Schlimmes; es war ungefähr die angenehme Temperatur von ofenfrischem Brot. Aber bei ihrem Abstieg waren die Rohre kalt gewesen wie eine Felswand.

Sie kletterte höher, und die Wärme unter ihren Fingerspitzen ließ nach. Doch als sie kurz innehielt, um sich zu orientieren, spürte sie deutlich, wie die Temperatur wieder anstieg. Nicht nur in diesem einen Rohr, sondern in allen.

Vor Grauen zog sich ihre Brust zusammen.

Sie versuchte, schneller zu klettern, aber schnell wurden die Rohre fast zu heiß, um das Metall überhaupt noch zu berühren. Die Hitze stieg direkt von unten auf, von dort, wo sie das Ventil gedreht hatte. Und das obere Ende des Schachts war immer noch ein ferner, verschwommener Fleck.

Ihre Handflächen kribbelten. Bald würde es wirklich, wirklich wehtun.

Aber wo sonst sollte sie sich festhalten?

Bykers T-Shirt. Sie hatte es ganz vergessen. Mit Zähnen und Fingern riss sie es entzwei, wickelte es so dick wie möglich um beide Handflächen und kletterte weiter. Die Hitze stieg mit ihr empor wie ein wütender Drache. Der schüsselförmige Boden musste mittlerweile regelrecht pulsieren vor Hitze. Wenn sie stürzte, wäre sie wie ein Steak, das aus großer Höhe mitten in eine brutzelnde Pfanne fiel. Über ihr war das Licht des Ausgangs – aber würde sie ihn noch erreichen, ehe sie loslassen musste?

Inzwischen pfiff sie beim Klettern auf jedwede Vorsicht, packte einfach ein Rohr nach dem anderen und stieß sich mit den Füßen ab, ihre Arme waren schwer und taub vor Erschöpfung.

Die Hitze brannte ein Loch in Bykers Hemd. Sie schrie schmerzerfüllt auf, und die Taschenlampe fiel ihr zwischen den Lippen heraus, prallte auf dem Weg in die Tiefe gegen die Wände.

Roch sie da etwa ihre eigene verbrannte Haut?

Dann endlich blendendes Licht, und jemand packte sie an beiden Ellbogen und zerrte sie, die sie zitterte und nach Luft japste wie ein gefangener Fisch, über die Kante und auf den kühleren Boden. Sie stieß alle Flüche aus, die ihr einfielen, gegen die Sterne, gegen ihre Vorfahren, sogar gegen den Imperator höchstpersönlich.

»Du bist zurückgekommen.« Es war Byker mitsamt dem neuen Hut; er stand ihm recht gut.

Sie mühte sich ein halbgares Lächeln ab. »Überrascht?«

Er schüttelte den Kopf und blickte dann stumm auf ihre Hände hinunter. Sie folgte seinem Blick. Die Fetzen des T-Shirts waren zu einem verformten Etwas zusammengeschmolzen, ihre entblößten Fingerspitzen mit Blasen übersät.

»Na, immerhin hast du mich fast gewarnt.«

Auf die Rückkehr der Besucherin reagierte man weder mit Ehrfurcht noch mit Dankbarkeit, sondern eher mit leiser Verblüffung. Die Leute auf den Balkonen zeigten auf sie und stießen sich gegenseitig in die Seite. Der Königin hingegen gab sich völlig unbeeindruckt.

»Das war aber haarscharf, *mon amour*«, sagte er und lehnte sich auf seinem Thron zurück, die Wange leicht auf eine Faust gestützt. »Also Kind, jetzt sieh mich doch nicht so an. Du hättest es sowieso getan, ich wollte dir nur ersparen, dass du dich schon auf dem Weg nach unten fürchtest. Also, Byker …«

Byker stand neben der Besucherin, mit der Körperhaltung von jemandem, der darauf wartet, von seinen Pflichten entbunden zu werden.

»Gut gemacht. Du darfst heute Abend den Tanz anführen.«

Byker versteifte sich am ganzen Körper und presste die Hände an die Seiten wie ein Soldat. Mit einem Mal sprühte Erregung aus jeder xierer Poren. »Das ganze Schiff wird abheben!«, erklärte xie bebend. »*Dans le soleil.* Es wird dir die Augenbrauen wegbrennen.«

»Ja, sieh mal zu.« Der Königin wackelte mit den dicken Fingern, und Byker flitzte davon. Die Besucherin sah xie übermütig davonspringen, sich im Kreis drehen und wieder landen, ohne den Schritt zu unterbrechen, die Finger fest um die Krempe des Rangerhuts geklammert.

»Wohlan …« Der Königin erhob sich langsam, sein Kleid glitzerte wie ein klarer See. »Ich bin ein Monarchin, der sein Wort hält. So folge mir denn …« Ein paar seiner Untertanen traten vor, aber er hob eine Hand. »Bleibt, wo ihr seid. Verliebte sind nur für sich selbst eine Gefahr.« Er bedachte sie mit einem schiefen Blick. »Ist es nicht so?«

Sie sah auf ihre Hände hinunter, die immer noch brannten und im Takt ihres Herzschlags pochten. Sie nickte.

»Dann komm mit. Und fass nichts an. Ich will keinen Eiter auf meinen Sachen.«

Die Besucherin folgte dem Königin durch einen Torbogen hinter dem Thron, eine Treppe hinauf, hinter einen Vorhang aus weichen Stoffen und in seine persönlichen Gemächer. Früher einmal musste es das Büro eines Ingenieurs gewesen sein – eine Wand bestand vom Fußboden bis zur Decke aus Panzerglas und blickte auf den Mund hinunter. Außerdem gab es einen angeschrägten Tresen mit Knöpfen und Einstellrädern sowie einem dunklen Glasmonitor, der offenbar als Kosmetikspiegel diente – rings um die Tastatur waren Puder und Pinsel verstreut. Auf dem Boden standen überquellende Kleiderkisten, Plastikschuhe mit Pfennigabsätzen, Pantoffeln mit geschweißten Blechsohlen und eine Pinnwand, an die mehrere Dutzend Ohrringe geheftet waren, überlappend wie die Schuppen eines riesigen Fisches.

»Ich hoffe, du hältst mich nicht für gefühllos«, sagte der Königin, fegte durch den Raum und beugte sich über den Monitor, um sein Gesicht von beiden Seiten zu bewundern. »Es ist wirklich großartig, dass die Kehle wieder frei ist. Diese geschmacklosen Parasiten aus dem Klangkörper amüsieren sich gern von Zeit zu Zeit mit dem Versuch, uns zu schaden und unsere Musik zum Verstummen zu bringen.« Er stippte den kleinen Finger in blaues Puder und betupfte vorsichtig ein Augenlid. »Als ich so alt war wie Byker, habe ich einen meiner Kameraden an die Kehle verloren. Und es ist einfach abscheulich, wenn sich die Geschichte wiederholt, *ce n'est pas bon*, das ist gar nicht gut für die Stimmung. So, wo habe ich es denn nur ...«

Er wühlte sich durch zahllose über den Tresen drapierte Schals und Halsketten, bis er ein tief vergrabenes Kästchen fand, über und über mit Plastiksteinen beklebt. Aus dem Inneren – aus Rücksicht auf seine Nägel musste er es zum Öffnen sehr umständlich festklemmen – holte er eine weiße Plastikkarte heraus.

»Hier ist er – der Skelettschlüssel. Ein Geschenk meiner Vorfahren, diesen armen Unglücklichen ...« Er blickte auf das Kärtchen hinunter, unter den schweren Lidern schimmerte nostalgischer Glanz. »In meiner Jugend habe ich mir immer vorgestellt, dass ich eines Tages nach oben gehen und den Mann erschießen würde, der hier die Geschicke lenkt. Aber ich war ständig damit beschäftigt, meine lieben kleinen Kinder im Zaum zu halten, und ehe ich michs versah, war ich zu alt, um Märtyrer zu werden.« Er hielt ihr das Kärtchen hin. »Geh nur nach oben, wenn du unbedingt willst, *mon amour*, aber sei vorsichtig. Vergiss nicht, dass es immer besser ist, am Leben …«

Sie nahm die Schlüsselkarte und drückte sie fest an sich. »Ich danke Euch.«

In der Kammer unter ihnen bewegte sich etwas, und der Königin wandte den Kopf. Seine Untertanen formierten sich in mehreren Reihen. »Ah, sie machen sich schon bereit. Ich muss gehen. Ohne meine Aufsicht gibt das sonst ein heilloses Chaos.« Er deutete auf eine zweite Tür. »Geh weiter nach oben, bis du einen Aufzug erreichst. Mit der Karte kannst du ihn benutzen, er wird dich in die obersten Etagen bringen.«

Die Besucherin nickte, halb auf seine Worte konzentriert, halb auf die Bewegungen dort draußen.

»*Je suis désolé.* Fremde dürfen nicht zusehen.«

Sie nickte und bemühte sich, nicht noch mal hinzusehen. Doch als der Königin sich auf den Weg zum Ausgang machte, platzte sie heraus: »Warum nicht?«

Der Königin hielt inne, eine Hand bereits am Vorhang. »Wahre Schönheit«, sagte er mit einem Lächeln wie ein Pinselstrich, »ist eine zerbrechliche Angelegenheit.«

Damit ließ er den Vorhang hinter sich zufallen.

Am liebsten wäre die Besucherin zum Fenster gelaufen, um den Tanz zu beobachten, aber sie zwang sich zum Aufbruch. *Eines Tages werde ich ihr davon erzählen,* dachte sie.

Die Tür führte auf einen Laufsteg hinaus, eine der ringförmigen Plattformen, die die Kammer umgaben und in regelmäßigen Abständen durch Leitern verbunden waren.

Es war menschenleer. Alle waren auf dem Ball.

Abgesehen von …

Auf der anderen Seite der Kammer blitzte es violett auf. Sie erkannte die Gestalt wieder – es war die Person, die man den Sängerin nannte.

Von hier aus sah sie nur den Rücken des Sängerin in seinem figurbetonten Samtanzug, der über den Schultern äußerst straff saß. Er saß vor etwas – einer Maschine? Wenn es das richtige Wort dafür war. Es sah aus, als hätte man ein Stück der Kehle weggeschnitten und einen Querschnitt aus fein geriffelten Rohren freigelegt, mehrere Meter breit und hoch. Sie entsprangen irgendetwas, das die Besucherin nicht sah, weil der Sängerin darüber gebeugt war und eifrig daran herumfummelte.

Als geborener Performer hatte der Sängerin offenbar einen sechsten Sinn für neugierige Blicke – er ruckte herum und sah zu der Besucherin hoch. Als er sie entdeckte, breitete sich ein fast manisches Grinsen auf seinem Gesicht aus, und er klatschte in die Hände. »*BRAVO!*«, rief er, und bei jedem Klatschen hallte es vernehmlich durch die Kaverne. »*BRAVO!* Jetzt geh, Liebende, bevor wir es uns anders überlegen und dich …«, eine brutal anmutende Geste, »… wieder zurück in unsere KEHLE stopfen!«

Das brauchte man ihr nicht zweimal zu sagen. Sie eilte die Treppe hinauf, immer zwei Stufen auf einmal, dann die nächste Treppe und wieder die nächste, bis Beine und Lunge brannten. Die Plattformen waren voller Gerümpel – Schlafsäcke, Kisten voller Kleidung, Essen, herumliegendes Werkzeug. Erst als sie sich außer Sichtweite wähnte, wagte sie noch einen Blick nach unten.

Es sah aus, als blickte sie durch ein Kaleidoskop. Lauter lebendige Farbkleckse wirbelten in perfekter Harmonie durcheinander, bildeten ständig neue Formationen.

Tanzten sie schon? Oder versammelten sie sich gerade erst? Sie waren zu weit weg, um es mit Sicherheit zu sagen. Aber wie dem auch sei, die Wirkung war hypnotisierend.

Zögernd setzte sie den Aufstieg fort, den Blick stur nach oben gerichtet und auf das Ziel konzentriert, das sie schon so lange verfolgte. Es war jetzt zum Greifen nah, und sie erlaubte sich wilde Fantasien – zum Beispiel, was sie schreiben würde, wenn sie wirklich eine Nachricht senden konnte.

Ich bin hier. Es geht mir gut. Und wo bist du? Geht es dir gut?

Und wenn sie genug Zeit dafür hatte: *Ich liebe dich.*

Und: *Ich vermisse dich.*

Und: *Ich wünschte, ich hätte dich bei unserem letzten Abschied ein bisschen fester gehalten. Ich wünschte, ich wäre eine Sekunde länger bei dir geblieben. Ich wünschte, ich hätte mein Gesicht in der Mulde an deinem Hals vergraben und dir gesagt, wie sehr ich dich liebe. Ich wünschte, ich wünschte, ich wünschte.*

Mit jeder weiteren Ebene schrumpfte der Umfang der Kammer, bis sich die Plattformen schließlich über den gesamten Umfang erstreckten und in der Mitte durch eine spindeldürre Wendeltreppe verbunden waren. Hier hielt die Besucherin erneut inne, stützte eine Hand auf das Geländer und blickte durch die Schichten aus Metallgeflecht unter ihr in die Leere hinab.

Es begann mit einem einzigen Ton, zart wie eine Eierschale. Dann ein zweiter Ton, fester, voller, tiefer. Dann noch einer. Die Melodie rieselte die Tonleiter hinunter und gewann an Schwung, bis sie an der Basis der Oktave innehielt. Es gab eine Pause, wie ein Atemzug. Dann flossen die Töne ineinander und bildeten einen Akkord.

Und was für einen Akkord!

Er war so voll und üppig, dass er ihr Blut in Wein verwandelte und sämtliche Härchen an ihrem Leib zu Berge stehen ließ. Ein Schauer nach dem nächsten jagte über ihre Haut – so viele unterschiedliche Töne dürften gar nicht so gut miteinander harmonieren, aber irgendwie taten sie es trotzdem, wie ein seltsames Tier, das in der Zeit verloren gegangen war. Der Akkord sank nieder wie ein Ausatmen in Moll, und auch hier: vollendete Harmonie.

Das Seltsamste von allem war, dass sie es nicht hörte. Jedenfalls nicht wirklich, nicht mit den Ohren. Es war eher eine Art *physikalische* Musik, die durch das Schiff vibrierte und in der Besucherin Widerhall fand, als wäre sie eine menschliche Stimmgabel. Sie legte auch die zweite Hand auf das Geländer, und der Effekt verdoppelte sich. Sie lachte laut auf, erfüllt von schierer Freude.

Zum ersten Mal nach all ihren Reisen durch das Weltall hörte sie die Musik, die dem Summen innewohnte.

FÜNFTES ZWISCHENSPIEL

ES WAR EIN ERSCHÖPFTER UND GESCHLAGENER DEPUTY SEAWALL, der an diesem Nachmittag durch die Offiziersmesse ging. Alles saß ihm tief in den Knochen – die wochenlangen Reisen, eine heftige Standpauke des alten Mannes und der Schlamassel am Vorabend, ausgesprochen dämlich und größtenteils seine eigene Schuld. Aber, so fand er, eigentlich vor allem die des Hohen Sheriffs – der Mann wusste nichts von seinen Plänen, fand aber trotzdem einen Weg, sie zu vereiteln. Er trieb ihn Tag und Nacht per Funkgerät an, als wäre er noch ein kleiner Junge.

Seawall gehörte zu einem traurigen Archetyp, solche wie ihn gab es wohl, seit vor Urzeiten der erste König gekrönt worden war: der verbitterte, alternde Thronfolger.

Wenn ihm das Joch seines Amts zu schwer auf die Schultern drückte, ging er gern in die Messe, weil dort seine Autorität am besten zur Geltung kam. Der ehemalige Maschinenraum stand jetzt voll mit Tischen und Bänken, an denen Unteroffiziere und skrupellose Sub-Deputys im riesigen Schatten der Backbordtriebwerke Bohnen und Brei in sich hineinschaufelten. Die Decke war hoch, der Humor flach, die Luft abgestanden. Die meisten Oberflächen klebten. Es tat ihm gut, dort hinunterzugehen. Zu hören, wie Sätze unvollendet verhallten, zu sehen, wie Gesichter erbleichten und Rücken sich strafften, während das Bewusstsein seiner Gegenwart von einem zum nächsten übersprang. Wie lange der alte Mann auch am Leben bleiben würde, es würde immer eine Reihe von Leuten geben, die ihn, Seawall, als ihren Boss betrachteten.

Aber heute war er so mies drauf, dass ihn nicht einmal seine Untergebenen so recht beachteten; er glitt zwischen ihnen entlang wie ein vorbeiziehender Schatten, kaute Tabak und war im Geiste ganz woanders. Er dachte über den neuesten Plan des Hohen Sheriffs nach, das sogenannte »Projekt«, oh, wie sehr es ihn *ärgerte*, und knirschte mit den Zähnen, bis der Tabak in seinem Mund zu einem bitteren Brei zerfiel. Er blieb stehen und spuckte die Reste aus. Eine weise Entscheidung. Hätte er noch einen Schritt gemacht, wäre dies der letzte Augenblick seines Lebens gewesen.

Es ging blitzschnell, und ihm war, als wäre ein Stück glühende Kohle dicht an seinem Gesicht vorbeigezischt und hätte ihm die feinen Härchen an der Nasenspitze versengt. Er starrte den glühenden Metallfleck an der Wand an und dann den Mann, der den Schuss abgegeben hatte: ein junger Offizier von etwa neunzehn oder zwanzig Jahren, der inmitten einer Gruppe Kameraden saß. Er hatte seinem staunenden Publikum gerade seine neue Waffe vorgeführt, als ihn jemand im Vorbeigehen anstieß und er sie versehentlich abfeuerte, und jetzt saßen er und seine Freunde wie die Ölgötzen da, schreckensstarr, als sie begriffen, wohin der Schuss gegangen war. Wohin er *fast* gegangen wäre.

Seawall bahnte sich seinen Weg durch die Tische, ein Grinsen im Gesicht. Als er das Grüppchen erreichte, war der ganze Saal so still, dass man eine Bohne hätte fallen hören. Er stützte beide Fäuste auf den Tisch und sagte betont liebenswürdig: »Verzeihung, mein Junge. Würdest du mir vielleicht verraten, wo du diese Pistole gefunden hast?«

Der Aufzug hatte nur zwei Knöpfe – *oben* und *unten*. Die Besucherin wählte *oben*, und als sich der Fahrstuhl in Bewegung setzte, spürte sie ein vertrautes Gefühl in der Magengegend, ein Ziehen, als würde sie gerade die Umlaufbahn verlassen.

Sie stützte sich an einer Wand ab und machte eine Bestandsaufnahme ihrer Verletzungen – die Lunge schmerzte beim Atmen, ein Schnitt über dem Auge, an mehreren Fingern fehlte Haut. Knochentiefe Müdigkeit und ein undefinierbares Grauen. Und die fehlende Pistole an ihrer Hüfte – nüchtern betrachtet keine Wunde, aber in gewisser Weise noch schlimmer.

Bing. Die Türen glitten auf. Gestalten stürmten herein, und sie sprang zurück und wollte schon nach ihnen treten, da prasselten ihre Angreifer zu Boden – Besen und Mopps. Sie verließ den Fahrstuhl, trat über herumstehende Eimer hinweg und stellte fest, dass sie sich in einer völlig überfüllten Besenkammer befand. Die Aufzugtüren glitten hinter ihr wieder zu, über und über mit verblasstem Isolierband beklebt.

Vor der Tür der Besenkammer fand sie ein dichtes Netz von »Straßen« vor, geschwungen und makellos wie eine brandneue Toilette. Es war nicht viel los, die gedämpfte und konzentrierte Atmosphäre bildete einen deutlichen Kontrast zu dem geschäftigen Treiben im Erdgeschoss. Gepflegt wirkende Leute gingen vorbei, einige von ihnen in Laborkitteln. Sie starrten sie an, und die Besucherin starrte zurück.

»Entschuldigen Sie bitte?« Die Besucherin hatte gerade an eine unbeschriftete, aber wichtig aussehende Tür geklopft, da trat ein dünner Mann mit sorgsam über den Scheitel gekämmtem Haar näher und erkundigte sich höflich: »Wer sind Sie?« Es gab eine Pause, weil die Besucherin überlegte, wie sie ihre Antwort formulieren sollte, und er schien es als Verwirrung auszulegen und setzte hinzu: »Das ist die *oberste* Etage. Haben Sie sich verlaufen?«

»Ja. Ich bin eine Anwärterin.« Sie hielt die gelbe Karte hoch und gab ein verlegenes Lachen von sich. »Ich soll mich beim Hohen Sheriff melden. Aber ich kann sein Büro nicht finden.«

»Oh!« Das schien ihn zu beschwichtigen, obwohl er immer noch verwirrt aussah. »So spät am Tag?«

»Ich, äh – ich hatte Glück. Ich habe die Warteschlange übersprungen.«

»Ich verstehe. Na schön.« Mit einer Kopfbewegung forderte er sie auf, ihm zu folgen. Im Gehen sagte er: »Es erstaunt mich, dass er in seinem Zustand immer noch Besucher empfängt. Unglaublich großmütig von ihm.«

Sie nickte eifrig. »Ja?«

»Ja. Wissen Sie, er ist nicht mehr sehr gut bei Kräften. Haben Sie ein wenig Geduld mit ihm.«

»Ganz bestimmt.«

Sie kamen zu einer Tür, und er trat beiseite und winkte ihr zu. »Viel Glück.«

»D… danke.«

Ein knappes Nicken, als wollte er sagen: *Sie werden es brauchen.*

Die Türen verschluckten sie, und sie stand allein in einem nach oben geneigten Korridor. In die makellosen Keramikwände waren Glasscheiben eingelassen, durch die natürliches

Licht hereinflutete. Die Besucherin fühlte sich seltsam beschwingt. Vielleicht konnte sie ja vernünftig reden mit diesem Mann, diesem Hohen Sheriff. Er war eindeutig aufgeklärter als der typische Eiferer, auch wenn er merkwürdige Angewohnheiten zu haben schien. *Unglaublich großmütig.* Vielleicht würde sie ja in den Genuss dieser Großmut kommen.

Der gläserne Korridor endete abrupt an einer mit Messing besetzten Tür aus lackiertem Mahagoniholz. Sie passte so wenig zum Rest des Schiffs, dass die Besucherin sie im ersten Moment anstarrte wie ein Fragment aus einem Traum, aber das Holz fühlte sich echt an unter ihren Fingern, der auf Hochglanz polierte Kupfergriff war glatt und kalt. Die Tür öffnete sich mit einem leisen Knarren, und sie betrat einen kleinen, kastenförmigen Vorraum. Die sterile Luft wich einer süßlichen Wärme, versetzt mit moschusartigem Körpergeruch. Dicker Teppich, mit geschnitzter Eiche verkleidete künstliche Marmorwände, ein knisternder Kamin – bestimmt eine Projektion, aber es fühlte sich trotzdem ganz echt an –, Stühle mit cremefarbenen Kissen, die aussahen, als hätte noch nie jemand darauf gesessen; vornehme Familien-Ölporträts von irgendwelchen Fremden. Es hätte eine bloße Kulisse sein können, aber dann entdeckte sie ein Arrangement medizinischer Utensilien – ein Wägelchen mit einem leer gelaufenen Tropf und mehrere Tabletts mit Spritzen und Schläuchen darauf.

Ganz hinten im Raum stand ein Mann. Er sagte: »Die Vorstellung ist vorbei.«

Als sie näher trat, hob er in aller Ruhe eine Hand und richtete den Lauf einer Hitzepistole auf ihre Brust. Sie blieb stehen.

»Ist das – meine Waffe?«

Er nickte.

»Oh.«

»Normalerweise würde ich einen Revolver benutzen«, erklärte der Mann, »aber ich will den Teppich nicht mit Blut besudeln.«

Die Besucherin hob die Hände und sagte ganz ruhig: »Lassen Sie mich einfach mit ihm reden.«

»Nein.«

»Ich bin unbewaffnet.«

»Das weiß ich.«

Sie dachte darüber nach. Betrachtete ihn. »Sind Sie der Deputy?«

»Derselbige. Seawall. Endlich lernen wir uns mal kennen.«

»Was immer Sie glauben, was ich getan haben soll, Seawall, ich war es nicht.«

Er lachte leise und höhnisch. »Sie haben sich nichts zuschulden kommen lassen, abgesehen von ihrem verschissenen Glück.«

»Äh …« Das brachte sie aus dem Konzept. »Also warum … warum kann ich nicht …«

»Das hat viele Gründe.« Er wirkte eigenartig locker: das zerknitterte Hemd, die ledrige Haut, seine Art zu sprechen. Aber sie war sicher, dass er nicht bluffte. »Glauben Sie mir, Sie würden ihn gar nicht sehen wollen.«

»Warum nicht?«

»Weil er derjenige ist, der Ihr Schiff aus dem Himmel geschossen hat.«

Ein langes, schmerzliches Schweigen. Als die Besucherin wieder sprach, sprach sie langsam, als müsste sie sich jedes Wort so mühsam abringen, wie man einen Zahn zieht. »Das ist eine Lüge.«

»Es ist wahr. Wir haben tatsächlich Kanonen auf diesem alten Kahn.« Mit der freien Hand verpasste er der Marmorwand einen liebevollen Klaps. »Ich hab mir den letzten Monat den Arsch aufgerissen, um Sie aufzuspüren. Ich musste den einen oder anderen Zeugen aus dem Weg räumen – Du Cream und diese Frau aus dem Zug, wie hieß sie noch?«

»Was meinen Sie mit *aus dem Weg räumen*?«

Aber sie wusste sehr gut, was er meinte.

Ein Fingerschnippen. »Harriet. So hieß sie. Die Näherin.«

Die Näherin. Eine ältere Frau mit Nadel und Faden, die mit der Zunge schnalzte, während sie ihre Jacke flickte. *Sie sind ziemlich weit weg von zu Hause, nicht wahr?*

»Geben Sie nicht mir die Schuld daran, meine Liebe. Ich hätte es nicht tun müssen, wenn Sie hier gar nicht erst aufgetaucht wären.«

»Wo ist die Absturzstelle?«

Er hob leicht die Brauen. »Warum wollen Sie das wissen? Gibt es etwa jemanden, an dem Ihnen etwas liegt?«

Sie trat einen Schritt näher. »Wo ist das Schiff? Wie viele haben überlebt?«

»*Niemand*«, zischte Seawall verächtlich. »Genau darum geht es ja. Sie sind die Einzige, die noch übrig ist.«

Sie sah ihn an.

»Ach, verdammt noch mal. Niemand hat euch *gebeten*, hierherzukommen, meine Liebe. Es war eure Entscheidung.«

»Es war eine Hilfsmission. Wir sind gekommen, um zu helfen.«

»Mag sein. Wie auch immer, es war gefährlich. Wir können es gerade gar nicht gebrauchen, dass irgendwelche Fremdlinge das Boot ins Wanken bringen. Also …« Er rieb sich den Nacken. »… tja.«

»Tja«, wiederholte sie.

»Es war nicht meine Entscheidung.«

Verwirrt sah sie, wie sein Blick unruhig hin und her zuckte. »Warum sagen Sie das?«, fragte sie.

»Keine Ahnung.« Seawall stieß ein bitteres Lachen aus. »Ich dachte, es wäre vielleicht weniger grausam. Stimmt aber nicht, richtig? Er sagt mir immer, ich wäre ein Mistkerl.«

Er hob die Pistole.

»Nicht traurig sein, Captain«, sagte er. »Sie leisten ihr ja jetzt Gesellschaft. Das ist für alle am besten.«

Dann …

Als die Kugel sie traf, durchzuckte sie ein eigenartiger Gedanke:

Ich bin noch nie angeschossen worden.

Es war bereits auf sie geschossen worden, ja, sie war angefahren worden, getasert, gebissen, misshandelt und hatte sich Verbrennungen zugezogen, dass die Haut Blasen warf.

Aber angeschossen worden war sie noch nie. Kein einziges Mal in ihrer langen Karriere als Soldatin. Nicht mal auf dieser verlorenen Ödnis der alten Erde. Bis zu diesem Moment.

Im ersten Augenblick spürte sie nichts weiter als den Sog eines plötzlichen, unberechenbaren Verlusts. Wie Trauer. In einem Moment ist da noch etwas: ein lebender Mensch, ein funktionierender Körper. Im nächsten Moment ist es fort. Und dann klafft da diese Lücke, dieser Moment, in dem einem schwindlig wird und die Realität vor dem Schlag zurückzuweichen scheint. Wie ein Zaubertrick. Was eben noch unmöglich schien, ist plötzlich Wirklichkeit, passiert einfach, und auf einmal ist alles denkbar; eine ganze Galaxie könnte binnen eines Lidschlags ins Nichts gesogen werden, die Sterne erlöschen wie eine ausgeschaltete Lichterkette. Alles ist möglich. Nichts ist heilig. Niemand ist sicher.

Wo eben noch ihre Nieren gewesen waren, befand sich jetzt ein Klumpen geschmolzenes Glas. Ein Gefühl, als hätte sich heiße Flüssigkeit über ihre weichen, im Innern verborgenen Organe ergossen und sie knusprig gebraten.

O selige Gegenwart.

Graue, mottenzerfressene Vorhänge wehen auf beiden Seiten der Bühne. Dimmt das Licht. Ihr habt den Mann gehört: *Die Vorstellung ist vorbei.* Was für eine Tragödie, denkt sie, während der unbefleckte Teppich auf sie zukommt, denn in all den Jahren hat sie nur wenige Monate lang richtig gelebt, war nur wenige Monate lang glücklich. So viel Leben hat sie verschwendet. Weil es verschwendet war ohne *sie*.

Die Geschichte der Menschheit macht weniger als ein halbes Prozent der Erdgeschichte aus. Noelle hat ihr das gesagt. Nur ein winziger Bruchteil. Aber oh, *was* für ein Bruchteil! Welch ein Chaos wir auf diesem Planeten angerichtet haben, hatte sie gesagt, was für eine wunderbare Katastrophe, so ein erhabenes Unglück. Man stelle sich nur vor, was wir mit ein wenig mehr Zeit tun könnten.

Nur ein wenig mehr Zeit.

Der Fall der *Ladybug*

»WOW. SIEHT WIRKLICH WIE EIN INSEKT AUS, FINDEN SIE NICHT?«

»Ähm.« Der Vorarbeiter räusperte sich verlegen. »Vielleicht ein bisschen. Aber es ist ein robustes Modell, wie ich höre – und Sie haben ja nur eine kleine Mannschaft …«

»Richtig«, antwortete Noelle, verwundert, dass er ihre Bemerkung nicht als Kompliment auffasste.

In der transsolaren Abflughalle herrschte das übliche Chaos. Über die Lautsprecher verlas eine nasale Stimme irgendwelche Durchsagen, die von den Menschenmassen, die zwischen den gewaltigen Kreuzern hindurchströmten, völlig ignoriert wurden. Hin und wieder zerrissen Lärm und Wind die Luft, wenn einer der Kreuzer startete und zur fernen Hallendecke emporstieg. Noelle hatte ihre Notizen fest unter den Arm geklemmt, um zu verhindern, dass ein Aufwind sie wegwehte.

Zwischen zwei dieser monströsen Kreuzer schmiegte sich die *Ladybug*, die im Vergleich zu den anderen Schiffen so klein war, dass sie und der Vorarbeiter dreimal daran vorbeigefahren waren, bevor sie sie fanden. Sie war drei Decks hoch und kirschrot, der gewölbte Rumpf war eher auf Stabilität als auf Geschwindigkeit ausgelegt. Bei dem Anblick wurde Noelle warm ums Herz. Selbst mit größtem Bemühen hätte man kein weniger aggressiv aussehendes Schiff entwerfen können.

Aber es waren Soldaten auf der Gangway.

Im ersten Moment befiel sie Panik. Hatte ihr Vater seine Meinung geändert? Hatte sie beim Ausfüllen der Formulare einen Fehler gemacht? Mischte sich die imperiale Regierung trotz ihrer Versprechen doch noch ein? Dann erkannte sie den Captain, und die Angst schwand. Dies war eine von Anfang an miteingepreiste Unannehmlichkeit.

Eine bewaffnete Eskorte, das war Herzog Daleys erste Bedingung gewesen, damit er das Projekt finanzierte. Die zweite war absolute Geheimhaltung.

Drittens würde Noelle nach ihrer Rückkehr einen Lehrauftrag an einer kleinen Universität annehmen und ihn nie wieder mit derartigen Ansinnen behelligen. Vergeblich hatte sie versucht, ihn davon zu überzeugen, dass es auf einer Hilfsmission keinen Platz für Soldaten gab.

»Soldaten im Ruhestand«, hatte er über seinen Touchscreen hinweg geantwortet. »Jetzt stehen sie auf meiner Gehaltsliste.«

Das Zentralgalaktische Imperium war kein totalitäres Regime, aber es war auch nicht sonderlich flauschig. Seine Kriege führte es um der Eroberung und Vormachtstellung willen, es »befreite« abtrünnige Planeten und kaufte ihre natürlichen Ressourcen so billig auf, dass es sie zur Handlungsunfähigkeit verdammte. Derartige Verwüstungen wären ohne die willige Mithilfe der Armee nicht möglich. Noelle wollte nicht dieselbe Luft atmen wie diese Leute, geschweige denn mit ihnen zusammenarbeiten.

Der Captain fiel dem Beobachter als Erstes ins Auge, denn sie überragte die anderen um anderthalb Köpfe. Die Aufzeichnungen hatten nur unzureichend vermitteln können, wie eindrucksvoll sie war – groß und zackig und gesegnet mit dem selbstsicheren Auftreten einer Schauspielerin. Die Soldaten umringten sie von allen Seiten und buhlten so eifrig um ihre Aufmerksamkeit, dass Noelle laut werden musste, um gehört zu werden.

»Guten Morgen, Captain.«

Die Soldaten traten zurück und nahmen unwillig Haltung an. *Werdet erwachsen,* dachte Noelle. *Ich hab hier das Sagen.* Nur der Captain schien von dem Stimmungsumschwung unberührt zu bleiben. Sie drehte sich um und streckte Noelle mit einem breiten, herablassenden Grinsen die Hand entgegen.

»Morgen!«, sagte sie. »Kennen wir uns?«

»Nein.« Noelle ignorierte die ausgestreckte Hand. »Ich bin Dr. Daley. Die Projektleiterin. Haben Sie alles, was Sie brauchen?«

»Aber sicher doch.« Sie ließ ihren Arm so entspannt sinken, wie sie ihn gehoben hatte. »Wenn es Ihnen nichts ausmacht, würde ich gern noch ein paar Details mit Ihnen durchgehen, bevor wir …«

»Das kann warten.« Noelle drängte sich zwischen zwei Soldaten hindurch und schritt den Steg hinauf, der Vorarbeiter trottete hinterher. »Wir haben immerhin sechs Monate Zeit für die Planung.«

»Natürlich, Doktor«, antwortete der Captain, immer noch ganz heiter. »Was immer Sie sagen.«

Nachdem Dr. Daley im Schiff verschwunden war, hörte man Captain Marshal leise sagen: »Ach du Scheiße.«

»Wie bitte, Captain?«

»Nichts, nichts. Und nennt mich Kei. Ich bin im Ruhestand, schon vergessen?«

Die *Ladybug* war als Schiff für den Privatgebrauch konzipiert worden und in der Familie des Piloten über drei Generationen lang vererbt worden. Wohlstand und Ansehen schwanden mit den Jahrzehnten dahin, bis schließlich das Schiff alles war, was sie noch hatten, um ihren früheren Status zu beweisen. Auf dem Rundgang von Kammer zu Kammer bemerkte Noelle überall kleine Überbleibsel aus dem früheren Leben des Schiffs.

Die Küche war mit einem luxuriösen Steinboden ausgestattet und hatte ein langes Fenster, unter dem sich eine Reihe eingebauter Kräutertöpfe erstreckte. Die Sitze in der Kantine waren mit Patchwork-Polstern versehen, auf den Tischen entdeckte sie alte Abdrücke von Kaffeetassen. In einer kleinen Kammer lag der schwache Geruch nach nassem Hund in der Luft, und in den Türrahmen des Labors, das Noelle für ihr Team hatte einrichten lassen, war auf Kniehöhe ein Smiley eingeritzt worden. Sämtliche Türen waren rings um die Hauptkammer angeordnet, die sich über dem Laderaum befand.

»Mein Großvater war der Ansicht, ein Zimmer ohne Fenster wäre im Grunde nur eine bessere Gefängniszelle«, erklärte der Pilot. »Aus jedem Raum kann man die Sterne sehen, sogar von den Toiletten aus.«

Insgesamt bestand die Besatzung aus neunzehn Personen: sechs für Betrieb und Wartung des Schiffs, acht Wissenschaftler verschiedener Fachrichtungen, darunter Noelle, und fünf private Soldaten unter der Leitung von Captain Marshal. Es war ein kleines Team, das vollständig auf den vier am Boden festgeschweißten Bänken in der Kantine Platz fand. Das erste Briefing fand statt, als die *Ladybug* noch im Dock stand, und Noelle stellte sich auf einen Stuhl, damit alle sie sehen konnten.

»Unser derzeitiger Status erinnert an das uralte Gleichnis von Schrödingers Katze«, begann sie. »Das heißt: Wenn wir Erfolg haben, war unsere Mission von Anfang an auf Erfolg ausgelegt, und wir haben offiziell mit der gütigen Billigung unseres weisen und vorausschauenden Imperators gehandelt. Wenn wir jedoch scheitern, waren wir nie mehr als eine Splittergruppe von Idealisten, die sich aus eigenem Antrieb auf den Weg gemacht hat. Manche mögen sagen, dies sei ein törichtes Unterfangen …«

Einer der Soldaten beugte sich vor und flüsterte dem Captain etwas ins Ohr. Noelle fuhr fort:

»Aber mit Blick auf die Geschichte stelle ich immer wieder fest, dass all jene Menschen, die ich am meisten bewundere, irgendwann in ihrem Leben für töricht erklärt wurden. Um Fortschritte zu erzielen, müssen wir uns auch und gerade mit dem befassen, was wir am liebsten vergessen und begraben würden, denn dort finden wir die Zukunft. Ein Toast also auf unsere vergessene Heimat und die neue Herausforderung für die Menschheit: die Erde.«

Applaus. Einige Wissenschaftler jubelten. Captain Marshal, die breitbeinig zurückgelehnt dasaß, schlug ein paarmal langsam und gemessen die Handflächen aneinander, bis der Lärm verstummte.

»Ich bitte um Verzeihung, Frau Doktor«, sagte sie.

Sofort wurde es still.

»Ich möchte vorab ein paar Fakten klären. Nur aus Eigeninteresse, okay? Also erstens …«

Sie sprach langsam und hakte die Punkte auf ihrer Hand ab.

»Erstens ist dies der erste Besuch auf der Erde seit etwa dreihundert Jahren«, sagte sie. »Und zweitens wissen wir nichts über die Situation auf der Erde, weil die Erdlinge bei der Evakuierung des Planeten jedweden Kontakt abgebrochen haben. Drittens wissen wir, dass sie keine Sympathien für uns hegen, weil unsere bloße Existenz bereits einen Verstoß gegen ihre Religion darstellt. Liege ich so weit richtig?«

»Worauf wollen Sie hinaus, Captain?«, fragte Noelle tonlos.

»Nur auf eine kleine Anmerkung.« Sie stützte sich mit einem Ellbogen auf und schob sich ein wenig höher. »Ich finde es großartig, wirklich. Was Sie vorhaben. Und ich werde helfen, wo ich nur kann. Aber meine, äh …« Sie deutete auf ihr Holster. »Meine Fähigkeiten sind ziemlich begrenzt. Was ich also sagen will, ist, dass Sie und Ihr Team sich auf den besten Fall vorbereiten sollten – und mein Team und ich bereiten uns auf den schlimmsten Fall vor.«

Diesmal applaudierten nur die Soldaten.

Nicht mal eine Stunde nach dem Ende ihrer Ansprache löste sich die *Ladybug* leise aus dem Gravitationsfeld der imperialen Hauptstadt und begann mit dem Flugmanöver für ihren ersten Sprung. Das kleine rote Schiff drehte sich seitlich zur Sonne, und dank Nanotechnik verdunkelten sich sämtliche Fenster der Backbordseite.

Noelles Quartier versank in Dunkelheit. *Perfekt,* dachte sie. *Passt zu meiner Stimmung.*

Sie saß im Schneidersitz in ihrer Koje und hatte im Halbkreis vor sich Mikrofilm-Sternenkarten ausgebreitet, die die geplante Route der *Ladybug* zeigten – aus dem dicht besiedelten galaktischen Zentrum heraus und in Richtung der äußersten Ausläufer des Spiralarms. Sie würden im Zickzack von System zu System springen, was nur aus quasi göttlicher Perspektive eine halbwegs gerade Linie ergab. Zumindest bis kurz vor Ende, von da an wurde die Reise etwas abstrakter. Im Gegensatz zu fast allen anderen bewohnten Planeten verfügte die Erde nicht über ein sogenanntes Leuchtfeuer – ein Signal, an dem sich der Schiffscomputer ausrichten konnte –, deshalb waren sie auf gute altmodische Navigation angewiesen; den gleichen langsamen Prozess also, mit dem sich die Menschheit dereinst den Weg durch die karge Wildnis der Milchstraße gebahnt hatte.

All das wusste Noelle – in der Theorie. Und als Projektleiterin sah sie sich in der Pflicht, es auch in der Praxis zu wissen. Aber all die Punkte, Linien und Beschriftungen schwankten vor ihren Augen, verschwammen zu formlosen Konstellationen, endlosen Fraktalen, Dezimalpunkten …

Sie ließ sich mit einem dumpfen Schlag aufs Kissen zurückfallen. Dachte schon wieder an den Captain.

Inzwischen reizte sie bereits die schlichte Tatsache, dass sie gereizt war. Und es ging ihrer Moralvorstellung gehörig gegen den Strich, dass eine Massenmörderin frei an Bord ihres Schiffs herumlief. Aber irgendwie waren es vor allem die Kleinigkeiten. Die Art, wie sie dasaß. Wie sie lächelte. Einer der anderen Wissenschaftler hatte etwas von »die andere Wange hinhalten« gefaselt – aber sechs Monate lang die Wange hinzuhalten, klang ihr nach einer verdammt langen Zeit.

Wir müssen uns einfach aus dem Weg gehen, dachte sie.

Sie streckte die Beine aus, und Sternenkarten flogen zu Boden.

Konzentrier dich auf deinen Auftrag. Konzentrier dich auf das, was wirklich zählt.

Eine Etage tiefer, in ihrem eigenen Quartier, lag Captain Kei Marshal ebenfalls wach. Ihre Füße ragten über den Rand der winzigen Koje hinaus, und zwischen den Fingern ließ sie geschickt eine kleine rot-weiße Kapsel tanzen. Sie würde sie für genau acht Stunden in einen tiefen, traumlosen Schlaf versetzen, wie ihr die auf der Vorderseite aufgedruckte Zahl verriet. In den Regalfächern neben der Koje befanden sich – nebst ihrer Pistole – ähnliche Pillen für fünf Stunden, drei Stunden und sogar für nur eine. Aber sie wollte noch nicht schlafen.

Es waren diese Augen, die sie am meisten beschäftigten: große, ernste Augen, die sie nicht mit Verachtung musterten, sondern voll unverstellter und wütender Frustration, als sei Kei das letzte Hindernis in einer langen Reihe von Widrigkeiten, die sie zu überwinden hatte. Es war diese Distanziertheit, die ihr unter die Haut ging. Sie konnte akzeptieren, dass die Frau sie nie mögen würde, aber dann sollte ihre Feindseligkeit wenigstens persönlich sein.

Es gab aber noch andere Details, über die man nachdenken konnte. Ihr blauer Overall beispielsweise (Kei war noch nicht vielen Wissenschaftlern begegnet und hätte eher einen Laborkittel erwartet), die drei Metallringe oben in ihrem rechten Ohr (ein ehemaliger Punk?), die weißen Haarsträhnen an ihren Schläfen (ansonsten war ihr Haar dicht und schwarz), die bis zum Rand abgekauten Nägel (Nervös? Oder knabberte sie einfach beim Nachdenken an den Fingernägeln?). Die Art, wie ihre Stimme bebte, wenn sie über die Erde sprach.

Kei starrte an die Decke.

Sie wird sich noch umbringen.

Sie schluckte die Pille und schaltete das Licht aus.

Ein Zeitplan ist unschätzbar wertvoll, um auf einem Langstrecken-Raumflug bei Verstand zu bleiben. Jeden Morgen um 07:00 Uhr Zentralzeit erwachte ein Oberlicht nach dem anderen zum Leben, und die Nanopartikel in den Fenstern verdichteten sich kurz zum Bild einer Cartoon-Sonne, bevor sie sich wieder auflösten. Die Passagiere der *Ladybug* standen auf, blinzelten und stöhnten und machten sich an ihr Tagwerk.

Die Grenzen der jeweiligen Territorien hatten sie schnell gezogen. Weil die Mission geheim war, hatte man viele der humanitären Mitarbeiter sehr kurzfristig rekrutiert, deshalb hatten sie nur wenig Zeit zur Vorbereitung gehabt. Sie wuselten auf dem oberen Deck herum, zwischen dem Labor und ihrem Seminarraum (einem umgebauten Unterhaltungsdeck). Gespräche, Papierrascheln und das Klirren aufeinandergestapelter Kaffeebecher bildeten ein unaufhörliches Hintergrundgeräusch.

Die Soldaten ihrerseits bevölkerten das untere Deck, liefen Runde um Runde im Raum in der Mitte, ließen laute Musik aus den Wänden des Sportraums dröhnen und schlugen die Regale in der Abstellkammer kurz und klein, um sie zu einer Waffenkammer umzubauen. Oft wurden sie auch von der zu kleinen Besatzung zu Hilfe gerufen, um bei irgendwelchen anstehenden Tätigkeiten zu helfen. Die *Ladybug* musste spätestens alle zwei Wochen über Nacht aufladen, und es gab ständig Diskussionen, was man beim nächsten Landgang unternehmen könnte. Zu den Mahlzeiten teilten sich die beiden Gruppen auf verschiedene Tische auf.

Wie geplant ging Noelle Captain Marshal aus dem Weg. Wenn sie sich unterhielten, dann nur kurz, etwa am vierten Tag, als sie sich zufällig auf der Treppe begegneten.

»Äh, Doktor, entschuldigen Sie kurz mal …«

Noelle wurde abrupt aus ihrer ausgezeichneten Stimmung gerissen und setzte eine neutrale Miene auf. »Ja, Captain? Kann ich etwas für Sie tun?«

»Einige meiner Leute wollen gern hin und wieder mal ein bisschen Dampf ablassen. Ich dachte mir, es wäre eine gute Idee, wenn sie das in der Kantine tun – ein paar Drinks, vielleicht an einem von sieben Abenden? Wissen Sie, das hilft dabei, die Disziplin in der Truppe aufrechtzuerhalten.«

Noelle plusterte sich voller Widerwillen auf. Am liebsten hätte sie Captain Marshal aufgefordert, sich auf ihren Hintern zu setzen und einen formellen Antrag zu stellen, inklusive einer vollständigen Risikobewertung und dem geschätzten Budget, und dann würde sie über den Antrag abstimmen lassen und höchstpersönlich ein fettes *»NEIN«* draufstempeln – aber irgendwie kam es ihr so vor, als würde es Marshal eher noch in die Hände spielen, wenn sie sich als harter Hund gab. Also sagte sie nur: »Es handelt sich um einen Gemeinschaftsraum, Captain.«

»Ihr seid alle jederzeit herzlich willkommen.«

Sie wussten beide, dass sich die anderen nicht zu den Soldaten gesellen würden. Noelle zwang ein Lächeln auf ihre Lippen.

»Natürlich«, sagte sie. »Hinterlasst nur keine Sauerei.«
Und daran hielten sich die Soldaten tatsächlich.

Einige Wochen später ging Noelle während einer dieser Zusammenkünfte in die Küche, um sich rasch einen Tee zu machen. Eigentlich hatte sie vorgehabt, so schnell wie möglich wieder zu verschwinden, aber dann schnappte sie einen Gesprächsfetzen auf. Hinter der Durchreiche konnte sie die Soldaten am hinteren Tisch sehen, ihre Getränke in den Händen.

»Komm schon, Kei.« Der rothaarige Soldat saß direkt neben dem Captain. »Wann erzählst du es uns denn endlich?«

»Was erzählen?«, fragte Captain Marshal in gespielter Unschuld.

»Na, wie du auf Breton diesen verdammten Turm gestürmt hast!«

Bei diesem Namen stieß Noelle unwillkürlich die Luft aus. Leise näherte sie sich der Durchreiche und beobachtete, wie der Captain ihr Getränk leerte und den Becher wegstellte. »Vielleicht ein andermal.«

»Ach, komm schon«, beklagte sich der Rothaarige in vertraulicher Enttäuschung. »Du musst uns wenigstens verraten, ob die Zahlen stimmen. In den Nachrichten war von dreihundert die Rede, aber ich habe gehört …«

»Stell dir nur mal vor«, unterbrach sie ihn, »ich hab gar nicht so genau mitgezählt.«

Die Soldaten kicherten, aber Noelle war sicher, dass sie die Anspannung in der Stimme des Captains gehört hatte. Marshal blickte auf, und kurz verfingen sich ihre Blicke ineinander, dann riss Noelle sich los. Als sie schuldbewusst aus der Küche hastete, hörte sie Captain Marshal sagen: »In Ordnung, das reicht. Machen wir Schluss für heute.«

Nach dem Vorfall in der Kantine verbrachte Captain Marshal immer mehr Zeit in ihrem Quartier. Zumindest nahmen alle an, dass sie sich dorthin zurückzog. Auf der *Ladybug* war Privatsphäre ein rares Gut. Die Soldaten machten einfach ohne sie weiter – es war schwer zu sagen, ob sie aus Respekt nicht nachbohrten oder nicht genug Interesse dafür aufbrachten –, sie tobten sich beim Training aus und johlten bis tief in die Nacht herum.

Bei den Mahlzeiten betrachtete Noelle oft den leeren Platz auf der Bank und spürte, wie vage Unruhe in ihrem Hinterkopf kribbelte. Aber solche Sorgen ließen sich leicht wegschieben, oder man lenkte sich ab. Beruflich gesehen war dies die aufregendste Zeit ihres bisherigen Lebens.

Nachdem sie jahrelang nur im privaten Kämmerlein ihre Theorien ausgearbeitet und zahllose Niederschriften vernichtet hatte, konnte Noelle endlich ihre Ideen über die Erde mit anderen teilen, ähnlich intelligent und gebildet wie sie selbst, aber mit anderen Schwerpunkten. Die Ergebnisse waren elektrisierend. Sie interessierte sich vor allem für die Klimawissenschaft, aber die Atmosphäre der Erde war auf vollkommen einzigartige Weise mit ihrer Vergangenheit verbunden. Anthropologie war in diesem Zusammenhang ein ebenso elementarer Schlüssel zum Verständnis wie Ökologie, Menschheitsgeschichte ebenso aufschlussreich wie Meereskunde. Anfangs hatte sie nur davon geträumt, dass die auf der Erde verbliebenen Menschen vernünftig leben konnten, doch mit jedem Tag, mit jedem neuen Durchbruch wuchs ihr Ehrgeiz. Sie erwähnte es mit keiner Silbe, weder in den Sitzungen noch in den Aufzeichnungen, als würde die konkrete Ausformulierung ihres Traums ihn zur Unmöglichkeit verdammen. Doch im Lauf des ersten Monats verlagerte sich allmählich das Ziel ihrer Mission. Sie und ihr Team begnügten sich nicht mehr mit dem Gedanken, die Erde ausreichend wiederherzustellen, damit Menschen darauf einigermaßen überleben konnten. Sie wollten den Planeten vollständig wiederherstellen: mit Gletschern und Regenwäldern, Blauwalen und Wildkatzen. Ein vorindustrielles Paradies. Ein Wunderwerk modernster Geo-Engineering-Technik. Eine uralte Welt in funkelnagelneuem Gewand.

Ein Wunder.

Es war ein winziger, schmutziger, froststarrer Mond inmitten eines nur spärlich bevölkerten Sonnensystems, und er hatte nicht viel zu bieten außer einer Tankstelle und ein paar unterirdischen Spelunken, in denen sich ein vorbeikommender Reisender volllaufen lassen konnte. Vom Kontrolldeck aus hatte Noelle einen guten Ausblick auf die Stadt – eine Ansammlung geschwungener weißer Dächer, die sich dicht an dicht aneinanderdrängten wie zum Schutz gegen den Schneesturm, der von allen Seiten auf sie herabheulte. Hier und da gab es Zeichen menschlichen Lebens: das Hervorblitzen von Licht aus einem nicht verdunkelten Fenster, ein Hauch von Musik, Gelächter.

Noelle ging auf und ab. Eigentlich wollten sie nicht über Nacht bleiben, aber die Mannschaft hatte sich die Beine vertreten wollen, ungeachtet des guten halben Meters Schnee draußen. Das war auch gut so. Aber es war schon spät, und die Soldaten waren immer noch nicht zurückgekehrt.

»Wenn der Sturm noch schlimmer wird, müssen wir am Boden bleiben«, sagte Jules, die Navigatorin, und strich über ihren Bildschirm, der eine Nachbildung der wirbelnden Wolken über dem Mond zeigte. Sie ließ ihren Stuhl herumschwingen und sah Noelle mitfühlend an. »Soll ich mal runtergehen und sie an den Ohren zurück aufs Schiff zerren?«

»Ich bin fast versucht, den Start einzuleiten, ob sie nun …«

Unter ihnen tauchte eine Gruppe von Gestalten auf, die sich gegenseitig stützten. Noelle stieß einen Seufzer aus. *»Endlich.«*

»Halleluja.« Jules wirbelte zurück zu ihrem Bildschirm. »Ich lass schon mal die Gangway runter, ja?«

Als sie die Treppe hinuntertrabte, wurde Noelle ihre eigene wachsende Aufregung bewusst. Captain Marshal hatte diesem Ausflug auf Drängen der Mannschaft zugestimmt und mit einem verlegenen Schulterzucken versprochen, alle in ein oder zwei Stunden zurückzubringen. *Versprechen gebrochen!* Da konnte sie sich nicht rauswinden, darüber würden sie reden müssen.

Noelle wusste selbst nicht, wann genau sich ihr Wunsch, Captain Marshal aus dem Weg zu gehen, zu dem Drang gewandelt hatte, mit ihr zu sprechen. Es war langsam passiert, wie so viele andere Dinge auch.

Sie trat auf die Plattform hinaus, und der Wind biss ihr ins Gesicht wie eine Rasierklinge, stach ihr in die Lunge und riss an ihrem Haar. Als das Sicherheitsteam in Sicht kam, zählte sie nur vier schwankende Körper. Noelle wischte sich das Eis aus den Wimpern und schrie in den Wind: »Wo ist der Captain?!«

Sie blinzelten sie an. »Hm?«

»Captain Marshal! Wo zum Teufel ist sie? Wir müssen sofort aufbrechen!«

Die Soldaten wechselten misstrauische Blicke. »Wir … ich meine … äh …«

»Oh, Sterne über uns!« Noelle schloss ihren Mantel bis unters Kinn und ging an ihnen vorbei auf die sanften goldenen Lichter der Stadt zu.

Sie hatte sich nicht die Mühe gemacht, ihren Namen in Erfahrung zu bringen – sie war winzig und schien nur aus Bars zu bestehen. Die meisten zogen sich spiralförmig viele Stockwerke in die Tiefe, rings um einen vertikalen Ofenschacht, der die Wärme von irgendeiner Quelle ganz weit unten heraufleitete. Sie durchkämmte eine Kneipe nach der anderen und musterte die müden Gäste, die sie finster anstarrten, wenn sie ihren Akzent hörten. Scheiß auf Ungehorsam, aber das hier war eine völlig absurde, sogar gefährliche Situation, wenn sie diesen Ort und die Wetterlage bedachte. Falls der Captain nicht wieder auftauchte, musste Noelle die örtlichen Behörden einschalten, was Fragen und Verzögerungen bedeutete und womöglich das ganze Projekt gefährdete.

»Doktor?«

Noelle blieb stehen. Das laute Lachen in der fünften Bar war urplötzlich verstummt, abgeschnitten durch die Tür, die sie hinter sich zugeschlagen hatte, und die mit weichem Schnee bedeckte Straße war leer und still. Sie drehte sich um. Der Captain saß auf einem umgedrehten Flaschenkasten neben dem Gebäude und duckte sich zum Schutz gegen den Wind, an ihrer Schulter lehnte ein halb bewusstloser Mann. Und war das Teer auf ihrer Stirn?

Noelle blinzelte und hätte fast aufgekeucht. Das Gesicht des Captains war blutverschmiert.

»Was machen Sie denn hier draußen?« Die Stimme des Captains klang fast nüchtern. »Ich dachte, Sie wären ...« Sie hielt inne und presste die Fingerknöchel an den Mund, um einen Rülpser zu unterdrücken. »Ich dachte, Sie bleiben auf dem Schiff?«

Noelle fror zu sehr, und sie war zu müde und wütend und besorgt, um sich um Höflichkeit zu scheren. »Was zum Teufel ist passiert, Captain?«

Von ihrer Stimme geweckt, murmelte der Mann: »Loslassen, du Schlampe ... ich bring dich um ...« Er machte Bewegungen, die in seinem Kopf wahrscheinlich verheerende Schläge waren. Sie prallten harmlos an der Brust des Captains ab.

»Wir sind uns in der Bar über den Weg gelaufen«, sagte sie. »Anscheinend hatte er einen Cousin oder so auf Breton.« Unbeholfen schlug der Mann in Richtung ihres Gesichts, und sie hob das Kinn aus seiner Reichweite. »Es wäre alles in Ordnung gewesen, aber dieses Arschloch von einem Türsteher hat sich eingemischt, nannte ihn einen Verräter des Imperators und hat seinen Kopf auf eine Tischkante geknallt.« Sie hielt einen sehr angeschlagenen grauen Kommunikator hoch. »Ich hab gerade mit seiner Frau telefoniert. Sie ist auf dem Weg.«

Noelle blickte vom blutverschmierten Gesicht des Captains zurück zu dem Mann, der wieder weggedämmert war, Schneeflocken in seinem Schnurrbart.

»Das hat er Ihnen angetan?«, fragte sie.

Captain Marshal nickte.

Noelle zog ihren Ärmel zurück, überprüfte die Zeit und erlaubte sich einen leisen Seufzer. Dann marschierte sie durch den Schnee auf die beiden zu. »Machen Sie mal Platz.«

»Hm?«

Noelle setzte sich auf den Rand der Kiste, verschränkte die Arme vor der Brust und wartete.

Nach ein paar Minuten sagte der Captain: »Danke.«

Noelles Kapuze bewegte sich ein wenig, als sie kaum merklich nickte. Ringsum fiel weich der Schnee auf die Straße.

Als sie sich auf den Weg zurück zum Schiff machten – langsam, weil Captain Marshal ziemlich unsicher auf den Beinen war und sich schwer auf Noelle stützte –, beugte sich der Captain plötzlich vor und sagte im Plauderton: »Mal ehrlich, du bist wunderschön. Weißt du das? Hat dir das schon mal jemand gesagt?«

»Okay, Captain, ganz ruhig.« Noelle half ihr, das Gleichgewicht wiederzufinden. »Sie stinken nach Schnaps.«

»Das liegt bestimmt am Schnaps. Wirst du etwa rot?«

»Ich befinde mich gerade im ersten Stadium einer akuten Unterkühlung.«

»Du bist eine akute … eine akute …« Welches Wortspiel auch immer Captain Marshal im Sinn gehabt hatte, sie schien es mitten im Satz vergessen zu haben – oder sie hatte überhaupt vergessen, dass sie gerade etwas hatte sagen wollen.

Noelle blickte stur geradeaus. Sie spürte förmlich, wie sich ihre Seele vom Körper löste.

Captain Marshal mochte sie. Und was nun? Was sollte sie mit dieser Information anfangen?

Noelle hatte das schon mal erlebt. Menschen bildeten sich irgendwelche Verbindlichkeiten ein, die auf lächerlichen, einseitigen Fantasien beruhten, und beschlossen dann, dass sie, Noelle, damit irgendwie umzugehen hatte – warum? Weshalb sollten denn die Gefühle anderer Leute, auf die sie keinen Einfluss hatte, plötzlich ihr Problem sein? Es war …

Es war …

Es war so *lästig*!

Aber Captain Marshal hatte nie etwas gesagt. Sie hatte Noelles Anweisungen stets befolgt, hatte sie niemals wegen irgendetwas bedrängt, hatte kaum etwas verlangt. Zweifellos würde sie das hier morgen früh bereits vergessen haben, und wenn nicht, würde sie es nie erwähnen, außer vielleicht, um sich zu entschuldigen. Zwischen ihnen gab es kein forderndes Schweigen, keine angespannten Momente – zumindest nicht auf *diese* Art angespannt.

Oder doch?

»Ist das alles hier eine sehr dumme Idee, Captain?«, fragte Noelle so unvermittelt, dass es sie selbst überrumpelte. »Bin ich dumm?«

»Nein.« Captain Marshal lachte leise und schleppend. »Du bist klug. Du hast studiert. Wenn du dumm wärst, wärst du bei der Armee.«

»Glauben Sie das wirklich?« In Noelles Kopf verbanden sich plötzlich mehrere Fäden zu einer Hypothese, die sich in ihr entwickelt hatte, ohne dass sie es selbst gemerkt hatte. Sie wandte den Kopf und sah zu Captain Marshal auf, in dieses müde, noch immer blutverkrustete Gesicht.

»Du bist nicht stolz auf dich, oder?«

Captain Marshal lächelte traurig. »Nein.« Sie neigte den Kopf nach hinten, blickte zum schwarzen Himmel auf, und als sie weitersprach, klang ihre Stimme heiser. »Um die Wahrheit zu sagen, Noelle, ich kann mich selbst kein bisschen leiden.«

Dieses Geständnis und der Klang ihres eigenen Namens brachten Noelle irgendwie aus dem Konzept. Tausend Dinge gingen ihr durch den Kopf, aber plötzlich erschien es ihr unglaublich unsensibel, etwas davon laut auszusprechen.

Sie kamen sich ein wenig näher. Es war unmöglich zu sagen, wer wen zog.

Ein paar Stunden später war die *Ladybug* wieder in der Umlaufbahn, und die beiden saßen allein in der Kantine. Sie hatten sich nicht abgesprochen, aber als Noelle mit einem leeren Becher aus ihrem Zimmer in die Kantine rüberging, wusste sie irgendwie, dass sie Kei dort finden würde. Sie starrte ausdruckslos zum Fenster hinaus, die Beine weit von sich gestreckt, die Haut auf ihrer Stirn war noch immer zerrissen und blutig. Die Lichter waren heruntergedreht. Das ganze Schiff schlief.

»Ich hab zugelassen, dass er mich schlägt«, sagte Kei.

Noelle setzte sich ihr gegenüber. »Hab ich mir schon gedacht. Und ich verstehe es. Wirklich. Also zumindest versuche ich es. Aber du musst damit aufhören, dich selbst zu bestrafen.«

»Eigentlich sollte damals nur ich für diese Bestimmung vorgesehen sein. Mir wurde jedenfalls gesagt, dass bis auf mich keine Soldaten dort sein würden. Sie haben mich belogen, verstehst du?«

Noelle griff über den Tisch und verschränkte ihre Finger mit denen von Kei. »Ich verstehe.«

»Mit vierzehn Jahren habe ich mich zum Dienst verpflichtet. Sie ermutigen einen sehr dazu, wenn man – wenn man ansonsten nicht so viele Möglichkeiten hat.«

Sie nickte. »Ich weiß.«

»Und weißt du, es hat mir gefallen. Ich war gut darin. Die Ausbildung lief super. Aber Breton hat alles verändert. Nachdem der Turm gesichert war, musste ich denselben Weg zurück, den ich gekommen war. Vorbei an all den Leichen.«

»Es tut mir leid.«

Kei holte tief und ruhig Luft. »Du kannst ja nichts dafür.«

Sie schwiegen einen Moment lang. Dann zog Kei ihre Hand weg. »Kann ich dich mal was fragen?«

»Natürlich.«

Die *Ladybug* summte. Draußen vor dem Fenster lag ein endloses Meer aus Leere.

»Warum die Erde?«, fragte Kei. »Ich bin sicher, es gibt Hunderte von Planeten, die deine Hilfe genauso dringend brauchen.«

Noelle runzelte die Stirn. Das tat sie immer, wenn sie nachdachte, wurde Kei bewusst: Sie starrte vor sich hin, als wolle sie das Problem einschüchtern.

»Ich hatte ein Bilderbuch, als ich klein war«, sagte Noelle. »Ein sehr altes – mein Vater hat es bei einer Auktion erworben. Es spielte auf der Erde, vor langer, langer Zeit. Es ging um Enten, die in einem öffentlichen Park inmitten einer großen Stadt lebten. Wenn es für die Enten an der Zeit war, nach Hause zu gehen, haben alle Menschen zusammengearbeitet, um ihnen einen sicheren Weg durch den Verkehr der Bodenfahrzeuge zu bahnen. Und niemand hat sich über die Störung beschwert. Es war einfach selbstverständlich. Weil sie verstanden haben, dass es im Leben um mehr geht als darum, einfach dumpf vor sich hin zu existieren. Inzwischen – inzwischen weiß ich, dass … nun ja, ich weiß jetzt, dass das Buch ein Hirngespinst ist, dass die Bodenfahrzeuge damals die Luft vergiftet haben und solche Parks kein brauchbarer Ersatz sind für ein echtes symbiotisches Ökosystem. Aber trotzdem ist da einfach … da ist einfach was dran.«

Immer noch stirnrunzelnd, richtete sie den Blick unvermittelt auf Kei. »Ich weiß, dass du mich für naiv hältst«, sagte sie. »Aber ich kenne das Imperium. Ich sehe, wie es funktioniert. Es ist nicht nur ein System, das Opfer schafft. Es *braucht* Opfer, um fortzubestehen.« Mit einem Finger drückte sie auf die Tischplatte, so fest, dass der Nagel weiß wurde. »Es ist, als hätte jemand vor langer Zeit einen schrecklichen Fehler gemacht, der alles verdorben hat, was danach kam. Wenn wir nur zur Quelle des Fehlers zurückkehren und ihn ausbessern könnten, könnte der Rest der Galaxis geheilt werden. Die Erde ist der Stamm. Sie ist die Wurzel all unserer Probleme. Wenn ich die Erde retten kann, kann ich alle retten.«

Noelles Wangen hatten sich leuchtend rosa gefärbt. Kei sah sie eine Sekunde lang unverwandt an. Dann lachte sie, ein echtes Lachen, das wie Lava aus ihr heraussprudelte.

»Noelle Daley, das ist das Dümmste, was ich je gehört habe.«

Einige Abende später schnippelte ein junger Soldat namens Okroj zusammen mit einem Botaniker namens Jobson in der Küche Gemüse. Nachdem sie zehn Minuten wortlos nebeneinander vor sich hin gesäbelt hatten, sagte Okroj: »Weißt du, ich habe mich gefragt … unser Captain und diese Doktor Noelle … läuft da was?«

Mit zutiefst erleichterter Miene legte Jobson sein Messer weg. »Und ich dachte schon, ich spinne.«

Sie unterhielten sich dreißig Minuten lang angeregt.

Ganz ähnliche Gespräche fanden überall auf der *Ladybug* statt. Die sorgfältig getrennten Fraktionen aus Wissenschaftlern, Soldaten und Besatzungsmitgliedern spekulierten gemeinsam über diese Frage, die nach fast einem Monat im Weltraum eine spannende und dringend benötigte Ablenkung darstellte. Auffällige Bemerkungen und Berührungen der beiden Frauen wurden bis ins letzte Detail analysiert, ältere Mannschaftsmitglieder wurden um ihre romantische Expertise gebeten, die jüngeren diskutierten sich eher über logistische Fragen die Köpfe heiß, und als man die beiden irgendwann beim Frühstück zusammensitzen sah, wäre das Schiff beinahe in Flammen aufgegangen.

»Eigentlich eher überraschend, dass es nicht schon früher passiert ist«, sagte Jules.

»Auf keinen Fall«, schnaubte der Ozeanograf. »Du hast Noelle ja in den ersten Wochen nicht schimpfen gehört. Es braucht viel, um eine Pazifistin so wütend zu machen.« Er legte seine Karten auf den Tisch. »Ich passe.«

»Genauso muss das doch sein«, befand die Gefreite Eze, »das ist echte Romantik, Mann. *Es rann nie der Strom der treuen Liebe leicht.*« Sie breitete ihre Karten auf dem Tisch aus. »Full House.«

»*Sanft*«, korrigierte Jules ihr Zitat.

»Danke.«

Die gemeinsame Freude an Klatsch und Tratsch legte den Grundstein für gegenseitige Befruchtungen ganz anderer Art. Bald entdeckte man, dass der Anthropologe der beste Koch des ganzen Schiffs war, und der Schiffsmechaniker nahm an einigen Seminaren teil, nachdem er schüchtern zugegeben hatte, dass er sie interessant fand. Man lieh sich gegenseitig Bücher, erzählte sich Geschichten und probierte in der Küche so allerhand aus.

Was genau zwischen dem Captain und der Doktorin »lief«, fanden sie jedoch nie so ganz heraus, und nach einer Weile ebbte das allgemeine Interesse daran ab.

Was das Paar selbst betraf – ihre bisher so sorgsam getrennten Leben fügten sich problemlos zusammen, und schon bald stellte Noelle bis spät in die Nacht ihre Recherchen an, während Kei in der Ecke Liegestütze machte. Und wenn Noelle fluchend ihr Tablet quer durch den Raum warf, weil sie bis ins Mark frustriert war von der imperialistischen Arroganz und der intellektuellen Unzulänglichkeit irgendeines Dokuments, schnappte Kei es sich mit geübtem Griff aus der Luft, ehe es gegen die Wand knallte.

»Schweine! Philister!«, schäumte Noelle vor Wut.

»Genau das sind sie«, pflichtete Kei ihr bei, gab ihr das Tablet zurück oder küsste sie auf den Kopf.

Als studierte Klimatologin war Noelle mit den Jahreszeiten bestens vertraut. Sie kannte ihre Ursachen, wusste aber auch, wie sie aussahen, rochen, welche Farben oder Besonderheiten sie prägten. Viele Planeten waren in endlosen Extremen gefangen: Auf diesem ist es immer kalt, auf jenem stets brennend heiß. Doch ein bewohnbarer Planet war stetigem Wandel unterworfen – denn Erneuerung, das weiß jeder, ist das wichtigste Gebot des Lebens. Sie begann, Seminare zu Tod, Geburt und Wachstum zu veranstalten und darüber, dass dieser majestätische Zyklus einst das Herzstück des irdischen Ökosystems gewesen war. Alles war, wie man es von ihr gewohnt war, sehr intellektuell, aber einige der Teilnehmer, die frühere Vorträge von ihr kannten, entdeckten einen neuen verträumten Unterton bereits in der Gliederung – der Frühling erfuhr neuerdings besonders viel Aufmerksamkeit.

Und Kei?

Sie war glücklich.

Bisher hatte sie nicht gewusst, wie man glücklich ist, aber sie lernte es.

Es war wie eine Art Gift, gegen das sie sich nach und nach immunisieren musste, damit es nicht außer Kontrolle geriet.

Sie erzählte ihrem Team die Wahrheit über Breton. Sie versuchte es so behutsam wie möglich, aber keiner von ihnen konnte so gut zuhören wie Noelle. Sie stellten Fragen, brachten Einwände vor, erkundigten sich nach Einzelheiten und bekamen sie auch. Es war ein reichlich schonungsloses Gespräch.

Danach herrschte eine Zeit lang Ruhe. Die Soldaten zogen sich zurück, jeder blieb für sich. Aber keiner von ihnen war von Natur aus introvertiert, und einer nach dem anderen kam zurück. Okroj war der erste – als sie sich zufällig im Gang trafen, nickte er ihr lässig zu.

»Morgen, Captain!«

»Morgen, Okroj.« Dann, vorsichtig: »Wie geht es dir?«

»Gut, Captain. Es gibt viel zu tun.«

Beschwingteren Schrittes ging sie weiter Richtung Turnhalle, und schon bald kamen zwei weitere Soldaten hinzu und leisteten ihr Gesellschaft.

Später sagte sie zu Noelle: »Ich bin immer noch nicht sicher, ob ich das Richtige getan habe.«

Es gab eine lange Pause, in der sie beide die Decke anstarrten.

»Natürlich war es richtig«, sagte Noelle schließlich. »Es wird eine Weile dauern, aber irgendwann kapieren sie es schon.«

»Was kapieren sie?«

»Wie mutig du bist.«

Nachts tanzten sie im Laderaum.

Der zweite Monat verging wie im Flug, dann der dritte. Die *Ladybug* sprang von Leuchtfeuer zu Leuchtfeuer, von geschäftigen Städten zu winzigen Siedlungen, und näherte sich langsam, aber unaufhaltsam dem Rand der Karte – einer Linie, die mitten durchs Nichts gezogen worden war und die äußerste Grenze des Imperiums markierte. Jenseits dieser Grenze lag die Vergangenheit in all ihrer Bedrohlichkeit, mit all ihren Geheimnissen.

An der Wand des Seminarraums hatten sie eine zwei Meter breite Karte der Erde aufgehängt. Rundherum hingen handschriftliche Anmerkungen auf Notizzetteln, wie Blütenblätter, hier und da durch Schnüre verbunden. Jeden Tag kamen weitere hinzu.

Die Waffenkammer verstaubte.

Fünfter Monat. Seit ihrem letzten Halt waren nur wenige Tage vergangen, und das Schiff war bis zur Laderaumdecke mit Vorräten vollgestopft.

»Achtung, Besatzung.« Jules' Stimme hallte pünktlich um sechs Uhr durch die Lautsprecher, während der Boden von der Wucht ihres letzten Sprungs zitterte. »Achtung, Besatzung. Dies ist eine Durchsage. Die *Ladybug* hat offiziell das imperiale Territorium verlassen. Ich wiederhole …«

Jubel übertönte den Rest ihrer Worte.

Alle versammelten sich in der Kantine. Jemand hatte den Touchscreen so eingestellt, dass man darüber Musik abspielen konnte, die den Hintergrund für das fröhliche Stimmengewirr bildete. Ausnahmsweise gab sich Noelle ganz gelöst. Alle anderen redeten über ihre ehrgeizigen Pläne, aber sie war vor allem erleichtert. Der Druck fiel von ihr ab – ein Druck, der schon so lange auf ihr lastete, dass sie ihn gar nicht mehr so recht wahrgenommen hatte.

Dann sah sie Kei mit abwesendem Blick neben einem anderen Grüppchen stehen und entschuldigte sich.

Kei schreckte auf, als sie eine Hand auf ihrem Arm spürte. Es war Noelle.

»Brauchst du eine Pause?«, fragte sie leise.

Kei nickte und dachte: *Ich liebe dich.*

Das Problem mit der Privatsphäre hatte Kei schon längst gelöst. Durch eine Luke am hinteren Ende des untersten Decks gelangten die beiden in ihr Versteck, das sie »Höhle« nannten. Hier hatte sich Kei im ersten Monat der Reise vor ihrer Crew verkrochen: eine Rettungskapsel mit Fenstern an beiden Seiten; an einer Wand war eine Reihe gepolsterter Sitze festgeschweißt.

Das Schiff war zu klein für ein richtiges Rettungsschiff, und in diesen Zeiten des imperialen Friedens brauchte man wohl kaum eine ganze Flotte startbereiter Rettungskapseln. Die Höhle war für den Fall eines schrecklichen, wenn auch sehr unwahrscheinlichen Notfalls vorgesehen, beispielsweise wenn an Bord ein Feuer ausbrach oder die Sauerstoffsysteme versagten und eine sofortige Evakuierung erforderlich wurde. Dann konnte die Besatzung hineinklettern, die Kapsel versiegeln, sich ins All hinausschießen lassen und auf Rettung warten. Der alte Pilot hatte die Kapsel als *Rettungsboot* bezeichnet.

Sie waren nicht die Ersten, die diese Kapsel als geheimes Versteck nutzten. In der Kiste mit den Notvorräten fand Kei einen Haufen Kissen und Decken, außerdem einige einfache medizinische Materialien, Atemmasken und ein versiegeltes Paket mit Trockennahrung. Wenn einer von ihnen oder beide eine Pause brauchten, landeten sie stets in der Höhle.

Sie wurde schnell zu Keis Lieblingsplatz in der ganzen Galaxis.

»Darf ich dir was sagen?« Kei spürte, wie sich Noelles Brustkorb unter ihrem Hinterkopf hob und senkte.

»Okay.«

»Ich will nicht, dass dieses Schiff jemals landet.«

Noelle hielt inne. »Hm.«

»Geht es dir denn nicht so?«

»Nein. Es ist wunderbar hier, aber auf der Erde zu landen und dort meine Arbeit zu erledigen – das ist wichtig für mich. Ich muss das tun.«

»Darf ich dir noch was sagen?«

»Okay.«

»Die Erde ist mir egal. Sie ist ein riesiger runder Müllhaufen.«

Noelle sah Kei an. »Das hier wird nicht vorbei sein, wenn wir landen, wenn es das ist, was dir …«

»Ich weiß. Aber es wird sich verändern, oder?«

»Zwangsläufig.«

»Ich will keine Veränderungen. Ich will nur dich und mich, auf diesem Schiff, für immer.«

»Das ist ein sehr egoistischer Gedanke, Captain.«

»Na und? Ich bin egoistisch.«

»Ach ja? Und was ist mit mir?«

»Was ist denn mit dir?«

»Bin ich etwa nicht egoistisch?«

»Nein.«

»Ist denn diese ganze Mission nicht nur der Egotrip eines oberflächlichen, verwöhnten, reichen Mädchens, das versucht, sich selbst aufzuwerten?«

»Wer hat das denn zu dir gesagt?«

»Mein Vater.«

»Wie dumm von ihm. Es ist offensichtlich, wie sehr dir diese Mission am Herzen liegt. Nicht nur für mich – jeder kann es sehen. Jeder.«

»Aber ganz unrecht hat er nicht, oder?«

»Doch, allerdings. Nur weil er sein ganzes Leben damit verbracht hat, sich selbst den Arsch zu lecken, musst du das noch lange nicht ebenfalls tun.«

»Er hat zu mir gesagt, ich wäre ihm peinlich.«

»Wenn mein Kind ein besserer Mensch wäre als ich, wäre mir das auch peinlich.«

Noelle fuhr mit den Fingern über Keis raspelkurzes Haar. »Ich denke, die Erde wird dir gefallen«, sagte sie. »Ich glaube sogar, dass du sie lieben wirst.«

Kei schnaubte. »Wenn du es sagst, Doktor.«

Kei hatte sich eingeredet, dass der Tag niemals kommen würde, aber er kam. Doch es erschien ihr vollkommen unwirklich, selbst als sie auf der Aussichtsplattform stand und auf die aufgewirbelten Wolken und die gelblichen Küstenlinien hinunterblickte.

»Wir steigen in die obere Atmosphäre hinab«, sagte Noelle. »Sendet ein Signal runter, dann sehen wir mal, ob sie es dort unten empfangen. Wir können unser Vorhaben ebenso gut von hier aus erklären.«

Eine Hälfte der Besatzung hörte aufmerksam zu. Die andere Hälfte stand am Fenster und drückte sich die Nasen an der Scheibe platt. Die Mechanikerin zählte die Namen aller Ozeane auf, die sie von hier aus sehen konnte, und Jobson und Okroj umarmten sich so wild, dass es fast aussah wie ein Tanz.

»Wir landen heute wohl noch nicht, oder?«, fragte Kei.

»Frühestens in einer Woche.«

»Ach so.« Sie versuchte, sich ihre Erleichterung nicht anmerken zu lassen. »Wenn das so ist, mach ich jetzt erst mal ein Nickerchen.«

»In Ordnung. Ich komme gleich hinterher.«

Sie küssten sich, flüchtig, zärtlich; Kei zog sich zurück und spürte ganz genau die forschenden Blicke der anderen. Und sie sah etwas über Noelles Gesicht huschen.

Enttäuschung – ihretwegen?

Sie konnten später darüber reden. »Bis gleich«, sagte sie.

Kei träumte, dass sie fiel.

Sie fiel sanft aus großer Höhe. Ihre Eingeweide hoben sich, aber es war ein angenehmes Gefühl. Wie ein Puffer gegen den Sog der Schwerkraft. Von irgendwo drangen Geräusche an ihr Ohr, aber sie waren weit, weit weg. Kei konnte sich nicht entsinnen, sich je zuvor so sicher gefühlt zu haben.

Der Lärm kam immer näher.

»Noelle?«

Sie sagte den Namen, kaum dass sie wach war. In der Höhle herrschte ein schreckliches Durcheinander – überall lag Zeug verstreut –, und sie war allein, und sie fiel immer noch.

Fiel immer schneller und schneller.

Dies war nicht die künstliche Gravitation des Schiffs. Es war eine neue Schwerkraft, fremd und hungrig, die alles mit rücksichtsloser Gier an sich riss.

Sirenen gellten durch die Wände.

Kei kämpfte sich zum Fenster und sah, wie die vertraute Schwärze des Raums erst Weiß wich und dann einem klaren Blau.

Jetzt erst wurde ihr klar, was geschah. Sie stürzten auf die Erde.

Kei stieß sich vom Fenster ab und rannte zum Ausgang. Die Luke war fest verschlossen. Sie stützte sich mit einem Fuß an der Wand ab und versuchte es erneut, stieß ihre schlimmsten Flüche aus und beschwor im gleichen Atemzug sämtliche Götter, die sie kannte. Doch die Luke ließ sich nicht öffnen.

Sie suchte nach einem Schalter und entdeckte stattdessen den winzigen Bildschirm rechts neben der Luke. Bisher war er immer schwarz gewesen. Doch jetzt stand dort:

Bitte schnallen Sie sich an.

Urplötzlich wurde Kei gegen die Wand geschleudert. Ein neuer Impuls hatte die Schwerkraft für einen Moment außer Kraft gesetzt: ein gewaltiger Stoß, der alles ins Trudeln brachte. Waren sie mit irgendetwas zusammengestoßen?

Warum hörte sie die Sirene nicht mehr?

Ein orangefarbener Blitz zuckte über das gesamte Fenster.

Nein, dachte Kei, *bitte nein.*

Sie packte die Griffe neben dem Fenster, presste das Gesicht an die Scheibe und sah genau das, was sie auf keinen Fall sehen wollte – die *Ladybug*, in einen Feuerball gehüllt.

Die Kapsel drehte sich. Sie trudelte seitwärts. Trug sie fort …

weiter …

und weiter …

und …

Nana

MIT JEDEM JAHR GINGEN WENIGER AASFRESSER IN DIE STADT. Sie war verflucht. Über einen Gebirgspass gelangte man dorthin, mit Ponys oder brüllenden Motoren, hinauf, hinunter und wieder hinauf, bis sich der grässliche Anblick in seiner ganzen bröckelnden Pracht unter einem entfaltete.

Die Menschen schworen, es sei Gaias Werk. Während das ganze Land trocken, gebleicht und wie von Salz durchzogen war, hüllte sich die Stadt in ewiges Grau. Donnerschläge wie von riesigen brechenden Knochen hallten über die Betonklippen und in die schattigen Straßen darunter, in denen es kein Leben gab.

Zuerst glaubte sie, zu Hause zu sein.

Falsches Wort.

Zuerst glaubte sie, auf dem Planeten zu sein, auf dem sie aufgewachsen war.

Die in Wolken gehüllten Gebäude erstreckten sich in alle Richtungen und wiederholten sich bis in die Unendlichkeit. Wind heulte zwischen ihnen hindurch.

Aber, nein, etwas an dem Anblick stimmte nicht. Der Maßstab war falsch. Es waren nur Hunderte von Stockwerken, nicht Tausende. Und wo waren die Brücken, die Straßenbahnen, die weißen Narben der Kondensstreifen im Himmel? Wo der Geruch nach gebratenem Essen, das Quäken aus den Lautsprechern, die wüsten Streitgespräche von einem offenen Fenster zum anderen, die flimmernden Reklametafeln?

Keine Schiffe, die sich zwischen sie und die Sonne schoben. Keine Bewegung weit und breit.

Dies war die Erde.

Die Erkenntnis traf sie wie ein Schlag.

Die Erde? Die Heimatwelt? Das verfallende Irrenhaus am Ende der Galaxis? Weshalb war sie hergekommen?

Weshalb sollte *irgendwer* herkommen?

Die lange Kette von Ursache und Wirkung, die zu diesem Moment geführt hatte, erstreckte sich hinter ihr – Leichen, Bücher, eine Handvoll Pillen, Nähzeug, ein Sandwich, Hitze, Staub, Sterne –, und obwohl sie die eine oder andere Verbindung zwischen manchen dieser Ereignisse begriff, erschien ihr das Muster im Ganzen vollkommen bedeutungslos. Das alles war irgendwem passiert, einem anderen oder einem Dutzend anderer. Einem Dutzend Fremder. Aber doch nicht ihr.

Es war nicht ausgeschlossen, dass sie auf diesem Stück Asphalt geboren worden war. Und ebenso denkbar erschien es ihr, hier zu sterben.

Warum nicht. Kei schloss die Augen, und das Letzte, was sie spürte, war ein Nadelstich auf den Lidern – ein einzelner Regentropfen.

Etwas Scharfes krabbelte vom Boden aus über ihr Ohr. Es bewegte sich zu ihrem Kiefer hinauf, stieß zu und knabberte an der Haut. Reflexartig zuckte Kei zusammen, ihr Verstand schien vom Grund eines zähen Sumpfs an die Oberfläche emporzusteigen. Das Ding hackte erneut zu, diesmal oben in ihre Stirn, und sie spürte, wie ein zweiter Schnabel sich daranmachte, ihre andere Wange zu untersuchen.

Ich bin tot, dachte sie. *Ich bin tot, und die Geier picken an meiner Leiche herum.*

»Verschwindet, Mädels!« Jemand näherte sich hastig, ein panisches Kreischen ertönte, und etwas Weiches strich über sie hinweg. »Weg da! Ihr seid furchtbar! Ihr seid einfach furchtbar! Haut ab!«

Kei öffnete die Augen und sah ein Gesicht, etwa fünf Zentimeter von ihrem eigenen entfernt, so quadratisch und vertrocknet wie eine Scheibe altes Brot. Hellgrüne Augen musterten sie.

»Verzeih meinen Mädchen«, sagte die Fremde. »Für sie besteht die Welt allein aus Essbarem und nicht Essbarem. Und die einzige Möglichkeit, das eine vom anderen zu unterscheiden, ist der Versuch, es zu essen.« Sie stieß ein heiseres, keuchendes Lachen aus. »Bei dir sind sie noch immer nicht ganz sicher!«

Kei hob den Kopf, und Schmerz wogte durch ihren ganzen Körper. Die Luft war schwül und warm und erfüllt vom feuchten Duft des Grüns, und Regen trommelte leise auf eine Plane über ihr. Zwischen üppig grünenden Pflanzkästen stolzierten mehrere Kügelchen mit zitternden Federn umher, halb würdevoll, halb absurd in ihrer Würde. Sie lag auf einem ausgerollten Schlafsack in der Ecke.

Die alte Frau verschwand durch einen Perlenvorhang und tauchte gleich wieder auf, in der Hand eine dampfende Schüssel. »Suppe«, sagte sie, stellte sie neben Kei ab und verschwand erneut. Ihre Bewegungen waren langsam, der Rücken gebeugt, aber sie versprühte die Energie einer höchstens halb so alten

Frau. Kurz darauf kam sie mit einer zweiten Schale zurück. »Tee.«

Beide Flüssigkeiten schmeckten fast gleich. Keis Glieder waren völlig kraftlos, und als sie versuchte, einen Dank zu murmeln, klang ihre Stimme sehr schwach.

»Schon gut, schon gut.« Die alte Frau winkte ab. »Ich repariere gern alles, was ich so finde, weißt du? Macht einer alten Erdnussschale wie mir einfach Spaß, was? Nenn mich Nana.«

»Wo bin …« Sie unterbrach sich, um einen Klumpen weicher Rüben runterzuschlucken. »Wie ist …«

»Wir haben dich auf der Main Avenue gefunden. Dort laden sie alles ab, was sie loswerden wollen.« Nana war offenbar nicht in der Lage stillzustehen, sie ging beim Reden von Pflanze zu Pflanze, musterte sie prüfend, befühlte die Blätter, bespritzte sie mit Wasser aus einer Plastikflasche. »Ken hielt dich für eine weitere Leiche, aber ich wusste es besser. Ich wusste sofort, nein, die ist noch nicht fertig, noch nicht.« Mit beiden Händen formte sie einen Trichter vor dem Mund und rief: »KEN! Komm her!«

Ein breitschultriger Mann duckte sich durch den Vorhang, eine schlaffe dunkle Haarlocke hing ihm in die Stirn.

»Das ist Ken«, sagte Nana, immer noch in Bewegung. »Er hält sich für geheimnisvoll. Stimmt's, Ken? Ahh!« Sie kicherte wieder. »Ja, unser Strandgut ist wach, sie redet nicht viel, aber sie mag meine Suppe, nicht wahr? Schmeckt dir meine Suppe?« Unter ihrem erwartungsvollen Blick sah sich Kei gezwungen zu nicken. »Siehst du, Ken?«

»Alle mögen deine Suppe, Nana«, sagte Ken leise.

»Das tun sie! Das tun sie wirklich!«

»Geht es dir gut?«, fragte Ken. »Wie ist dein Name?« In seiner Unbeholfenheit wirkte er eigenartig feierlich.

»Kei«, sagte sie.

»Kei!«, rief Nana. »Guter Name. Schön schlicht. Leicht zu merken.« Sie ging in die Hocke und riss Kei die leere Schüssel aus der Hand. »Dich hat es ziemlich übel erwischt, hm? Glatter Durchschuss, was? Wer war der Übeltäter? Ich wette, das ist eine gute Geschichte, ja? Mit vielen Wendungen, würde ich wetten.«

»Darüber möchte sie wahrscheinlich gerade nicht so gern sprechen, Nana.«

Nana biss die Zähne aufeinander, wodurch ihr Gesicht aussah, als fiele es in sich zusammen. »Okay. Ich hole es schon noch aus dir heraus!« Sie kniff Kei in die Wange und wackelte kräftig daran. »Und jetzt schlaf weiter!«

Es war seltsam, so herumkommandiert zu werden – und noch seltsamer, keinen Widerstandsgeist in sich zu verspüren. Ihr Kopf berührte den Schlafsack, und fast sofort dämmerte sie wieder weg.

Die Zeit war porös, halb in Auflösung begriffen und nicht zu greifen. Die Hühner gackerten, Nana gackerte ihnen hinterher, Ken kam und ging, die Sonne kam und ging, und ständig gab es heiße Suppe, die nach gar nichts schmeckte.

Manchmal tauchten fremde Leute auf, die irgendwelche Gegenstände gegen Eier eintauschten. Sie schienen freundlich zu sein, aber Ken stand bei solchen Tauschaktionen stets wachsam in der Ecke, die Arme vor der Brust verschränkt, und beobachtete alles genau.

»Ist sie harmlos?«, flüsterte einer dieser Besucher und betrachtete Kei argwöhnisch.

»Harmlos?!«, rief Nana. »Sie hat ein Loch im Leib, durch das man einen Draht ziehen könnte. Sie pfeift wie ein Seemann, wenn der Wind weht! Harmlos. Ha!« Und mit wissendem Blick fügte sie hinzu: »Diese Einstellung ist der Grund, weshalb deine Tomaten ständig sterben.«

In einer Nacht wachte Kei auf und bekam keine Luft mehr. Sie dachte, sie hätte einen Schock oder einen Anfall, glaubte im ersten Moment, sie sei blind – aber dann blinzelte sie sich die Nässe aus den Augen und ihr wurde bewusst, dass sie schluchzte. Nana hockte bereits an ihrer Seite.

»Na, na«, gurrte sie mit derselben Stimme, mit der sie auch die Hühner abends in den Stall brachte. »Na, na.«

Einige Stunden später, als der Morgen gleißend hell durch die blaugrüne Plane leuchtete, wachte Kei mit vollkommen klarem Kopf auf und bemerkte zum ersten Mal, dass der Schmerz nicht überall in ihrem Körper war, sondern nur an einigen wenigen Stellen. Niemand war in der Nähe, also stand sie leise auf, nahm die Plastikflasche und fing an, die Pflanzen zu besprühen.

»Du meinst es ein bisschen zu gut mit dem Grünkohl. Aber wenn du arbeiten willst, Arbeit kannst du reichlich haben.« Kei drehte sich um und sah Nana, die in der Tür stand und sie beobachtete.

»KEN! KOMM HER!«

Ken erschien, ernst wie eine Statue, mit einer rosa Rüschenschürze um die Taille und einen Pfannenwender in der Hand. »Ich koche, Nana.« Dann sah er Kei, und sein Mund bildete ein kreisrundes O. »Du bist aufgestanden.«

»Ja, sie ist wach und will schon helfen. Gute Einstellung, was? Gib mir das …« Nana riss Ken den Pfannenwender aus der Hand und klopfte ihm ungeduldig damit auf den Hintern. »Geh und zeig ihr den Garten, ich koche so lange weiter.«

»Okay.« Er wandte sich an Kei. »Komm mit.«

Er führte sie durch eine Plastiktür am Ende des Gewächshauses nach draußen, und zum ersten Mal seit vielen Tagen und Nächten sah sie die Außenwelt wieder.

Aus irgendeinem Grund hatte sie angenommen, sie wären irgendwo außerhalb der Stadt in einer verfallenen Hütte, aber das war ein gewaltiger Irrtum gewesen.

Nanas Garten hing wie ein Regalbrett an der Flanke eines Wolkenkratzers.

Sie befanden sich im Zentrum der Stadt, umgeben von riesigen Gebäuden, deren Fenster das Licht reflektierten. Über ihnen hatte sich das fahle Grau des Himmels in ein zartes Weiß verwandelt, von goldenen Adern durchzogen.

Kei taumelte zur Kante, hielt sich fest und blickte auf die Straße hinunter, wo sich Autos aneinanderreihten wie die leeren Panzer großer Käfer. Sie sah weitere Gärten, kleine Farbflecken auf den Gebäuden ringsum, manche höher, manche tiefer als Nanas Garten.

»Wie viele Menschen leben hier?«, fragte sie.

»Um die tausend«, antwortete Ken. »Nana ist am längsten hier. Sie hat uns gezeigt, wie man überlebt.« Seine tiefe Stimme klang noch tiefer vor lauter Stolz.

Auf einem entfernten Dach drehte sich eine Windmühle, deren Flügel mit glitzernden Tautropfen besetzt waren.

Ken zeigte ihr den Garten – den Wassertank, die Sonnenkollektoren, die Türme aus alten Reifen, in denen sie Kartoffeln anbauten, und die Blechwannen, in denen Körner und Grünzeug lagerten. Der Stall hatte eine kleine Tür, und die Hühner waren draußen, liefen zwischen ihren Füßen umher und sonnten sich.

In der hintersten Ecke des Gartens klammerten sich die zarten, gewundenen Finger einer Stangenbohne an ein rostiges Drahtspalier. Die sprießenden Schoten waren zwischen breiten, dick geäderten Blättern eingebettet, die sich zu einer perfekten Spitze verjüngten. Kei fand, dass sie nicht ganz echt aussahen, sondern eher wie die Abbildung von Blättern.

»Ich verstehe nicht, wie das möglich ist«, sagte sie. »Dieser Regen. Dieses ganze Leben hier.«

Ken musterte sie scheu. »Bist du religiös?«

Sie schüttelte den Kopf.

»Siehst du den Turm dort?« Er zeigte auf das höchste Gebäude im Zentrum der Stadt. Hoch oben an der Spitze ragte ein schlankes Etwas aus wirren Drähten und schüsselförmigen Gebilden empor, umgeben von einem kleinen, wirbelnden Strudel aus Nebel. »Ganz oben auf dem Turm steht eine Maschine, sie wurde vor sehr langer Zeit erbaut und erzeugt Teilchen mit einer besonderen Ladung, die Wasser um sich sammeln. Das Wasser wird zu Wolken, die Wolken werden zu Regen, der gefallene Regen verdunstet und wird von den Teilchen aufgefangen.« Er gestikulierte mit beiden Händen. »Immer im Kreis herum.«

Ungläubig riss Kei die Augen auf. »Nicht zu fassen! Wenn nur …«

Wenn nur Noelle das sehen könnte. Der Gedanke kam aus dem Nichts, und mit ihm kam eine so heftige Woge aus Trauer, dass es sie fast von den Füßen riss.

»Kei?« Ken legte ihr eine Hand auf die Schulter.

»Schon gut«, sagte sie.

Von drinnen rief Nana: »Eierzeit!«

Es dauerte lange, bis Nana alle Hühner eingesammelt hatte, um sie ihr eins nach dem anderen vorzustellen: Daisy, Haisy,

Molly, Polly, Becky, Freckley und der Hahn Jack, doppelt so groß wie die anderen, der einen langen roten Kehllappen hatte und sich Nanas Liebkosungen und Küsse mit demonstrativem Desinteresse gefallen ließ. Dann ging es weiter – Ken führte sie durch eine reichlich beschädigte Wohnung: in der Küche stand ein improvisierter Gasherd, die Tür zum Treppenhaus war mit einem Eisenschloss gesichert, und am Ende zeigte er ihr sein Zimmer und präsentierte ihr schüchtern seine Skizzensammlung. Fast alle waren mit Kohle oder Bleistift auf Papier- und Kartonreste gezeichnet.

Kei griff nach einem Porträt von Nana, das sie von der Seite zeigte; offenbar hatte Ken die dicken Linien ebenso hastig wie heimlich aufs Papier geworfen. Aber er hatte sie hervorragend getroffen – sie brüllte offenbar gerade herum.

»Ohne Papier ist es schwierig«, sagte Ken und starrte stirnrunzelnd auf eine kahle Stelle im Teppich. »Aber ich glaube, wenn ich unermüdlich übe, werde ich besser.«

Kei hielt die Skizze gegen das Licht. »Du bist talentiert, Ken. Du könntest diese Skizzen gegen andere Sachen eintauschen.«

»Von einem Bild kann man nicht runterbeißen«, antwortete er errötend.

Von diesem Tag an war Kei eine Art Gärtnerlehrling. Wegen ihrer Verletzung war sie immer noch langsam, aber das war nicht weiter schlimm, denn der Tagesrhythmus war ohnehin sehr gemächlich. Je besser sie sich erholte, desto mehr Aufgaben übernahm sie: Unkraut jäten, füttern, gießen, ausmisten; bei den einfachen, repetitiven Arbeiten konnte sie gut abschalten und vergessen, was hinter ihr lag, zumindest für eine Weile. Es fühlte sich falsch an, dass nichts an ihrer Hüfte baumelte, deshalb befestigte sie die Kelle und die Plastiksprühflasche links und rechts an ihrem Gürtel – wann immer Nana sie so sah, lachte sie Tränen.

Ken überließ ihr die Gartenarbeit sehr gern. So hatte er mehr Zeit für seine wahre Leidenschaft: ausgedehnte Beutezüge. Er brach in der frühen Morgendämmerung auf und kehrte erst spät in der Nacht zurück. Stets brachte er etwas Praktisches mit nach Hause – Batterien oder Glühbirnen oder ein starkes Seil –, aber Kei vermutete, dass der wahre Grund für diese langen Ausflüge sein Freund Shin war, der zwei Straßen weiter auf dem Dach eines Wohnblocks Weizen anbaute und normalerweise mitkam, um ihm auf den Streifzügen durch die Stadt *den Rücken freizuhalten*. Vom Garten aus konnte Kei beobachten, wie sie Seite an Seite im Schatten der monolithischen Gebäude durch die Straßen liefen, ihre ineinander verschränkten Hände waren von hier aus kaum mehr als ein winziger Fleck.

Trotz der Dachgärten, die überall wucherten wie kleine Büschel Leben, war die Stadt in ihrer schieren Leere ein erschütternder Anblick, ein Bild reiner Trostlosigkeit.

Oft gab es Stürme, dann verkrochen sie sich in der Wohnung und sahen zu, wie das Fenster im Rahmen erzitterte. Kei fand es eigenartig tröstlich. In ihrem Herzen wütete apokalyptische Trauer, und es hätte sich geradezu grotesk angefühlt, wenn die Außenwelt lebendig und normal gewesen wäre.

Es dauerte ein paar Wochen, bis sie bereit war, über das Geschehene zu sprechen. Die Geschichte kam in kleinen Bruchstücken heraus – einiges erzählte sie Ken, der schweigend zuhörte und gelegentlich nickte, anderes Nana, die immer anfing zu schimpfen – über die dogmatischen Gläubigen, die unbedarfte Jugend und über Männer, vor allem alte Männer und ganz besonders über alte Männer an der Macht.

»Und diese Leute wagen es, meine Stadt als verflucht zu bezeichnen! Ernsthaft?« Nana knallte die flache Hand auf den Tisch, dass es nur so schepperte, und Ken hob rasch seine Schüssel hoch. Es war schon spät, und sie saßen in der Küche und aßen Tomatensuppe, die Gesichter nur vom sanften Bernsteinschimmer der mottenumflatterten Lampe erhellt. »Die führen sich auf wie ein Haufen verdammter Kriegsherren da draußen mit ihrem großen Schiff. Wo bleibt da die Demut, hm? Das sollen die mir mal verraten!«

»Ich frage mich, wie er wohl die umliegenden Höfe mit Wasser versorgt«, sinnierte Ken, während Kei die verschüttete Suppe von ihrem Schoß wischte.

»Er pumpt es aus irgendeinem Reservoir in der Tiefe hoch, jede Wette. Das wird nicht ewig gut gehen! Eines Tages geht ihnen das Wasser aus, die Leute werden hungrig und wütend, und dann – bumm.« Nana schlug erneut auf den Tisch. »Dann kann man wieder überall aufgespießte Köpfe bewundern. So läuft es immer! Läuft es nicht immer so, Ken?«

»Ja, Nana.« Ken blickte traurig drein.

»Sinne also gar nicht erst über Rache nach«, sagte Nana und drohte Kei mit einem krummen Finger. »Diese Leute werden ihre gerechte Strafe schon noch bekommen, zu gegebener Zeit, das werden sie.«

Als sie in dieser Nacht die Hühner einsperrte, dachte Kei über Rache nach. Sie sehnte sich danach, aber zugleich stieß allein die Vorstellung sie fast körperlich ab. Die Erinnerung an die Geschehnisse auf der *New Destiny* saß im Zentrum ihres Gehirns wie eine fette Gallertblase. Sie hatte das Gefühl, als würde sie sich mit äußerster Vorsicht bewegen, damit sie auf keinen Fall platzte.

Nie fragte jemand, wie lange sie bleiben würde oder ob sie vorhatte, sich mit mehr für die Hilfe zu revanchieren als mit Gartenarbeiten und Geschichten. Nana fütterte sie mit durch, ohne irgendwelche Bedingungen zu stellen, so wie sie auch Ken und die Hühner und die wilden Katzen fütterte, die manchmal die lange Treppe hinaufkletterten und vor der Tür miauten.

Es war ein ungewöhnlich klarer Abend, und die drei saßen draußen auf den »Schönwetter«-Klappstühlen, die Nana für diese seltenen Gelegenheiten irgendwo in den Tiefen der Wohnung verwahrte. Auf einem Dach unter ihnen feierten die Bewohner eines anderen Gartens eine Party, und der Klang eines trällernden Akkordeons hallte zwischen den Gebäuden wider. Nana schlurfte an der Kante entlang, schimpfte und starrte die tanzenden Gestalten unter ihnen finster an.

»Diese Fermentierer sind doch verrückt. Was für eine Verschwendung von gutem Getreide.« Eine Trommel gesellte sich zum Akkordeon, und sie beugte sich über den Rand und schrie: »RUHE DA UNTEN!«

Einer der Fermentierer fiel auf ein Knie und brüllte zurück: »HEIRATE MICH, NANA!«

Gelächter stieg in die warme Luft auf.

»Sollen sie doch ihren Spaß haben«, murmelte Ken und lächelte unter seiner Sonnenbrille hervor. Er war gut gelaunt, denn er hatte bei einem seiner Streifzüge ein leeres Skizzenbuch und einige Pastellkreiden gefunden. Kei blätterte, die Füße auf einem umgedrehten Eimer abgelegt, in einem Buch über Landwirtschaft, das Nana ihr gegeben hatte. Aus dem mit Fachwörtern gespickten alten Text wurde sie nicht schlau, aber die Illustrationen gefielen ihr.

»Die sind verrückt, sag ich dir. Eines Tages stürzt einer von denen in die Tiefe.« Verärgert ließ sich Nana auf ihren Stuhl plumpsen. »Geschieht ihnen recht, sage ich dir. Das ist für alle am besten!«

Das ist für alle am besten.

Die Worte waren wie ein Kieselstein, der auf den Grund eines dunklen Brunnens fällt. Ein entferntes Platschen und lautlose Wellen.

Kei stand auf. Sie ging an den Rand des Gartens und starrte mit großen, blicklosen Augen auf die Party hinunter. Sie hörte Ken fragen: »Geht es dir gut?«

Nana schnaubte. »Sag dem Jungen mit dem Akkordeon mal, dass er da völligen Käse zusammenspielt!«

Sie leisten ihr jetzt Gesellschaft. Das ist für alle am besten.

»Ah, ich vermisse Käse«, fuhr Nana fort, hauptsächlich an sich selbst gerichtet. »Wir wussten gar nicht, wie gut wir es hatten, bis …«

»Nana«, unterbrach Kei sie und spürte, wie ein aufgeregtes Zittern ihre Hände erfasste, so heftig, dass sie Mühe hatte, es zu unterdrücken. »Nana, erinnerst du dich daran, wie ich dir von meiner …« Sie zögerte, unsicher, welches Wort am besten passte. »Wie ich dir von Noelle erzählt habe?«

»Hm, ja. Möge sie in Frieden ruhen, ja«, sagte Nana und nickte vor sich hin.

»Bevor Seawall auf mich geschossen hat …«

»Wenn der hier wäre, dann würde ich dem was erzählen, ja«, fiel Nana ihr ins Wort.

»Er sagte: *Sie leisten ihr ja jetzt Gesellschaft. Das ist für alle am besten.* Das war das Letzte, was er zu mir gesagt hat.« Kei drehte sich zu den beiden um und starrte sie flehentlich an. »Das ist doch seltsam, oder?«

Kens Stirn war vor Sorge tief gefurcht. »Geht es dir gut, Kei?«

Aber Nana beugte sich in ihrem Stuhl nach vorn, ihre Augen funkelten. »Du willst doch auf irgendwas raus, oder?«

»Es ist nur … Seawall kann auf keinen Fall über uns Bescheid gewusst haben«, sagte sie. »Es gab keine – keine Beweise irgendwo auf dem Schiff, wir haben uns nie Nachrichten geschickt oder so. Aber er wusste trotzdem davon. Woher?«

Ken erwiderte ihren Blick. »Bist du sicher?«, fragte er. »Du musst dir dessen ganz sicher sein, Kei.«

»Ich hatte gleich das Gefühl, dass irgendwas nicht stimmt, aber ich konnte nicht klar denken.« All die sorgsam verdrängten Erinnerungen kamen wieder hoch, so schnell und lebendig, dass ihr der Schädel brummte. »Da waren auch noch andere Ungereimtheiten. Er nannte mich Captain. Woher kannte er meinen Rang? Das ist doch nicht möglich. Es sei denn …«

»Es sei denn, jemand hat es ihm gesagt«, beendete Ken ihren Satz. Er sah Nana an, die die Lippen fest zusammenpresste.

Langsam erhob sie sich von ihrem Campingstuhl und ging Richtung Küche. »Ich setze mal den Kessel auf.«

Ken warf Kei einen letzten besorgten Blick zu, bevor er Nana ins Haus folgte.

Kei war noch lange nach Sonnenuntergang draußen, lief durch den Garten und hielt ab und zu inne, um zu den unbekannten Sternbildern hinaufzustarren. Ihre Wunde pochte.

Auf dem Dach der Fermentierer wurde die Musik langsamer und träger, das Gelächter leiser und vertraulicher. Irgendwann kam Nana herausgeschlurft, einen Wollschal umgewickelt und ihre Nachtmütze in der Hand. Sie stellte sich neben Kei, und eine ganze Weile lang sagte keine von beiden ein Wort – so lange hatte Kei Nana noch nie schweigen hören. Irgendwann nahm Nana einen großen Schluck von ihrem Tee und fragte: »Wann brichst du auf?«

»Gleich morgen früh.«

»Ken wird dir anbieten, dich zu begleiten.«

»Das geht nicht.«

Nana nickte.

»Du musst mich für verrückt halten.«

»Oh ja, worauf du wetten kannst. Verrückt ist genau das richtige Wort.« Nana drückte ihre Hand.

Irgendwas an dieser kleinen Geste ließ Keis Eingeweide revoltieren, und sie krümmte sich, die freie Hand vor den Mund gepresst, dann riss sie sich los, rannte zur Dachkante und beugte sich darüber. Aber nichts geschah.

»Scheiße«, sagte sie mit ersticktem Lachen und fügte dann hinzu: »Tut mir leid.« Nana konnte es nicht leiden, wenn man fluchte.

»Hm, geschenkt, diesmal lasse ich es dir durchgehen.«

Kei seufzte. »Ich habe keine Angst davor, dass mir etwas zustößt. Ich habe Angst vor der Enttäuschung. Ich glaube, es würde mich umbringen.«

»Du hast es schon mal überlebt, nicht wahr? Ich wüsste nicht, warum es diesmal anders kommen sollte.«

Kei legte Nana einen Arm um die Schultern – so schmal waren sie, stellte sie erschüttert fest, und wie klein Nana war! –, und drückte die alte Frau an sich. Der Akkordeonspieler beendete seinen letzten Akkord in rauschender Herrlichkeit und unter ebenso rauschendem Beifall.

»Verdammt noch mal …« Nana wölbte die Hände wie einen Trichter um den Mund, holte tief Luft und brüllte hinunter: »FÜRCHTERLICH! *BUUUUH!*«

Als Kei früh am nächsten Morgen aufbrechen wollte, band Ken gerade mit mürrischer Miene seine Schuhe zu.

»Ken«, sagte sie leise. »Es tut mir leid, aber du kannst nicht mitkommen.«

»Ich weiß. Hab ich auch nicht vor.«

Sie folgte ihm die vielen, vielen Treppen hinunter – es war das erste Mal, dass sie das Erdgeschoss betrat –, durch eine Brandschutztür und in eine Tiefgarage, eine schmuddelige, gelb gestrichene Höhle voller gedrungener Betonpfeiler, die durch eine schräge Einfahrtsrampe mit der Straße verbunden war. Neben einem der Pfeiler stand ein Motorrad, das von vorn bis hinten blank geputzt war und glänzte.

»Es ist perfekt in Schuss«, sagte er und legte eine Hand auf den Sattel. »Seit vielen Jahren habe ich es nicht mehr benutzt, aber immer gut gewartet. Du kannst direkt losfahren.«

»Ken, ich kann das nicht annehmen.«

»Ich möchte das aber. Es erinnert mich sowieso an den Mann, der ich früher mal war, und den kann ich nicht besonders gut leiden.« Er packte die Griffe und schob das Motorrad zur Rampe. »Es ist sehr einfach zu fahren. Zum Starten hier drücken. Um zu beschleunigen, drehst du die Griffe. Hier bremst du. Der Treibstoff wird nicht für die ganze Strecke reichen, aber …«

»Ich habe doch gesagt, ich kann das nicht annehmen, Ken …«

Er drückte ihr die Schlüssel in die Hand und schloss ihre Finger darum. »Viel Glück.«

Es gab nichts mehr zu sagen. Sie schüttelten sich die Hände – er hatte einen Griff wie ein lebendig gewordener Felsbrocken –, und sie kletterte in den Sattel.

Der Motor erwachte augenblicklich zum Leben und erzitterte unter ihr mit einer Energie, dass ihr die Zähne klapperten.

Sie trat aufs Pedal und fuhr los, die Rampe hinauf und in die bläuliche Morgendämmerung hinaus, die von leichtem, zaghaftem Regen durchsetzt war. Vorsichtig bog sie nach Osten ab, schlängelte sich zwischen den Trümmern hindurch und blinzelte immer wieder feine Regentropfen aus den Augen. Links und rechts zischten Gebäude an ihr vorbei, und die unterbrochenen weißen Linien auf der Straße glitten zusehends schneller unter dem Vorderreifen hindurch. Vor ihr erhoben sich die Berge, und sie fuhr aus dem Schatten der Gebäude ins grelle Sonnenlicht hinaus.

Das Wunder

IN GAIAS KIRCHE GAB ES KEINE RANGORDNUNG. An diese Tatsache musste Ursula Ramirez ihre Kollegen ständig erinnern – und sich selbst ebenfalls, um ehrlich zu sein. Ihr Glaube galt der Unterwerfung, nicht der Dominanz, deshalb brauchten sie die hierarchischen Strukturen nicht, die die Kirchen der alten Welt geprägt hatten. »Hohe Predigerin« nannte man sie nur, weil viele Gläubige dankbar dafür waren, dass sie die Gemeinden des Ödlands vereinigt hatte. Und auch wenn der Hohe Sheriff schon lange ihr Verbündeter war, betrachtete sich Ursula weder als seine Vorgesetzte noch als seine Untergebene. Ihre Position war die einer geistlichen Beraterin, das heilige Flüstern im Ohr des alten Mannes. Es war nicht ihre Aufgabe, für die Einhaltung von Gesetzen zu sorgen. Sie war lediglich eine Art Wimpel, der ihrer großen Schar den Weg zur Erleuchtung wies. Wenn sie wollten, konnten sie einfach auf das pfeifen, was sie sagte.

Der Mensch war schon immer frei gewesen, sich für die Verdammnis zu entscheiden.

Ursula wurde leicht unwohl, als der Aufzug durch die *New Destiny* nach oben glitt – die Übelkeit rührte sicherlich daher, dass sie sich so weit von der Göttlichen Mutter entfernte. Aber es war eine rein körperliche Empfindung und milderte in keiner Weise die kalte Wut, die ihr Herz erfüllte. Ursulas Weisheit war sehr gefragt, und da sie persönliche Treffen vorzog, war ihr Terminkalender ständig voll. Deshalb hatte sie erst heute Morgen die Zeit gefunden, in ihrem Arbeitszimmer bei einer Tasse Kräutertee einen Brief zu lesen, den ihr jemand aus einer abgelegenen Gemeinde im Norden geschickt hatte.

Und nun brannte ihr Zorn wie das Feuer in den Eingeweiden der Göttin.

Die Türen öffneten sich weit, und sie trat in die blasse Glätte des obersten Stockwerks hinaus. Zwei bewaffnete Beamte begrüßten sie mit einem Nicken. Ihr war nicht entgangen, dass die Sicherheitsvorkehrungen in den letzten Monaten überall in der Stadt erheblich verstärkt worden waren; auf den Fluren der unteren Etagen stolzierten überall Wachleute umher wie Hähne, einige von ihnen fast noch Kinder, trotz der Gewehre und der polierten Abzeichen, die glänzend auf ihrer herausgedrückten Brust prangten. Seawalls Arbeit. Bei dem Anblick sträubte sich in Ursula alles, aber sie schenkte ihnen trotzdem ein Lächeln, denn es waren die Verirrten, die des Lichts am meisten bedurften.

Es gab noch so viel zu reparieren. Aber heute würde der Anfang gemacht werden.

Als sie in der oberen Kammer ankam, wartete Seawall bereits im Salon, tief in einem Plüschsessel versunken. Hass war für eine Predigerin ein unangemessenes Gefühl, aber Ursula kam beim Anblick des Deputy nicht dagegen an. Als er sie angrinste, zugleich verächtlich und amüsiert, wünschte sie sich, es würde sich ein Spalt in der Erdoberfläche auftun und ihn mit Haut und Haar verschlingen. Es wäre ein passendes Ende für jemanden wie ihn.

Aber sie musste professionell bleiben.

»Sie wurden also auch vorgeladen«, sagte sie.

»Sicher doch.« Mit einem Zahnstocher pulte er sich zwischen den Zähnen herum. »Wir sind gerade fertig geworden.«

»Sehr gut. Ich hatte gehofft, dass wir Zeit finden, über Ihr Verhalten zu sprechen.«

Seawall zog die Brauen hoch, schien aber nicht vorzuhaben, darauf zu antworten. Eine weitere Angewohnheit, die sie verabscheute: Er machte ganz ungerührt lange Pausen, weil er wusste, dass sie schon irgendwann anfangen würde zu reden.

»Saint's Cradle«, sagte sie schließlich. »Wann wollten Sie es mir erzählen?«

Der Deputy rollte den Zahnstocher in den anderen Mundwinkel und grinste sie an. »Niemals.«

»Niemals?« Sie hörte selbst, wie schrill ihre Stimme klang. »Sie haben eines meiner … eines der geachtetsten Gemeindemitglieder bedroht!«

Er beugte sich vor und stützte die Ellbogen auf die Knie. »Ich wollte ihn nur daran erinnern, wer hier das Sagen hat. Ist das falsch?«

»Jeder Prediger hat die Freiheit, ganz nach seinem Gewissen zu handeln.«

»Prediger handeln nach ihren *Interessen*, Ursula. So wie wir niederen Sterblichen auch.«

Ihre Nasenflügel blähten sich. »Sie werden sicher verstehen, dass ich Levee davon unterrichten muss.«

Er deutete mit dem Daumen über seine Schulter. »Nur zu. Er wartet schon.«

Ursula fegte an ihm vorbei und spürte, wie sich sein Blick in ihren Hinterkopf bohrte.

Im Schlafzimmer des Hohen Sheriffs roch es wie immer: nach kalt gewordenem Essen, altem Körper, starkem Desinfektionsmittel und Staub. In einer Ecke zischte das Beatmungsgerät, und das Licht über dem Bett war schwach. Er saß aufrecht – ein gutes Zeichen –, aber er sah ausgemergelter aus denn je, die Haut welk wie totes Laub und mit Leberflecken übersät, die Augen trüb und milchig. Doch auch wenn sein Körper verfiel, die scharfsinnige Neugier seiner Jugend hatte er nicht verloren. Wenn er sie ansah, fühlte sie sich wirklich gesehen.

»Ich habe euren Streit gehört«, sagte er und verzog die Lippen zu einem Lächeln.

»Es tut mir leid, Levee.« Sie setzte sich neben ihn. »Nach all dieser Zeit liebt er es immer noch, mich zu ärgern. Wie geht es dir?«

»Beschissen. Jetzt spuck schon aus – wo liegt das Problem?«

Er hielt nichts davon, um den heißen Brei herumzureden.

»Saint's Cradle. Weißt du, was er getan hat?«

Er wandte den Blick ab, immer noch lächelnd. »Armer Aidan. Manchmal denke ich, er ist nie erwachsen geworden.«

»Bei den Titten der Göttin, Levee!«, platzte Ursula heraus. »Der Mann hat einen hoch angesehenen Prediger bedroht! Wann hörst du endlich auf, ihn wie ein unerzogenes Kind zu behandeln?«

»Er ist nur ein bisschen übereifrig, das ist alles«, sagte Levee beruhigend und gänzlich unaufgeregt. »Wenn er jemals etwas Schlimmes anstellt, kümmere ich mich selbst um ihn.«

»Er hat irgendwas vor, ich schwöre es.« Sie rückte ein wenig dichter an ihn heran, nur für den Fall, dass Seawall an der Tür lauschte. »Wir sollten das Projekt vorantreiben. Bevor …«

»Bevor ich den Löffel abgebe?«

Sie zuckte zusammen. »Ja.«

»Ursula ...« Er sah zu ihr auf. »Wir sind fertig.«

»Das ist nicht dein Ernst.«

»Oh doch. Noch eine letzte Überprüfung, dann ist alles bereit.« Er wirkte ausgesprochen vergnügt.

»Gütige Mutter ...« Ursula sprang auf und schritt mit wehenden Gewändern auf und ab, ihre Gebetsperlen in der Faust. »Soll ich eine Predigt einberufen? Nein, das könnte Verdacht erregen. Wann ist es so weit? Ich habe nicht ...« Abrupt verstummte sie. »Aidan wird darüber nicht glücklich sein.«

»Na, na, entspann dich doch. Er beruhigt sich schon wieder.« Auf sein Zeichen hin kehrte sie an Levees Seite zurück. »Ich hab alles im Griff. Lehn dich einfach zurück und genieß die Show. Und wenn die Leute zu dir kommen und dich fragen, was passiert ist, dann sagst du ihnen ...«

Er lehnte sich in die Kissen zurück und stieß einen langen, verträumten Seufzer aus.

»... dann sagst du ihnen, dass es das Wirken der Göttin war.«

Kei saß schon so lange auf dem Motorrad, dass ihr Hintern praktisch mit dem Sitz verschmolzen war und ihre Hände sich wie Klauen anfühlten. Die Hänge des Gebirgspasses lagen hinter ihr, und vor sich sah sie die Umrisse der *New Destiny*, die sich verlockend nahe am Horizont abzeichnete.

Aber das Benzin ging zur Neige. Der Motor stotterte bereits, ein gutturales Husten ertönte bei jedem Betätigen des Gaspedals, das den gepolsterten Sitz durchschüttelte.

Vor ihr auf der Straße rumpelte ein roter Pick-up-Truck Richtung Osten. Kei war fest entschlossen, ihn zu überholen, bevor ihr der Sprit endgültig ausging, und sie gab Gas, bis sie parallel zum Pick-up fuhr – der doch etwas schneller unterwegs war als gedacht. Stück für Stück steigerte sie die Geschwindigkeit und blinzelte gegen den Fahrtwind an.

Etwas auf der Straße versetzte dem Vorderrad einen Stoß. Der Lenker bockte heftig unter ihren Händen, und das Motorrad schwankte wie betrunken in Richtung des Pick-ups. Hinter ihr trötete eine Hupe, und sie versuchte verzweifelt, in die andere Richtung zu lenken. Das Vorderrad ruckelte so heftig hin und her, dass ihre Zähne aufeinanderschlugen. Sie stieg in die Bremse, spürte, wie die Bewegung sie aus dem Sattel hob, und wendete so scharf wie nur möglich. Beide Räder schlitterten kreischend seitlich über die Straße, bis das Motorrad schließlich zum Stillstand kam und sie um ein Haar unter sich begraben hätte.

Sie hörte, wie der Truck quietschend zum Stehen kam und eine Tür zuschlug. Die Fahrerin sprang auf die Straße, lief auf sie zu und schrie: *»Hast du völlig den Verstand verloren?«*

»Es tut mir leid, ich …« Kei kam taumelnd hoch und wischte sich den Dreck aus den Augen. Sie sah die Fahrerin an, die ihren Blick erwiderte. »… Himmel, Arsch und Sterne!«

Es war Amber Keeper.

Die Bibliothekarin sah nicht wesentlich anders aus als bei ihrer Begegnung vor einigen Monaten, nur ihre Dreadlocks hatte sie heute hinten im Nacken statt auf dem Kopf zusammengebunden, und ihre Augen wirkten weniger müde.

»Du bist es«, sagte sie.

Kei zuckte mit den Achseln wie ein auf frischer Tat ertappter Verbrecher. »Ich bin's«, bestätigte sie.

Eine Weile herrschte Schweigen. Kei hustete. »Wo ist deine Bibliothek?«

»Verkauft.«

»Okay.«

Amber verlagerte das Gewicht und schob die Hände in die Taschen. Ihr Blick wanderte zu Keis Hüfte. »Wo ist deine Waffe?«

»Hab ich verloren.«

»Verloren? Bist du blöd?«

Kei brachte ein halbherziges Lachen heraus, das sich an der Wand von Ambers Entrüstung brach wie eine kleine Welle an einem Granitfelsen. Dann fiel ihr ein, wie ihre letzte Begegnung geendet hatte, und sie versuchte hastig, das Motorrad wieder aufzurichten, um weiterzufahren. Aber als sie den Schlüssel drehte, ächzte der Motor nur kurz auf. Mit einem verlegenen Grinsen drehte sie sich zu Amber um. »Ich schiebe es schnell aus dem Weg.«

»Verdammt noch mal. Steig einfach ein.« Amber drehte sich um und ging zurück zum Pick-up.

Kei fand sie im hinteren Teil des Wagens, wo sie Bücher aufsammelte, die bei dem Beinahe-Crash überall verstreut worden waren. Der ganze offene Laderaum war voll damit, eine Kiste neben der anderen.

»Weißt du, was lustig ist?«, fragte Amber. Sie klang förmlich und blickte Kei nicht in die Augen. »Ich hatte tatsächlich gehofft, dass wir uns noch mal wiedersehen. Keine Ahnung, warum.«

»Ach ja?« Kei half ihr beim Einsammeln der Bücher.

»Hast du das Ding gefunden, das du gesucht hast?«

»Nein.« Kei entstaubte einige pastellfarbene Broschüren. »Also … noch nicht.«

»Schade.«

Der größte Teil des Kofferraums wurde von einer oben offenen Plastikbox eingenommen. Kei nahm ein Buch heraus, auf dessen Einband das Bild eines schwelenden Zeichentrickplaneten prangte und der Titel: *Beobachtung eines Untergangs*. Weiter unten befanden sich wissenschaftliche Zeitschriften, ein abgenutzter alter Atlas und ein Pamphlet mit dem Slogan **DIES IST KEINE ÜBUNG**. Ernsthaft, hoffnungsvoll, direkt: All das erinnerte sie sehr an Noelle.

»Wozu brauchst du die?«

»Ich arbeite gerade an einem Auftrag«, antwortete Amber. »Hab eine lange Liste von Titeln bekommen, die ich auftreiben sollte. Das war echt hart, kann ich dir sagen.«

Kei blätterte ein wenig in einer Zeitschrift namens *Der neue Überlebende*. Jedes zweite Bild zeigte einen Flächenbrand oder eine Flut. »Sind die alle so?«

»Fast alle. Sag mal …« Amber lehnte sich lässig gegen den Wagen. »Du bist nicht immer noch auf dem Weg zur *New Destiny*, oder?«

Kei klappte das Buch zu. »Doch, bin ich.«

»Aha.« Amber betrachtete eingehend ihre Fingernägel. »Weißt du, im Moment bin ich personell unterbesetzt. Meinen letzten Mitarbeiter habe ich verloren, weil wir uns über *Der Herr der Ringe* in die Haare gekriegt haben … er sagte, es sei zu lang. Blöder Mistkerl. Wie auch immer … wenn du mir bei der Übergabe den Rücken freihalten würdest, fahre ich dich umsonst hin. Ich würde sogar einen Lee Child als Bezahlung anbieten. Einen der guten.«

Kei hob die Brauen. »Obwohl ich keine Waffe mehr habe?«

»Macht nix. Ich hab gesehen, was du mit einem Taschenbuch anrichten kannst.«

»War das ein Scherz?«

»Nein.« Sie sah fast beleidigt aus.

Kei blickte auf die Kiste hinunter, auf all die blau-grünen Planeten, von denen einige brannten. Spürte, wie die Hoffnung ganz weit hinten in ihrem Verstand Wurzeln schlug wie störrisches Unkraut.

Sie schloss den Deckel mit einem Klicken. »Wir sind im Geschäft.«

Sie näherten sich der Raumschiffstadt von der Rückseite. Vom Beifahrersitz aus beobachtete Kei, wie sie wuchs und wuchs und sich immer weiter in den Himmel fraß. Sie strich über die Naht an ihrem Jackenärmel.

»Du siehst blass aus«, sagte Amber. »Brauchst du eine Pause?«

Kei verneinte. Um das Thema zu wechseln, fragte sie: »Wer hat die Bücher bestellt?«

»Keine Ahnung. Jemand von ganz oben. Sie waren nicht gerade großzügig mit genaueren Informationen. Kein Wunder – das meiste von dem Zeug ist reichlich hedonistisch.« Unbehagen zuckte über Ambers Gesicht. »Wenn ... wenn man der religiöse Typ ist, du weißt schon.«

»Bist du das? Der religiöse Typ?«

»Äh ...« Amber sank tiefer in ihren Sitz. Am Rückspiegel hing ein Perlenkranz, der bei jeder Straßenunebenheit klapperte. Kei dachte schon, sie hätte einen wunden Punkt berührt, aber zu ihrer Überraschung fuhr die Bibliothekarin fort: »Die Sache ist die, dass ich von der Kirche aufgezogen wurde. Ohne sie wäre ich vermutlich nicht mehr am Leben. Und ich spüre ganz tief in mir«, sie presste eine Faust gegen die Brust, »ich spüre, dass die Erde etwas Besonderes ist, mehr als nur irgendein Felsbrocken. Aber je älter ich werde und je mehr ich lese, desto mehr kommt mir diese ganze Gaia-Sache einfach vor wie eine weitere Geschichte.«

»Verstehe.« Kei stützte einen Ellbogen auf den Fensterrahmen und legte die Finger an den Dachgriff. Sie fuhren jetzt durch Ackerland, ein Farbblock nach dem anderen rauschte an ihnen vorbei – tiefes, raschelndes Grün, hohes, wogendes Gelb.

»Scheiße, ich liebe diesen Planeten. Ich würde nur zu gern glauben, dass er meine Liebe erwidert.«

»Natürlich«, murmelte Kei. Ihre Gedanken waren bei der *Ladybug*. »Er ist deine Heimat.«

Die Nase des Pick-ups neigte sich dramatisch, als er in die Unterlande hinabfuhr. Im Schritttempo fädelten sie sich durch die verschlungenen Straßen. Schließlich erreichten sie den Parkplatz direkt neben der *New Destiny*, der sich rings um den höhlenartigen Schlund der hinteren Laderampe erstreckte. Auf den ersten Blick herrschte heilloses Chaos, unaufhörlich fuhren Lastwagen und Fuhrwerke herein oder hinaus, hupten und kämpften um den knappen Platz. Amber rollte neben einem braun uniformierten Wachmann her und beugte sich vor.

»Buchlieferung«, verkündete sie.

Der Wachmann blickte auf sein Klemmbrett. »Rampe vierzehn«, antwortete er und winkte sie durch. Seine Stimme hatte einen eigenartigen Unterton. Im Spiegel sah Kei, wie er ihnen hinterherstarrte. »Sieht aus, als wären wir was Besonderes«, sagte sie. Amber zuckte nur mit den Schultern.

Rampe vierzehn befand sich am äußersten Ende des Platzes. Sie fuhren an einer langen Warteschlange von Lkw vorbei, die Lebensmittel brachten, und dann über die Rampe hinauf ins geräumige, düstere Innere des Schiffs. Der Gang verengte sich, und das Getöse von draußen verstummte. Amber warf immer wieder einen Blick über die Schulter und hantierte am Rückspiegel herum.

»Verdammt eng hier. Wenn ich mir auch nur einen Kratzer an den Radkappen einfange …«

Sie fuhren auf eine Sackgasse zu. Neben einem kleinen Kistenstapel stand eine einsame Wache mit Sonnenbrille, Tanktop und – seltsamerweise – langen schwarzen Handschuhen, die bis zu den Ellbogen reichten. Die Waffe an ihrer Hüfte war eine altmodische mechanische Pistole, grau, kompakt und effizient.

»Sieht aus wie eine Söldnerin.« Amber vollführte eine kleine Geste, erst über ihrer eigenen Brust, dann über Keis. »Die göttliche Mutter beschütze uns. Bitte mach, dass ich für diesen Auftrag bezahlt werde. Amen.«

»Amen«, stimmte Kei ein.

Die Bibliothekarin sprang hinaus, und Kei folgte ihr.

»Morgen«, sagte Amber. »Buchlieferung?«

»Aha. Zeigen Sie mal her.«

Diese Stimme. Sie klang eigenartig rasselnd, als hätte die Frau einen Schlüsselbund verschluckt.

Aber das war nicht das Problem – Kei *kannte* diese Stimme. Woher?

»Hilf mir mal eben«, sagte Amber. Kei war sicher, dass die Söldnerin sie anstarrte, obwohl es wegen der Sonnenbrille unmöglich mit Sicherheit zu sagen war.

Am Heck des Lastwagens sagte sie leise zu Amber: »Kennst du sie?«

»Ich weiß nicht. Aber ich kenne diese Sorte Leute.« Keuchend versuchte sie, eine Kiste aus dem Laderaum zu wuchten. Kei nahm sie ihr aus den Händen.

»Mir ist, als wäre ich ihr schon mal begegnet«, flüsterte Kei.

»Verdammt wundervoll. Dann stell dich …« Sie rang nach Luft und klopfte Kei auf den Rücken. »Dann stell dich ihr doch mal vor, Casanova.«

Die Söldnerin hatte sich die ganze Zeit nicht bewegt, und nur eine leichte Drehung ihres Kopfs deutete darauf hin, dass sie die beiden beobachtete. Kei trug die Kiste hinüber und warf einen verstohlenen Blick auf die Pistole. Spätes zwanzigstes Jahrhundert. So ein Modell hatte sie noch nie in echt gesehen.

Mit ausdrucksloser Miene deutete die Söldnerin auf den Boden. »Einfach dahin.«

Kei stellte die Bücher ab, und Amber fragte: »Reicht das?«

Die Söldnerin trat mit der Fußspitze gegen die Kiste. »War das alles, was du finden konntest?«

»Mhm. Fast alles.«

Die Söldnerin zögerte noch einen Moment. Dann holte sie ein Geldbündel aus ihrer Gesäßtasche und zählte mit schwarz behandschuhten Fingern mehrere Scheine ab. »Fünfhundert. Wie versprochen.« Sie hielt sie Amber hin. Kei spürte, wie sich ihre Schultern anspannten, und vermisste mehr denn je das beruhigende Gewicht der Hitzepistole an ihrer Hüfte. Aber die Übergabe verlief reibungslos, und Amber blätterte mit leuchtenden Augen die Scheine durch.

»Es war mir ein Vergnügen, mit Ihnen Geschäfte zu machen«, sagte sie und steckte das Geld in eine kleine Tasche an ihrem Gürtel.

Die beiden wandten sich gerade zum Gehen, da rief die Söldnerin: »Moment noch.« Sie sah Kei an, einen Schein in der Hand. »Willst du nicht deinen Anteil?«

Kei hob die Hände. »Oh, ich bin … ich bin nicht …«

»Nimm schon.« Zum ersten Mal glaubte Kei einen Hauch von Gefühl in der Stimme der anderen Frau zu hören, aber was das für ein Gefühl war, vermochte sie nicht zu sagen. »Na los«, drängte sie. »Oder bist du etwa reich?«

Unsicher sah Kei Amber an, die mit den Schultern zuckte. *Warum nicht?*

Die Söldnerin war genauso groß wie sie, und als Kei sich ihr näherte, sah sie ihr eigenes ängstliches Gesicht in den schwarzen Gläsern der Sonnenbrille.

»Du erinnerst dich nicht, oder?«, fragte die Frau.

Kei blieb stehen.

Die Söldnerin griff nach dem Saum eines Handschuhs. Langsam schälte sie ihn herunter. Entlang ihres Unterarms, vom Knöchel bis zum Ellbogen, hielten Dutzende von Klammern die hässlichste Narbe zusammen, die Kei je gesehen hatte.

»Und jetzt?«

Kei brüllte Amber zu, sie solle wegrennen, während sie sich auf die Gegnerin stürzte, den Lauf der Pistole umklammerte und die Mündung nach oben drückte. Die Söldnerin packte sie an der Schulter, grub ihr die Fingernägel in die Haut und versuchte mit ihrem ganzen Gewicht, die Pistole wieder herunterzureißen. Eine von ihnen kam versehentlich an den Abzug, und eine Kugel pfiff zwischen ihren Gesichtern hindurch. Die Söldnerin ächzte überrascht auf, aber mehr Zeit blieb ihr nicht, da packte Kei sie auch schon mit beiden Händen am Kragen und knallte ihr die Stirn ins Gesicht. Die Söldnerin sackte zusammen und wäre zu Boden gegangen, wenn Kei sie nicht an der Jacke festgehalten hätte. Schlaff hing sie da, die Brille schief auf der blutenden Nase.

»Zurück, du lausige, stinkende …« Amber verstummte mitten in der Drohung. Kei drehte sich um und sah die Bibliothekarin mit einer abgesägten Schrotflinte in der Hand vor sich stehen. »Bist du okay?«, fragte sie und ließ die Waffe sinken.

Kei nickte.

»Was war denn da los?«

»Ach, egal.« Kei legte die Söldnerin auf dem Boden ab. Die Brille war auf wundersame Weise heil geblieben, nur ein wenig verbogen, und sie hob sie auf und bog sie wieder in Form.

»Hör auf herumzualbern«, drängte Amber. »Lass uns abhauen!«

»Du haust ab. Ich gehe rein.«

»*Was?*« Eine halbe Sekunde lang sah Amber aus, als wolle sie widersprechen, die Hände immer noch am Gewehrschaft, das Gesicht bestürzt und voller Sorge. »Scheiße«, sagte sie dann. »Na schön.« Sie stapfte zurück zum Pick-up, riss die Fahrertür auf und hielt dann inne, einen Fuß auf dem Tritt. »Wenn du es überlebst, komm mal bei mir vorbei, okay?«

Kei lächelte. »Na klar.«

Amber murmelte etwas über verrückte Heiden, dann setzte sie mit quietschenden Reifen zurück und war weg.

Kei zog die Handschuhe an und setzte die Brille auf, beschloss aber nach kurzem Zögern, die Pistole liegen zu lassen. Sie wusste, dass diese Waffe schon mal jemanden umgebracht hatte – sie erinnerte sich sehr gut an den Mann auf der Landstraße, der hinterrücks ermordet worden war –, und sie fand, eine Waffe mit einem so brutalen Design könne wohl auch für nichts anderes gut sein als dafür, jemanden damit zu erschießen. Mit beiden Händen hob sie die Kiste hoch, trat die Tür auf und fand sich in einem engen Korridor wieder. Er war ganz in Gelb gehalten, mit schwarzen Pfeilen auf dem Boden und voller Wachen mit silbernen Abzeichen, die ihr hastig Platz machten, als sie sich näherte. Ein junger Beamter beeilte sich ganz besonders und wollte an ihr vorbeihuschen, doch sie streckte den Fuß aus, um ihm den Weg zu versperren, und sagte so barsch, wie sie nur konnte: »Halt.«

Er blieb stehen und starrte ängstlich zu ihr hoch. »G-guten Tag?« Kei musterte ihn von oben bis unten. »Die neue Frisur gefällt mir«, brachte er kaum hörbar heraus.

»Wo kommen die hin?« Mit dem Kinn deutete sie auf die Kiste.

»Die Bücher? Oh! Die neue Bestellung, ja. Ins Laborlager, hinten im zweiten Stock. Aber passen Sie auf, dass kein Unbefugter Sie sieht …« Schweiß lief ihm in die Augen, und er blinzelte. »Wenn … wenn es möglich wäre … bitte.«

Kei grunzte zustimmend und nahm ihr Bein aus dem Weg, damit der Junge an ihr vorbeikam. Sie hievte die Kiste einen Zentimeter höher und schritt weit aus, versuchte nach Kräften, sich die Freude nicht anmerken zu lassen. Es fühlte sich an wie in alten Tagen, als wäre die ungeheure Arroganz einer unbesiegbaren jungen Soldatin wieder da.

Als könnte eine Glückssträhne alles geschehene Unglück auslöschen.

Ursula Ramirez befand sich in einer Glaubenskrise. Sie hatte ihre Predigt für den Nachmittag immer wieder umgeschrieben bei dem Versuch, eine organische Herleitung des Konzepts von Wundern zu finden. Aber es war schwieriger als erwartet.

Es war nicht so, dass sie nicht selbst an Wunder glaubte. Die Geburt eines Kindes war ein Wunder. Ein Spinnennetz war ein Wunder. Die Schwerkraft war das größte Wunder von allen, der ultimative Beweis für die göttliche Liebe. Alles in der physischen Welt ringsumher war ein Wunder – warum sollte man also etwas Unmögliches erwarten, wenn das Mögliche ausreichte?

Auf dem Boden des Arbeitszimmers lagen halb beschriebene Schriftrollen, und ihr Tee war längst kalt geworden. Verkrampft und gereizt nach allzu vielen Stunden am Schreibtisch ging sie auf den Balkon. Das war der einzige Luxus, den sie sich gönnte – ein kleiner metallener Anbau unter freiem Himmel, von dem aus sie auf die geschwungene Erhabenheit des Körpers der Göttlichen Mutter hinausblicken konnte und spürte, wie Ehrfurcht, klarem Wasser gleich, durch ihren Geist floss.

Als sich die Tür hinter ihr öffnete, nahm sie an, dass es sich um das Mädchen handelte, das immer ihre Tassen abholte. »Ich brauche eine neue Kanne, und zwar schnell, danke.«

»Kommt sofort, Ma'am. Sonst noch etwas?«

Beim Klang dieser Stimme lief Ursula ein kalter Schauer über den Rücken. Sie drehte sich um und sah Deputy Seawall hinter sich stehen, die Hände in den Hosentaschen. Er trat gegen eine der herumliegenden Schriftrollen. »Was ist los? Kleckert die Pferdescheiße nicht so glatt aufs Papier wie sonst?«

»Was wollen Sie, Aidan?« Ursula versuchte, sich ihre Verunsicherung nicht anmerken zu lassen. Seawalls Anwesenheit bedeutete immer irgendein Unheil.

Er schlenderte zu ihr, legte die Hände aufs Geländer und atmete tief ein. »Was für ein elender Anblick«, sagte er und betrachtete die Welt unter ihnen. »Ich weiß nicht, was Sie darin sehen, Su.«

»Nennen Sie mich nicht so«, schnauzte sie ihn an. »Sagen Sie, was Sie zu sagen haben, und dann gehen Sie wieder.«

»Ich begreife es einfach nicht.« Er drehte sich um und lehnte sich ans Geländer. »Ich begreife nicht, warum Sie sich auf Levees Plan einlassen. Ich meine, Sie täuschen das Wirken einer höheren Macht vor. Das ist reichlich ketzerisch, nicht wahr? Genau wie die Sache mit Saint's Cradle. Nichts als ein Riesenhaufen Pferdescheiße, das alles.«

»Sie hat niemand nach Ihrer Meinung gefragt«, sagte Ursula. »Wovor haben Sie solche Angst?«

Seawall lachte rasselnd, ein ungewohntes Geräusch und so unangenehm, dass sie sich am liebsten die Ohren zugehalten hätte. »Vor gar nichts.«

»Oh doch, Sie haben Angst. Davor, dass sich alles ändern wird.« Sie konnte sich nicht mehr bremsen, sein Lachen hatte sie aus der Fassung gebracht. »Sie haben Angst, dass die Menschen sich als etwas Besonderes fühlen könnten, als würdig, als gesegnet. Und dann fangen sie vielleicht an, einander anständig zu behandeln. Und eigenständig zu denken. Und sich umeinander zu kümmern. Und dann können wir zusammenfinden und so leben, wie Gaia es für uns vorgesehen hat, als Gemeinschaft von Menschen, die in Harmonie mit der gütigen Erde leben. Dann brauchen wir keine Waffen und keine Sheriffs mehr. Hinauswerfen werden wir sie. Wir werden sie hinauswerfen und uns zu Füßen unserer Mutter niederwerfen und sie um Verzeihung bitten, dass wir zugelassen haben, dass solcher Abschaum ihre Oberfläche besudelt!«

Ursula stockte. Sie war ihm irgendwie näher gekommen, als sie beabsichtigt hatte, und aus dieser Nähe sah sie die sardonische Belustigung in seinen Augen, doch darunter waren seine Augen leer; sie sah nichts darin, nicht die leiseste Spur von Glauben, nicht den kleinsten Funken Licht.

Er wischte sich einen Fleck Spucke von der Wange. »Sie sind eine Heuchlerin«, sagte er milde. »All dieses Gerede über *Mutter Erde*, und Sie leben nicht mal in der Nähe des Bodens.«

»Die Göttin hat dieses Gefäß für sich beansprucht. Es gehört ihr.«

»Nein, Ursula. Es gehört mir.«

Dann – langsam, sanft, als wollte er sie küssen – legte Seawall der Hohepriesterin beide Hände auf die Brust und stieß sie über das Geländer.

Aidan blieb nicht, um die grausigen Früchte seiner Arbeit zu betrachten. Ihm stand ein arbeitsreicher Tag bevor. Über Funk teilte er seinem Deputy mit, dass die Hohe Predigerin Suizid begangen hatte.

»Kratzen Sie die Leiche noch nicht vom Boden ab, hören Sie? Je mehr Leute sie sehen, desto besser.«

Ein neues Regime war im Anmarsch. Diskretion war nicht länger vonnöten.

Mit dem Aufzug fuhr er nach unten zum Laboreingang und wies den Wachmann an, niemanden hinein- oder herauszulassen, und wenn es jemand versuche, teilte er ihm mit, habe er die Erlaubnis, tödliche Gewalt anzuwenden. Beim Verlassen des Labors sah er, wie ihn die verrückte Söldnerin mit der Sonnenbrille aus einiger Entfernung anstarrte, aber da er gerade jemanden ermordet hatte und ohnehin nicht in der rechten Stimmung für ein Gespräch war, drehte er sich um und ging.

Eine Panikattacke kommt nie passend. Aber manche Momente sind schlimmer als andere.

Es war die Stimme des Deputy, die Art, wie er sagte: *»Tödliche Gewalt, verstanden?«*, ganz langsam und wie mit einer Rasierklinge in der Stimme – fast hätte es Kei erwischt. Es war wie ein Zeitsprung; plötzlich war der Moment wieder da, als die Kugel ihren Körper durchschlagen hatte und alles auseinanderfiel.

Nur dank irgendeines bemerkenswerten Reflexes ließ sie die Kiste nicht fallen, und als ihr klar wurde, dass er sie nicht erkannt hatte, drehte sie sich um und verschwand außer Sicht, so schnell sie nur konnte. Sie musste sich irgendwo verstecken. Sah dieser Beamte, wie schwer sie atmete? Ihre Hände waren schweißnass, die Kiste entglitt beinahe ihren Händen. Sie brauchte …

… eine Toilette? Perfekt.

Die Tür schloss sich hinter ihr. Sie sank zu Boden, ohne sich darum zu scheren, dass die Bücher in alle Richtungen davonflogen, und umarmte sich selbst, während sie darauf wartete, dass das Karussell in ihrem Kopf zum Stillstand kam. Sie musste den Verstand verloren haben. Was für ein Irrsinn, sich wieder in diesem brummenden, luftleeren Monolithen einzuschließen, einen Schatten zu verfolgen, einer Leiche nachzujagen, der Leiche einer Frau, die zu gut für sie gewesen war, auch als sie noch lebte. Noelle und der Pilot und die Familie des Piloten und die Wissenschaftler und die Soldaten und überhaupt alle waren tot, sie war die einzige Überlebende, und ziemlich bald würde sie ebenfalls tot sein, denn es war undenkbar, dass sie dieser Stadt zweimal entrann, auf gar keinen …

Es war die Farbe, die ihre Aufmerksamkeit weckte. Ein dunkles, sattes Grün, wie die Blätter von Nanas Stangenbohnen.

Das Buch war groß, aber dünner als die anderen, und als sie es aus dem Stapel herauszog, hätte es beinahe einen Knick abbekommen. Ein halbes Dutzend Küken, mit bräunlichem Bleistift gezeichnet, drängte sich am unteren Rand zusammen, bewacht von der Vogelmutter, die sie mit schwarzem Auge voller Anbetung beobachtete. Der Titel lautete: *Macht Platz für Entenküken.*

Sie öffnete es und sah die Abbildung einer Entenfamilie, die stolz über eine belebte Straße marschierte.

Kei fing an zu weinen.

Unteroffizier Magnus' Währung war Gewalt. Es war sein Handwerk, sein Brot und seine Butter. Und die größte Schande in Magnus' kurzem Leben war, so fand er, dass er noch niemals jemanden getötet hatte.

Drei Jahre lang hatte er als Lehrling des Sheriffs gearbeitet, aber nie war eine der Katastrophen eingetreten, von denen er ständig träumte – keine Banditen kamen aus dem Ödland herbei, um die Bank in die Luft zu sprengen, keine Bande entflohener Sträflinge nahm den Gastwirt als Geisel. Er hatte ein paar Pferdediebe aufgemischt und einmal seine Waffe auf einen Steuerhinterzieher gerichtet, aber abgesehen von den täglichen Schießübungen hatte er nie Gelegenheit gehabt, den Abzug zu betätigen. Er hatte gehofft, in der Stadt würde sich das ändern, aber stattdessen wies er jetzt den lieben langen Tag Leute mit falschen Papieren ab. Die Langeweile trieb ihn in den Wahnsinn.

Heute jedoch war alles anders. Magnus' Moment war endlich gekommen. Deputy Seawall höchstpersönlich hatte ihm grünes Licht gegeben, eventuelle Angreifer unverzüglich zu erschießen – er hatte praktisch darauf bestanden. Es war offensichtlich, dass irgendwas im Gange war, irgendein großes Ereignis stand unmittelbar bevor, und Magnus würde dabei eine Rolle spielen. Vielleicht würde er sich mit einem verräterischen Offizier prügeln oder eine Horde verrückter Ketzer niederschießen, die das Labor stürmen wollten. Aus irgendeinem Grund musste das Labor um jeden Preis geschützt werden. Magnus kannte die Details nicht, aber er war bereit, bis zum letzten Atemzug zu kämpfen.

Zu seiner großen Enttäuschung war der erste Mensch, der sich näherte, eine Frau. Magnus hielt sich für einen Helden und einen Gentleman, und diese Herausforderin entsprach nicht seinem Geschmack. Sicher, sie sah ein klein wenig gefährlich aus – der Knick in ihrer Nase ließ darauf schließen, dass sie in der Vergangenheit ein oder zwei ordentliche Schläge ins Gesicht kassiert hatte –, aber furchterregend war sie keinesfalls. Sie lächelte sogar, und als er sein Gewehr hob, wurde ihr Lächeln noch breiter. Es lag keine Spur von Bosheit darin, und sie war unbewaffnet, hielt nur ein breites grünes Buch in den Händen.

»Hey, hallo«, sagte sie.

»Zurück.« Magnus versuchte, eine möglichst einschüchternde Haltung einzunehmen. »Niemand kommt hier rein oder raus. Befehl des Deputy.«

»Raus?« Sie legte den Kopf schief. »Also ist da jemand drin?«

»Äh …«

»Wer denn?«

»Das ist geheim«, sagte er, weil er es nicht wusste, »und jetzt verschwinden Sie.« Er stieß ihr mit dem Gewehr vor die Brust, aber ihr Lächeln geriet nicht mal ins Wanken.

»Wie ist Ihr Name?«

Magnus wurde nervös. Normalerweise fragten ihn Leute nach seinem Namen, damit sie ihn beim Boss melden konnten. Hatte ihr Wort etwa Gewicht?

»Mag…«, begann er, bevor ihm klar wurde, dass eine Lüge klüger wäre. Aber ihm fiel nur ein einziger anderer Name ein, der mit Mag anfing, und zwar Maggie, was ein Mädchenname war und überhaupt nicht passen würde. »…nus«, vollendete er und sank ein wenig in sich zusammen.

»Magnus, mein Name ist Kei.« Sie legte eine Hand auf ihre Brust. »Kei Marshal.«

»Freut mich«, sagte Magnus reflexhaft und ärgerte sich sofort über sich selbst.

»Ich muss dieses Buch abliefern.« Sie hielt es hoch, damit er es sehen konnte. »Es ist wirklich wichtig. Darf ich reingehen?«

Sie fragte, aber sie tat es nicht in jener traurigen, weinerlichen Art, bei der sich Magnus immer umso besser fühlte, wenn er den Leuten ihre Bitte abschlug. Sie klang eher, als wäre es reine Höflichkeit ihrerseits, dass sie nicht einfach hineinspazierte.

»Ich brauche nur zwei Minuten. Mehr nicht.«

»Okay!«, platzte Magnus heraus. »Aber ich achte genau auf die Zeit!«

Sie klopfte ihm auf die Schulter. »Machen Sie das mal.«

Magnus sah zu, wie sie durch die automatische Tür verschwand. Er begann zu zählen.

Im Labor war es still bis auf das Kritzeln eines Stifts auf Papier und das Surren von Maschinen. Sie stand an einer Arbeitsplatte und notierte etwas, und sie stand seitlich zu ihr, sodass Kei sie im Profil sah. So perfekt wie immer. Aber dennoch ein wenig verändert – ihr Gesicht hatte etwas Hageres an sich, wie die Erschöpfung nach einer langen Forschungsnacht, multipliziert mit zwölf. Aber sie war es wirklich.

Sie hatte die Tür nicht gehört, was Kei nicht weiter überraschte. Wenn Noelle in Gedanken versunken war, hörte für sie das ganze restliche Universum auf zu existieren. Kei liebte es, sie so zu sehen, liebte die winzigen Regungen in ihrem Gesicht und die Art, wie ihre Lippen die Worte formten, die sie gerade niederschrieb. Sie erlaubte es sich, diesen Moment kurz einfach nur zu genießen.

Dann fragte sie: »Woran arbeitest du da?«

Noelle wandte den Kopf. Sie ließ den Stift fallen und taumelte zurück, fing sich am Tisch ab und presste eine Hand auf den Mund, um einen Aufschrei zu unterdrücken. Mit weit aufgerissenen, glänzenden Augen starrte sie Kei an.

Kei vergrub das Gesicht an ihrem Hals und atmete ihren Geruch ein, und sie hörte Noelle sagen: »Was? Was? Was?«, immer wieder, bis sich der anfängliche Schock in helle Freude verwandelte. Sie hob den Kopf, und Noelle sah zu ihr hoch und fragte erneut: »Was?«

»Ich bin's.«

»Kei.« Noelle umfasste ihr Gesicht mit beiden Händen, um sich zu vergewissern, dass sie echt war, und betrachtete sie, als wolle sie nie wieder damit aufhören. »Du siehst so erschöpft aus.«

»Das bin ich auch. Ich habe nicht …« Kei zwang sich, Luft zu holen. »Ich dachte, du wärst tot.«

»Bin ich nicht«, sagte Noelle und lachte.

»Stimmt.«

Noelle strich Kei eine Haarsträhne hinters Ohr. »Dein Haar ist so lang geworden.«

»Ist das so?« Kei nahm Noelles Hand. »Das hab ich gar nicht bemerkt.«

Zwischen ihnen herrschte eine Stille, die wie Wachs schmolz, jene Stille, die Kei seit Monaten vermisste. Wie Musik in ihren Ohren.

»Hundertachtzehn, hundertneunzehn, *hundertzwanzig*!«

Unteroffizier Magnus stürmte ins Labor. Einen Moment lang starrte er die beiden stumm an. Dann schoss ihm das Blut in die Wangen, und er hob das Gewehr und schrie: »Hört sofort auf, euch zu küssen! Hände hoch!«

Die Frau im Laborkittel brach in Gelächter aus, und Kei stimmte mit ein. »Okay, Magnus. Du hast mich erwischt.« Sie hob die Hände und ging auf ihn zu.

»Gut. Jetzt …« Magnus war unsicher, was er tun sollte. Aber er musste sich auch nicht entscheiden, denn Kei rammte ihm den Schaft seines eigenen Gewehrs ins Gesicht. Sein Schädel schlug gegen die Wand, und er sackte zu Boden.

Sie beide waren noch immer rot im Gesicht und zittrig auf den Beinen, aber Kei war ihre gefährliche Lage nur allzu bewusst. »Die anderen, sind sie auch hier?«

Noelle wich ihrem Blick aus. »Sie sind beim Wrack geblieben«, sagte sie. »Aber ich musste gehen, ich musste dich finden.« In ihren Augen standen Tränen. »Wir hatten – wir hatten Verluste bei dem Absturz. Jules …«

Keis Brust zog sich zusammen. Sie fasste Noelle an den Schultern. »Was ist passiert? Wann haben sie dich erwischt?«

»Du bist manchmal so melodramatisch.« Noelle schnaubte und wischte sich mit dem Handballen über die Augen. »Sie haben mich nicht *erwischt*. Wir haben eine Abmachung getroffen. Er hat gesagt, wenn ich ihm helfe, schickt er Leute los, um dich zu finden, das ginge schneller, als wenn ich mich allein auf die Suche mache. Aber alles wurde immer eigenartiger … sie wollten mich nicht mehr rauslassen. Ich war so dumm, Kei. Ich hätte dich selbst suchen sollen.«

»Ist schon in Ordnung. Komm jetzt. Wir schleichen uns durch den Ladehof davon, ich kenne den Weg.«

»Oh …« Noelle schniefte und sah zu ihr hoch. »Jetzt?«

»Ja, jetzt.« Kei sah ihren Blick. »Du willst mich wohl verarschen?«

»Kei. Hör mir zu. Hör zu.«

»Hast du eigentlich eine Ahnung, was …«

»Es tut mir leid. Es gibt da noch eine Kleinigkeit, die ich tun muss. Dann können wir gehen.«

»Noelle, *nein*.«

»Du weißt doch gar nicht, worum es geht!«

»Es ist mir auch völlig *egal*!«, rief Kei. Aber es war sinnlos, das war ihr selbst klar. »Du bist anstrengend.«

Noelle stellte sich auf die Zehenspitzen und küsste Kei auf die Stirn. »Ich liebe dich.«

»Ich liebe dich auch. Bringen wir es hinter uns.«

»Die *New Destiny* war ein Kolonieschiff der Spätzeit, darauf ausgelegt, bei der Landung auf einem Zielplaneten eine autarke landwirtschaftliche Gemeinschaft zu versorgen. Natürlich ist das Schiff nie losgeflogen, und seit er vor fünfzig Jahren das Wrack gefunden hat, versucht Levee, das ist der Hohe Sheriff, das Kolonisierungsprogramm hier auf der Erde zu starten.«

Während sie das alles hervorsprudelte, lief sie eilig zwischen ihren Apparaten hin und her.

Kei war das alles egal, aber es war so schön, Noelles Stimme zu hören – und ihre pragmatische Brillanz –, dass sie trotzdem zuhörte.

»Er hat unglaubliche, noch nie da gewesene Ergebnisse erzielt. Wenn er nicht mein Schiff abgeschossen hätte, würde ich ihn fast bewundern.«

»*Unser* Schiff«, brummte Kei.

»Das Problem ist, dass die Erde unglaublich trocken ist, die gesamte Feuchtigkeit ist in diesen riesigen, sterilen Ozeanen eingeschlossen. Früher oder später wird das Grundwasser zur Neige gehen. Es ist ungewiss, wie lange sie hier noch überleben können. Levee hat mich gebeten, dieses Problem zu lösen. Und ich habe es gelöst, Kei.« Ihre Augen loderten. »Ich habe monatelang gelesen, Scans durchgeführt, improvisiert, und ehrlich gesagt kann alles jederzeit vor die Hunde gehen, aber ich habe die Lösung – da steht sie.«

Schwungvoll deutete sie auf ein Gerät, das Kei bis zu diesem Zeitpunkt für einen Haufen Müll gehalten hatte. Zwei große zusammengeschweißte Zylinder, die bei näherer Betrachtung zusätzlich durch etwas zusammengehalten wurden, das aussah wie die zweckentfremdeten Riemen eines Rucksacks. An der Spitze befanden sich eine gebogene Antenne und ein gewölbtes Solarpanel.

»Das ist ein Langstrecken-Niederschlagsgenerator. Ein Stück uralte Terraforming-Technologie. Ich versuche es jetzt nicht zu erklären, es ist ziemlich kompliziert, aber im Grunde genommen muss man es nur an einer Stelle installieren, die hoch genug liegt, und dann lädt es …«

»… Teilchen aus der Luft auf? Und bildet Wolken?«

Noelle starrte sie an. »Wieso weißt ausgerechnet *du* …«

»Es gibt da eine Stadt im Westen, ich glaube, die haben einen Prototyp.«

»Und es funktioniert?«

»Wie Magie.«

Unwillkürlich ballte Noelle die Hände zu Fäusten und sah aus, als würde sie am liebsten auf und ab springen. »Großartig«, rief sie. »Das sind einfach großartige Neuigkeiten!« Sie ging zum Generator und hob ihn mit mütterlicher Fürsorge hoch. »Er ist einsatzbereit. Ich wollte noch ein paar Stunden an der Programmierung herumfummeln, aber ich nehme an, wir haben keine Zeit mehr.«

»Und wo willst du ihn aufstellen?«

»Wir müssen zur Spitze. Ganz nach oben.«

Kei spürte, wie ihr das Herz schwer wurde. »Oh.«

»Es gibt einen privaten Aufzug, der uns dorthin bringt, aber ich darf das Labor nicht ohne Begleitung verlassen.«

»Kein Problem.« Kei zückte ihre Sonnenbrille und setzte sie auf. »Ich habe einen Plan.«

»Willst du jetzt etwa Eindruck schinden mit der Sonnenbrille?«

»Nein, die gehört zu meinem Plan.«

Noelle sah nicht überzeugt aus.

»Sie ist Teil meiner Verkleidung.«

»Oh.« Noelle runzelte die Stirn. »Als wer hast du dich denn verkleidet?«

»Weiß ich nicht.«

»Scheint mir kein sehr gründlich durchdachter Plan zu sein.«

»Es ist nicht … hör zu, komm einfach mit mir, okay?«

Sie verließen das Labor, Noelle hielt den Generator in den Armen, und Kei hielt Noelle am Ellbogen fest. In ihr tobte ein so eigenartiges Gefühlsdurcheinander – die Freude darüber, wieder zusammen zu sein, war so stark, dass ihr am ganzen Körper heiß war, aber da war auch so viel Angst. Ihr war schmerzlich bewusst, wie schnell alles vorbei sein konnte. Sie war doppelt frei und doppelt verletzlich.

»Du tust mir weh, Liebes«, flüsterte Noelle, den Blick nach vorn gerichtet.

»Tut mir leid.« Kei zwang sich, ihren Griff zu lockern.

Der Privataufzug des Hohen Sheriffs war schon von Weitem gut zu erkennen. Er war mit goldenen Schildern versehen, eine weitere bewaffnete Wache war daneben postiert. Kei schlüpfte wieder in ihre Rolle zurück, verbannte jede Spur von Gefühl aus ihrem Gesicht und senkte die Stimme um eine Oktave. »Aus dem Weg.«

Die Wache wurde ein wenig blasser, blieb aber standhaft. »Die Aufzüge dürfen nicht benutzt werden«, antwortete sie. »Anordnung des Deputy.«

»Eben dieser Deputy hat mir befohlen, sie nach oben zu bringen.«

»Aber die Aufzüge sind tabu.«

Kei beugte sich runter und starrte sie durch die dunklen Brillengläser hindurch an. »Suchen Sie lieber keinen Streit mit mir.«

Die Frau zog eine Grimasse. »Dann zeigen Sie mir mal Ihren Ausweis.«

»Meinen Ausweis?«

»Ihre Zugangskarte. Na los doch.«

Noelle war eine schreckliche Schauspielerin, und ihrem Gesicht war die Panik ganz deutlich anzusehen – ebenso wie die Verblüffung, als Kei eine abgenutzte Plastikkarte aus ihrer Gesäßtasche zog. Die Wache drückte die Karte gegen den Scanner am Aufzug, und es blinkte grün.

»Ver… Verzeihung«, stotterte sie. Kei schob sich wortlos an ihr vorbei und zog Noelle mit sich.

Die Türen schlossen sich hinter ihnen.

»Du bist so *unheimlich*«, sagte Noelle.

»Pst.« Kei unterdrückte ein Lächeln.

»Woher hast du denn bloß die Karte?«

Kei öffnete den Mund, um zu antworten, aber dann wirbelten auf einmal Erinnerungen durch ihren Verstand – brennend heiße Rohre, geschminkte Augenlider, Orgelmusik. »Das ist eine lange Geschichte. Ich erzähle sie dir später mal.«

Stille, bedeutungsvoller als zuvor. Surrend stieg der Aufzug in die Höhe.

»Übrigens …« Kei brach ab. Am liebsten hätte sie ihren letzten Besuch auf dem obersten Deck gar nicht erwähnt, damit sich die Vergangenheit nicht mit der Gegenwart mischte und ihren Verstand narrte. Aber sie konnte Noelle nicht anlügen, nicht einmal, indem sie ihr etwas verschwieg. »Ich wurde angeschossen, als ich das letzte Mal hier war.«

»Angeschossen?« Noelle wiederholte das Wort, als wüsste sie nicht, was es bedeutete.

»Ja. Es war der Deputy. Seawall. Er behauptete, du seist tot, und dann hat er auf mich geschossen.« *Harriet. Die Näherin.* »Er hat auch eine Freundin von mir getötet.«

Einen Moment lang dachte sie, Noelle hätte sie nicht gehört. Ihr Gesicht wirkte eigenartig distanziert, als befände sie sich im Zustand höchster Konzentration.

»Noelle?«

»Ja. Tut mir leid.« Noelle kam wieder zu sich. »Wie seltsam. Noch nie zuvor habe ich ein so starkes Verlangen danach verspürt, jemandem wehzutun.«

Kei verkniff sich mühsam ein Lachen. »Du willst Seawall wehtun?«

»Ja, das will ich tatsächlich«, sagte Noelle mit leiser Verwunderung. »Wenn er hier wäre, würde ich ihn wohl tottrampeln.«

Jetzt lachte Kei wirklich, nicht über das Bild, sondern über Noelles schiere Furchtlosigkeit. »Diesmal wird es anders laufen. Wir sind ihnen einen Schritt voraus. Und außerdem bekommt er es jetzt mit dir und deiner furchterregenden Wut zu tun.«

»So ist es«, antwortete Noelle ohne jede Spur von Ironie.

Die Aufzugtüren glitten auf. Dahinter lagen nicht die gewölbten Keramikwände, an die sich Kei erinnerte, sondern ein düsterer Flur mit Holzfußboden und klein gemusterten Tapeten, gesäumt von gebürstetem Stahl. Noelle trat selbstbewusst aus dem Fahrstuhl, und Kei begriff sofort, dass sie nicht zum ersten Mal hier war. »Wir müssen durch sein Zimmer«, sagte sie.

»Durchs Zimmer des *Hohen Sheriffs*?«

»Ja. Dort gibt es eine Luftschleuse, über die man zum obersten Laufgang kommt.«

»Was ist, wenn er jemanden zu Hilfe ruft?«

»Glaub mir, das wird er nicht tun. Er will, dass das passiert. Vielleicht sogar noch dringender als ich.«

Zögernd folgte Kei Noelle durch einen unauffälligen Eingang in die zentrale Kammer. Hier herrschte tiefe Stille wie in einer mit Samt ausgekleideten Schachtel. Überall gepolsterte Oberflächen, denen ein süßlicher Geruch anhaftete. Sobald sich ihre Augen an das Halbdunkel gewöhnt hatten, wurde ihr Blick von dem antiken Himmelbett in der Mitte des Zimmers angezogen.

Kei hatte sich den Hohen Sheriff immer ähnlich vorgestellt wie Seawall – schlank und drahtig, eher ruhig, aber gerissen. Stattdessen sah sie einen glatzköpfigen alten Mann vor sich, der von einem halben Dutzend Kissen gestützt im Bett döste und durch einen Schlauch atmete. Im ersten Moment wollte sie sich einfach vorbeischleichen, aber da öffneten sich auch schon flatternd seine Augenlider.

»Sieh an, sieh an«, sagte er langsam und hielt inne, um mühsam Luft in seine Lunge zu saugen. Seine Stimme klang freundlich. »Die Frau Doktor. Ein seltenes Vergnügen, Ihr Gesicht zu sehen. Haben Sie die Bücher bekommen, die ich für Sie bestellt habe?«

»Ja, ich habe sie bekommen.« In dem sanften Blick, mit dem Noelle ihn ansah, lag nicht direkt Mitleid, aber doch etwas Ähnliches. Selbst Kei fiel es schwer, den Gedanken an all den erlittenen Schmerz mit der zum Skelett abgemagerten Gestalt auf dem Bett in Verbindung zu bringen.

»Und wer ist Ihre Freundin? Ich glaube, ich hatte noch nicht das Vergnügen. Na, kommen Sie schon, ich beiße nicht.« Der Hohe Sheriff streckte Kei eine zitternde Hand entgegen.

Kei beugte sich vor. Die ganze Situation war so skurril, dass sie kein Wort herausbrachte.

»Das ist Kei.«

»Oh Captain, mein Captain.« Er sah sie schelmisch an, sein Händedruck war viel kräftiger, als man angesichts seiner Zerbrechlichkeit erwartete. »Also lernen wir uns endlich einmal kennen. Ich muss sagen, ich habe schon viel Gutes über Sie gehört. Sehr viel Gutes.« Er ließ ihre Hand los. »Ich nehme an, Sie sind gekommen, um mir meine liebe Frau Doktor zu stehlen.«

Kei dachte darüber nach, sich die Hand an ihrer Jacke abzuwischen, entschied sich aber dagegen. Sie nickte.

»Der Generator ist bereit«, sagte Noelle. »Wir schließen ihn jetzt an. Aber danach – ja. Danach gehen wir.«

»Sie bringen Ihre Aufgabe noch zu Ende, was? Sie haben Prinzipien.« Das kurze Gespräch schien ihn erschöpft zu haben, er lehnte sich in die Kissen zurück und redete leiser, fast als spräche er mit sich selbst. »Meine Vorfahren hatten ebenfalls Prinzipien. Und ich muss jeden verdammten Tag meines Lebens mit den Konsequenzen dieser Prinzipien leben.«

Noelle bemerkte Keis Blick und deutete auf eine runde Luke in der Decke. Kei nickte ihr zu.

»Ach ja, Captain?« Der Hohe Sheriff hob den Kopf ein wenig. »Kommen Sie doch bitte kurz mal her, nur einen Moment.«

Unbeholfen ging Kei zum Bett des alten Mannes und brachte auf sein Winken hin ihr Ohr ganz nah an seinen Mund. Sie spürte, wie sein warmer, stinkender Atem über ihre Wange strich. »Ich werde nicht sagen, dass es mir leidtut«, flüsterte er, »denn es tut mir nicht leid. Unsere Göttin ist sehr zart, Captain. Gegen Engel aus dem Himmel kann sie nicht bestehen. Aber trotzdem hoffe ich, dass Sie ein Zeichen der Dankbarkeit von mir annehmen.« Er drückte ihr etwas in die Hand, etwas Schweres, und sie erkannte den vertrauten Plastikgriff. Er zwinkerte ihr zu und gab ihr einen Klaps auf den Arm. »Das habe ich Aidan geklaut. Es gehört Ihnen, stimmt's?«

In der Zeit, die sie brauchte, um eine Antwort zu formulieren, schlief der Hohe Sheriff wieder ein.

Levee beobachtete ihr Verschwinden durch gesenkte Augenlider.

Der Captain war groß, und sie half dem Doktor zuerst auf, bevor sie ihre Hand nahm und sie durch die Deckenluke schob. *Ach, junges Glück,* dachte er. Die Lukentür schloss sich automatisch hinter ihnen, und er war wieder allein.

Neben seinem Bett lag eine Fernbedienung, mit der er auch die Krankenschwester herbeirufen konnte. Er nahm sie und bewegte einen Schieberegler. Mit einem gleichmäßigen Surren glitten die Jalousien an der Decke beiseite und gaben den Blick auf ein Oberlicht frei, einen Kreis ungetrübten Blaus direkt über dem Bett. Von der Helligkeit bekam er Kopfschmerzen, aber das war ihm egal. Es würde nicht mehr lange so hell bleiben.

Die Tür zum Vorzimmer glitt auf, und an den geräuschlosen Schritten erkannte er Aidan. »Du kommst gerade recht, Junge.«

»Genießen Sie die Sonne, Sir?« Aidan trat neben sein Bett. Der Anblick dieses einst so jungen und jetzt so vernarbten und verwitterten Gesichts weckte in Levee eine Traurigkeit, die ihm selbst ein Rätsel war. »Aidan, wann bist du alt geworden? Ich habe dir das nicht erlaubt.«

»Gleichfalls.«

Levee blickte wieder zum Dachfenster hinauf. »Setz dich. Es fängt jeden Moment an.«

»Was fängt an?«

»Die große Show.«

»Sie meinen doch nicht etwa …« Plötzlich klang Aidans Stimme schneidend kalt. »Das Projekt? Jetzt schon?«

»Die gute Frau Doktor ist soeben hinaufgegangen. Und Aidan …« Er war zu alt, um sich vor irgendjemandem zu fürchten, und außerdem liebte er ein bisschen Ärger. »Du errätst nie, wer sie begleitet hat.«

Es gab einen Moment, so herrlich wie die ersten Strahlen der Morgensonne, als Aidans maskenhafte Miene von seinem Gesicht abfiel und er dreinblickte wie ein Cartoon-Wolf, der gerade begriff, dass er von einem eben noch mühelos getragenen Felsbrocken zerquetscht werden würde. Hätte Levee noch die Kraft dazu gehabt, so hätte er vor lauter karmischer Freude in die Hände geklatscht. Stattdessen gluckste er nur leise in sich hinein.

»Du bist ein dummer Junge. Glaubst du denn, ich wüsste nicht, was du hinter meinem Rücken treibst? Es ist zu spät, Aidan. Du kannst nichts mehr tun. Jetzt komm schon, setz dich zu mir. Sieh dir die Show an. Da ist noch ein Tropfen Bourbon im Schrank …«

Und hier entfaltete sich die Tragödie: Levee hatte Aidan schon oft auf frischer Tat ertappt – hatte ihn dabei erwischt, wie er einen Waffenmarkt aufbauen wollte, wie er versuchte, die Preise für Medikamente in die Höhe zu treiben, wie er versuchte, die Musikanten auszuräuchern, die in den Eingeweiden des Schiffs lebten. Als Aidan noch ein Junge gewesen war, hatte Levee ihn oft dabei erwischt, wie er Grillen die Beine ausriss oder irgendetwas in Brand steckte. Das war ein vertrauter Tanz. Aber nie hatte es einen Vorfall gegeben, der nicht mit einer Entschuldigung und einem Klaps auf die Wange beigelegt werden konnte. Levee vergab immer. Ihm gefiel es, dass der Junge praktisch veranlagt war, und es war gut, jemanden zu haben, der von den Menschen stets das Schlechteste erwartete. Ein Ausgleich für Ursula, die immer das Beste in ihnen sah.

Doch Aidan setzte sich nicht.

»Suchst du den Bourbon?«, fragte Levee. Keine Antwort. Stattdessen ein Klicken. Das Beatmungsgerät verstummte.

Die Wirkung trat sofort ein – ein trockenes Ertrinken. Levee stieß einen leisen, schmerzerfüllten Schrei aus und streckte verzweifelt die Hand nach seiner Fernbedienung aus. Er konnte sie sehen, genau da auf dem Tisch, und griff danach, aber die Fernbedienung sprang ihm aus den Fingern und verstreute sich auf dem Boden, rauchend und verbogen. In der Mitte klaffte ein geschwärztes Loch.

Aidan steckte seinen Revolver wieder weg. »Blöder alter Bastard.« Er stieß die Klappe auf und kletterte hindurch.

Als sich die zweite Luke öffnete, wehte ein so heftiger Wind durch die Luftschleuse, dass Kei einen verwirrten Moment lang dachte, sie hätten eine Klappe ins Vakuum des Alls geöffnet. Aber mit dem Wind kam auch Licht, und sie konnte noch immer atmen, auch wenn die Luft ihr so dünn und trocken erschien, als hätte sie nur eine Lunge.

Sie erreichten einen schmalen Steg, der zu einem Turm aus Draht führte. Ganz oben an der Spitze leuchtete ein rotes Signallicht. Noelle deutete auf den Turm, und gemeinsam kämpften sie sich darauf zu, während der Sturm sie vom Steg zu fegen drohte.

Der größte Teil der Landschaft unter ihnen war in perlblauem Dunst verborgen, aber Kei konnte die dunklen Umrisse der Unterlande ausmachen, die Wölbung einer weit entfernten Bergkette. Schwach leuchtete ein verfrühter Stern am nördlichen Himmel. Sie folgte Noelle, einen Arm ausgestreckt, um sie aufzufangen, falls sie stürzte. Sie kamen zu der Gitterleiter, die zum blinkenden Leuchtfeuer hinaufführte. Noelle schlang sich die Gurte des Generators über die Schultern und drehte sich um, wollte offenbar etwas sagen. Erbleichte und zeigte über Keis Schulter hinweg auf etwas hinter ihr.

Eine Hand schob sich durch die offene Luke, gefolgt von einer zweiten. Deputy Seawall kletterte aus dem Rumpf des Schiffs heraus.

Kei küsste Noelle auf die Wange. »Geh schon.«

Noelle nickte entschlossen und begann die Leiter hochzuklettern. Kei betrachtete Seawall, der kurz im Wind schwankte und sich dann aufrichtete. Er erwiderte ihren Blick mit derselben Verachtung, die sie auch für ihn empfand.

Und plötzlich wurde Kei etwas sehr Seltsames bewusst: Sie fühlte sich sicher.

Es kam einfach über sie, dieses Gefühl, als wäre sie genau dort, wo sie sein sollte, und alles wäre gut. Es war seltsam vertraut. Die letzten Monate auf der *Ladybug*; die Party, als sie die Grenze überschritten hatten; die Nacht, als Noelle sie auf dem Weg durch den Schnee gestützt hatte, den ganzen Weg zurück zum Schiff. Zusammen tanzen. Alles, einfach alles in seiner Gesamtheit.

Seawall hatte seinen Revolver gezogen. Er schoss.

Er schoss?

Nein, er hatte bereits geschossen.

Es war zu spät. Es war bereits geschehen.

Kei sah nach unten und erwartete, eine Schusswunde zu sehen. Aber nein, da war kein Blut, und in ihrer Hand entdeckte sie ihre Waffe – *ihre* Waffe, die Hitzepistole, die sich in ihre Hand schmiegte wie angewachsen. Aus der Mündung stieg eine dünne Rauchfahne.

Seawall war unverletzt, sein Revolver unversehrt.

Was war mit den Kugeln passiert?

Dann begriff Kei, verspätet holte ihr Verstand die Geschehnisse ein.

Die Geschosse hatten sich in der Luft gegenseitig pulverisiert.

Seawall feuerte seinen Revolver erneut ab, und das Phänomen wiederholte sich. Ein heißer Lichtblitz, keine Kugel erreichte ihr Ziel.

Wie ein Zaubertrick.

»*Willst du mich verarschen, verdammt noch mal?*«, schrie Seawall. Kei fragte sich, wie viele Kugeln er noch übrig hatte. Sie fragte sich, wie weit Noelle schon den Turm hinaufgeklettert war. Aber keine dieser Fragen machte ihr Angst. Es war ihr vollkommen klar, dass alles gut werden würde.

»Kehren Sie um«, sagte sie.

»Jetzt hör mir mal zu.« Der Wind peitschte Seawall das Haar ins Gesicht, und in seiner Stimme schwang unterdrückte Panik mit, als hinge er am Rand einer Brücke und Kei wäre im Begriff, ihn hinunterzustoßen. »Du darfst das nicht tun. Es ist nicht fair. Es ist verdammt noch mal nicht …«

»Ich diskutiere nicht mit Ihnen. Kehren Sie um.«

Seawall feuerte seinen Revolver ab, und wieder verschwand die Kugel in der Luft. Er heulte frustriert auf und stürmte kopflos auf sie zu. Kei hielt sich auf beiden Seiten am Geländer fest, sprang hoch und trat ihm gegen die weiche Stelle unter dem Kinn. Er stürzte. Ließ seinen Revolver fallen, der an der Seite des gewölbten Rumpfs hinunter in den Äther schlitterte.

Kei hob ihre Waffe. »Kehren Sie um.«

»Du und deine Schlampe von einer …«

Ihre Pistole blitzte auf, und ein glühendes Loch fraß sich in den Metallsteg genau zwischen den Beinen des Deputy.

Er taumelte zurück. Ein weiterer Blitz, diesmal streifte er seine Stiefelsohle. Und so jagte sie ihn, Schuss um Schuss, und er krabbelte auf Händen und Füßen rückwärts, bis er die offene Luke erreichte, hastig darin verschwand und sie hinter sich zuschlug.

Kei steckte ihre Waffe weg. Der Wind war zu einem Flüstern abgeflaut, und sie hätte schwören mögen, dass sich der Himmel ringsum verdichtete. Zusehends verbarg er die Berge, die Stadt, sogar das blinkende Licht des Leuchtfeuers. Alles schien sich auf den Turm zuzubewegen.

Dann begriff sie.

Sie befand sich inmitten einer Wolke.

Levees Zimmer stank nach altem Fleisch, aber immerhin gab es hier reichlich Sauerstoff, und Aidan holte erleichtert Luft. Er musste nachdenken. Es war ein Fehler gewesen, auf ein Gespräch zu setzen, auf Vernunft. Aber Captain Marshal hatte einen noch größeren Fehler gemacht, als sie ihn gehen ließ. Er würde hier alles verbarrikadieren. Ihnen den Fluchtweg versperren. Sie mit einem Kugelhagel eindecken und ihnen so viele Leute entgegenschicken, bis sie aufgaben, entweder aus reiner Verzweiflung oder weil kein Tropfen Blut mehr in ihnen war.

Er war so vertieft in seine Rachefantasien, dass er nicht bemerkte, dass er nicht mehr allein war. Dass jemand hinter ihm stand. Doch dann spürte er eine Hand auf seiner Schulter, und zugleich wurde etwas Scharfes langsam in seinen Rücken gestoßen. Ihm entwich ein Keuchen, er brach zusammen und riss seinen Angreifer mit sich zu Boden.

Mit heraushängender Zunge rang er nach Luft, wollte unbedingt sprechen, etwas sagen. Die letzten Momente seiner

Mutter kamen ihm in den Sinn – papiertrockene Lippen, mit Erbrochenem verkrustet, und ihr Flüstern: *»So war es bestimmt. So war es bestimmt.«*

Er wollte sagen: *Das ist nicht fair.*

Das war alles, was er jemals hatte sagen wollen. Zu allen. Zu jedem glücklichen Kind, dem er je begegnet war, zu jeder sorglosen Seele, die dort draußen herumlief, zur Erde selbst, die so launisch darüber entschied, wen sie strafte und wen nicht.

Das ist nicht fair.

Aidan Seawall rang blutend nach Luft.

Und Levee Brown träumte.

Er träumte davon, wie er als junger Mann zum ersten Mal die Herrlichkeit des gefallenen Leviathans erblickt hatte. Die Vollkommenheit seiner Form, wie ein mit chirurgischer Präzision in den Himmel geschnittenes Loch. Wie er bei dem Anblick geweint hatte, ohne Tränen zu vergießen. So unendlich weit war er gelaufen, um dem gottesfürchtigen, rattenfressenden, von Plünderern heimgesuchten Nest zu entrinnen, in dem er aufgewachsen war, auf der Suche nach etwas Besserem. Und hier war es. Sobald er das Schiff namens *New Destiny* erblickte, wusste er, dass es ihn gerufen hatte, dass es ihn dazu aufforderte, einen Strauß Wildblumen aus seinem ausgehöhlten Kadaver zu ziehen, so wie in den Geschichten der Prediger. Er beschloss, eine Welt voller verlorener Wunder zu errichten, sodass die Menschen noch in vielen, vielen Generationen seinen Namen kannten – den Namen des verehrten Gründers, Gesetzeshüters und Heiligen der vergessenen Menschen der Erde.

Es hatte ihn allein drei Monate gekostet, die Leichen zu beseitigen. Die meisten Passagiere hatten sich bei dem misslungenen Start bereits in Stase befunden, und beim Absturz waren ihre Lebenserhaltungssysteme ausgefallen, sodass sie im Schlaf verhungerten. Nun ruhten sie in einem Massengrab tief unter den Fundamenten der Unterlande. Zurück in Gaias Schoß, wie Ursula gesagt hätte.

Jetzt war für ihn die Zeit gekommen, wieder mit der Erde zu verschmelzen und die Haut seiner sogenannten Göttin ein wenig urbarer zu machen. Aber immerhin hatte er das getan, was er sich als hungernder Junge immer gewünscht hatte: Er hatte jede Nacht zu der Welt hinaufgeblickt, die sie ihm verwehrt hatten. Er hatte die Finger nach oben ausgestreckt und die kalten, gleichgültigen Sterne berührt.

Das war es, wovon er träumte, während er sich an Aidans zuckenden Körper klammerte. Als die Frauen, die aus dem Weltraum gekommen waren, wieder zurückkehrten, waren der Hohe Sheriff und sein Deputy mausetot.

Die Luft schmeckte anders. Das fiel Kei beim Verlassen des Schiffs als Allererstes auf. Nicht nur, dass es weniger heiß war als zuvor, sie schmeckte die Veränderung, die neue Fülle sogar auf der Zunge. Der Himmel verdunkelte sich, und überall kamen Menschen aus den Gebäuden, blickten auf und zeigten auf die Wolke, die Unterlande vibrierten förmlich vor Angst und Aufregung. Hand in Hand gingen Kei und Noelle durch die Menge, wortlos – die beiden Leichen im Schlafzimmer hatten ihren Triumphgefühlen einen harten Dämpfer versetzt, aber trotzdem empfanden sie eine Art heimliche Belustigung angesichts der Situation, wie zwei Verschwörer.

Kei hatte zwar ein bisschen Geld, aber es reichte nicht, um sich ein benzinbetriebenes Fahrzeug leisten zu können. Auf einem Bauernhof anderthalb Kilometer westlich der Unterlande konnten sie nach zähem Feilschen ein kräftiges Zugpferd erwerben, mitsamt einer Art dünnem Stoffsattel, und nach einiger Überredung kam es mit ihnen. Kei freute sich sehr über Noelles Gesichtsausdruck, als sie einen Fuß in den Steigbügel schob und sich geschmeidig aufs Pferd schwang.

»Ich kann es nicht fassen«, erklärte Noelle, nachdem Kei mit stolzgeschwellter Brust ein Stück auf und ab galoppiert war. »Captain, du bist ja der reinste Erdling geworden.«

»Yee-haw«, sagte Kei sehr sachlich. »Kommst du?« Galant streckte sie ihr eine Hand hin, Noelle ergriff sie und schrie vor Schreck auf, als Kei sie vor sich in den Sattel zog.

»Sachte! Sachte! Oh, *scheiße*!«

Kei beugte sich vor und legte Noelle die Zügel in die Hände. »Entspann dich, es ist gar nicht so schlimm. Siehst du?«

»Irrsinn«, murmelte Noelle. »Völliger Irrsinn.«

»Wir können ihn später irgendwo verkaufen, aber erst mal will ich so schnell wie möglich so weit wie möglich von dieser Stadt weg.«

»Einverstanden.«

Kei drückte dem Pferd die Fersen in die Flanken, und mit gleichmäßigen Schritten setzte es sich in Bewegung. Die Luft war inzwischen so kühl, dass ihre Fingerspitzen kribbelten, und die aufziehenden Wolken hatten sich zu einer weißen, tief hängenden Decke verdichtet. »Du hattest recht«, sagte sie.

»Womit?« Noelle wandte sich zu ihr um.

»Du hast mir gesagt, es würde mir hier gefallen. Ich glaube, das stimmt tatsächlich.«

»Wirklich? Also doch kein riesiger runder Müllhaufen?«

Kei lachte. »Oh, klar ist es ein Müllhaufen, sicher.« Sie stützte das Kinn auf Noelles Kopf. »Wann gibt es denn den ersten Regen?«

»Eigentlich …« Noelle räusperte sich. »Auf Dauer wird es regelmäßig Regen geben. Aber Levee wollte für den Anfang etwas Besonderes. Also habe ich für die erste Aktivierung des Generators ein einzigartiges Wetterereignis einprogrammiert – es wird nur *einmal* stattfinden, wohlgemerkt, es ist weder praktisch noch nachhaltig …«

»Aha.« Kei unterdrückte ein Gähnen, ihre Nasenspitze rötete sich.

»… aber wenn ich ehrlich bin, finde ich die Idee toll, ich konnte einfach nicht widerstehen. Er wollte den Menschen etwas zu feiern geben. Eine Belohnung für ihren Glauben.«

»Ähm. Toller Typ.«

Noelle blickte auf. »Ich mochte ihn nicht besonders. Aber die Idee hat mir trotzdem gefallen. Das mit dem Glauben.«

»Ich habe meinen Glauben gefunden, als wir uns kennengelernt haben.«

Schweigen. Noelle spürte, wie Keis Finger abrutschten, also hielt sie sie mit einer Hand fest, mit der anderen suchte sie Halt an der Satteldecke. Sie spürte Keis Brust an ihrem Rücken, ihre langsamen, gleichmäßigen Atemzüge.

»Weißt du, was das Erstaunlichste ist, was ich in den letzten Monaten herausgefunden habe?«, fragte Noelle. »Mir wurde immer beigebracht, dass die Erde unwiderruflich ruiniert ist. Zu viel Müll, zu viel Abfall in der Luft. Aber seit unserer Ankunft stelle ich eine stetige Abkühlung der Atmosphäre fest. Zu gering, um sie ohne Instrumente überhaupt zu bemerken, aber wenn diese Tendenz anhält – wer weiß? Vielleicht ist der Schaden doch nicht dauerhaft.«

Während sie sprach, schwebten die ersten zarten Flocken herab, legten sich auf die Mähne des Pferdes und schmolzen auf ihren Händen. Ganz allmählich verschwand die schmutzige Ebene ringsum unter einer dünnen Schneedecke.

Kei sagte nichts. Sie war längst eingeschlafen.

DANKSAGUNG

Dieses Buch gibt es nur dank der Bemühungen folgender herausragender Menschen: der Spezialagentin Zoë Plant, dem gottgleichen Redakteur Kwaku Osei-Afrifa, dem hinreißenden Jim Killen, der unsinkbaren Molly Powell, dem schmucken Mr. Michael Rowley, meinen Lehrern Kirsten Smith, Raffaella Barker und K. R. Moorhead, meinen reizenden Eltern Tom und Andrea Curtis und natürlich meiner Schwester Esme, die ich mehr bewundere als jeden anderen auf der Welt. Danke, danke, danke.

Dennis E. Taylor

Außerirdisch

Spannend, abenteuerlich und hinreißend komisch – der neue Roman vom BOBIVERSE-Autor

Für alle Fans von *Per Anhalter durch die Galaxis* und *Men in Black*

Als Jack ein Alien überfährt, ahnt er noch nicht, dass er mit dessen Raumschiff demnächst die Galaxis retten muss

978-3-453-32272-1

Leseprobe unter **www.heyne.de**

HEYNE